DAS GOMORRHA PRINZIP

RICK DESTEFANIS

WIDMUNG

Dieses Buch ist Veteranen aller Dienste gewidmet, vor allem aber meinen Fallschirmjägerkollegen: den Sky Soldiers der 173. Luftlandebrigade, den All Americans der 82. Luftlandedivision, den Screaming Eagles der 101. Luftlandedivision und den United States Army Special Forces – auch bekannt als die Green Berets.

EIN BESONDERER HINWEIS FÜR DEN LESER

Das Schreiben realistischer historischer Militärromane erfordert militärische Begriffe und Fachausdrücke, wie sie tatsächlich verwendet wurden. Auf den letzten Seiten dieser Ausgabe befindet sich ein Glossar dieser Begriffe. Falls Sie kein Militärveteran sind, empfehle ich Ihnen, vor Beginn der Geschichte einen Blick darauf zu werfen.

KAPITEL 1

Tennessee Overhill, 1967

Brady Nash saß, sein Gewehr in den Armen, hoch über einem Maisfeld und lehnte mit dem Rücken an einer alten Eiche.

Der Abend war windstill und geräuschlos, während die trübe Sonne in den fernen Hügeln versank. Jetzt, da das Herbstlaub verschwunden war, blieben nur noch die skelettartigen Äste des Winters und eine Vogelscheuche, die zerlumpt und verloren inmitten der vertrockneten Halme hing. Brady zog seinen Kragen eng um den Hals. Es war kalt in den Bergen nach Sonnenuntergang, aber es war eine gute Kälte, lebhaft und frisch. Sie gab einem Menschen das Gefühl, lebendig zu sein, und er hatte das Leben noch nie so sehr gespürt wie jetzt. Dies war seine letzte Jagd, vielleicht für immer, denn jenseits der Berge, jenseits des Hiwassee und des Tennessee Rivers, erwarteten ihn die Welt und ein Krieg.

Trotz Laceys Einwänden wollte er gehen, und sie, die genauso stur wie schön war, hatte seit seiner Einberufung kein einziges Wort mehr mit ihm gesprochen. Damals, als Duff sich meldete, hatte sie gesagt: „Er ist mein Bruder, aber er ich finde trotzdem, dass er verrückt ist, in diesen Krieg in Vietnam zu ziehen." Brady hatte ihr damals zugestimmt, aber die Dinge hatten sich geändert. Duff war tot und Lacey war nach Nashville gezogen. Jetzt war er an der

Reihe, aber ihr den Grund für seine Einberufung zu verraten, würde die Sache nur noch schlimmer machen. Sie sollte bereits wissen, dass Melody Hill zu verlassen das Letzte war, was er tun wollte.

Als die Dämmerung sich weit unten über die kahlen Maishalme legte, durchbrachen die schwachen Klänge eines Glockenspiels die Stille, und wehten über die Hügel. Sie kamen aus Melody Hill, einem kleinen Dorf, das hoch oben in einem Bergtal über dem Hiwassee River lag. Es war nicht viel mehr als eine Ansammlung von Häusern, die eine Tankstelle, ein Restaurant und einen Gemischtwarenladen umringten, aber es war sein Zuhause. Und dann war da noch die Kirche – die Melody Hill Methodist Church. Auf einer Anhöhe ganz am Ende der Stadt ragte ihr Kirchturm über die Bäume hinaus, eine titanfarbene Turmspitze, die für alle Bewohner meilenweit zu sehen war – von den bewaldeten Hügeln bis in die nebligen Schluchten des Tennessee Overhill.

Das Leben im Overhill war einfach. Diejenigen, die es besser hatten, arbeiteten bei der L&N Railroad unten in Etowah oder in der Baumwollfabrik oben in Englewood. Ansonsten gab es noch die Kupfermine zwanzig Meilen den Highway hinunter, oder eine der Holzfällerfirmen. Jeder betrieb nebenbei ein wenig Landwirtschaft und kam so über die Runden. Es war kein fettes Leben, aber die Menschen hier respektierten einander, und jeder wusste, was richtig und was falsch war.

An diesem Nachmittag war Brady mit seinem Truck über eine felsige Nebenstraße zu dieser abgelegenen Farm gefahren. Er war hierher gekommen, um dem Fernsehen mit seiner Kakophonie von Stimmen zu entkommen, die von Chaos und Konflikten berichteten, welche die Welt beherrschten, die Welt, in die er gehen würde. Er wollte nur noch einmal kurz innehalten, bevor er abreiste – in der Stille der Hügel sitzen und den Tag ein letztes Mal ausklingen lassen. Er erwachte abrupt aus seinem Tagtraum, als das Jaulen und Heulen von Kojoten aus einer Schlucht unterhalb des Maisfeldes ertönte.

Kojoten waren eine neue Spezies in Overhill, und dies war nicht ihr normales Begrüßungsgeheul zum Einbruch der Dunkelheit, sondern die Laute einer Verfolgungsjagd. Sie kamen näher, als Brady durch das Zielfernrohr blickte. Obwohl die Sonne bereits untergegangen war, gab es noch gutes Schießlicht. Einen Moment später bemerkte er eine Bewegung. Eine Ricke und ein Rehkitz preschten aus dem Rhododendron am anderen Ende des Feldes. In langen, anmutigen Sprüngen kamen die beiden Rehe den Rand hinauf auf ihn zu. Die Kojoten strömten aus der Schlucht hinter ihnen und nahmen die Verfolgung auf.

Er stützte das Gewehr auf sein Knie und überlegte, ob er einen Schuss abfeuern sollte, um das Rudel zu zerstreuen, aber die Kojoten waren noch dreihundert Meter entfernt und zu nah an den Rehen. Das Heulen wurde lauter und hallte von den umliegenden Hügeln wider. Beide Rehe und die Kojoten kamen das Feld hinauf und verschwanden am Fuße des Bergrückens im Gras. Wenige Augenblicke später tauchte die Hirschkuh wieder auf und sprang mühelos den Berghang hinauf auf ihn zu. Das Heulen der Meute kam immer näher, als sie bis auf wenige Meter herankam, aber das Kitz blieb zurück.

Noch hundert Meter weiter unten am Berg hatte das kleine Reh seinen Schritt unterbrochen und war in einen leichten Galopp verfallen. Die Kojoten wussten, dass sie ihre Beute hatten, und trabten nebenher. Brady richtete das Fadenkreuz auf ein großes, gelbäugiges Männchen, zögerte aber, als das erschöpfte Rehkitz in seinem Fadenkreuz hin und her lief. Er musste warten, bis sie näher dran waren, aber das große Männchen stürzte sich auf die Kehle des Kitzes.

Das Getöse der 30.06 rollte den Berghang hinunter, über das darunter liegende Maisfeld und hallte von einem entfernten Hügel wider, als die Brust des Raubtiers explodierte. Ein zweites Tier kam schleudernd zum Stehen, und die Meute war für einen Moment verwirrt. Schnell setzte Brady eine weitere Patrone ein und hielt das Fadenkreuz auf das nächste Ziel. Der Kopf des zweiten Tieres zersprang unweigerlich unter dem Einschlag der Kugel, und das Rudel zerstreute sich im Gestrüpp. Nachdem er eine weitere Patrone geladen hatte, wartete er, während das Echo des letzten Schusses in den fernen Bergen verklang. Hundert Meter unter ihm zuckten die zwei sterbenden Kojoten, aber Brady richtete seine Aufmerksamkeit auf das hohe Gras am Fuß des Bergrückens. Hier würde der Rest des Rudels aus der Deckung brechen.

Im schwindenden Licht nahm er eine Bewegung wahr, als ein weiterer Kojote vorsichtig seinen Kopf aus dem gelben Gras hob. Mit aufgerichteten Ohren blickte er den Berghang hinauf. Er war mindestens zweihundert Meter entfernt und musste sich sicher fühlen, als er zurückblickte. Brady richtete das Fadenkreuz aus und drückte vorsichtig einen weiteren Schuss ab. Das Tier überschlug sich und verschwand im Gras, während der Rest des Rudels aus dem Gebüsch am Fuße des Hügels hervorbrach und auf das andere Ende des Maisfeldes zustürmte.

„Willst du nicht nochmal auf sie schießen?"

Brady drehte ruckartig den Kopf. Es war der Besitzer des Grundstücks, Hubert Brister, der hinter ihm stand.

„Warten Sie einen Moment, Mr. Hubert", flüsterte Brady, als er sich umdrehte und den fliehenden Kojoten nachblickte.

„Aber die anderen entkommen", sagte der alte Mann. „Erschieß sie."

Brady spähte durch das Zielfernrohr. Inzwischen näherten sich die Kojoten dem Ende des Maisfeldes - mindestens vierhundert Meter entfernt.

„Warten Sie", sagte er. „Es wäre reines Glück, auf diese Entfernung einen laufenden Kojoten zu treffen."

Der führende Kojote verschwand im Graben am Ende des Feldes, aber eines der Tiere im hinteren Teil des Rudels begann eine Reihe steifbeiniger Sprünge. Es sprang seitwärts, als es sich dem Rand des Feldes näherte. Brady wartete.

„Braver Junge", murmelte er, „schau nur her." Er spannte das Gewehr und behielt das Tier im Visier. „Er entkommt", sagte Brister.

„Nein, tut er nicht", murmelte Brady, während er das Gewehr ruhig hielt.

Er hielt die Wange an den Schaft gepresst und sein Auge durch das Zielfernrohr gerichtet, als der Kojote ein letztes Mal aufsprang, stehen blieb und auf den Berg zurückstarrte. Der Wind war totenstill. Mit der horizontalen Linie des Fadenkreuzes zwanzig Zentimeter über dem Rücken des Tieres drückte Brady den Abzug. Das Gewehr donnerte erneut, und das Geschoss streckte den Kojoten in einer Staubwolke nieder.

„Verdammt, du bist ein echter Knaller, nicht wahr, Junge?"

Brady schwieg, während er aufstand und sich den Staub von der Hose klopfte.

„Also erzähl mir", sagte der alte Mann, „woher wusstest du, dass das Viech anhalten würde?"

„Ich war mir nicht sicher", sagte Brady. „Aber kennen Sie die Geschichte aus der Bibel, als Lots Frau stehen blieb und nach Gomorrha zurückblickte, obwohl die Engel ihr sagten, sie solle es nicht tun? Nun, ich vermute, dass Tiere dieselbe tödliche Neugier haben, weil sie oft dasselbe tun."

Brister rieb die Stoppeln an seinem Kinn und nickte, sagte aber nichts weiter, als sie den Bergrücken hinunter zu seinem Haus gingen. Es war still und das Haus war dunkel, bis auf eine einzelne Glühbirne, die auf der Veranda leuchtete. Als Brady die Tür des Trucks öffnete, bellte unter der Veranda ein Hund.

„Sei still, Hank", rief Brister. Er wandte sich an Brady. „Warum kommst du nicht mit rein und trinkst eine Tasse Kaffee? Ich hätte nichts gegen ein wenig Gesellschaft einzuwenden."

Brady zögerte, während er sich an der Autotür festhielt. Der alte Mann ließ ihn auf seinem Land jagen wann immer er wollte, er war Witwer und alle seine Kinder waren nach Knoxville oder Chattanooga gezogen.

„Eine Tasse Kaffee klingt gut", sagte er.

Der Duft erfüllte die Küche, als die Kaffeemaschine auf dem Herd blubberte und zischte. Der alte Brister stellte zwei fleckige Tassen auf den Tisch. Die Tassen waren, genau wie seine Hände, von den Spuren des Alters durchzogen, aber alles im Raum war ordentlich und sauber. Jedes Geschirrtuch war sorgfältig gefaltet, und jeder Teller wurde gewaschen, abgetrocknet und in den Schrank gestellt.

„Ich habe gehört, dass du dich bei der Army gemeldet hast", sagte Brister. Brady nickte.

„Nun, was getan ist, ist getan, aber du weißt, dass das Duff nicht zurückbringen wird."

Brady beäugte den alten Mann aufmerksam. Er wollte nicht unhöflich sein. „Klingt, als hätten Sie mit Lacey gesprochen", sagte er.

„Ich bin mit siebzehn nach Europa gegangen", antwortete Brister. „Zweiundachtzigste Division, Erster Weltkrieg."

Der alte Mann nahm ein Geschirrtuch von der Spüle und ging zum Herd hinüber.

„Ein Krieg ist zu groß und zu hässlich, um zu glauben, dass man sich dort rächen könnte."

Er war sich jetzt sicher, dass Brister mit Lacey gesprochen hatte.

„Hier geht es nicht um Rache", sagte Brady. „Ja, Duff war mein bester Freund, und seit ich mich gemeldet habe, waren Lacey und ich in vielen Dingen nicht mehr einer Meinung, aber es geht um mehr als..." Brady zögerte. Was konnte er schon sagen?

Brister fasste den Griff der rußgeschwärzten Kaffeekanne mit dem Geschirrtuch, und ging zum Tisch hinüber. Seine Hand zitterte mit der Unbeständigkeit des Alters, als er den Kaffee einschenkte.

„Ich hab' keinen Zucker oder Milch", sagte er. „Schwarz ist mir recht", sagte Brady.

„Naja, sie will wahrscheinlich nicht, dass du so endest wie Duff oder Jesse Harper."

Jesse Harper war eine Art Legende im Polk County. Er hatte in Vietnam zwei Touren als Fliegerleitoffizier gedient und kleine Flugzeuge über den bergigen Dschungel entlang der kambodschanischen und laotischen Grenzen gesteuert. Jetzt besaß er einen Kanu- und Schlauchbootverleih unten am Hiwassee. Er trank gerne, und Gerüchten zufolge baute er nebenbei auch ein wenig Gras an, aber vor allem war er dafür bekannt, dass er seine kleine Cessna betrunken auf Landstraßen landete, wenn er sich verflogen hatte.

Jeder in der Region schien ihn zu tolerieren, und die Teenager liebten ihn.

„Was stimmt nicht mit Jesse?"

„Meine Güte – Du hältst es wohl für normal, sich so zu betrinken, dass man den Weg nach Hause nicht mehr findet und sein Flugzeug auf einer Straße landet."

„Nein, aber-"

„Nein, und da gibt es auch kein 'aber'. Als Sheriff Harvey ihn das letzte Mal gefunden hat, war er am Sabbern und Weinen wie ein Baby und hat gesagt er könne seine Männer nicht finden, weil sie sich him Dschungel verirrt hätten. Willst du auch so enden?"

Brady hatte diesen Teil von Harpers Eskapaden noch nie gehört.

„Lacey glaubt, dass ich umkommen werde, aber wie Sie gesagt haben, was getan ist, ist getan. Ich wünschte nur, sie würde mit mir reden."

„Ich habe sie heute Nachmittag gesehen, als ich..."

„Lacey ist zu Hause?"

Der alte Mann stellte die Kaffeekanne zurück auf den Herd, während er sprach. „Ja, sie sagte, sie sei nach Hause gekommen, um sich dieses Wochenende von dir zu verabschieden. Dann fährt sie zurück nach Nashville."

Brady hielt die Tasse vor sein Gesicht und atmete den Kaffeduft ein, aber seine Gedanken waren bei Lacey. Erst vor zwei Wochen hatte sie gesagt, sie wolle nie wieder mit ihm sprechen. Er hatte versucht, sie zur Vernunft zu bringen, aber sie war zu wütend, und es war alles zu seltsam – was in den wenigen Tagen nach Duffs Beerdigung geschehen war.

Nachdem er einen Anruf von einem Fremden erhalten hatte, der behauptete, Duff zu kennen, war Brady nach Athens gefahren, um sich mit dem Mann an der Bushaltestelle am Highway 411 zu treffen. Es handelte sich um einen Soldaten inUniform mit denselben Einheitsabzeichen und Aufnähern wie Duff. Der Mann stellte sich nicht vor, und er sah mit einem nervösen Blick um sich. Als er sicher war, dass ihn niemand beobachtete, zog er kräftig an seiner Zigarette und starrte Brady mit hohlen Augen an, während er einen braunen Umschlag aus der Innentasche seines Mantels zog.

„Hören Sie, ich bin ein Freund von Duff Coleridge, und ich bin erst gestern in Fort Campbell aus der Army entlassen worden. Bevor ich Vietnam vor ein paar Wochen verlassen habe, hat Duff mir diesen Brief gegeben und mich gebeten, ihn zu Ihnen nach Hause zu bringen. Er hat gesagt, dass seine Post gelesen wird und sein Leben in Gefahr ist – ich meine vor den verrückten Leuten, mit denen er zusammenarbeitet. Wie auch immer, lies ihn einfach. Er erklärt alles, aber erwähne niemals, wie du ihn bekommen hast, oder dass du mich je gesehen hast, verstanden?"

Die Adern in Bradys Schläfen pulsierten im Einklang mit dem Schlag seines Herzens, als ihm klar wurde, dass der Mann nichts von Duffs Tod wusste.

„Stecken Sie den Umschlag in Ihre Jacke und gehen Sie", sagte der Mann. „Sie dürfen nicht mit mir gesehen werden."

„Hören Sie, Mister, äh ..." Brady warf einen Blick auf die Uniform des Soldaten, aber sein Namensschild über der Brusttasche fehlte. „Es gibt etwas, das ich Ihnen sagen muss."

„Machen Sie es kurz. Ich nehme den Bus hier nach Hause." Der Mann wies auf einen herannahenden Greyhound, der langsam vom Highway abfuhr.

„Duff ist vor fast zwei Wochen im Kampf gefallen. Seine Beerdigung war letzte Woche."

Das Gesicht des Mannes verhärtete sich, und seine Stimme sank fast zu einem Flüstern. „Verfluchte Mistkerle." Er bückte sich, hob seinen Seesack auf und zog sich den Gurt über die Schulter, als der Bus zischend zum Stehen kam. „Egal was die Army Ihnen erzählt, Duff wurde wahrscheinlich nicht so getötet, wie sie sagen. Lesen Sie einfach diesen Brief. Sie können selbst entscheiden, ob Sie etwas unternehmen wollen."

Der Busfahrer stieg aus und öffnete den Gepäckraum, aber bevor er die Tasche des Soldaten verstaute, sah Brady den Namen James R. Noble und einen Teil der Seriennummer 410-33-. Er notierte sie auf dem Umschlag, als der Bus losfuhr.

„Noch Kaffee?"

Bristers Stimme riss ihn zurück in die Gegenwart. Brady bemerkte, dass seine Tasse leer war.

„Ja, klar", sagte er. „Was hast du auf dem Herzen, mein Junge?"

Brady blickte auf. In Zukunft würde er seine Gefühle verbergen müssen. Doch als er Brister über den Tisch hinweg ansah, kam ihm eine Idee. Und wem konnte er mehr vertrauen als Hubert Brister?

„Ich muss Ihnen etwas zeigen, aber zuerst müssen Sie mir Ihr Wort geben, dass Sie es niemandem sagen werden."

Der alte Mann lächelte. „Verdammt, Junge, du bist für mich wie einer meiner eigenen Söhne. Ich meine, wenn du es so willst, dann verspreche ich es dir."

Brady stand auf. „Ich bin gleich wieder da."

Nachdem er nach draußen zu seinem Wagen gegangen war und den Umschlag unter dem Fahrersitz hervorgeholt hatte, kehrte er in die Küche zurück. Er zog Duffs Brief aus dem Umschlag und reichte ihn Brister. Der alte Mann holte eine Lesebrille aus seiner Hemdtasche, während Brady ihm über die Schulter blickte und den Brief zum wahrscheinlich zwanzigsten Mal las.

Bristers Lippen zitterten, als er den Brief zu Ende gelesen hatte. Er sah Brady mit großen, vor Wut glühenden Augen an. „Die Mistkerle haben den Jungen getötet. Du musst diesen Brief zum Präsidenten bringen oder, wie Duff sagte, zu einer Zeitung oder so. Diese armseligen Mistkerle."

„Ich weiß", sagte Brady, „aber ich habe Angst, dass die Army es vertuschen könnte. Außerdem, sehen Sie sich das hier an."

Er drehte den Umschlag um und leerte den Inhalt auf den Tisch. Es waren einige weitere Dokumente, darunter eine handschriftliche Notiz auf einem Ferschreiben, in der es hieß: „Sie bekommen viel Lob von den großen Jungs in Saigon." Es war mit dem Namen „Spartan" unterzeichnet. Die Telex-Nachricht lautete: „Sagen Sie Ihrem neuen Mann, er hat gute Arbeit geleistet. Das Verhör seiner erfassten Verdachtsperson hat sich als wertvoll erwiesen."

Es gab noch ein weiteres Papier, das Duff auch in dem Brief erwähnte. Es war eine Liste vietnamesischer Namen. Mehrere waren durchgestrichen, und darunter war eine Notiz gekritzelt: „Die durchgestrichenen wurden bereits terminiert." Es war dieselbe Handschrift wie in der Nachricht auf dem anderen Fernschreiben. Brady legte die Liste beiseite und nahm eine gelbe Karte in die Hand, die mit etwas befleckt war, das nach getrocknetem Blut aussah. Auf der Vorderseite der Karte standen die Worte „Phung Hoang" neben dem Abbild eines rot-grünen Vogels, der Pfeile und Dynamitstangen in seinen Krallen trug.

„Was ist all dieser Kram? Was bedeutet es?" fragte Brister.

„Und diese Französin in dem Brief, von der er sagte, sie sei seine Freundin, wie soll sie etwas wissen?"

„Ich bin mir nicht sicher", sagte Brady. „Aber wenn Duff gesagt hat, dass ich sie kontaktieren soll, dann muss sie etwas wissen. Deshalb gehe ich rüber und versuche, ein paar von diesen Leuten zu finden."

„Junge, wie glaubst du, dass du das jemals tun kannst? Es gibt nicht einmal eine Garantie dafür, dass man dich da rüber schickt, und selbst wenn, es ist ein großes Land mit Millionen von Menschen."

„Ich habe meine Hausaufgaben schon gemacht, Mr. Hubert. Mein Einberufungsvertrag enthält eine Garantie für die MOS-Ausbildung und den Dienstort. Ich habe Airborne Ranger beantragt, wie Duff, und die Republik Vietnam. Das wird mein erster Dienstort sein. Es gibt dort nur zwei Luftlandeeinheiten, und Duff war bei einer von ihnen, als sie ihn rekrutiert haben."

Brister lief rot an, und die Adern an seiner Stirn schwollen an, während er sich eine Zigarette anzündete.

„Junge, du bist töricht. Was machst du denn, wenn du sie findest? Dieser Mann in Duffs Brief, wie nennt er sich, Spartan? Das kann nicht sein richtiger Name sein. Du könntest genauso enden wie Duff - was dann?"

„Deshalb erzähle ich Ihnen das alles. Falls mir etwas zustößt, möchte ich, dass Sie diesen Brief und die anderen Sachen in diesem Umschlag an die Army und die Zeitungen weitergeben."

„Das ist die dümmste verdammte Idee..."

„Es gibt Recht und Unrecht, Mr. Hubert. Ich habe das Recht auf meiner Seite, und ich werde diese Leute finden, koste es, was es wolle. Sie haben mir Ihr Wort gegeben."

Brister zog kräftig an seiner Zigarette, dann nahm er seine Brille ab und rieb sich die Augen. Nach einigen Augenblicken setzte er die Brille wieder auf und sah Brady an.

„Du musst noch einmal darüber nachdenken, was wirklich

richtig ist und was nicht. Vergiss nicht, dass in der Guten Schrift steht, dass die Rache dem Herrn gehört."

"Alles, was ich tun werde, ist, Namen und Gesichter zu sammeln, es sei denn, sie versuchen, mit mir dasselbe zu machen, was sie mit Duff gemacht haben. Können Sie mir helfen?"

Brister schüttelte den Kopf, dann nickte er. "Also gut, wenn du sagst, ich hätte dir mein Wort gegeben, dann habe ich es wohl getan. Ich werde diesen Brief an einem sicheren Ort aufbewahren, aber ich sage dir noch einmal, dass es eine Dummheit ist, was du da tust."

"Sie haben wahrscheinlich recht", sagte Brady.

Es war ein riskanter Plan, aber neben Lacey war Duff sein bester Freund auf der Welt gewesen. Wenn es sich bei seinem Tod um mehr als eine Kriegshandlung handelte, hatte Duff es verdient, dass jemand versuchte, die Verantwortlichen zu finden.

Als das Scheinwerferlicht seines Pickups auf das Haus fiel, bemerkte Brady, dass er sich ans Lenkrad klammerte und zögerte. Es war Laceys Haus und, bis zu seinem Tod, Duffs, aber es war in den letzten zwölf Jahren auch Bradys Zuhause gewesen. Sie waren alle drei dort aufgewachsen. Kurz nachdem Duffs und Laceys Vater und auch Bradys Vater, Lyons Nash, bei einem Bergwerksunglück ums Leben gekommen waren, erlitt Bradys Mutter einen Schlaganfall. Sie lebte noch knapp vier Monate und ließ Brady dann alleine auf der Welt zurück. Mrs. Coleridge nahm ihn bei sich auf, um mit ihr und ihren Kindern zu leben, Duff und Lacey.

Dies war seine Familie, doch nach Duffs Tod wuchs die Entfremdung zwischen ihnen. Seine Pflegemutter, Emma Coleridge, war untröstlich über seine Einberufung und sagte, sie würde bald einen zweiten Sohn verlieren. Lacey fand, er sei stur und kümmere sich nicht um ihre Gefühle.

Er fuhr in die Einfahrt. Laceys blauer Malibu war vor dem Haus geparkt. Warum ein Mädchen einen 396-Kubikzoll V8 mit einem Holley Vierfachvergaser brauchte, war ihm schleierhaft, aber er passte zu ihr. Sie war die zielstrebigste Frau, die er je gekannt hatte.

Sie waren fünf Jahre alt gewesen, als er sie zum ersten Mal bei der Beerdigung ihrer Väter gesehen hatte. Sie und Duff klammerten sich an die Röcke ihrer Mütter, während die Gemeinde „Amazing Grace" sang. Er hatte damals jedoch keine Ahnung, dass Lacey von einem Kind, mit dem er im Sommer über die Hügel rannte, zu der Frau heranwachsen würde, die jedes seiner Gefühle beherrschte. Er stieg aus dem Wagen und erblickte Emma, die ihn durch das Fliegengitter an der Haustür anstarrte. Als Brady die Treppe hinaufstieg, stieß sie die Tür auf.

„Ich hab' dich drüben schießen gehört, mein Junge."

„Nur ein paar Kojoten", sagte Brady. „Wo ist Lacey?"

„Sie ist in ihr Zimmer gegangen, als du angekommen bist. Bitte, fangt nicht wieder mit dem Streiten an."

Brady beugte sich vor und küsste sie auf die Wange. „Ich habe keine Lust zu streiten."

„Komm mit hinter in die Küche. Ich habe eine Kanne Kaffee aufgesetzt.

Hast du Hunger?"

Sie setzten sich einander gegenüber an den Tisch, und als Brady bemerkte, wie sich die Augen seiner Stiefmutter hoben und an ihm vorbeisahen, wusste er, dass Lacey hinter ihm stand. Einen Moment später spürte er, wie sie ihren Arm, um seine Schultern legte.

„Hey, Bruder, warst du auf der Jagd?"

„Bruder", so hatte sie ihn immer genannt – bis sie sich verliebt hatten. Es war eine liebevolle Begrüßung, aber jetzt hatte sie nicht mehr dieselbe Bedeutung. Er drehte sich um und hob sein Gesicht zu ihrem, aber sie wich schnell zur Seite und zog einen Stuhl an den Tisch.

„Wieder nur 'Bruder', hm?"

Lacey presste die Lippen zusammen, und Mama Emma machte ein langes Gesicht.

„Ich bin nach Hause gekommen, um mich von dir zu verabschieden", sagte Lacey. „Aber..." Sie beendete den Satz nicht, weil ihr die Tränen in die Augen stiegen.

„Kinder, bitte, warum redet ihr nicht morgen darüber?"

Lacey schob ihren Stuhl zurück und verließ den Raum.

Am Sonntag nach der Kirche saßen sie auf der Veranda, Lacey auf der Hollywoodschaukel und Brady auf einem Schaukelstuhl, aber sie weigerte sich, Blickkontakt aufzunehmen. Dies war seine letzte Gelegenheit, vor seiner Abreise Frieden zu schließen. Er wollte am nächsten Morgen den Greyhound-Bus am Highway 411 nehmen. Der Bus würde ihn nach Atlanta und schließlich nach Fort Jackson, South Carolina, zur Grundausbildung bringen. Lacey starrte unentwegt die Straße hinauf, wo sich der strahlend weiße Kirchturm über die Bäume erhob. Den ganzen Tag über war die Spannung zwischen ihnen wie ein Pulverfass gewesen, das nur auf den Funken eines falsch ausgesprochenen Wortes wartete. Sie sprachen über das Wetter, über andere Menschen, über alles Mögliche, nur nicht über die gähnende Kluft zwischen ihnen. Er musste sie zum Reden bringen.

„Ich war nicht sauer, als du gesagt hast, dass du nach Nashville ziehen willst", sagte er.

Lacey drehte langsam ihren Kopf. Ihre Augen, normalerweise weich und braun, waren steinhart.

„Du hattest keinen Grund, sauer zu werden. In Nashville Country-Musik zu singen, wird mich nicht ums Leben bringen."

„Du weißt, dass ich dich liebe", sagte Brady.

Für einen Moment wurden ihre Augen weich, doch dann verhärteten sie sich schnell wieder zu Stein. „Du wolltest nicht einmal mit mir nach Nashville gehen, und jetzt haust du ab zur Army. Was ist das für ein Liebesbeweis?"

„Hör zu, ich habe dir gesagt, dass ich immer für dich da sein werde, und das werde ich auch. Wenn ich zurückkehre, komme ich vielleicht nach Nashville, und wir können alles miteinander klären."

Sie wandte sich ab.

„Kannst du mich nicht einmal anschauen, wenn wir reden?"

Lacey drehte sich langsam wieder zu ihm um, aber ihre Augen wurden plötzlich rot und füllten sich mit Tränen. Sie war immer noch die schönste Frau, die er je gesehen hatte: große, braune Augen, hohe Wangenknochen und weiches, braunes Haar, das ihr bis über die Schultern fiel. Ihre Stimme war heiser und voller Gefühle.

„Ich werde das nicht noch einmal durchmachen. Ich kann es nicht. Erst ist Daddy gestorben, dann Duff. Und jetzt gehst du. Du musst auf mich hören. Bitte tu es nicht."

„Ich habe keine andere Wahl", sagte Brady. „Ich habe mich bereits verpflichtet."

„Doch, das hast du. Wir können nach Kanada gehen. Ich werde mit dir gehen, und wir können dort zusammen leben."

„Bist du verrückt? Das ist Desertion. Außerdem, was ist mit dieser Country-Musik-Sache, die du unbedingt machen willst?"

„Verdammt, Brady, du kannst das doch nicht machen!"

Er hatte sie noch nie fluchen gehört. Sie erhob sich von der Schaukel, ballte die Fäuste und ging an den Rand der Veranda. Brady ging auf sie zu, aber sie stieß ihn zurück und hielt ihn auf Armeslänge.

„Siehst du nicht, dass ich bereit bin, alles für dich aufzugeben? Es bricht mir auch das Herz, dass Duff nicht mehr hier ist, aber seit er tot ist, scheint es, als wärst du ein anderer Mensch geworden. Ich weiß, dass ihr zwei euch sehr nah wart, aber wenn du mich liebst, musst du es beweisen. Geh mit mir nach Kanada."

Brady führte sie zurück zur Schaukel, wo sie sich hinsetzten, und er sie sanft auf die Stirn küsste. Sie umarmten sich und küssten sich erneut, dieses Mal voller Leidenschaft, und als ihre Lippen sich trennten, blickte Lacey atemlos zu ihm auf.

„Du wirst also gehen?"

Brady sah ihr in die Augen. „Ich liebe dich, Lacey, mehr als alles andere auf der Welt, aber-"

Sie stieß ihn von sich. „Nein, das tust du nicht. Wenn es so wäre, würdest du auf mich hören."

„Ich habe keine Wahl", sagte er.

„Doch, du hast eine Wahl, und du hast sie getroffen! Du wirst umkommen, und wenn du es nicht tust, rechne bloß nicht damit, dass ich auf dich warte, denn das werde ich nicht tun. Ich kann es nicht."

Lacey brach in Schluchzen aus, presste die Knie an ihre Brust und ließ den Kopf sinken. Brady berührte sie an der Schulter, aber sie zuckte zurück und schlug seine Hand weg.

„Fass mich nicht an. Geh einfach. Verschwinde aus meinem Leben. Ich will dich nie wieder sehen."

KAPITEL 2

Das gefährlichste Spiel

Lacey schob die Bettdecke zurück, und blickte auf die Uhr neben ihrem Bett. Es war sieben Uhr dreißig und die ersten Sonnenstrahlen drangen durch das Fenster ihrer Wohnung, als sie sich aufsetzte und begann, sich auch an diesem Tag für ihren Job als Kellnerin fertig zu machen. Die Morgensonne in Nashville war nicht dieselbe wie zu Hause. Sie ging mit einem grelleren Schein auf, und sie sah ihrem Tag nicht mehr wie früher mit begieriger Erwartung entgegen. Brady war nun schon fünf Monate fort, und unerbittliche Sorge nagte an ihr. Sie hatte jeden seiner Briefe gelesen, aber nicht einen einzigen beantwortet. Wenn er ihr wirklich gleichgültig war, warum las sie sie dann überhaupt? Vielleicht war *sie* diejenige, die zu stur war.

In der Wohnung war es still, als sie in die kleine Küche schlurfte, um die Kaffeemaschine einzustecken und das Radio anzuschalten. Die Klänge des Radios halfen, die Einsamkeit zu vertreiben. Die Kaffeemaschine zischte und ächzte und verströmte den ersten Hauch von Kaffeeduft. Anders als die alte Maschine zu Hause, die auf die Herdplatte gesetzt wurde, war diese elektrische Kaffeemaschine aus glänzendem Chrom und weißem Plastik. Sie war schön, aber der Kaffee schien nie so gut zu schmecken wie der auf dem Herd gebraute. Alles, so schien es, hatte seinen Preis.

So war es auch in Nashville. Es war größer und nicht so freundlich wie die kleineren Städte, in die Duff sie an den Wochenenden mitgenommen hatte, um auf ihren Gitarren zu spielen. Doch selbst die Auftritte in den Kleinstädten waren nicht ohne Risiko. Wenn ihre Mutter erfahren hätte, dass es sich bei Duffs „Gemeindezentren" in Wirklichkeit um Bars und Gasthäuser handelte, hätte es ordentlich Krach gegeben, aber Brady behielt ihr Geheimnis für sich. Sie verbrachten ihre Wochenenden mit stundenlangen Fahrten zu Orten wie Maryville, Cleveland und sogar Chattanooga, wo sie bis in die frühen Morgenstunden auf ihren Gitarren spielten. Sie hatten nur zum Spaß und für ein bisschen Taschengeld gespielt, bis ein Mann aus Nashville sie eines Abends auftreten sah.

Hugh Langston bot ihr an, Freitag- und Samstagabends in seinem Club in Nashville zu singen. Zuerst wollte sie das Angebot dieses Mannes mit der quacksalberischen Zunge nicht wahrhaben. Es schien alles zu unmöglich zu sein, aber er weigerte sich, ein „Nein" als Antwort zu akzeptieren, und nach einer Weile schien es möglich. Sie ließ sich darauf ein, und Langston, ein gerissener Geschäftsmann, der Cowboyhüte trug und dicke Zigarren rauchte, verschaffte ihr auch einen Kellnerinnenjob in einem Restaurant für unter der Woche.

Das Restaurant befand sich nahe des Flusses in der Innenstadt und bot einen Blick auf die felsigen Klippen entlang des Cumberland Rivers. Es hatte weinrote Vorhänge und Leinenservietten, und sie verdiente dort ein Trinkgeld, das besser war, als sie es sich je vorgestellt hatte. Langston bezahlte sie außerdem dafür, dass sie in seinem Club sang.

Sie stand in seiner Schuld und sie konnte nicht einfach alles hinschmeißen, nur weil Brady sich weigerte, nach Nashville zu ziehen. Außerdem war dies der Ort ihrer Träume. Nashville war der Ort, an den die Leute kamen, um ins Country-Musikgeschäft einzusteigen. Und jetzt, da alles mit Langstons Hilfe so möglich zu sein schien, war es ihre Leidenschaft geworden. Es war zwar weit hergeholt, aber sie spielte oft mit dem Gedanken, eines Tages in der Grand Ole Opry aufzutreten. Sie stellte sich immer noch vor, wie die kleine Lacey Coleridge aus Melody Hill dort auf der Bühne stand und live im Ryman Auditorium auf WSM Radio sang, während ganz Tennessee im Radio zuhörte.

Der Duft des Kaffees holte sie aus ihrem Tagtraum und sie blickte auf die Wanduhr. Es war bereits nach acht. Da sie kurz davor war, zu spät zur Arbeit zu kommen, nahm sie ein schnelles Bad, trug etwas Lippenstift auf und zog sich an. Sie wollte gerade gehen, als sie Bradys letzten Brief bemerkte, der noch immer auf der Couch im Wohnzimmer lag. Sie faltete ihn zusammen und steckte ihn in ihre Handtasche.

Hugh Langston wollte nach der Arbeit vorbeikommen, um mit ihr über einen Musikcoach zu sprechen, und er brauchte nicht zu wissen, dass sie einen weiteren Brief bekommen hatte. Nachdem Langston sie eines Tages in Tränen aufgelöst vorgefunden hatte, als er sie bei der Lektüre eines der Briefes ertappte, hatte er ihr einen Vortrag darüber gehalten, dass sie eine zu große Ablenkung für sie wären. Er hatte gesagt, sie müsse bei Laune bleiben und sich konzentrieren, wenn sie es im Musikgeschäft schaffen wolle. Hugh meinte es wahrscheinlich gut und er schien sich auch ehrlich um sie zu sorgen, aber sie beschloss, seine taktlosen Vorschläge zu ignorieren. Sie hielt die Briefe einfach außer Sichtweite und erwähnte sie nicht mehr.

Die Ausbildung für die Army schien ewig zu dauern, aber im Herbst erhielt Brady endlich den ersehnten Befehl – Republik Vietnam, Hauptquartierkompanie, 173. Luftlandebrigade. Nach einem dreißigtägigen Urlaub würde er die Reise nach Vietnam mit einen militärischen Chartertransport antreten. Sein Plan funktionierte tatsächlich, und er hätte eigentlich Freude über seinen Erfolg verspüren sollen, wenn da nicht eine Sache gewesen wäre. Es war Lacey. Sie hatte auf keinen seiner Briefe geantwortet. Er wusste, dass sie stur war, aber er hätte er nie gedacht, dass sie kein einziges Mal antworten würde.

Er musste ein letztes Mal mit ihr sprechen, bevor er abreiste. Alles war besser, als nach Vietnam zu gehen, ohne sich zu verabschieden. Als er nach Hause zurückkehrte, beschloss er, ihr den ersten Schritt zu überlassen. Sicherlich wollte sie ihn sehen oder zumindest mit ihm sprechen, bevor er abreiste. Er blieb in der Nähe des Hauses und wartete, aber die meiste Zeit seines dreißigtägigen Urlaubs verging ohne ein Wort aus Nashville. Erst einige Tage vor seiner Abreise nach Vietnam wurde Brady klar, dass er sie selbst anrufen musste.

Vielleicht konnte er nach ihrem Telefonat nach Nashville fahren und die letzten Tage mit ihr verbringen. Er warf einen Blick auf seine Uhr. Es war fast fünf Uhr dreißig – vier Uhr dreißig in Nashville. Laut Mama Emma würde Lacey gegen vier Uhr ihrer Zeit nach Hause kommen. Er wählte die Nummer ihrer Wohnung in Nashville, und nach einigen Sekunden ertönte ein entferntes Klingeln, das sich anhörte, als sei es tausende Meilen entfernt. Das Telefon klingelte und klingelte. Lacey müsste jetzt schon seit dreißig Minuten zu Hause sein. Vielleicht hatte sie nach der Arbeit noch irgendwo Halt gemacht. Als er gerade auflegen wollte, meldete sich ein Mann am anderen Ende.

„Es tut mir leid", sagte Brady. „Ich habe mich wohl verwählt."

„Wen wollen Sie sprechen?", fragte der Mann.

„Ist das die Wohnung von Lacey Coleridge?"

„Wer ist da?"

„Hier ist Brady Nash. Ich bin... äh... ein Freund von Lacey."

„Nun, mein Lieber, sie ist gerade beschäftigt. Vielleicht können Sie an einem anderen Tag wieder anrufen."

Das Telefon klickte und war still. Brady umklammerte den Hörer so fest, dass seine Knöchel weiß wurden. Ein Mann, der in Laceys Wohnung ans Telefon ging, war das Letzte, was er je erwartet hatte. Seine Hand zitterte, während er das Telefon anstarrte. Ungläubig und fassungslos über das, was er gerade gehört hatte, hängte er leise den Hörer auf und ging in sein Zimmer.

Es war das Zimmer, das er mit Duff geteilt hatte, und es war noch immer mit zu vielen ihrer Kindheitserinnerungen vollgestopft. Die Wände schienen ihn zu erdrücken. Er musste raus, musste von hier wegkommen und irgendwohin gehen, wo er nachdenken konnte. Brady holte seinen Seesack unter dem Bett hervor und fand die Flasche Bourbon, die er in Atlanta gekauft hatte. Er versteckte sie unter seiner Jacke, schlich sich durch die Haustür und ging die Straße hinauf zum Friedhof hinter der Kirche.

An den meisten Abenden, um die Zeit des Sonnenuntergangs, ging Pastor Webb in den Altarraum der Kirche, wo er das elektrische Glockenspiel spielte. Und wenn der Wind dann nachließ und nicht ein einziges Blatt mehr flatterte, bemalten oft die letzten Strahlen der Sonne noch den westlichen Himmel, während die Leute im meilenweit entfernten Tal auf ihren Veranda-Schaukeln saßen und der Musik lauschten, die friedlich von den Hügeln herüberwehte. Normalerweise empfand Brady das Glockenspiel als beruhigend, aber an diesem Abend war das nicht der Fall. Er starrte auf Duffs Grab. Es war eine hässliche Narbe, die das abgestorbene Gras durchschnitt, und der Klang des Glockenspiels war ein Klagelied, das keine Linderung brachte.

Nach mehreren Schlucken Whiskey bemerkte er etwas Glänzendes im Gras und bückte sich, um es aufzuheben. Es war ein altes Stück Messing von einem M-14 Gewehr. Die Armee hatte Duffs Leichnam aus Vietnam zurückgeschickt. Der Sarg war mit einer Flagge bedeckt gewesen, und als sie ihn hinter der Kirche beerdigten, feuerten sieben Soldaten dreimal ihre M-14s ab. Die

Gewehre knallten einstimmig und die Schüsse hallten meilenweit über die Hügel und vervielfachten sich zu Tausenden, bevor sie in der Stille abklangen, während der Hornist den Zapfenstreich blies. Brady hatte dabei sowohl Lacey als auch seine Stiefmutter stützen müssen, die vor Kummer schluchzten. Der Klang des Horns hallte durch das Gebirgstal, und für Brady hatte das Echo nie aufgehört.

Er kippte die Flasche so steil er konnte nach oben, aber er konnte nicht genug Whiskey bekommen, um der scharfen Klinge des Schmerzes zu entkommen.

„Duffy, Junge, ich mache das für dich. Ich verspreche dir, ich werde die Mistkerle finden, die das getan haben, und ich werde sie drankriegen.”

Er setzte sich auf den kalten Granit des Grabsteins. Zwei Drittel der Whiskeyflasche waren bereits geleert.

„Auf dich, Kumpel. Wünsch’ mir eine gute Jagd.”

Er schüttete den restlichen Bourbon über das Grab – bis auf eine kleine Portion, die er selbst austrank. Ein kalter Nieselregen begann zu fallen. Als er aufstand, warf er einen letzten Blick zurück auf das Grab. Während die eisigen Regentropfen ihm ins Gesicht stachen, dachte er an den Tag vor Duffs Abreise zurück. Duff hatte darüber gelacht, dass er nach Vietnam gehen würde. Er hatte gesagt, es würde ein Abenteuer werden. Brady warf die Messinghülse in die Luft und fing sie in seiner Faust. Er hatte keine solchen Illusionen. Er steckte die Hülse in die Hosentasche. Es würde eine Abrechnung geben, und jemand würde höllisch zu bezahlen haben.

Das Töten und Sterben war zu einem surrealen Albtraum geworden. Als die Nacht hereinbrach, zogen Beleuchtungsgeschosse unheimlich über den rauchigen Nachthimmel, Leuchtspurgeschosse malten helle Bögen über die Hügel, und feindliche Raketen und

Mörser schlugen in die Feuerbasis ein. Brady beobachtete voller Ehrfurcht, wie „Puff the Magic Dragon", ein riesiger C-130 Kampfhubschrauber mit Infrarotsensoren, um den Stützpunkt herumflog und ein donnerndes Volumen an Feuer und Zerstörung über die angrenzenden Hügel speite. Die alten Hasen sagten, dass es keinen Unterschied machte, denn der Feind würde sowieso kommen. Ein Stützpunkt südlich von Ben Het, im zentralen Hochland nahe der kambodschanischen Grenze, war Bradys neues Zuhause, und nach zwei Wochen hatte er beschlossen, dass es wohl näher an der Hölle war als an Kambodscha.

Feindliche Bewegungen in den umliegenden Bergen machten alle nervös, und es kursierten wilde Gerüchte, dass der Stützpunkt in den nächsten Tagen ernsthaft angegriffen werden würde. Bei der Grenzpatrouille alberte niemand mehr herum, und auch die Aufgabe der Wachposten unten in den Bunkern wurden nicht auf die leichte Schulter genommen, doch es war vor allem die angstvolle Nervosität der Veteranen, die Laceys Vorhersage immer wahrscheinlicher erscheinen ließ. Sie hatte gesagt, er würde sich für nichts und wieder nichts umbringen lassen.

Wenn morgens die Sonne aufging, war es gar nicht so schlimm, es sei denn, man war außerhalb des Zauns auf Patrouille. Den Linienkompanien, die als Einheiten in Zug- und Kompaniegröße patrouillierten, wurde auf jedem Hügel, dem sie sich näherten die Hölle heiß gemacht, aber Bradys Rangereinheit betrieb nur Fernaufklärung. Ihr Auftrag war einfach, aber riskant. Verstecken, abwarten, beobachten und dann Bericht erstatten. Das Problem war, dass ihre Berichte alle gleich lauteten – Hunderte Soldaten der nordvietnamesischen Armee überall. Nach mehreren Wochen voller ähnlicher Berichte und dem Verlust eines ganzen Fernspäherteams, setzte der Kompaniekommandeur sie nur noch sparsam ein, was Brady nicht im Geringsten störte.

Die NVA schien sich damit zufrieden zu geben, die meisten

ihrer Aktivitäten auf die Nachtstunden zu beschränken, in der Regel willkürliche Mörser- oder Raketenangriffe auf den Stützpunkt. Tagsüber machte Brady einen Mittagsschlaf, um die ungewöhnliche Gefechtspause auszunutzen, von der die alten Hasen sagten, sie könne nichts Gutes bedeuten. Am späten Nachmittag lag er auf dem Dach seiner Baracke und las ein Buch, während die Sonne am Horizont unterging. Es war einer der seltenen Nachmittage, an denen der Regen nicht gekommen war, aber die abendliche Schwüle hing noch immer dicht über dem Stützpunkt.

Er beeilte sich, die Geschichte zu Ende zu lesen, als die Dämmerung dem Himmel das letzte Licht raubte. Es war eine Kurzgeschichte mit dem Titel „Das gefährlichste Spiel", deren Spannung ihn in ihren Bann zog. Als er sich bemühte, in der Dämmerung weiterzulesen, ertönte aus dem Dschungel außerhalb des Stützpunkts ein kaum wahrnehmbares *bumm, bumm, bumm.* *„Ich bin noch immer ein in die Enge getriebenes Biest", sagte Rainsford zu General Zaroff.*

„Incoommminggg!" Die Rufe hallten durch den Stützpunkt.

Brady klappte das Buch zu und kletterte hastig von seinem Sitzplatz. Zweifelsohne war dies der Auftakt einer weiteren Nacht voller Schikane, denn die ersten Geschosse schlugen bereits mit erderschütterndem Krachen in den Stützpunkt ein. Nachdem er in der Baracke in Deckung gegangen war, spähte er durch den mit Sandsäcken geschützten Eingang zurück. Die Sonne war verschwunden und hatte die Hügel in ein orange-violettes Licht getaucht. Nachdem die ersten Mörsergeschosse explodiert waren, herrschte eine seltsame Stille. Es schien fast so, als ob der gesamte Stützpunkt den Atem anhielt und abwartete, ob noch mehr kommen würde.

Es dauerte einige Augenblicke, bis Brady aus der Tür trat, um einen besseren Blick zu haben, doch sobald er draußen stand, füllte sich der Himmel mit den feurigen Spuren der nahenden Raketen.

Von irgendwoher im Westen ertönte das ferne Grollen von Artillerie, und ein paar Augenblicke später überschwemmte ein Schwall von Donnerschlägen den Stützpunkt mit Rauch, Staub und surrenden Granatsplittern.

Brady kauerte im Eingang der Baracke und beobachtete, wie aus allen Richtungen grüne Leuchtspurgeschosse auf den Stützpunkt einschlugen – feindliche Maschinengewehre. Die verbrauchten, aber immer noch gefährlichen, Leuchtspurgeschosse prallten ab und flogen wie wild umher, während die Männer unten in den Bunkern das Feuer erwiderten. Dies waren nicht die üblichen Schikanen, sondern ein koordinierter Angriff mit einer Kombination aus Artillerie, Mörsern und Maschinengewehren.

Ein junger Offizier stürmte den Hügel hinunter in Richtung der Absperrung, doch bevor er sein Ziel erreichte, wurde er von einer Explosion verschlungen. Sein Körper überschlug sich wie eine Stoffpuppe in der Luft und landete in einem zusammengesackten Haufen. Mehrere Soldaten hasteten aus einem Bunker, um die Leiche abzutransportieren. Brady schauderte und versuchte, die Fassung zu bewahren, während er nach seinem M-16, den Munitionstaschen und Handgranaten griff. Er musste zu seinem Posten gelangen.

Tief geduckt rannte er durch einen Wirbel herumsausender Granatsplitter. Die Aufklärungseinheit war für die innere Sicherheit zuständig, und er musste den inneren Perimeter aus Bunkern im Zentrum des Stützpunkts erreichen. Die Posten umringten die Mörsergruben und mehrere Hauptquartierbunker, darunter auch den Gefechtsstand des Bataillons. Er sprintete mit all seiner Kraft auf den ihm zugewiesenen Bunker zu, und spürte, wie die Wucht einer weiteren Explosion ihn vorwärts katapultierte, als er durch den Eingang hechtete.

Drinnen war es plötzlich stiller, und das Licht einer Taschenlampe durchschnitt die staubige Dunkelheit, in der ein Sanitäter einen an der Wand lehnenden Soldaten behandelte. Der verwundete Soldat hielt die Lampe für den Sanitäter, welcher seine blutigen Beine mit Mullbinden umwickelte. Brady erkannte die Umrisse von zwei weiteren Männern, die an den Schießscharten standen und in Richtung der Abgrenzung spähten.

„Ohne Scheiß", sagte einer von ihnen. „Das ist es jetzt wirklich. Diesmal wollen sie unsere Ärsche kriegen."

Brady erkannte ihre Silhouetten im schwindenden Licht. Es waren Will Cantrell und ein weiterer seiner Barackenkameraden, Shaky Watson.

„Ich kann ein paar hundert dieser kleinen Bastarde direkt vor dem Posten der Bravo Company sehen", sagte Will.

Brady stieg über den verwundeten Mann. Es war einer der Soldaten des Mörser-Zuges. Er erkannte sein Gesicht, aber er kannte seinen Namen noch nicht. Als er durch die mit Sandsäcken umringte Schießscharte hinausblickte, sträubten sich die Haare in seinem Nacken. In der zunehmenden Dunkelheit drängten sich Hunderte von feindlichen Soldaten gegen den Zaun – nur wenige Meter vor der ersten Bunkerlinie. Unter dem schrillen Klang von Pfeifen hatten sie bereits mehrere Reihen Stacheldraht durchbrochen, und die letzte begann, unter der Menschenwelle nachzugeben, während sie die Bunker mit einem Regen aus Granaten bewarfen.

Brady blickte durch die Scharte zum Himmel hinauf. Dort hätten Beleuchtungsmunition und Unterstützungsfeuer von den Mörsern des Bataillons zu sehen sein müssen. Er trat an die Rückseite des Bunkers und starrte in die Richtung, in der sich die sechs 120-mm-Mörserstellungen hätten befinden sollen. Dort waren mehrere große Krater zu sehen, und nur eine Mörsergrube blieb übrig. Der Rest war zerstört worden. Jenseits der Mörsergruben stand der Gefechtsstandsbunker des Bataillons, aus dessen Dach ein Ansammlung von Funkantennen ragte. Mehrere Offiziere mit Ferngläsern spähten durch die Schießscharten und beobachteten das Geschehen unten an der Absperrung.

Oben in der Nähe der Landezone rollten mehrere Soldaten ein rückstoßfreies 90-mm-Gewehr auf eine Anhöhe und kurbelten den Lauf hektisch in eine horizontale Position. Es herrschte totales Chaos auf der Feuerbasis und plötzliches Artilleriefeuer riss Brady in die Realität zurück. Einer der Männer hinter ihm im Bunker hatte sein M-16 abgefeuert. Das verbrauchte Messing klirrte und prallte gegen die hölzernen Munitionskisten auf dem Boden.

„Ich hab' den Hurensohn erwischt", rief Shaky.

„Granate!" brüllte Will.

Sie duckten sich, als eine Explosion aus Dreck, Staub und Flammen durch die Öffnungen drang. Beide Männer richteten sich blitzschnell auf und feuerten ihre Waffen ab. Es gab eine weitere Explosion. Shaky fiel zu Boden und hielt sich schreiend die Hände vors Gesicht. Brady beugte sich über ihn, während der Sanitäter das Licht auf Shaky richtete. Er war verbrannt und blutig.

„Ich kann nichts sehen", sagte er.

„Ich kümmere mich um ihn", rief der Sanitäter. „Geh' rüber und hilf Will."

„Es sind zu viele", schrie Will. „Los, deck' den Eingang."

Brady hastete zu dem kleinen Eingang auf der Rückseite. Als er um die mit Sandsäcken bedeckte Wand spähte, sah er sich einem feindlichen Soldaten gegenüber. Der Soldat warf eine Granate, aber Brady streckte ihn mit einem Schuss aus seinem M-16 nieder und sprang zurück in den Bunker. Die Explosion der Granate schleuderte ihn hart auf den Boden und zerstach sein Gesäß mit Granatsplittern. Benommen und mit klingelnden Ohren stolperte er zurück in den Eingang, als eine Gruppe feindlicher Soldaten den Bunker stürmte. Er ignorierte die Kugeln, die an ihm vorbeirauschten, und drückte ein paar gezielte Schüsse ab, mit denen er mehrere Angreifer zu Fall brachte. Die Übrigen zerstreuten sich und krochen zurück in Deckung.

Das feindliche Artilleriefeuer hatte aufgehört, aber auf dem ganzen Stützpunkt tobten noch immer Feuergefechte, während der Sanitäter Bradys Gesäß mit einer Taschenlampe untersuchte.

„Es ist nur eine leichte Verletzung", flüsterte er. „ Du hast vielleicht drei oder vier kleine Stücke in deinem Arsch, aber deine Eier sind in Ordnung. Halt' still, während ich die Löcher verbinde."

„Mach es schnell", sagte Brady.

Als er fertig war, zog Brady sich die Hose hoch, während Will und der Sanitäter in der Dunkelheit miteinander flüsterten.

„Wir schaffen es vielleicht nicht bis zum Morgen", sagte Will.

„Scheiße. Wir sind völlig überrannt", erwiderte der Sanitäter. „Der ganze verdammte Stützpunkt könnte bis zum Morgen verschwunden sein."

Brady trat zu ihnen und beobachtete durch die Schießscharten, wie schemenhafte Gruppen von Männern umherhuschten. Es war unmöglich, Feind und Freund zu unterscheiden.

„Das ist wahnsinnig", sagte Brady. „Wir haben auf beiden Seiten Schwachpunkte."

„Bleib nur ruhig, Nash", sagte Will. „Keine Panik."

„Ich bin nicht panisch, aber wir können uns doch nicht einfach wie Ratten verstecken, bis sie uns hier rausziehen."

Brady ging auf die Tür des Bunkers zu. „Wo willst du hin?" fragte Will. „Irgendwohin, wo ich was sehen kann", sagte Brady.

„Warte", sagte er, aber Brady ignorierte ihn, kroch nach draußen und kletterte auf den Bunker. Er schob mehrere Sandsäcke zur Seite und schuf so eine flache Mulde auf dem Dach. Dort ging er in Deckung und nahm seinen Helm ab. Er bewegte nur seine Augen, als er über den Rand der Sandsäcke spähte und die Dunkelheit absuchte.

Es war ein ungeschützter Posten, aber wenigstens hatte er jetzt einen Rundumblick auf das ganze Gebiet. Innerhalb der Absperrung kollidierten überall rote und grüne Leuchtspurgeschosse, und die

Lichtblitze der Granaten machten die Silhouetten der Kämpfer deutlich erkennbar. Brady hielt sich mit dem Schießen zurück. Ohne die Gewissheit, jemanden zu erwischen, wäre es töricht, seine Position zu verraten. Die einzige sinnvolle Entscheidung war es, darauf zu warten, dass der Kampf zu ihm kam.

Nach ein paar Minuten gab es hinter ihm einen Aufruhr, als ob jemand rennen würde. Brady rollte sich auf die Seite. Die Silhouette eines feindlichen Pioniers erhob sich vor dem Hintergrund des Himmels, als dieser mit einer geballten Ladung auf den Bunker des Bataillons-CP zurannte. Das Visier seines M-16 war in der Dunkelheit nutzlos, aber Brady zielte instinktiv, schwenkte das Visier über die laufende Gestalt und drückte einen Schuss ab. Der feindliche Soldat stürzte kopfüber in den Dreck.

Ein weiterer Pionier stürmte nach vorn und schnappte sich die Ladung, als er an seinem gefallenen Kameraden vorbeirannte. Die Offiziere im Inneren des Bunkers feuerten wahllos in die Dunkelheit. Brady duckte sich, während ihre Kugeln um ihn herumflogen. Als die Schüsse verklungen waren, hob er erneut den Kopf und sah den Schatten eines feindlichen Soldaten, der am Fuße des CP Bunkers hockte. Der Pionier stand auf und versuchte, die Sprengladung durch eine Schießscharte zu schieben. Brady gab einen schnellen Schuss ab. Der Soldat war achtzig Meter entfernt, aber seine Knie knickten unter ihm ein, und er rutschte zu Boden.

Der Feind schien entschlossen zu sein, den Bunker zu zerstören, denn sogleich lief ein weiterer Pionier in der Dunkelheit nach vorne und schnappte sich die Sprengladung. Auch er versuchte, sie durch die Schießscharte zu schieben. Brady gab einen weiteren Schuss ab. Die Kugel schleuderte den feindlichen Soldaten gegen die Sandsäcke, und die Ladung fiel zu Boden. Einen Augenblick später verschwanden die Leichen der beiden Männer in der flammenden Explosion ihrer geballten Ladung.

Die Nacht dauerte ewig, jede Minute erschien wie eine Stunde und jede Stunde wie eine Ewigkeit. Brady lag regungslos und schwitzend in der Dunkelheit. Gruppen feindlicher Soldaten huschten über das Gelände. Die Rufe und Schreie der nahen und fernen Kämpfer wurden von Blitzen, Schüssen und Explosionen unterbrochen. Brady wählte seine Ziele systematisch und feuerte einen Schuss nach dem anderen ab, bis die Umgebung des Bunkers mit Leichen bedeckt war. Bisher hatte er sie in Schach gehalten, aber langsam setzte die Erschöpfung ein, und er wurde unvorsichtig. Die Leiche des letzten Angreifers lag nur wenige Meter vom Bunker entfernt.

Irgendwann nach Mitternacht vernahm er ein Geräusch aus dem Eingang unter ihm. Ein behelmter Kopf erhob sich langsam aus den Schatten.

„Hey, Nash.“

Es war ein leises Flüstern, aber er erkannte die Stimme. Es war Will Cantrell.

Brady antwortete nicht, als Cantrell sich langsam auf ihn zubewegte. „Für einen Neuling machst du dich verdammt gut“, sagte Will.

„Das mag sein“, antwortete Brady, „aber ich wäre gerne irgendwann auch einer von den alten Hasen, also wie wärs, wenn du den Helm abnimmst und zu mir ins Loch kletterst?“

Will nahm seinen Helm ab, und mehrere Stunden lang lagen sie dort zusammen. Cantrell schien ein unheimliches Talent für das Erspähen feindlicher Soldaten zu haben und tippte Brady mehrmals auf die Schulter, während er auf Gestalten deutete, die in der Dunkelheit auf sie zukrochen. Brady beseitigte eine nach der anderen, bis der Himmel schließlich mit dem ersten Licht des Tages zu glühen begann. Hoch über ihnen reflektierten die Kondensstreifen von Flugzeugen die noch unsichtbare Morgensonne, und das ferne Dröhnen näherkommender Hubschrauber hallte in den östlichen Hügeln wider.

Die ganze Nacht über waren die Funkgeräte im Gefechtsstand auf stumm gestellt gewesen, wahrscheinlich um kein feindliches Feuer auf sich zu ziehen, aber jetzt knisterten sie und überschritten die Rauschsperre. Die nahegelegenen Hügel und Schluchten waren von orangefarbenem und schwarzem Napalm bedeckt und auf dem gesamten Stützpunkt zogen kleine Schießtrupps von Bunker zu Bunker, um den Feind auszurotten. Will tippte Brady auf die Schulter und deutete auf einen jungen Leutnant, der in der Tür des Kommandobunkers stand. Der Leutnant hielt eine .45 in der Hand und blickte auf das Massaker hinaus. Ein zweiter, älterer Offizier, trat von hinten an ihn heran und zeigte in ihre Richtung, während er mit dem Leutnant sprach. Der jüngere Offizier begann, sich vorsichtig einen Weg durch die Leichen zu bahnen, während er auf Brady und Will zuging.

Als er den Fuß ihres Bunkers erreichte, blieb der Leutnant stehen und betrachtete die Leichen. An manchen Stellen lagen sie sogar übereinander. Nach einem kurzen Moment blickte er zu Will und Brady auf. „Der Colonel möchte Sie beide dort drüben beim Kommandoposten sehen. Los geht's."

KAPITEL 3

Das Gomorrha-Prinzip

„Wie zum Teufel heißen Sie, junger Mann?", fragte der Colonel.

„Private First Class Brady Nash, Sir."

„Wie lange sind Sie schon im Land, Nash?"

„Etwa einen Monat, Sir."

„Wo haben Sie gelernt, so zu schießen?"

„Zu Hause, in Tennessee, Sir."

Der Colonel lächelte leicht, als er seine müden Augen auf Will richtete. „Was ist mit Ihnen, Soldat, woher kommen Sie?"

„Macon, Georgia, Sir."

Der Colonel nickte und wandte sich dann an seinen XO. „Notieren Sie ihre Namen."

Er streckte seine Hand aus. „Ich möchte mich bei Ihnen bedanken, Männer. Was Sie letzte Nacht getan haben, war verdammt mutig. Ich werde Sie beide für Silver Stars vorschlagen. Hätten Sie sich nicht in so eine exponierte Position begeben, hätte der Feind sicherlich den Bunker des Hauptquartiers eingenommen."

Brady sah Will an und zuckte mit den Schultern. Seit wann war es mutig, seinen eigenen Arsch zu retten? Nachdem der Stützpunkt überrannt worden war, machte es nur Sinn, sich auf das Dach des

Bunkers zu begeben. Wenn er das nicht getan hätte, wäre der Feind aus den toten Winkeln des Bunkers hineingeschlichen und hätte eine Granate oder einen Sprengsatz durch die Schießscharten geworfen.

„Noch eine Sache", sagte der Oberst, „wir müssen das Scharfschützenteam ersetzen, das wir letzte Woche verloren haben. Ich kann euch Männer zur Ausbildung schicken, wenn wir hier fertig sind. Wie wärs?"

Trotz seiner Erschöpfung spürte Brady einen Adrenalinschub. Genau auf diese Weise war Duff zu den Leuten geführt worden, für die er in der Nähe von Da Nang gearbeitet hatte.

„Ich denke schon – ich meine, ja, Sir, ich bin dazu bereit."

Der Colonel wandte sich an Will. „Was ist mit Ihnen, Soldat?" Will nickte. „Ja, Sir."

„Sobald wir zur LZ English zurückkehren, werde ich die Befehle zu Ihrer Versetzung erteilen", sagte der Colonel. „Jetzt möchte ich, dass Sie an Ihre Posten zurückkehren. Wir haben da draußen immer noch eine Menge ungesicherter Bereiche."

Als Brady mit Will das Hauptquartier des Bataillons verließ, fiel bereits das volle Licht des Tages über den Stützpunkt. Hubschrauber landeten in wirbelnden Staubwolken, und erschöpfte Sanitäter luden einen blutüberströmten Soldaten nach dem anderen an Bord. In der Nähe der Landezone warteten die Verwundeten, die noch gehen konnten – mit blutgetränkten Verbänden und baumelnden Plasmaflaschen – darauf, dass sie an der Reihe waren. Überall auf dem Stützpunkt liefen Männer umher und riefen einander Dinge zu, während sie Trümmer, Bunker und Krater nach ihren Kameraden absuchten. Brady und Will kletterten zurück auf den Bunker, um die Folgen der Schlacht zu beobachten.

„Ich übernehme die erste Wache", sagte Brady. „Schlaf du ein bisschen."

Er drehte sich um und blickte den Hügel hinunter in Richtung des Grenzbereichs, wo Offiziere und Unteroffiziere von Bunker zu Bunker hasteten und ihre Einheiten neu organisierten. Andere Männer arbeiteten leise daran, die Toten in langen Reihen in der Nähe der Landezone aufzuschichten. Während die Sonne aufging und die Leichen den Hügel hinaufgetragen oder -geschleift wurden, wuchsen die Reihen, bis sie sich über die gesamte Länge des Volleyballfeldes erstreckten.

Will schlief eine Stunde lang, bevor er sich umdrehte. „Woher hast du das?", fragte er.

Brady bemerkte kaum, dass er die M-14-Hülse zwischen den Fingern rieb, die er an einer Kette um seinen Hals trug.

Er blickte auf sie herab und überlegte, wie viel genau er preisgeben sollte.

„Sie stammt von den Salutschüssen bei der Beerdigung eines Freundes", sagte er.

Will nickte, sagte aber nichts. Für den Moment schien er zufrieden zu sein, aber Brady wusste, dass er irgendwann die ganze Geschichte würde erzählen müssen.

Das rege Treiben rund um den Stützpunkt hielt an, als die Hubschrauber neue Vorräte brachten, und mit der trostlosen Aufgabe begannen, die Toten zu einer Grabregistrierungseinheit zu transportieren. Brady starrte in die Luft, während er an die Männer dachte, die keinen Morgen mehr erleben würden. Hier noch elf weitere Monate zu überleben, schien unmöglich.

„Wenigstens hast du in deinem ersten Monat hier das Schlimmste schon erlebt", sagte Will. Seine Stimme war schwer vor Müdigkeit. „Und einen kleinen Urlaub haben wir auch noch daraus gewonnen."

Brady warf ihm aus dem Augenwinkel einen Blick zu. Wills Augen blinzelten in der Morgensonne. Auf den ersten Blick schien er älter zu sein, aber Brady erkannte schnell, dass es nicht das Alter war, sondern Stress. Will war wahrscheinlich kaum älter als er.

„Viel schlimmer als jetzt kann es nicht werden", sagte Will. „Wie lange bist du schon hier?" fragte Brady.

„Es kommt mir wie Jahre vor", sagte er, „aber ich hab' noch fünf Monate, einundzwanzig Tage und einen Weckruf, bis ich hier raus bin."

Brady nickte. Er machte sich bis jetzt noch nicht die Mühe, die Tage zu zählen.

———

An dem Morgen, als ihre Rangereinheit in die Hubschrauber stieg, die Ben Het verließen, nieselte es kalt, und Will redete mehr als er im ganzen letzten Monat geredet hatte, seit Brady ihn kannte. Neben dem Scharfschützentraining hatten sie auch R&R zugesprochen bekommen, drei Tage in Vung Tau, einem Badeort in der Nähe von Saigon.

„Oh Mann, Georgia Boy hier wird sich betrinken, flachlegen und von der Sonne verbrennen lassen", sagte Will. „Danach werde ich die nächsten zweieinhalb Tage mit Entspannen verbringen."

Brady antwortete nicht.

„He, hörst du mich?" sagte Will. „Kannst du diese Scheiße glauben? Wir haben mehr Glück als ein paar Scheißhausratten. Hier regnet es wie aus Eimern, aber in Vung Tau soll die Sonne scheinen."

Brady antwortete erst später am Tag, als sie ihre Seesäcke an Bord einer C-130 brachten. Er blickte zu Will hinüber. „Ich gehe nicht nach Vung Tau", sagte er.

„Was? Bist du verrückt? Das kannst du nicht machen. Unsere Befehle lauten..."

„Ich weiß, aber ich habe einen Freund in Da Nang, und ich will dorthin, um zu sehen, ob ich mich mit ihm treffen kann."

„Für einen Neuling hast du ganz schön dicke Eier", sagte Will. „Wenn die Militärpolizei deinen Arsch ganz da oben erwischt, könntest du ganz schön in der Scheiße stecken."

Brady blickte zu ihm auf und zuckte mit den Schultern. Will hatte wahrscheinlich recht. Irgendwann würde er Ärger bekommen, aber der würde wahrscheinlich nicht von der MP kommen. Seine Suche würde ihn in die Quere von Leute führen, die rücksichtslos waren – Duffs Mörder.

„Ich komme schon klar. Behalt' es nur für dich und deck' mich, ja?"

Will warf seinen Seesack auf den Boden des Flugzeugs. „Weißt du, wenn ich nicht gesehen hätte, was du neulich getan hast, würde ich dir sagen, dass du meinen Bauernarsch küssen kannst, aber ich werde es unter einer Bedingung tun."

„Und die wäre?"

„Ich will den wahren Grund wissen, warum du nach Da Nang gehst."

Brady warf einen Blick auf Will. Hatte er sich von ihm irgendwie in die Karten schauen lassen?

„Was meinst du?"

„Du sagst, du bist bereit, einen Artikel 15 zu riskieren, nur um einen Freund zu besuchen. Ich glaube, du verarschst mich hier ganz schön. Außerdem fange ich an zu glauben, dass du doch kein Frischling bist. Jetzt sag' mir die Wahrheit."

„Hör zu, tu es einfach für mich, ja?"

Will hielt seinem Blick stand. „Du hast doch nichts mit Drogen oder dem Schwarzmarkt zu tun, oder?"

„Nein, absolut nicht, aber mehr kann ich dir im Moment nicht sagen."

Duffs Mörder zu finden, schien aussichtslos. Es hatte etwa dreißig Sekunden gedauert, bis Will gemerkt hatte, dass er log.

„Hör zu, ich brauche deine Hilfe. Okay?"

Will nickte. „Okay. Ich werde dich dieses Mal decken, aber du musst reinen Tisch machen, wenn du zurückkommst. Abgemacht?"

„Wir werden sehen."

Will schüttelte den Kopf und lehnte sich auf dem Netz der Flugzeugsitzreihe zurück.

„Nash, ich kenne dich noch keine zwei Wochen und ich fange schon an, dich nicht mehr zu mögen."

Brady faltete seinen Poncho zu einem kleinen Kissen zusammen und legte sich ebenfalls hin.

„Tu' mir den Gefallen dieses eine Mal und ich verspreche dir, dass ich dir erzählen werde was ich kann, wenn ich zurückkomme. Aber je weniger du weißt, desto besser ist es für dich."

An diesem Samstagnachmittag bahnte sich Brady den Weg durch die Straßen von Da Nang City und fand den Weg zum Botschaftsgebäude. Das war der Ort, den Duff in seinem Brief erwähnt hatte, der Ort, an dem er die Frau getroffen hatte, die er als seine Freundin bezeichnete, Lynn Dai Bouchet. Duff hätte keine Frau als seine Freundin bezeichnet, wenn es ihm nicht verdammt ernst mit ihr gewesen wäre.

Als Brady ankam, fand er das Gelände fast menschenleer vor, bis auf einen vietnamesischen Wachposten, dessen einzige Aufgabe ein knapper Salut war, den er im Vorbeigehen pflichtbewusst erwiderte. Er hörte Stimmen und folgte ihrem Klang, bis er in einem großen Raum mehrere Männer entdeckte, die an einem Tisch saßen und Bier tranken. Sie trugen militärische Tarnuniformen, und der Raum war neblig vom Rauch ihrer Zigaretten. Sie sprachen miteinander in einem vietnamesischen Pidgin-Englisch, und klatschten lachend auf den Tisch. Die Männer blickten auf, als Brady zaghaft an den Rahmen der offenen Tür klopfte.

„Was können wir für Sie tun, Partner?", fragte einer.

Brady trat durch die Tür. „Ich suche jemanden", sagte er, „eine Frau namens Lynn Dai Bouchet."

Der Mann lachte. „Ja? So wie all die anderen geilen GIs im I-Corps. Haben Sie ein Date mit ihr?"

„Nein", sagte Brady. „Aber ich muss sie unbedingt wegen etwas Wichtigem sprechen."

Er hörte kaum die Antwort des Mannes, als er etwas Seltsames an seiner Uniform bemerkte. Er trug keine Abzeichen oder Dienstgrade - nichts.

„Hey. Hallo? Hören Sie mich?"

Brady merkte plötzlich, dass er abgelenkt gewesen war. „Oh, äh, tut mir leid.

Was haben Sie gesagt?"

Der Mann stützte seine Stiefel auf einen leeren Stuhl. Verblasstes, grünes Segeltuch über abgewetztem, rohem Leder – seine Dschungelstiefel hatten wohl schon ein paar Trails hinter sich. Der Mann wandte sich seinen Freunden am Tisch zu, während er sprach. „Hören Sie, Kumpel, sie kommt kaum hierher, außer vielleicht ein paar Mal im Monat. Ich glaube, sie verbringt die meiste Zeit in Saigon. Was wollen Sie überhaupt von ihr?"

„Ich muss nur mit ihr reden – das ist alles."

Der Mann drehte sich langsam zu ihm um. „Tja, Partner, da haben Sie Pech gehabt. Sie ist nicht hier."

Brady erwiderte seinem Blick. Er musste diese Typen drängen, und ihre Aufmerksamkeit erregen.

„Kennt einer von Ihnen eine Person namens Spartan?"

Die Männer sahen einander an. Ihre Reaktionen waren nicht offensichtlich, nur der Hauch einer hochgezogenen Augenbraue bei einem von ihnen. Ein anderer, der gerade dabei war, aus seiner Bierflasche zu trinken, hielt kurz inne und trank dann weiter.

Derjenige, der am meisten redete, sah in seine Richtung, aber dieses Mal versuchte er, einen weitäugigen, ehrlichen Blick aufzusetzen. „Nö, noch nie von ihm gehört." Er wandte sich an die anderen. „Habt ihr schon mal von einem Spartan gehört?"

„Nicht hier in der Gegend", sagte einer. Die anderen schüttelten mit den Köpfen.

„Wie heißen Sie?", fragte der erste Mann.

„Brady Nash. Ich bin Ranger bei der 173. Luftlandebrigade."

Die Augen des Mannes wanderten auf und ab, als er ihn musterte. „Ihr Jungs habt da unten in der Gegend von Dak To ne ganz schöne Scheiße erlebt, nicht wahr?"

Brady nickte. „Ja, es war ziemlich übel."

„Wir haben gehört, dass ihr es mit dem 32., 66. und 174. NVA-Regiment zu tun hattet. Stimmt das?"

„Ja, aber über diesen Spartan..."

„Also ja, wenn wir ihm begegnen, sagen wir ihm, dass Sie ihn suchen. Okay?"

Er musste mehr Druck machen.

„Sind Sie sicher, dass Sie niemanden mit diesem Namen kennen?"

Der Mann mit den Stiefeln auf dem Stuhl ließ die Füße zurück auf den Boden fallen und setzte sich aufrecht hin.

„Hören Sie, Partner. Sehen Sie nicht, dass wir hier versuchen, uns zu entspannen? Wer ist dieser Spartan überhaupt, und was wollen Sie von ihm?"

Brady hatte sein Alibi parat. „Wie ich schon sagte, bin ich Army Ranger, und ich habe gehört, dass er manchmal Leute für Sondereinsätze rekrutiert."

Seine Erklärung schien die Männer zu beruhigen. „Nun, wie gesagt, wenn wir ihm begegnen, lassen wir ihn wissen, dass Sie ihn suchen."

Er war der Sache näher gekommen, aber es war offensichtlich, dass sie nicht mehr preisgeben würden, und es hatte keinen Sinn, sein Glück herauszufordern.

„Danke für die Hilfe, und sagen Sie Miss Bouchet, dass ich auch nach ihr gesucht habe, ja?"

Die Männer nickten, und Brady wandte sich zum Gehen. Als er

den Flur hinunterging, hörte er Stuhlbeine über den Boden schaben, und spürte, wie ihre Augen seinen Rücken durchbohrten. Als er das Eingangstor erreichte, bemerkte er eine leichte Bewegung. Jemand spähte durch ein Fenster. Er hatte definitiv ihre Aufmerksamkeit erregt.

Als er am nächsten Tag mit zwei Flaschen Cutty Sark Scotch vom Schwarzmarkt unter dem Arm zum Botschaftsgebäude zurückkehrte, war Brady bereit zu verhandeln. Und falls das nicht klappen sollte, hatte er einen weiteren Versuch geplant, nämlich sie zu fragen, ob es noch andere SOG-Einheiten gäbe, die Hilfe bräuchten. Nach einem erneuten kurzen Salut zum Wachposten ging er hinein, aber das Hauptgebäude schien jetzt am Wochenende verlassen zu sein.

Er ging den Korridor entlang, aber jede Tür war verschlossen. Da er die Männer, mit denen er am Vortag gesprochen hatte, nicht finden konnte, wollte er bereits aufgeben, als er eine Tür entdeckte, die einen Spalt offen stand. Dahinter befanden sich ein Raum voller elektronischer Geräte und ein einsamer Marinesoldat, der seine Füße auf einen Schreibtisch gelegt hatte. Brady trat in den Türrahmen, und der Soldat – überrascht und mit großen Augen – versuchte, den Blickkontakt mit ihm aufrechtzuerhalten, während er seinen Playboy faltete und das Magazin lässig in die Schreibtischschublade schob.

„Wie sind Sie hier reingekommen?", fragte er. „Ich bin reingegangen", sagte Brady.

„Der Dummkopf Nung am Tor hat Sie nicht verhört?"

„Nein. Ich suche nach ein paar Männern, die gestern hier waren", sagte Brady. „Sie waren vorne in dem großen Raum. Wissen Sie, wo sie sind?"

„Äh, nein, ich meine, ich gehöre zu Naval Claims. Diese Typen arbeiten für jemand anderen. Sie hängen nur manchmal hier rum."

„Kennen Sie einen von ihnen oder wissen Sie, wo sie wohnen?"

„Nein."

„Sie meinen, Sie kennen keinen ihrer Namen?" Brady bemerkte, wie der Mann seine Uniform studierte. „Sind Sie ein Ranger?", fragte der Mann.

„Das spielt keine Rolle. Kennen Sie einen ihrer Namen?"

„Ein Typ namens Maxon ist der Anführer. Er ist Berater für die vietnamesische Sonderpolizei und eine PRU-Einheit. Die anderen arbeiten für ihn. Sie sind im Rahmen von TDY-Einsätzen hier, aber ich kenne wirklich keinen von ihnen."

„Kennen Sie eine Frau namens Lynn Dai Bouchet?"

Das Gesicht des jungen Marines hellte sich auf und verriet, dass er den Namen erkannte. „Klar, sie ist unsere vietnamesische Kontaktperson für die Naval Claims Ermittlung."

„Wo kann ich sie finden?"

Der Soldat zuckte mit den Schultern. „Ich bin mir nicht sicher. Sie wohnt außerhalb von Da Nang City, nordwestlich von hier. Sie kommt nur vielleicht drei- oder viermal im Monat hierher. Hören Sie, ich soll hier Wache halten, und niemand sonst darf hier sein. Was brauchen Sie?"

„Nichts", sagte Brady. Er drehte sich um und ging hinaus.

Die Uhr war am ticken, und sein Drei-Tage-Pass lief am nächsten Morgen ab. Er musste zu seiner Einheit zurückkehren. Er war der Sache nah gekommen, aber er kam nicht weiter, und es konnte Monate dauern, bis er zurückkehren konnte. Sein Plan war gescheitert, und ihm gingen die Ideen aus.Der alte Brister hatte Recht. Es war von Anfang an eine törichte Idee gewesen.

Brady begann einen, wie er hoffte, weiteren ereignislosen Tag, als er und Will sich von der Feuerbasis aus den Weg entlang eines höhergelegenen Pfades bahnten. Nach mehreren kompanieweiten Suchaktionen in den umliegenden Hügeln waren die feindlichen

Aktivitäten zwar reduziert, aber noch nicht ausgelöscht worden. In den letzten zwei Wochen seit dem Scharfschützentraining hatte er sieben bestätigte Abschüsse erzielt, und er war dabei, eine gewisse Berühmtheit zu erlangen. Männer, die ihn kaum kannten, kamen auf ihn zu und sprachen mit ihm. Selbst der Bataillonskommandeur nannte ihn beim Vornamen.

Die Sonne war noch nicht über den Bergen im Osten aufgegangen, als sie ihr Versteck errichteten. Nachdem er seinen Poncho auf dem Boden ausgebreitet hatte, füllte Brady seinen Sandsack mit Erde, während Will Gestrüpp zur Tarnung schnitt. Als sie fertig waren, legte Will sich auf den Bauch und stellte sein Fernglas ein. Er begann, das Panorama von Bächen, Elefantengras und Bäumen im Bergtal unter ihm abzusuchen. Ein viel begangener Pfad verlief entlang des Tals und führte mehrere hundert Meter entfernt an ihnen vorbei.

Ihre täglichen Jagden waren zur Routine geworden. Während größere Patrouillen die umliegenden Hügel erkundeten, verließen Brady und Will jeden Tag mit einem kleinen Sicherheitstrupp die Feuerbasis. Wenn sie sich ihrem Ziel näherten, verließen sie die Patrouille und errichteten irgendwo in der Nähe ein Versteck auf einer Anhöhe. Der Tag verging langsam, und am späten Nachmittag hatten sie noch nichts gesehen. Will suchte mit seinem Fernglas weiter die fernen Pfade ab, während Brady auf dem Rücken lag und in den Himmel starrte. Es war ein ruhiger Tag gewesen, bis auf das leise Grollen von Artillerie irgendwo hinter Ben Het. Will verlagerte sein Gewicht und stützte sich auf seine Arme, während er das Fernglas neu fokussierte.

„Siehst du etwas?" flüsterte Brady.

„Nun, ich bin mir nicht sicher. Vorhin dachte ich, ich hätte was gesehen, aber was auch immer es war, es ist verschwunden."

Brady drehte sich um. „Gib mir mal das Ding, Junge."

„Kontrollier den Hauptpfad", sagte Will.

Brady nahm das Fernglas und suchte den Pfad ab, schaute hinter die Baumreihen, in das hohe Gras weiter hinten und folgte dem Pfad bis zu der Stelle, wo er in einer Schlucht verschwand. Er ging methodisch vor, schwenkte über das Tal hin und her und arbeitete sich langsam bis zum Fuß des Hügels vor, dann hinüber zum Feuerstützpunkt zurück im Osten. Nach einigen Minuten senkte er das Fernglas.

„Ich kann nichts sehen."

Er gab Will das Fernglas zurück und rollte sich wieder auf den Rücken.

„Also", sagte Will, „du hast deinen Kumpel in Da Nang nicht gefunden.

Was hast du die drei Tage lang gemacht?"

„Ich habe eine Menge Fragen gestellt und viele leere Blicke eingefangen."

Will scannte weiter das Gelände unter ihm ab, während er sprach. „Du weißt nicht, in welcher Truppe er ist?"

„Er hat einen Sonderauftrag, und ich..." Will schlug ihm auf die Schulter. „Da! Da!"Brady setzte sich auf und sah in die Richtung, in die er deutete. Sie waren am Fuß des Hügels in der Nähe des Stützpunktes. Zwei Männer in Khakis – NVA-Soldaten – hockten auf einem der Nebenpfade, die vom Stützpunkt aus herunterführten.

„Wie zum Teufel sind die an uns vorbeigekommen?" murmelte Brady.

„Ich weiß es nicht", sagte Will, „aber da sind sie. Was glaubst du, was sie vorhaben?"

Sie sahen zu, wie die Männer fieberhaft arbeiteten, erst auf der einen, dann auf der anderen Seite des Weges.

„Verdammt, die legen eine Sprengfalle", sagte Brady.

Er stützte sein Gewehr auf den Sandsack und richtete das Fadenkreuz sorgfältig auf den Rücken des ersten Mannes.

„Was denkst du, Willie - sechshundert Meter?", flüsterte er.

Will nahm die Augen vom Fernglas. „Ja, ich denke, es sind genau sechs, und es weht nicht viel Wind, wenn überhaupt."

Da das Gewehr auf dreihundert Meter eingestellt war, würde die Kugel auf diese Entfernung neunundachtzig Zentimeter fallen. Er überprüfte die Bäume auf Anzeichen einer Brise. Will hatte Recht – kein Wind. Er richtete das Fadenkreuz einen knappen Meter über dem Kopf des Mannes aus, atmete tief ein, blies ein Teil der Luft wieder raus und entspannte sich, dann drückte er den Abzug.

Der Waffenschmied in Bien Hoa hatte bei der Modifizierung des M-14 hervorragende Arbeit geleistet. Der Abzug löste sich sauber und schnappte mit minimalem Kraftaufwand zu, und die Kugel traf den ersten Soldaten knapp unterhalb der Schulterblätter mit einer Geschwindigkeit von über siebenhundertdreißig Metern pro Sekunde. Der zweite Soldat, der wohl den Aufprall hörte, als die Kugel seinen Partner traf, drehte sich um, und sah zu, wie der Leichnam zu Boden fiel. Einen Sekundenbruchteil später drehte er den Kopf in die andere Richtung, als der entfernte Knall von Bradys M-14 im Tal widerhallte. Der Soldat wirbelte herum und floh.

Er sprintete wie wild durch die Bäume und das hohe Gras und rannte dabei parallel zu dem Grat, auf dem Brady und Will sich versteckt hielten. Brady verfolgte ihn durch das Zielfernrohr des Gewehrs, wobei der fliehende Mann gelegentlich in den Vertiefungen des Geländes verschwand. Er beobachtete, schoss aber nicht, während er dem Fortschritt des Soldaten folgte.

„Das Echo muss ihn getäuscht haben", flüsterte Will. „Er denkt, der Schuss kam von der Feuerbasis. Du solltest schnell machen und seinen Arsch abschießen, bevor er die Bäume erreicht"

Brady nickte. „Das werde ich", sagte er mit leiser Stimme. „Beobachte ihn einfach einen Moment."

Nach ein paar Minuten erreichte der feindliche Soldat eine kleine Anhöhe, hinter der der Pfad im Dschungel verschwand. Er war einige hundert Meter von seinem toten Partner entfernt, als er zu einem Trab verlangsamte.

„Er ist fast bei den Bäumen. Schieß."

„Pssst."

Der Mann erreichte die Kuppe, drehte sich um, fiel auf ein Knie und blickte den Pfad hinunter zum Stützpunkt. Brady ließ das Fadenkreuz auf die sich hebende und senkende Brust des Soldaten fallen. Offenbar dachte der Mann, er sei entkommen, und ruhte sich aus, während er nach Luft rang. Es war ein relativ leichter Schuss, und Brady drückte ab. Der Soldat fiel tot um, bevor das Echo von der anderen Seite des Tals zurückkehrte.

„Verdammt!" flüsterte Will. „Woher wusstest du, dass er stehen bleiben würde?"

„Die menschliche Natur", antwortete Brady. „Ich nenne es das Gomorrha-Prinzip. Dasselbe passiert in der Geschichte in der Bibel, die davon berichtet, wie Lots Frau anhielt, um auf Sodom und Gomorrha zurückzublicken. Natürlich machen viele Tiere es auch. Was auch immer es ist, du kannst damit rechnen, dass acht von zehn innehalten, um zurückzuschauen, kurz bevor sie außer Sichtweite sind."

Will schüttelte erstaunt den Kopf und nahm den Handapparat des PRC-25 ab, um die Tötungen zu melden.

„Null Acht an Null Acht Alpha, over."

„Null Acht Alpha. Sprechen Sie, Will."

Will dämpfte seine Stimme mit einer Hand, während er in das Mikrofon sprach. „Streichen Sie zwei weitere NVAs, Koslosky. Sie sind auf dem Pfad direkt unter den Bunkern der Bravo-Kompanie. Wir geben euch von hier aus Deckung, während ihr sie überprüft. Roger?"

„Verstanden, Lima Charlie, Null Acht. Null Acht Alpha, out."

„Mann, du hast das aber leicht aussehen lassen", flüsterte Will.

Brady schüttelte den Dreck von seinem Sandsack und blickte

auf das Tal hinaus. „Ich halte mich an dieselben drei Regeln, die wir in der Scharfschützenschule gelernt haben: geduldig sein, in die Körpermitte zielen, einen Schuss abgeben. Außerdem habe ich vor langer Zeit gemerkt, dass es viel schwieriger ist, auf ein lebendiges Ziel zu schießen als auf eins aus Papier. Ich glaube, das ist der Grund, weshalb manche Leute das Zentrum einer Zielscheibe raushauen können, aber keinen Scheiß treffen, wenn es drauf ankommt. Es ist eine mentale Sache.”

Er schob den zusammengefalteten Sandsack in die Hosentasche seiner Dschungeluniform.

„Denkst du oft darüber nach?” fragte Will. „Ich meine hinterher. Du weißt schon, die, die wir erschießen?”

Brady war sich nicht ganz sicher, ob Will das ernst meinte. „Du bist derjenige, der seit sechs Monaten hier ist. Ich dachte, du wüsstest das inzwischen.”

Will schüttelte den Kopf. „Ein Scharfschütze zu sein ist ganz anders als das, was ich bisher gemacht habe. Ich meine, es ist viel persönlicher, weißt du? Denkst du nicht darüber nach?”

„Ich versuche es nicht zu tun”, sagte Brady. „Wenn du anfängst zu denken, wirst du abgelenkt. Im Krieg geht es ums Töten und Sterben, Willie Boy, und ich bin dabei lieber auf der Seite des Tötens. Weißt du, was ich meine?”

„Ja, ich denke schon.”

Brady beobachtete mit seinem Fernglas den angrenzenden Hang und sah zu, wie sich die Patrouille einen Weg zu den Leichen hinunter bahnte. Will drehte sich um, rollte seinen Poncho zusammen und stopfte ihn in seinen Rucksack. Brady warf ihm einen kurzen Blick zu, beobachtete dann aber weiter die Patrouille, die sich den Hügel hinunterkämpfte. Will, der sonst immer der Unbekümmerte war, wurde plötzlich nachdenklich.

„Weißt du, ich habe vor einer Weile eine Geschichte gelesen”, sagte Brady. „Sie handelte von einem verrückten alten Kosaken, der auf einer tropischen Insel lebte. Er hatte alle Arten von Großwild auf der Welt gejagt, bis es ihm langweilig wurde und er anfing, Schiffe mit Lichtern auf seine Insel zu locken. Wenn sie auf dem Riff aufliefen, nahm er die Seeleute gefangen und jagte sie wie wilde Tiere. Denk mal drüber nach. So verrückt es klingt, der einzige Unterschied zwischen uns und dem Kosaken ist, dass die Opfer des Kosaken keine Waffen hatten. Diese hier haben welche, und sie sind aus eigenem Antrieb hier und wollen uns töten. Verstehst du, was ich meine?"

Will antwortete nicht, und nach einigen Sekunden der Stille senkte Brady das Fernglas und blickte ihn an. Ihre Blicke trafen sich. Will starrte ihn einen Moment lang an, bevor er sich abwandte und seine Sachen zusammensuchte.

„Ich weiß, was du denkst", sagte Brady, „aber so ist es überhaupt nicht. Ich denke nur, dass man sich entweder dieser Scheiße verpflichtet oder eben nicht. Wenn du es nur halbherzig angehst, bist du am Ende tot."

Als sie sich an diesem Abend auf den Rückweg zum Stützpunkt machten, dachte Brady über seine Worte und Wills Gesichtsausdruck nach. Da war dieses befangene Blinzeln seiner Augen, das mehr gesagt hatte, als Worte je ausdrücken könnten. Vielleicht hatte Will recht. Die Dinge waren in letzter Zeit ein wenig aus dem Ruder gelaufen. War er schon wie der verrückte alte Kosake, der nur aus Spaß tötete?

Das war lächerlich. Dies war ein Krieg, und er tat nur das, wozu er ausgebildet worden war. Aber er ertappte sich dabei, dass er unbewusst die verbrauchte M-14-Hülse von Duffs Grab rieb, die um seinen Hals hing. Duff war ihm so nahe gewesen wie ein echter Bruder. Sie waren „das gefährliche Duo" gewesen, als Quarterback und Halfback, und hatten Polk County zur Bezirksmeisterschaft geführt. Sie waren die zwei, die die Hügellandschaft Tennessees durchstreiften, jagten, angelten und in den Bächen und Flüssen schwammen. Sie hatten alles zusammen gemacht, aber das war jetzt alles vorbei.

Brady nahm einen tiefen, zittrigen Atemzug. Ja, es war viel getötet worden, aber wenn es sein musste, würde er jeden Hurensohn töten, der sich ihm in den Weg stellte, bis er die fand, die Duff getötet hatten. Und wenn er sie gefunden hatte... gab es kein Zurück mehr. Auch sein Leben war zu einem „grausamsten Spiel" geworden, aber er war fest entschlossen, es bis zum Ende durchzuziehen.

KAPITEL 4

Lauf durch den Dschungel

Lacey verließ das Restaurant an diesem Nachmittag erschöpft und mit müden Füßen. Nachdem sie zu ihrer Wohnung gefahren war, ließ sie ein heißes Bad ein und schaltete das Radio an. Die Musik beruhigte sie, bis die Abendnachrichten begannen. Während sie sich die Beine rasierte, berichtete der Mann im Radio von Schlachten an fremden Orten, an denen Männer kämpften und starben – im Mekong-Delta, im Ia-Drang-Tal und in einem neuen Gebiet, Dak To. Die Zahl der Gefallenen und Verwundeten stieg, und die Rasierklinge schnitt plötzlich ihr Knie. Sie beugte sich vor und schaltete das Radio aus, aber das quälende Schuldgefühl wollte nicht verschwinden. Ihr Badewasser war kalt geworden. Sie war eine starrköpfige Närrin gewesen, als sie sich geweigert hatte, Brady vor seiner Abreise zu treffen.

Nachdem sie sich abgetrocknet hatte, steckte sie ihr Haar zurück und zog ihren Hausmantel an. Es war an der Zeit. Sie setzte sich mit Stift und Papier auf die Couch. Sie datierte ihren Brief auf den 15. Dezember 1967 und schrieb: „Liebster Bruder", dann hielt sie inne. Brady war ihr Pflegebruder, aber es war sinnlos, weiter zu lügen. Sie starrte auf das Foto auf dem Couchtisch. Sie hatte das Bild kurz nach dem Highschool-Abschluss aufgenommen, als sie unten am

Hiwassee ein Picknick gemacht hatten. Mit nacktem Oberkörper saß er auf einem großen, grauen Felsen am Ufer des Flusses. Seine Brust und sein Gesicht waren von der Sommersonne gebräunt, aber seine blauen Augen glitzerten wie die Stromschnellen, die sich hinter ihm kräuselten. Ja, er war weit mehr als ein Bruder für sie. Er war die einzig wahre Liebe ihres Lebens.

Sie krumpelte das Briefpapier zusammen und zog ein neues Blatt aus der Schachtel. Sie begann von Neuem und schrieb: „Lieber Brady". Sie hielt inne. Es gab so viel zu sagen, aber einfache Worte waren nicht gut genug, vor allem, weil sie alles vermasselt hatte. Sie hätte ihn nie verlassen dürfen. Sie war versucht zu schreiben, dass ihr Job als Kellnerin zu nichts geführt hatte und dass das Singen im Club nicht alles war, was sie sich erhofft hatte, aber ihre Probleme waren unbedeutend im Vergleich zu seinen.

Sie hatte die Fernsehberichte gesehen – die blutüberströmten Soldaten, die von den Schlachtfeldern getragen wurden, die zerstörten Hubschrauber, die leeren Blicke derer, die die Kämpfe überstanden hatten. Brady kämpfte jeden Tag um sein Leben. Wenn sie ihn nur wiedersehen könnte, würde sie ihm sagen, er solle einfach lebend nach Hause kommen. Sie würde ihm sagen, dass sie auf ihn warten würde, egal wie lange es dauerte. Sie wollte so viel sagen, aber Worte schienen nicht auszureichen.

Sie schob das Briefpapier beiseite, lehnte sich zurück und schloss die Augen, während sie an jenen Nachmittag dachte, an dem sie sich zum ersten Mal am Ufer des Hiwassee Rivers geliebt hatten. Es war so schnell passiert, und es war so eine Überraschung... oder war es das wirklich? Schließlich hatten sie die meiste Zeit ihres Lebens gemeinsam verbracht, waren zusammen in die Schule gegangen, im Sommer über die Hügel gewandert und durch die Flüsse und Bäche gewatet. Sie hatte ihm beim Footballspielen zugesehen, als er und Duff als „das gefährliche Duo" bekannt waren und Polk County mit dem Sieg gegen Cleveland zum Meistertitel führten.

Doch ihre geschwisterliche Beziehung wurde mit zunehmender Reife immer schwächer.

Zuerst kamen die Neugier und die geheimnisvolle Anziehungskraft zum Körper des Anderen. Ein Kuss und ein atemloser Moment brachten sie an den Rand von etwas, das ihr Angst machte und sie zog sich zurück, aber sie wollte es doch wieder erleben. Nur die wachsamen Augen der Kleinstadt, Duff und ihre Mutter hatten es bis zu diesem warmen Tag im Mai verhindert.

Viele Dinge waren ihr an jenem Tag durch den Kopf gegangen. Duff war für immer weg, und ihr Job in Nashville als Sängerin in Hugh Langstons Club hatte auf sie gewartet. Lacey war fest entschlossen gewesen, die Welt zu sehen, aber Brady zögerte. Vielleicht war es die Hoffnung gewesen, dass sie ihn irgendwie dazu überreden konnte, mit ihr nach Nashville zu gehen, die ihr durch den Kopf ging, als sie dort auf der Decke am Fluss lagen. Sie hatte auf das Wasser geblickt, das über die Felsen rauschte, und gespürt, dass ihr Leben genauso wie das Wasser vorbeifloss, und um die Biegung in die Zukunft führte, und sie wollte, dass Brady mit ihr dorthin ging.

Sie stützte sich auf einen Ellbogen und wickelte eine seiner Haarsträhnen um ihren Finger. „Woran denkst du?", fragte sie.

Er zog sie zu sich hinunter und küsste sie sanft, dann noch einmal – dieses Mal heftiger. Seine Zunge drückte fest gegen ihre, und zu der brennenden Hitze, die ihr T-Shirt und ihre Shorts kaum abschirmen konnten, gesellte sich eine plötzliche Atemlosigkeit. Es war dasselbe Gefühl, vor dem sie schon so oft zurückgewichen war, aber dieses Mal war es anders. Als Brady mit seiner Hand über ihre Brustwarze strich, die sich unter ihrem T-Shirt abzeichnete, hielt sie ihn nicht auf. Sie waren allein, und sie waren erwachsen.

Das Rauschen der Stromschnellen dämpfte ihre Stimmen, als er ihr die Shorts bis zu den Knöcheln zog und sie sie von sich trat. Er sah ihr innig in die Augen, während er sie tief ausfüllte. Nie hätte sie sich diese Wärme, diese Nähe und diese Liebe vorstellen können. Und es fühlte sich so richtig an. Es gab keinen Zweifel mehr. Sie liebte Brady.

Hinterher ruhten sie sich aus, während ihre Gedanken in den Wolken schwebten. Es schien eine lange Zeit zu dauern, bis er flüsterte: „Und, was denkst du?"

Sie drehte den Kopf zur Seite und ihre Blicke trafen sich. Brady hatte die blauesten Augen, die sie je gesehen hatte. Sein Haar, an den Spitzen blond gebrannt, kräuselte sich in kurzen Locken.

„Was ich denke?", fragte sie.

„Darüber, mich zu heiraten", antwortete er. „Wir könnten uns hier in der Gegend eine kleine Wohnung suchen und über die Runden kommen, vielleicht irgendein Geschäft eröffnen."

Sein Vorschlag traf sie unvorbereitet. „Ich weiß nicht, was ich davon halten soll." Aber sie wusste es. Sie war zugleich begeistert und frustriert. „Dich heiraten will ich mehr als alles andere, aber warum sollten wir uns mit diesen alten Hügeln zufrieden geben, wenn wir nach Nashville gehen können?"

Brady drehte sich um und starrte in die nachmittäglichen Kumuluswolken, die sich über den Bergen bildeten.

„Weil Melody Hill unser Zuhause ist. Hier gehören wir hin."

Einen Moment lang hatte alles so perfekt ausgesehen, aber jetzt traten ihr heiße Tränen in die Augen. Brady schien es nicht zu bemerken, denn er blickte noch immer in den Himmel. Hier zu bleiben und wie ihre Mutter Steppdecken zu verkaufen war nicht das, was sie wollte. Und auch Brady könnte es so viel besser haben, wenn er nur loslassen würde.

Später, als sie schweigend die Bergstraße hinunterfuhren, blieb sie auf ihrer Seite des Trucks und er auf seiner. Sie liebte diese Berge und sie liebte Brady, aber sie würden nie etwas haben, wenn sie hier blieben.

Lacey warf einen Blick auf die Uhr. Es war fast Mitternacht, aber ihr Brief konnte nicht mehr warten. Es war noch nicht zu spät, ihm zu sagen, dass er ihr wichtig war. Sie ging ins Schlafzimmer, stellte den Wecker auf sechs Uhr morgens und begann zu schreiben. Als der Brief fertig war, unterschrieb sie ihn und legte ihn zur Seite. Sie würde ihn am nächsten Tag zur Post bringen. Sie lehnte sich zurück, zog die Bettdecke unter ihr Kinn, schloss die Augen und sprach ein Gebet für Brady. Und kurz bevor sie einschlief, spürte sie noch einmal die Wärme seines Körpers an jenem Nachmittag unten am Hiwassee River.

***

Jack Maxon schlenderte die Straße hinunter zu einer örtlichen Kneipe, in der sich die Soldaten der 173. Luftlandebrigade aufhielten, wenn sie vom Einsatz zurückkehrten. Die meisten Bars und Bordelle in Bong Song waren für Militärangehörige nicht zugänglich, aber diese war immer überfüllt. Hier hoffte er, einige Leute zu finden, die ihm Informationen über einen Army Ranger namens Brady Nash geben konnten. Maxon, der seine .45 in einem Schulterholster über seiner tigergestreiften Dschungeluniform trug, trat für niemandem zur Seite, als er den überfüllten Bürgersteig entlangging.

Aus der entgegengesetzten Richtung näherte sich ein Soldat in Tarnuniform und abgewetzten Dschungelstiefeln. Auf dem Kopf trug er ein Tarnhalstuch, das er im Nacken verknotet hatte. Maxon nickte nur knapp, als er an ihm vorbeiging, aber der Soldat schenkte ihm ein wildes Grinsen – den verrückten Blick einer echten Dschungelratte.

In Vietnam gab es viele von ihnen, Karrierekiller, die völlig durchgedreht waren, vom Nervenkitzel, den ihnen das Jagen des Feindes im Dschungel gab. Die meisten hatten schwere Persönlichkeitsstörungen und schlichen Tag für Tag in den

Dschungel, um anstatt wie andere Soldaten Bronze- oder Silbersterne zu sammeln, die Ohren ihrer Feinde zu erbeuten. In gewisser Weise waren sie bewundernswert, nur endeten sie in der Regel als „Section 8 " in einem Veteranenkrankenhaus zurück in den USA.

Maxon verschwendete seine Zeit nicht wie die Dschungelratten. Sie erfüllten ihren Zweck, indem sie die Arbeiterbienen der sogenannten Volksbefreiungsarmee verfolgten. Diese waren der Vietcong, der VC, wie sie sie nannten. Maxon war stolz darauf, die Bienenköniginnen zu jagen – die Vietcong-Anführer, die Spione. Die Königin fangen und den Bienenstock beherrschen, so musste es gemacht werden. Er verstand sein Handwerk und hatte schon mehr als ein paar hochrangige Schlitzaugen erledigt.

Als er die Tür zur Bar erreichte, stellte sich ihm eine Hure in einem roten Lackminirock in den Weg. „GI will Date? Ich gebe dir gute Zeit, numa eins bum-bum. Du sehen."

Sie trug ein schwarzes Neckholdertop und hatte ihre Augen mit Kajal rundgemalt. Maxon schob sie beiseite und drängte sich hinein, keine Zeit für Schlitzaugen-Muschis heute. Als er in der Tür stehen blieb, fluchte er leise vor sich hin. Die Bar war brechend voll – kein einziger Stuhl war frei. Soldaten, die meisten von ihnen nicht länger als ein oder zwei Jahre aus der Highschool, drängten sich um die Tische und entlang der Bar. Der Lärm schräger Rockmusik mischte sich mit dem Klirren von Bierflaschen und lauten Stimmen. Eine dicke Wolke aus Zigarettenrauch hing etwa einen Meter unter der Decke.

Die dreiköpfige Band war eine philippinische Truppe mit langen, schwarzen Haaren und Nehru-Jacken. Zwei von ihnen spielten auf voller Statik knisternden E-Gitarren, während ein anderer einen halben Beat hinter ihnen auf ein feuchtes Schlagzeug einschlug. Sie zermetzelten einen Hit von Credence Clearwater, „Betta ron tru da junga". Maxon suchte den Raum ab und entdeckte zwei junge

Soldaten, die an der Rückwand an einem Tisch saßen. Sie waren keine Fallschirmjäger. Beamte der hinteren Reihe, vermutete er. Die Soldaten blickten auf und lächelten, als er auf sie zuging.

„Ihr zwei Schwachköpfe, verzieht euch." Ihr Lächeln verschwand.

„Häh?", sagte einer.

„Ich habe doch nicht gestottert, oder?"

Der eine erhob sich und nahm sein Bier in die Hand. „Komm schon, Smitty. Lass uns an die Bar gehen."

Der andere zögerte und starrte Maxon an.

„Lass uns gehen, Smitty", sagte der erste Soldat wieder. „Das ist es nicht wert."

Nach einem Moment stand der zweite Mann auf und folgte seinem Freund an die Bar. Maxon fixierte sie mit einem unerschütterlichen Blick. Kleine REMFs – man brauchte nur „Buh" zu sagen, und sie zerstreuten sich. Er schob den überflüssigen Stuhl beiseite und gab der Kellnerin ein Zeichen für ein Bier. Er blickte sich um und studierte die jungendlichen Gesichter der Soldaten. Scheiß unnütze Kinder – sie hatten keine Ahnung. Sie dachten, sie wären etwas Besonderes, nur weil sie ein paar Feuergefechte mitgemacht hatten.

Seine war die gefährliche Arbeit. Sie konnten patrouillieren, bis die Hölle zufror, aber er war derjenige, der in diesem Krieg etwas bewirkte. Es erforderte Geschick, Vietcong-Anführer zu finden und auszuschalten. Es erforderte Risiken; Risiken, die bedeuteten, dass man sich nicht immer buchstäblich ans Gesetz hielt, und dass man die Augen aufhielt, wenn jemand in seinen Angelegenheiten herumschnüffelte. Deshalb war er hier.

Als seine Männer ihm sagten, dass ein junger Ranger darum bat, seiner SOG-Gruppe beizutreten, hatte er einen Anflug von Paranoia gespürt, die Art von Paranoia, die ein guter Soldat als ein Warnlicht erkennt, das irgendwo in seinem Unterbewusstsein aufleuchtet. Aber die Anfrage selbst war nicht unbedingt das Problem, abgesehen von zwei Dingen: Erstens hatte der Soldat Lynn Dai Bouchet erwähnt, die besserwisserische Halbblutschlampe, die ihm bei jedem Versuch, den Vietcong aufzuspüren, in die Quere kam. Warum hatte er nach ihr gefragt? Und zweitens kannte er irgendwoher seinen Kompanie-Codenamen „Spartan", den nur seine Vorgesetzten für bestimmte Missionen benutzten.

Es hatte eine Weile gedauert, bis er den Bericht über die Hintergrundprüfung von Nash erhalten hatte, und ihm war klar geworden, dass ihm irgendetwas bekannt vorkam, aber er konnte es nicht genau zuordnen. Der Bericht hatte mehrere Wochen lang auf seinem Schreibtisch in der Einsatzzentrale gelegen, bis es ihm plötzlich klar wurde. Es war Nashs Heimatstadt, Melody Hill, Tennessee. Er hatte den Namen schon einmal irgendwo gehört. Nach weiterem Nachdenken und Durchforsten von Unterlagen fand er schließlich die Verbindung – Duff Coleridge.

Es ergab keinen Sinn. Wer war Nash, und was hatte er vor? Ging es um die verschwundenen Waffen aus dem Waffenlager? Arbeitete Nash für das Army CID? Auch das ergab keinen Sinn. Es gab eine Verbindung zu Coleridge. Coleridge hatte irgendwie Kontakt zu ihm aufgenommen, aber wie? Er hatte jeden Brief, den er nach Hause geschickt hatte, überprüft.

Während er sein Bier trank, hörte Maxon zu, wie ein junger Fallschirmjäger an einem Nachbartisch genüsslich und mit lauter Stimme eine Geschichte erzählte. Die anderen um ihn herum nickten.

„Wir sind direkt auf ihrem Bunker rausgekommen und haben sie überrascht, und dieses eine Schlitzauge ist rausgesprungen und hat sein AK weggeworfen, aber mein verdammtes Sechzehn-Kaliber hat geklemmt. Er hatte die Hände in der Luft, aber als er merkte, dass meine Waffe klemmt, hat er nach seinem Gewehr gegriffen. Da kam Jelks hier" – er klopfte einem schwarzen GI auf die Schulter – „mit dem M60 von hinten um mich herum."

„Der Wichser hätte nicht auf meinen Mann hier zielen sollen", sagte Jelks.

Maxon räusperte sich und rief den Fallschirmjägern zu. „Hey, kennt einer von euch jemanden mit dem Namen Brady Nash?"

Sie schüttelten alle mit den Köpfen.

„Sie könnten die Jungs an der Bar fragen", sagte derjenige, der die Geschichte erzählt hatte. „Sie sind gerade heute Morgen von Dak To gekommen."

Maxon nahm sein Bier und schlenderte zur Bar hinüber. Er klopfte einem sandblonden GI auf die Schulter. „Kennt einer von euch einen Mann namens Brady Nash? Er ist ein Ranger beim vierten Bataillon der 503."

„Die Jungs da drüben sind von der 503", sagte der Fallschirmjäger. Er deutete auf zwei Männer, die zusammen am Ende der Bar standen.

Maxon ging zu ihnen rüber. „Kennt ihr einen Ranger namens Brady Nash?"

„Ja, den kennen wir", sagte der eine, „aber er wird innerhalb der nächsten Woche aus unserer Einheit transferieren."

Der Soldat sah aus, als hätte er schon ein paar Schrammen abbekommen. Ein Blick permanenter Müdigkeit und tiefe Falten um seine Augen verrieten ihm die Geschichte. Wahrscheinlich hatte man ihn mehr als ein paar Mal zu Tode erschreckt, dachte sich Maxon. Immerhin steckte die 173. Brigade schon seit zwei Monaten bis zum Hals in der Scheiße.

Maxon lehnte sich an die Bar. „Ihr seid also in der gleichen Einheit wie er?"

„Ja, Nash ist Teil der Ranger-Aufklärungseinheit, die unserem Bataillon angehört, aber wie ich schon sagte, er wird bald gehen. Warum? Haben Sie etwas über ihn gehört?"

„Ein bisschen", sagte Maxon. „Was halten Sie von ihm?"

Der junge Soldat hob die Augenbrauen, als sei die Antwort

eine Selbstverständlichkeit. „Scheiße, ich glaube, er ist der beste Scharfschütze in der ganzen verdammten Army."

„So gut, hm?" sagte Maxon. „Ja, so gut", erwiderte der Soldat.

„Ein echter, übereifriger Airborne-Ranger-Typ, was?"

„Nicht wirklich. Eigentlich ist er ziemlich locker, aber wenn es um das Töten von Schlitzaugen geht, ist er ein richtiger Hurensohn. Das kann ich Ihnen sagen. Wir waren mit Nash und Cantrell unterwegs. Sehen Sie, wir gehen mit den Scharfschützenteams raus, und sie setzen sich irgendwo ab, um ihr Versteck einzurichten. Dann drehen wir um und legen einen Hinterhalt, etwa einen halben Kilometer entfernt. So können wir, wenn die Idioten sie angreifen..."

„Ja, ja, ich weiß. Also, was ist passiert?"

„Jedenfalls war es schon spät, als Nash und Cantrell am Nachmittag auftauchten und sagten, sie hätten eine große NVA-Patrouille in unsere Richtung kommen sehen. Wir dachten, es wäre wohl an der Zeit, unsere Ärsche zum Stützpunkt zu bewegen, aber plötzlich war die Kacke am Dampfen. Wir wussten es nicht, aber die Schlitzaugen hatten uns flankiert. Sie haben uns weniger als einen halben Kilometer von der Feuerbasis entfernt überfallen.

Mann, das war eine verdammt wilde Schießerei. Sieben unserer Jungs waren innerhalb einer Minute am Boden. Wir waren definitiv zu schwach, und das waren nicht nur ein paar lokale Bauerntrampel. Das waren reguläre NVA-Kämpfer, und sie haben uns überrannt. Ich meine, außer Nash und Cantrell waren wir nur zehn Leute, und die Schlitzaugen hatten uns voll im Griff.

Jedenfalls, wie ich schon sagte, Nash, er hat Eiswasser statt Blut in den Adern. Wir sind alle festgenagelt und wissen, dass wir gleich geteert werden, aber dann passiert das Wahnsinnigste, das ich je gesehen habe. Er kriecht hinter einem Baumstumpf ins Gestrüpp. Er ist total versteckt, aber er feuert mit seinem M-14 Scharfschützengewehr einen Schuss nach dem anderen ab! Und ich kann es nicht mit Sicherheit sagen, aber ich glaube, bei jedem Schuss fällt ein Schlitzauge."

Der Soldat machte eine Pause und nippte an seinem Bier.

„Jedenfalls gehen wir alle immer noch davon aus, dass wir trotzdem sterben werden, verstehen Sie? Ich meine, ohne Scheiß, die Schlitzaugen haben uns wirklich im Schwitzkasten. Die meisten unserer Jungs liegen rum, angeschossen und stöhnend. Die Einzigen, die nicht getroffen wurden, waren Nash, Cantrell, zwei andere Jungs und ich, und uns geht allen die Munition aus. Dann beschließen die Schlitzaugen, sich auf uns zu stürzen, um uns fertig zu machen, bevor Hilfe vom Stützpunkt kommt, aber genau da haben sie es vermasselt.

Sehen Sie, es sind vielleicht ein Dutzend von ihnen, und sie sind vielleicht hundert Meter entfernt auf einer kleinen Anhöhe, als sie aufspringen und auf uns losgehen. Ich meine, sie kommen ziemlich schnell den Hügel hinunter, aber Nash liegt einfach nur da, eiskalt. Überall fliegen Kugeln herum, aber er zuckt nicht mal mit der Wimper oder so. Er zielt einfach, und peng, ein Schlitzauge fällt. Peng, peng, zwei weitere Schlitzaugen fallen. Sie sind nur noch sechzig Meter entfernt und schlängeln sich zwischen den Bäumen hindurch. Peng, noch einer fällt. Jetzt sind sie vielleicht nur noch fünfzig Meter entfernt, und Nash liegt da wie eine Statue und bewegt sich nicht.

‚Es sind noch acht oder so übrig, und ganz schnell macht er peng, peng, peng, peng. Nicht super schnell aber flugs und beständig, und die anderen Schlitzaugen drehen sich um und rennen weg, aber Nash lässt sich einfach Zeit und sieht zu, wie sie weglaufen. Sie rennen, bis ich denke, dass sie komplett außer Sichtweite sind, aber er kniet sich hin und hält weiter sein Gewehr. Dann schießt er plötzlich noch zwei Mal." Maxon hörte aufmerksam zu.

„Dieser Typ ist unglaublich. Er wartet, bis sie vielleicht vier- oder fünfhundert Meter talabwärts aus einer Schlucht kommen. Sie müssen glauben, dass sie unversehrt davongekommen sind, aber als sie anhalten, erwischt er zwei weitere von ihnen. Wie ich schon sagte, man muss es sehen, um es glauben zu können. Es heißt, er hat um die sechsunddreißig bestätigte Abschüsse."

„Sie sagten, er geht weg. Wohin geht er?"

„Er wird irgendwann nach dem Jahreswechsel versetzt. Er und einige andere Ranger, darunter auch sein Spotter Cantrell, gehen zur 101. Division."

„Warum tun sie das?"

„Soweit ich weiß, hat MACV gesagt, dass wir einige erfahrene Männer dorthin schicken müssen, um mit den neuen Einheiten der 101. zu arbeiten, die gerade aus den Staaten gekommen sind, also hat der Colonel nach Freiwilligen gefragt. Naja, wer Sind Sie eigentlich?" Maxon drehte sich um und ging weg.

Als Brady in dieser Nacht in seiner Baracke lag, konnte er sich nicht erinnern, ob es Samstag oder Sonntag war. Er und Will gingen fast jeden Tag auf Scharfschützenpatroullie außerhalb des Stützpunktes. Und sie waren extrem effizient geworden, sodass der Colonel meinte, der Feind scheine inzwischen das Gebiet zu meiden. Aber die NVA hatte auch begonnen, Gegenmaßnahmen zu ergreifen. Sie legten Hinterhalte.

Jedes Mal, wenn sie ausrückten, planten Brady und Will ihren Rückweg, um die Hinterhalte zu umgehen. Einige Wochen zuvor hatten sie Glück gehabt, dass sie nach einem heftigen Feuergefecht, bei dem mehrere Mitglieder ihrer Sicherheitspatrouille verwundet wurden, unversehrt davongekommen waren. Jetzt versuchte der Feind eine neue Taktik. Sie setzten ihre eigenen Scharfschützen ein, die gut ausgebildet und mit erstklassiger sowjetischer Ausrüstung ausgestattet waren.

Brady hatte zwei von ihnen beseitigt, aber die anderen töteten oder verstümmelten weiterhin fast täglich amerikanische GIs. Einer der Scharfschützen war sogar so kühn, die Leiche seines Opfers als Tisch zu benutzen, um eine Mahlzeit einzunehmen. Es war ein GI, der von seiner Patrouille getrennt worden war. Danach hatte der Scharfschütze den Rucksack seines Opfers durchwühlt und ein Kartenspiel entwendet – was die einzelnen Spielkarten bewiesen, die er nun bei jedem seiner Opfer zurückließ. Als sie die Leiche des GIs fanden, war sie mit Reiskörnern übersät und stank nach dem fischigen Geruch der Nước Mắm Soße des Scharfschützen. Auf dem Leichnam des Soldaten lag außerdem auch die Pik-Zehn.

Die ARVN-Scouts nannten diesen Mann *Rắn hổ mang*, die Kobra, und sagten, er fordere Brady und die Männer auf dem Stützpunkt heraus, ihn zu holen – wenn sie es wagten. Brady hatte vor, diese Herausforderung anzunehmen. Die Jagd auf den Scharfschützen in seiner eigenen Heimat würde ein tödliches Katz- und Mausspiel werden, aber die Uhr tickte, und die Zahl der Opfer stieg von Tag zu Tag.

Brady ruhte sich auf seinem provisorischen Bett aus, einer Ansammlung leerer Granatenkisten und einer Unterlage aus Ponchos. Es war verdammt hart, aber besser als auf dem Boden zu schlafen.

„Wenn es nach mir ginge, würde ich allein losziehen", sagte er. „Ich weiß, dass ich diesen Bastard festnageln kann."

Will hatte ein ähnliches Bett auf der anderen Seite der Baracke. Seine Zigarette glühte in der Dunkelheit.

„Ich dachte, dieser Scharfschütze der Marines, den sie Weiße Feder nennen, hätte die Kobra in der Nähe der DMZ festgenagelt."

„Hat er auch. Ich schätze, dieser hier denkt, dass er die Tradition seines Vorgängers fortsetzen muss." Brady lachte. „Sohn der Cobra, vielleicht?"

„Okay, Witzbold, und du willst ihn auf eigene Faust jagen? Ich dachte, du hättest gesagt, dass wir zusammen in dieser Scheiße stecken."

„Verdammt, Will, wir stecken da auch zusammen drin, aber ich habe mir gedacht, dass es besser ist, diese eine Mission alleine durchzuziehen. Kannst du das nicht verstehen?"

„Nein, kann ich nicht, aber ich werde meine Zeit nicht damit verschwenden, mit dir zu streiten, weil der Kommandant dich sowieso nicht alleine losziehen lassen wird."

„Da hast du recht. Ich habe schon mit ihm gesprochen, und er hat es mir nicht genehmigt, aber er hat gesagt, wenn wir diesen Bastard festnageln, gibt er uns noch einen Drei-Tage-Urlaub."

Brady hörte, wie Will sich in der Dunkelheit bewegte, und einen Moment später ging seine Taschenlampe an. Er richtete sie direkt auf Bradys Augen.

„Erst meldest du uns freiwillig zur Versetzung zur 101. Division im I-Corps, und jetzt das. Bist du verrückt? Was ist, wenn der Kerl uns zuerst festnagelt? Was dann?"

„Nimm das verdammte Licht aus meinen Augen."

„Beantworte meine Frage."

Brady hielt seine Hand über die Augen, während er sprach. „Wenn er uns erwischt, bekommen wir unseren Drei-Tage-Urlaub nicht."

Will schaltete das Licht aus. „Du bist verrückt, Nash – total verrückt. Die nennen diesen Bastard nicht umsonst die Kobra."

„Das ist es, was ich so an dir mag, Willie Boy. Du redest die Dinge nicht schön."

„Hör auf, zu versuchen, so süß zu sein. Ich meine es ernst. Wenn du weiter all diese dummen Risiken eingehst, wird dein Arsch bald in einem Leichensack nach Hause gebracht."

„Das mag sein, aber ich brauche diesen Urlaub."

„Hä?"

„Ach, nichts."

„Warum brauchst du den Urlaub so dringend?"

„Ich muss einfach für eine Weile von hier weg."

Wills Taschenlampe leuchtete wieder auf. Er setzte sich aufrecht hin und schwang seine Stiefel auf den erdigen Boden.

„Warum willst du den Urlaub so dringend?"

Brady sah zu ihm hinüber. Will hielt immer noch die Taschenlampe in der Hand und drückte seinen Zigarettenstummel aus. Sie waren sich nahe gekommen, und sein Vertrauen stand außer Frage.

„Versprich mir, dass du es niemandem erzählst. Gib mir dein Wort."

„Okay, versprochen."

Will schaltete die Taschenlampe aus, während Brady herumtastete, um sich eine Zigarette anzuzünden. Als er es geschafft hatte, zog er kräftig daran, dann atmete er langsam aus.

„Ich hatte einen Bruder. Eigentlich war er ein Pflegebruder. Seine Mutter hat mich mehr oder weniger adoptiert. Sein Name war Duff Coleridge. Er wurde hier drüben getötet."

„Die Hülse, die du um deinen Hals trägst, gehört ihm?" fragte Will.

„Ja, vom Salutschuss bei seiner Beerdigung. Ich trage sie, um mich daran zu erinnern, warum ich hierher gekommen bin. Weißt du, Duffs Tod war kein Unfall. Er wurde ermordet."

Brady begann, Will von dem Brief zu berichten und erzählte weiter, bis er ihm jedes Detail genannt hatte, einschließlich seines Besuchs neulich im Botschaftsgebäude von Da Nang. Als er geendet hatte, vergingen einige Minuten in Stille, die nur durch das ferne Donnern der Artillerie in den Bergen unterbrochen wurde. Brady glaubte schon, Will sei eingeschlafen, als er das metallische Klirren und Schaben seines Feuerzeugs hörte. Er saß immer noch auf der Bettkante, und die Flamme des Feuerzeugs warf einen unheimlichen Schein auf sein Gesicht, als er sich eine weitere

Zigarette anzündete. Mit zusammengekniffenen Augen sah er Brady durchdringend an.

„Wenn ich dich nicht besser kennen würde, würde ich denken, dass du dir den ganzen Scheiß ausgedacht hast", sagte Will. „Und ich kann nicht glauben, dass du es so weit geschafft hast. Ich meine, du hast dich tatsächlich hierher durchgeschlagen und warst tatsächlich an diesem Ort in Da Nang, um diese Bastarde zu finden. Du musst wahnsinnig sein."

„Vielleicht bin ich das", sagte Brady.

Wills Stimme wurde leiser. „Verdammt, Nash, das mit dem Verrücktsein war doch nur ein Scherz. Ich mache dir keinen Vorwurf, aber warum gehst du nicht zum CID? Was soll diese Bastarde davon abhalten, dich umzubringen, wie sie es mit deinem Bruder getan haben?"

„Ich will nicht, dass die Sache vertuscht wird und diese Bastarde davonkommen. Ich will die Namen herausfinden. Wenn ich weiß, wer sie sind, werde ich alles an die Zeitungen, die CID und jeden anderen schicken, der zuhören will."

Will ließ sich auf seine Pritsche zurückfallen. „Ich verstehe, was du zu tun versuchst", sagte er, „aber Urlaub zu bekommen indem wir diesen Rắn hổ Hurensohn töten, ist doch weit hergeholt. Wie ich schon sagte, vielleicht erwischt er uns zuerst."

„Alles, was ich bisher getan habe, habe ich entgegen aller Wahrscheinlichkeit geschafft", sagte Brady. „Wir müssen einfach abwarten, was passiert, wenn wir morgen früh ausrücken."

„Und wie sieht dein Plan aus?"

„Du wirst mein Köder sein", sagte Brady.

Er hörte eine Bewegung in der Dunkelheit und Wills Taschenlampe ging wieder an. Die Zigarette hing locker in seinem Mundwinkel, während er Brady mit großen Augen anstarrte.

„Ich werde dein *was* sein?"

„Du wirst vorsichtig sein müssen."

Will warf seine Zigarette auf den Boden, sodass die Funken in der Dunkelheit flogen. „Ohne Scheiß! Und wie kommst du darauf, dass ich es überhaupt tun werde?"

„Weil du, ob du es zugibst oder nicht, diesen Bastard genauso festnageln willst wie ich."

KAPITEL 5

Rắn hổ mang

Es blieben noch vier Stunden bis zum ersten Licht des Tages, als Brady und Will eine Bestandsaufnahme ihrer Ausrüstung machten. Eine leichte Brise wehte ihm die Nachtluft in den bloßen Nacken, als Brady in die Dunkelheit jenseits des Begrenzungszaunes blickte. Die Gefahr dort draußen schien greifbar, aber er würde bald in seinem Element sein, frei von der erdrückenden Enge des Stützpunktes. Einen Moment lang blieb er unbewegt stehen und starrte den Hügel hinunter, vorbei an den von Sandsäcken bedeckten Bunkern und den Mengen von Zieharmonika-Stacheldraht. Der Dschungel außerhalb des Zauns war geräuschlos, dunkel und bedrohlich. Die schwarzen Silhouetten der Hügel hoben sich wie Riesen vom Nachthimmel ab.

Das vietnamesische Hochland bestand aus steilen, von Kletterpflanzen überwucherten Bergrücken, die selbst den kühnsten Männern die Kraft raubten, doch Brady überquerte diese Hänge mit relativer Leichtigkeit. Indem er den Spuren der Tiere folgte, fand er die natürlichen Nahtstellen in einem ansonsten undurchdringlichen Dschungel. Diese tropischen Wälder waren anders, aber die Regeln der Natur waren die gleichen in Vietnam wie damals im Tennessee Overhill. Man musste lernen, mit ihnen zu arbeiten, oder man wurde von ihnen beherrscht.

Brady ließ sich von den Geräuschen um ihn herum leiten und lauschte auf die Alarmrufe von Vögeln und Affen, die hoch oben in den Kronen der Dschungeldecke lauerten. Und wenn die Geräusche verstummten, war er auf der Hut und achtete auf jede Bewegung, jeden abgebrochenen Grashalm und jedes zerrissene Blatt. Dies würde einer dieser Tage sein – einer, der Gerissenheit und Vorsicht erforderte, denn trotz der vielen Hinweise auf die Präsenz des Feindes war Rắn hồ mang derjenige, der die größte Gefahr darstellte. Der NVA-Scharfschütze war der Grund, weshalb jeder Soldat des Bataillons mit Paranoia kämpfte, aber ihre Angst war berechtigt, denn niemand wusste, wer als Nächster in sein Fadenkreuz geraten könnte.

„Hier ist mein Plan", sagte Brady mit leiser Stimme. „Wir gehen nach Westen durch das Tal in die Richtung des alten Dorfes. Wenn wir am Fuß des Berges ankommen, bleibst du zurück und versteckst dich dort, aber erst, nachdem du ein paar Äste abgeschnitten und ein paar falsche Verstecke gebaut hast, die für jeden auf dem Bergrücken auf der anderen Seite des Tals sichtbar sind. Vier der sieben Männer, die getötet wurden, hat es in diesem Gebiet zwischen den beiden Hügeln und dem alten Dorf erwischt. Es ist das Lieblingsversteck unseres Jungen, und du wirst dich an der logischsten Stelle befinden, aber wir werden ihn austricksen.

„Nachdem ich dich zurückgelassen habe, gehe ich weiter talaufwärts am Rand der Hügel entlang. Ich müsste von dort aus eine gute Sicht auf den Kamm auf der anderen Seite haben, dort wo er vom Berg aus in Richtung Feuerbasis verläuft. Er wird nicht damit rechnen, dass ich dort drüben in der entgegengesetzten Richtung bin, so weit von der Feuerbasis entfernt."

Will warf Brady eine kleine, grüne Dose mit Aprikosen zu. „Nimm diese verdammten Dinger. Ich kann sie nicht ausstehen. Weißt du, dein Plan könnte wirklich funktionieren, aber ich habe eine Frage."

Brady packte die Aprikosen in seinen Rucksack und sah Will an. „Und die wäre?"

„Soll ich mir eine Zielscheibe auf den Arsch malen oder einfach aufstehen und eine rote Fahne schwenken?"

„Du bist nicht witzig. Ich will, dass du keine Risiken eingehst. Er rechnet damit, dass wir dort sind, wo du dich versteckst, aber er wird sich auf die falschen Verstecke konzentrieren. Bleib einfach ruhig und beobachte die Pfade, die auf der anderen Seite des Tals herunterführen. Auf diese Weise kann er uns nicht flankieren. Ich kümmere mich um den Rest."

Brady überprüfte seine Ausrüstung: gefütterter Poncho, ein zweites Paar Socken, leerer Sandsack, Insektenschutzmittel, Schlangenbiss-Kit, Signalspiegel, Gewehrreinigungs-Kit, zwei Leuchtraketen, zwei Rauchgranaten – eine rot, eine violett, zusätzliche Granaten, Feldflaschen, Jodtabletten, C-Rationen, Brennstofftabletten, Munition, Fernglas, Taschenlampe, Landkarte, Kompass, Blutvolumenersatz, Verbandszeug. Er überprüfte jedes Detail aufs Genaueste. Alle Metallgegenstände waren mit Klebeband gesichert, damit er sich geräuschlos bewegen konnte, jeder Glanz beseitigt. Er war bereit. Er schob seine Arme durch die Riemen und hievte den Rucksack auf seinen Rücken.

„Los geht's", flüsterte er.

Brady ging voran, sein Gewehr in der Armbeuge, und sie folgten dem Feldweg hinunter zum Haupttor. Am Tor hielten sie inne, um ihre Waffen zu sichern und zu laden. Es waren noch einige Stunden bis zum Morgengrauen. Brady holte tief Luft. Der Geruch von Büffelkot hing schwer in der Nachtluft, die von den umliegenden Reisfeldern herüberwehte. Die beiden Scharfschützen setzten sich wieder in Bewegung und nickten, als sie an den Torwächtern vorbeikamen – kaum wahrnehmbare Schatten mit Augen, die in einem Bunker kauerten.

Einer der Schatten grunzte ein kaum hörbares „Viel Glück".

Nachdem sie sich durch das Labyrinth aus Ziehharmonika-Stacheldraht geschlichen hatten, der das Tor umgab, tauchten Brady und Will in eine schwarze Wand der Dunkelheit ein. Sie bewegten sich vorsichtig, um auch selbst das leiseste Geräusch ihrer Schritte zu vermeiden. Als sie das Tor etwa hundert Meter hinter sich gelassen hatten, hielt Brady inne. Er wartete. Er lauschte, und nach einer Weile merkte er, wie die Nacht in seinen Sinnen erwachte. Zehn Meter hinter ihm stand Will schweigend und tat dasselbe, während sie sich mit den Geräuschen der Nacht vertraut machten.

Zuerst kam das Knistern und Summen der Insekten in den Bäumen, dann das Kichern und Quaken von Fröschen und Eidechsen. Und nach einer Weile wurde die Schwärze von Schatten und vagen Umrissen durchbrochen, als sich ihre Augen an die Dunkelheit gewöhnten. Brady blickte zum Himmel, auf die wenigen verstreuten Sterne, die es geschafft hatten, die dünne Wolkenschicht zu durchdringen. Irgendwo in der Ferne, jenseits der Reisfelder, jenseits der entfernten Baumgrenze, stieß ein Vogel einen schrillen Alarmruf aus. Da draußen war noch jemand, der ebenfalls umherwanderte.

Fast zwanzig Minuten vergingen, bevor er Will ein Zeichen gab und sie sich wieder in Bewegung setzten. Nach einem halben Kilometer bogen sie auf einen Pfad ab und folgten dem schmalen Weg durch ein Banyan-Dickicht, am Rand des hintersten Kanals entlang, vorbei an dem verlassenen Dörfchen. Als sie den Fuß der Hügelkette erreichten, blieb Brady stehen. Will machte hinter ihm Halt.

„Errichte die falschen Verstecke hier", flüsterte Brady. „Mach sie klar sichtbar. Eins dort am Rande des Schilfdickichts und das andere da draußen am Kanal. Ich will, dass der Kerl denkt, er hätte es mit ein paar Neulingen zu tun. Sorg' dafür, dass er übermütig wird, damit er einen Fehler macht. Wenn du fertig bist, gehst du zurück in die Bäume da drüben und versteckst dich. Wenn du jemanden tötest, rühr dich nicht vom Fleck. Denk dran, er ist nicht der einzige Affe in diesem Zirkus. Rühr dich nicht vom Fleck. Ich hole dich in den frühen Morgenstunden ab."

Will machte sich an die Arbeit und schnitt leise die Zweige für sein Versteck. Brady ging einige hundert Meter weiter das Tal hinauf. Er folgte dem Pfad und bewegte sich schweigend zu dem Ort, den er für sein Versteck ausgesucht hatte, eine leichte Anhöhe direkt am Rande des Dschungels. Es war ein perfekter Platz, um Wills Position und auch den etwa vierhundert Meter entfernten Hang auf der anderen Seite des Tals zu beobachten. Der Hang war achthundert Meter von der westlichen Grenze des Stützpunktes entfernt und ermöglichte jedem, der sich dort aufhielt, einen klaren Blick auf die nähesten Bunker. Der Scharfschütze hatte dort immer wieder sein Versteck aufgeschlagen, denn es war eine Position, von der er auch die Hauptstraße zum alten Dorf beobachten konnte, sowie das gewebte Muster aus Kanälen, Wegen und dem Banyan-Dickicht, in dem Will sich versteckt hatte.

Einen Kilometer in die andere Richtung befand sich ein jüngeres Dorf, das von einigen eingefleischten Reisbauern bewohnt wurde – wahrscheinlich NVA-Sympathisanten, was sich aber wohl nicht beweisen ließ. Dort krähten bereits die Hähne, als Brady in sein Versteck schlüpfte. Sorgfältig richtete er sich ein und achtete dabei auf jedes Detail: keine Vegetation zu nah an seinem Versteck, die die Stoßwelle verraten könnte, keine verräterischen, abgeschnittenen Äste in der Nähe, nichts, was Aufmerksamkeit erregen könnte. Er breitete seinen Poncho auf dem Boden aus, stellte seinen Rucksack davor und stopfte frische Blätter in jedes Fach und jede Tasche. Vor dem Verlassen des Stützpunkts hatte er sich bereits das Gesicht geschwärzt sodass er nun bereit war, sich in die Hocke zu begeben und zu warten. Wenn nichts passierte, würde das Warten die nächsten zwei Tage andauern.

Dies war die Zeit, die er am meisten hasste, wenn er mit seinen

Gedanken alleine war. Sein Gewissen nagte an ihm genauso sehr, wie sein Herz für Lacey schmerzte. Die Wahrheit hätte leicht zu finden sein müssen, eine klare und einfache Antwort auf die Frage, ob das, was er tat, richtig oder falsch war. Aber in Nam gab es kein Schwarz und Weiß. Die Wahrheit lag irgendwo im Schatten verborgen, so wie der feindliche Scharfschütze, der zweifelsohne da draußen auf dem fernen Hügel sein Versteck einrichtete.

Dies war Krieg, und das Töten war gerechtfertigt, aber eine neue Erkenntnis hatte ihren Weg in sein Gewissen gefunden. Er spürte sie wie die Morgendämmerung, deren erster Hinweis nicht das Ergrauen des Nachthimmels ist, sondern ein allmählich wachsender Instinkt, welcher den Hahn zum krähen bringt oder die Nachtvögel dazu treibt, sich zur Ruhe zu setzen, lange bevor die Sterne am Himmel verblassen. Und als er es zum ersten Mal klar sah, war es zu spät. Er war ein furchtbar effizienter Killer geworden. Er tötete Männer, und es war leicht geworden, unglaublich leicht, fast so leicht, wie das Erschießen von Kojoten.

Als die orangefarbene Morgendämmerung durch eine Wolkenwand im Osten brach und die Sonnenstrahlen in den Himmel drangen, zwang Brady sich zur Konzentration auf die bevorstehende Aufgabe. Einen Tagtraum konnte er sich kaum leisten. Mit seinem Fernglas suchte er das Tal und den Bergkamm ab, während die Morgensonne aufging und über den Himmel wanderte. Er hielt Ausschau, und ehe er sich versah, war es schon fast Mittag, aber er hatte noch nichts gesehen.

Es war ein Spiel der Geduld, aber auch eines, das absolute Wachsamkeit erforderte. Er hörte nicht auf zu spähen, zu analysieren und das Panorama der Landschaft abzusuchen, die sich vor ihm ausbreitete. Und heute war da noch etwas anderes, etwas, das Bradys Instinkte ihm mitteilten. Er hatte es den ganzen Morgen über gespürt. Es war die Gegenwart des feindlichen Scharfschützen. Er spürte sie so deutlich wie seinen eigenen Herzschlag. Rắn hổ mang war irgendwo da oben auf dem Hügel. Wie der König des Tals wartete er darauf, dass Brady oder Will einen Fehler machten. Ein einziger Fehltritt würde genügen, um in einem Leichensack nach Hause geschickt zu werden.

Brady suchte weiter den fernen Berghang ab. Da die Sonne nun hoch am Himmel stand, beleuchteten die Lichtstrahlen neue Flächen, während wechselnde Schatten andere verdeckten. Für das bloße Auge war der entfernte Hang eine Collage aus zerfurchten Schluchten, bedecktem Dschungel und kraterartigen Lichtungen. Er war sowohl hell als auch dunkel und gefleckt mit den Schatten der Wolken, die über den Hang glitten und ihn in verschiedene Farbtöne tauchten. Vom Wind erfasste Gräser wiegten sich sanft in der Nachmittagsbrise, und es war so trügerisch friedlich, dass man leicht in ein fatales Wohlbehagen sinken konnte.

Sein 10fach-Fernglas brachte die Dinge näher heran und machte sie deutlich sichtbar: Blätter, tiefgrün mit gelben Stacheln; ein einsamer Papagei mit leuchtend rot-blauem Gefieder, der sich mit leichtem Flügelschlag über den Hang bewegte. Im kristallklaren Fokus des Fernglases leuchtete sogar der schimmernde Hitzedampf in der prallen Sonne und tanzte mit der Brise über den fernen Hügel. Brady hielt geduldig Ausschau und studierte dabei jedes Detail des Berghangs, Baum für Baum, Ast für Ast, Blatt für Blatt, jeden Stumpf, jeden Buckel und jede Anomalie. Rán hô mang war irgendwo da oben, aber wer würde den ersten Fehler machen?

Die Stunden zogen langsam vorbei, während die Hitze des Tages in der Nachmittagssonne zunahm. Brady fuhr fort, den Hang mit dem Fernglas abzusuchen und bemerkte das Glitzern eines einzelnen Insekts, das in einem einsamen Sonnenstrahl kreiste – was auf den ersten Blick unbedeutend schien – bis sich ein weiteres Insekt hinzugesellte. Es waren Fliegen. Nach einigen Augenblicken wurde das Glitzern mehrerer weiterer Insekten sichtbar, eng im Kreis flatternde, silberne Punkte, die nur dadurch

Aufmerksamkeit erregten, weil irgendetwas dort im Schatten sie beharrlich anzog – wahrscheinlich etwas, das von einer der Bomben oder Artilleriegranaten getötet worden war, die den Bergrücken mit Kratern übersäten.

Er verbesserte den Fokus des Fernglases, stützte es auf seinem Rucksack ab und studierte die Schatten unter den Fliegen, die etwa siebenhundert Meter von ihm entfernt waren. Jeder Umriss, jedes Blatt, jeder Stein, jeder Trieb, jeder Schatten und jeder Lichtstrahl begann Gestalt anzunehmen, als er nach verräterischen Hinweisen suchte, und nach ein paar Minuten fand er etwas – etwas, das nicht passte, eine Textur, ein unnatürliches Muster, vielleicht Segeltuch. Nach einer Weile begann es, eine vertraute Form anzunehmen. Es war ein Proviantbeutel, eine Verpflegungstasche, wie ihn die NVA trug. Sein Inhalt war es, was die Fliegen anlockte.

Und was war es, das in dem Sack die Insekten anlockte? Gekochter Reis zog sie nur äußerst selten an. Nach etwas Überlegung, wurde es ihm klar: Nước mắm. Das Einzige, was Fliegen noch schneller anlockte als die verdorbene Fischsoße, war eine Dose C-Rationen. Er nahm das ferne Schattengewirr visuell auseinander, bis plötzlich etwas anderes sichtbar wurde. Es war schon die ganze Zeit da gewesen, aber erst jetzt erkannte er den sichtbar eingekerbten Schaft eines sowjetischen SVD-Scharfschützengewehrs.

Der Besitzer des Gewehrs lag regungslos da, wie schon den ganzen Vormittag, und beobachtete wahrscheinlich die Umgebung des Stützpunktes und die Straße unten im Tal. Er wartete mit eiserner Geduld darauf, dass irgendeine glücklose Patrouille auf der Straße auftauchte oder ein gedankenloser Infanterist in der Nähe der Bunker ins Freie trat. Es würde einen einzelnen Schuss geben, die Kugel würde ihr Opfer erreichen, noch bevor der Knall des Gewehres zu hören war, und alle würden wie wild durcheinanderrennen, aber es würde zu spät sein.

Brady beobachtete den Scharfschützen, der wie eine Schlange

starr im Gras lag und darauf wartete, dass seine Beute zu nah heranwanderte. Das Gewehr schien im Schatten des Mannes zu verschwinden. Brady blinzelte und fokussierte seine Augen neu, und ein neuer Umriss erschien, eine Hand. Der Rest kam in Windeseile, als er eine Schulter und Haare entdeckte, glatt und schwarz mit einem stumpfen Glanz, und dann die Tötungszone – das Zentrum der Masse. Er legte das Fernglas beiseite und schob sein eigenes Gewehr vor sich auf den Rucksack.

Er fand das Fadenkreuz in seinem Zielfernrohr, drückte den Unterarm fester in den Rucksack und hielt sich ruhig, während er leicht über den Abzug strich. Siebenhundert Meter, schätzte er, vielleicht siebenhundertfünfundzwanzig, normalerweise kein leichter Schuss für ein M-14, und dann waren da auch noch der Seitenwind und der Steigungswinkel, die zu berücksichtigen waren. Er prüfte die Nachmittagsbrise, beobachtete das Wirbeln der Gräser am Hang und dann die Strömung der aufsteigenden Hitzedämpfe durch das Zielfernrohr. Die Brise wehte von links nach rechts, mit fünf bis zehn Meilen pro Stunde, und war weiter oben am Hang gleichmäßiger. Unten, am Boden des Tals, wo die Bäume den Wind zerstreuten, stiegen die Hitzedämpfe fast senkrecht auf.

Der Kopf des Mannes bewegte sich. Brady zögerte, als er beobachtete, wie der Scharfschütze sein Auge durch sein Zielfernrohr richtete. Er blickte das Tal hinunter, und das Blut wich aus seinem Kopf, als er die Ursache für das Interesse des Scharfschützen fand. Ein einzelner Soldat – es musste Will sein – kroch am Rande des Banyan-Dickichts entlang, dann duckte er sich zurück in die Bäume und verschwand. Er gab absichtlich seine Position preis, aber mit diesem Kerl Katz und Maus zu spielen war Selbstmord.

Geduld war plötzlich keine Option mehr. Brady drehte den Kopf und sah, wie der feindliche Scharfschütze sein Gewehr über das Tal hinweg auf Will richtete. Wenn Rắn hổ mang Will durch sein Zielfernrohr fand, würde es in Sekunden vorbei sein. Brady stählte sich, holte tief Luft und atmete dann leicht aus. Er hatte keine Zeit für sorgfältige Berechnungen. Er überlegte kurz und machte eine SWAG – was für „wissenschaftliche, wilde Vermutung" („scientific wild-ass guess") stand, ein Witz, den er in der Scharfschützenschule gelernt hatte. Nur, dass dies kein Scherz war. Wills Leben stand auf dem Spiel.

Die durchschnittliche Winddrift betrug bei fünf Meilen pro Stunde einen Zoll pro hundert Meter. Er schätzte die Steigung auf dreißig Grad. Er drückte mit dem Daumen auf den Wahlschalter und zog vorsichtig den Abzug. Eine einzelne Schweißperle tropfte in sein linkes Auge, während er mit dem Fadenkreuz einen belaubten Fleck links über seinem Ziel anpeilte.

Das Echo seines Gewehrs kehrte als ein entferntes Knallen vom gegenüberliegenden Hang zu ihm zurück, dann nochmal von weiter unten im Tal, dann Stille. Brady blieb völlig bewegungslos und beobachtete durch das Zielfernrohr, wie der Mann am anderen Hang sich auf Händen und Knien aufrichtete. Er konnte ihn jetzt deutlich sehen, als er das Fadenkreuz für einen zweiten Schuss ausrichtete, aber der Kopf des Mannes hing tief zwischen seinen Armen. Brady zögerte. Einen Moment später krümmte sich der Rücken des feindlichen Scharfschützen krampfhaft, als er einen purpurroten Strom aus Blut erbrach. Ein zweiter Schuss war nicht nötig.

Im erblassenden Tageslicht entdeckte Brady einen einzelnen Robinienbaum auf einer kleinen Lichtung, einige Meter unterhalb der Leiche des Scharfschützen. Er vermerkte ihn als Orientierungspunkt, und als es dunkel war, begann er, sich über die Talsohle zum Kamm vorzuarbeiten. Er kletterte den Hang hinauf und brauchte fast eine Stunde, um die Robinie zu erreichen. Es war stockdunkel, und er näherte sich Schritt für Schritt vorsichtig dem Versteck des Schützen. Er wagte es nicht, eine Lampe zu benutzen, denn Scharfschützen arbeiteten selten alleine. Er ging in die Hocke und tastete den Boden vor sich ab. Da war nichts, aber er nahm den Geruch von Nước mắm wahr. Die Leiche war ganz in der Nähe. Er stand auf, machte einen Schritt und stolperte über den Leichnam.

Brady kniete sich hin und fuhr mit den Händen über den Körper des Scharfschützen. Er war noch warm, und die Uniform des Mannes war mit klebrigem Blut getränkt. Er durchsuchte die Taschen des Scharfschützen und gab ihren Inhalt zu den Dingen in der Provianttasche. Als er fertig war, tastete er in der Dunkelheit herum, bis er das Gewehr des Mannes fand. Er warf es sich zusammen mit der Provianttasche über die Schulter und machte sich auf den Weg zurück ins Tal.

———

Am nächsten Morgen erfüllte ein Gefühl gespannter Erwartung die versammelten Soldaten im Hauptquartier des Bataillons, als Brady den Haversack auf dem Tisch ausleerte. Und als ein fettverschmierter Satz Spielkarten herausfiel, brachen die Offiziere und Unteroffiziere in einen Chor lauten Gejohles aus. Dies war der moralische Sieg, den alle brauchten. Sie hatten ihren besten Schützen ausgesendet, um Rắn hổ mang zu begegnen, und sie hatten gewonnen.

Der Bataillonskommandeur bestätigte schnell seine Zusage für einen weiteren Drei-Tage-Urlaub. Außerdem reichte er Empfehlungen ein – für Brady und auch Will – zur Verleihung des Distinguished Service Crosses. Es war eine verdammt große Ehre, oder hätte es sein sollen, aber inmitten der Feierlichkeiten musste Brady sich plötzlich ein Lächeln aufs Gesicht zwingen. Er warf einen Blick auf die Messinghülse, die an der Kette um seinen Hals hing, und erinnerte sich an sein Versprechen an Duff.

Seine Augen trafen die von Will, und sie tauschten ein verkrampftes Lächeln aus. Will wusste, was er dachte, aber es spielte keine Rolle. All dies hier konnte nichts an dem Versprechen ändern, das er Duff am Rand seines Grabes gegeben hatte.

Später, als die Feier zu Ende war, brachte ihm der

Kompaniesekretär seine Post. Darunter war der übliche Brief von Mama Emma, aber diesmal war noch ein zweiter dabei, abgestempelt in Nashville, Tennessee. Bradys Herz raste, als er den Umschlag aufriss und den Brief entfaltete.

15. Dezember 1967

Lieber Brady,

Ich weiß nicht, wie ich diesen Brief anders beginnen soll, als Dir zu sagen, dass ich Dich liebe. Ich weiß, Du denkst, dass ich unsensibel und egoistisch war, und wenn ich die Dinge, die ich getan habe, ändern könnte, würde ich es tun. Mir ist klar geworden, dass ich den Tag, an dem wir uns zum ersten Mal unten am Hiwassee geliebt haben, nie vergessen werde, egal was passiert. Ich weiß jetzt genauso wie damals, dass mein Herz immer Dir gehören wird. Es tut mir leid, dass ich dir so viel Schmerz bereitet habe, und ich verstehe immer noch nicht, warum du nach Vietnam gehen musstest. Aber ich möchte, dass du weißt, dass ich für dich da sein werde, wenn du zurückkehrst. Bitte schreibe mir. Ich vermisse dich so sehr. Mama geht es gut, sie liest mir am Telefon immer alle deine Briefe vor. Sie sagt auch, dass Hubert Brister sich danach erkundigt hat, wie es dir geht. Ich wusste nicht, dass du so gut mit ihm befreundet bist. Bitte pass gut auf dich auf und bitte schreibe mir.

In Liebe,

Lacey

Brady las den Brief gleich noch einmal, aber irgendetwas dämpfte seine Freude. Es war die Erkenntnis, dass er irgendwann die Hoffnung auf ein Leben nach seiner Zeit in Vietnam aufgegeben hatte. Vietnam war sein Leben, und seine einzige Bestimmung war es, Duffs Mörder zu finden und zu vernichten. Die Möglichkeit, eines Tages ein normales Leben führen zu können, hatte er schon vor langer Zeit aufgegeben.

Er war ein Killer. Alles, was er seit seiner Ankunft in Vietnam getan hatte, war auf die Jagd und das Töten ausgerichtet. Er lebte für den Moment, in dem er alle Variablen berechnet hatte und seine Beute mit unbeholfenem Schritt in seinem Fadenkreuz landete. Ein Leben nach Vietnam war für ihn keine Option mehr gewesen, zumindest nicht bis jetzt.

Konnte er einfach kehrtmachen und gehen, oder war er bereits in jene Welt eingetreten, aus der Männer nur selten zurückkehrten, jener Ort, an dem der unstillbare Durst nach Kampf sie schließlich umbrachte, oder sie wahnsinnig wurden und für immer weggesperrt wurden? Er faltete Laceys Brief zusammen und steckte ihn in seine Hemdtasche. Zuerst würde er Duffs Mörder finden. Erst dann würde er eine Antwort auf die anderen Fragen wissen.

KAPITEL 6

Das Countrymusik-Geschäft

Lacey blickte in den Spiegel an der Sonnenblende, als sie an diesem Freitagabend mit Hugh Langston zum Club fuhr. Nashville glitzerte im Schein der Weihnachtslichter, und sie hätte die Fahrt genießen sollen, aber Langston schien erregt zu sein – er rutschte in seinem Sitz umher und fuhr viel zu schnell. Nicht vieles, was im Musikgeschäft von Nashville passierte, überraschte sie mehr, und auch Langstons Verhalten beunruhigte sie nicht sonderlich, aber es war ziemlich klar, dass etwas nicht stimmte.

Langston wurde von Tag zu Tag merkwürdiger, zwar nur unmerklich, aber es gab ständig diese kleinen Warnsignale. Heute Abend bestand er darauf, sie abzuholen und in den Club zu fahren, weil angeblich einige Clubbesitzer und Plattenproduzenten kommen sollten, um ihren Auftritt zu sehen. Seine beiläufigen Bemerkungen über ihre Kleidung waren wahrscheinlich am lästigsten, auch wenn sie zugab, dass er ein gewisses Mitspracherecht hatte, wie sie sich in seinem Club kleidete.

Als sie ankamen, leuchteten die Leuchtreklamen auf dem Strip in der einbrechenden Dämmerung, aber Langstons Pupillen waren verengt und er war ansgespannt. Als er aus dem Auto stieg, ließ er seine Schlüssel fallen.

„Geht es Ihnen gut, Mister Hugh?"

Er antwortete nicht, als sie auf den Haupteingang des Clubs zugingen, wo er stehen blieb und sein Spiegelbild in der Glastür studierte. Er rückte sein Bolo-Tie zurecht und schob die Krempe seines Stetsons tief in die Stirn.

„Mir geht's gut, kleine Lady. Aber werd' heute Abend bloß nicht größenwahnsinnig. Wenn dir einer dieser Plattenproduzenten oder Clubbesitzer ein Angebot macht, denk daran, dass wir einen Vertrag haben. Ich habe das letzte Wort bei allem, was sie dir anbieten."

Er hatte wohl wieder Pillen geschluckt. Es fing bei ihm immer mit den Pillen an und endete damit, dass er sich betrank.

„Das weiß ich, Mister Hugh. Habe ich etwas falsch gemacht?"

Langston öffnete die Tür und ging vor ihr hinein. Sie hatte noch nie einen Mann getroffen, dem es so gründlich an jeglicher Höflichkeit mangelte.

„Du musst dich einfach an den Vertrag erinnern, den wir unterzeichnet haben. Wir werden heute Abend nach der Show darüber sprechen. Und glaube nichts von dem, was diese Leute dir erzählen. Verstanden?"

Er wartete nicht auf eine Antwort und verschwand durch eine Tür, die zum hinteren Büro führte. Lacey ging hinüber zu den Bandmitgliedern, die gerade ihre Instrumente stimmten. Es hatte keinen Sinn, mit ihnen über Langston zu sprechen. Wann immer sein Name erwähnt wurde, wurden sie wortkarg. Dass sie Probleme mit ihm hatten, war offensichtlich, aber sie waren sich nicht sicher, wo Laceys Loyalität lag.

Der Club füllte sich, und Lacey war bereits auf der Bühne und sang, als gegen neun Uhr drei Männer eintrafen. Instinktiv wusste sie, dass es die Männer waren, die Langston erwähnt hatte. Zwei von ihnen trugen Bolo-Ties und Cowboyhüte wie Langston, der andere ein weißes Hemd, khakifarbene Hose und ein Jackett. Langston führte sie zu einem Tisch und bestellte Getränke. In der nächsten

Pause rief er Lacey zu und winkte sie zu sich an den Tisch. Sie schüttelte den Männern die Hände, und sie priesen ihren Gesang. Der Smalltalk lief gut, bis einer sie nach ihren Zukunftsplänen fragte.

Langston stand auf und räusperte sich, während er sich im Raum umsah. „Okay, Liebes, machen wir uns bereit für das nächste Set. Die Leute werden schon unruhig."

Die Männer lachten und einer murmelte dem anderen etwas ins Ohr, als Lacey sich verabschiedete. Es waren noch zehn Minuten bis zum Ende ihrer Pause. Sie ging zur Bar und holte sich ein Glas Wasser.

Trotz der kurzen Vorstellungsrunde wurde es ein weiterer routinemäßiger Abend, und die Männer waren lange vor Ladenschluss weg. Es war weit nach Mitternacht und kalt, als Lacey fröstelnd im Auto auf Langston wartete, der sie nach Hause bringen sollte. Sie war müde, und das Neonlicht des Motels auf der anderen Straßenseite blinkte monoton durch die Windschutzscheibe, während sie beobachtete, wie ihr Chef abschloss und zum Auto ging. Nachdem er den Motor angelassen hatte, griff er in seine Manteltasche und holte eine Flasche Schnaps hervor.

„Probier das, Baby. Das wird dich aufwärmen. Es ist Pfirsichschnaps."

Lacey, die nicht undankbar erscheinen wollte, nahm vorsichtig einen Schluck aus der Flasche.

„Ziemlich gut, was?"

Sie nickte, während Langston sich eine Zigarette anzündete. Er schien sich damit zufrieden zu geben, mit laufendem Motor auf dem Parkplatz zu sitzen.

„Willst du eine?"

Sie schüttelte den Kopf. „Nein."

„Du musst lernen, kultivierter zu sein", sagte er. „Warst du schon mal in New York oder L.A.?"

Er wartete nicht auf ihre Antwort.

„Das sind richtige Städte. Nashville ist im Vergleich dazu nur ein großes Dorf. In L.A. gibt es Hollywood und den Sunset Strip. Und in New York gibt es den Broadway, Times Square, Radio City Music Hall und Millionen von Menschen, die alle zur gleichen Zeit irgendwohin wollen. Eines Tages werden dieselben Leute um ein Autogramm von dir kämpfen. Deshalb musst du dein Image aufpolieren. Du bist gut, Baby – wirklich gut – aber du musst Selbstvertrauen entwickeln und lernen, dich zu präsentieren. Das ist es, was ich dir beibringen will.“

Sein Gerede erinnerte sie an einen Jahrmarkthändler und ließ ihre Träume von einer Musikkarriere immer weiter in die Ferne rücken. Die Komplimente der anderen Clubbesitzer schienen zumindest aufrichtiger zu sein.

„Vergiss nicht, wer dich zu diesem Tanz eingeladen hat, kleines Mädchen“, sagte er. Seine blutunterlaufenen Augen wirkten gelblich im Schein der Armaturenbrettbeleuchtung. „Okay?“

„Warum sagen Sie das alles, Mister Hugh?“

„Spiel mir nicht das unschuldige kleine Landmädchen vor. Du weißt genau, warum ich das sage. Diese Bastarde wollten deinen Vertrag aufkaufen, aber ich bin derjenige, der dich hierher gebracht hat, und ich bin derjenige, der dich zum Star machen wird – niemand sonst.“

„Ich habe alles getan, was Sie von mir verlangt haben“, sagte Lacey. Langston drückte seine Zigarette in den Aschenbecher.

„Na gut, aber es ist an der Zeit, dass wir ein bisschen mehr Image in deinen Auftritt bringen. Du hast den Körper, du siehst gut aus, du sprichst sogar wie eine Frau, aber du ziehst dich immer noch wie ein Schulmädchen an, trägst diese Sonntagskleider mit Hackenschuhen. Du solltest Cowboystiefel und einen Minirock tragen, verstehst du? Männer mögen den Look, und du hast die Ausstattung dafür.“

„Mister Hugh, ich bin bereit, das mit den Cowboystiefeln zu probieren, aber ich werde keinen Minirock tragen, weder für Sie noch für sonst jemanden."

Sie warf einen Blick auf Langston, der er den Rest des Brandys herunterkippte und die Flasche aus dem Fenster warf.

„Du weißt nicht genug über dieses Geschäft, um mit mir zu diskutieren, Baby. Und wenn ich dir sage, dass du eine verdammte Propellermütze auf dem Kopf tragen sollst, dann musst du mir vertrauen."

„Nun, ich trage keinen Minirock, nicht jetzt und auch nicht irgendwann." Langston fuhr vom Parkplatz des Clubs.

„Das ist es, was ich meine. Du denkst wie ein Schulmädchen. Du musst zeigen, was du hast, und ich werde es dir beibringen."

Lacey antwortete nicht, und dachte an die Abschiedsworte ihrer Mutter.

„Menschen mit echtem Talent müssen ihre Moral nicht verkaufen. Du gehörst zu diesen Menschen."

„Warum gehen wir nicht irgendwohin, wo wir in Ruhe reden können?", sagte er. „Vielleicht können wir das klären."

„Mister Hugh, ich bin müde. Ich habe den ganzen Tag im Restaurant gearbeitet, und es ist fast zwei Uhr nachts. Ich will nur noch nach Hause gehen und schlafen.

„Okay, vielleicht war ich zu streng mit dir. Wie wäre es, wenn wir bei dir zu Hause einen Kaffee kochen und uns ein wenig unterhalten?"

Lacey war erschöpft, aber was auch immer nötig war, um nach Hause und aus ihren Schuhen raus zu kommen...

„Also gut", sagte sie.

Langston bog auf dem Broadway nach Süden ab, fuhr dann die Twenty-First Street hinunter, vorbei an der Vanderbilt Universität und hinaus auf den Hillsboro Pike. Sie wohnte gerne außerhalb der Stadt. Es gab weniger Lärm und eine wunderschöne Aussicht auf die umliegenden Hügel. Nach ein paar Minuten bog Langston in den Apartmentkomplex ein und parkte seinen Mark IV neben ihrem Malibu. Sie gingen die Treppe hinauf in den zweiten Stock.

„Mister Hugh, können wir an einem anderen Abend reden?"

„Ich dachte, du hast gesagt, wir könnten jetzt reden?"

Lacey, die zu müde zum Streiten war, ließ beim Hereingehen die Haustür hinter sich offen stehen.

„Wie wärs, wenn Sie den Kaffee kochen, während ich mich umziehe?", sagte sie. „Diese Schuhe sind eine Folter für meine Füße. Alles, was Sie brauchen ist im Schrank über dem Herd."

Sie ging ins Schlafzimmer, streifte die Schuhe von den Füßen, schlüpfte aus dem Kleid und schälte sich aus der Strumpfhose. Sie schob die Kleider, die im Schrank hingen, beiseite und suchte nach ihrer Jeans und ihrem Lieblings-T-Shirt. Es war das T-Shirt, das Duff ihr geschickt hatte, schwarz und gold mit Fallschirmflügeln und der Aufschrift „Airborne Ranger" auf der Brust. Das Scharnier der Schlafzimmertür quietschte hinter ihr, und als sie sich umdrehte, sah sie Langston in der Tür stehen.

„Wo sind die Tassen, Schätzchen?"

Sie trat rückwärts in den Wandschrank und presste das T-Shirt an ihren nackten Oberkörper.

„Mister Hugh! Was machen Sie denn da? Die Tassen ... äh ... ja."

„Du brauchst keine Angst vor mir zu haben", sagte Langston. Er betrat den Raum und kam mit einem zerknitterten Lächeln auf sie zu. „Ich bin derjenige, der dich zu diesem Tanz eingeladen hat. Erinnerst du dich?"

„Aber ..."

Als er seinen Arm um ihre Schultern legte, erschauderte sie und hielt den Atem an. Ganz sanft drückte er gegen ihre Schulter, während er seine andere Hand auf ihrer nackten Taille ruhen ließ. Laceys Verlegenheit wich der Angst. Fassungslos drückte sie sich das T-Shirt an ihre Brust und stieß ihn mit der anderen Hand weg.

Endlich fand sie ihre Stimme wieder.

„Mister Langston, bitte, lassen Sie mich mein T-shirt und meine Hose anziehen." Langston griff nach ihrem Kinn und beugte sich vor, während er sprach.

„Baby, du brauchst keine Angst vor mir zu haben. Denk nur daran, zusammen können wir viel erreichen. Du weißt, was ich dir über New York und L.A. erzählt habe. Du musst nur noch lernen, eine richtige Frau zu sein."

Der abgestandene Geruch von Zigaretten und Schnaps in seinem Atem drehte ihr jedes Mal den Magen um, aber noch nie so sehr wie jetzt. Sie begann zu zittern, als er ihr Kinn näher an sein Gesicht zog. Er versuchte, sie zu küssen.

„NEIN!" Ihre Angst wurde zur Panik, und sie versuchte, ihn wegzustoßen. „Gehen Sie weg."

Langston war fast fünfzig, aber er war ein großer Mann, und seine Kraft war überwältigend. So sehr sie sich auch bemühte, sie konnte sich nicht von ihm losreißen. Die Panik wich dem Entsetzen, als er ihr das T-Shirt aus den Händen riss und ihren Oberkörper entblößte. Völlig nackt, bis auf ihren Slip und ihren BH, schnappte Lacey nach dem T-shirt, aber er hielt es außer Reichweite.

„Bitte, Mister Langston, nein!", schrie sie.

Er lachte und presste ihr die Hand auf den Mund. „Nicht so laut, du Giftspritze. Du weckst sonst noch die Nachbarn auf."

Seine riesige Handfläche blockierte auch ihre Nase, und Lacey merkte, dass sie keine Luft bekam. Sie kämpfte und zappelte, aber er hielt sie fest.

„Entspann dich, Schatz. Der gute alte Hugh ist dein Daddy, und ich werde dir beibringen, eine richtige Frau zu sein."

Die Worte jagten ihr einen Schauer über den Rücken. Ihr Vater war ein guter Mann gewesen. Langston war ein Schwein. Als seine feuchte Zunge an ihrem Hals entlang tastete, nahm er seine Hand von ihrem Mund.

„NEIN!", schrie sie. „Du bist nicht mein Daddy. Nimm deine Hände von mir."

Er drückte ihr den Mund wieder zu. „Du bist eine richtige Wildkatze, nicht wahr?"

Ein Welle der Angst überkam sie, als Langston nach ihrer Unterhose grabschte. Mit einem verzweifelten Stoß riss sie sich los, stolperte rückwärts und fiel auf das Bett. Langston stürzte nach vorne und fiel auf sie. Es war, als wäre sie unter einem gestürzten Pferd eingeklemmt, und so sehr sie es auch versuchte, sie konnte sich nicht herauswinden. Langston begann, sich an ihrer Hüfte zu reiben.

Sie konnte nichts dagegen tun, er war über hundert Pfund schwerer als sie selbst. Lacey rang nach Luft, während Sterne vor ihren Augen tanzten. Sie schien kurz davor, das Bewusstsein zu verlieren, als Langston langsam seine Hand von ihrem Mund nahm. Lacey saugte Luft in ihre sauerstoffhungrigen Lungen, während sie am ganzen Leib zitterte, aber sie unterdrückte den Drang, zu schreien. Als sich ihr Kopf klärte, kehrten auch ihre Sinne zurück.

So lange sie sich wehrte, würde Langston sie festhalten. *Atmen,* dachte sie. *Nicht schreien. Einfach atmen und entspannen.* Ihr Herz hämmerte, aber sie zwang sich, tief einzuatmen. Er sabberte weiter auf ihren Hals, während er ihren BH wegzog. Er schien zu merken, dass sie sich nicht wehrte, und begann, sich ebenfalls zu entspannen.

Das Gewicht seines Körpers ließ etwas nach, als er weiter in die Mitte des Betts kroch, aber er seine riesige Gestalt spreizte sich immer noch über ihr aus.

„Siehst du, Baby", sagte er mit beruhigender Stimme, „das ist doch gar nicht so schlimm, oder?"

Er erhob sich, ging auf die Knie, um seinen Gürtel zu lösen, und ließ seine Hose fallen. Es war ihre letzte Chance. Sie zog ihre

Beine an, als wollte sie ihr Höschen ausziehen, und stieß mit aller Kraft, die sie aufbringen konnte, mit beiden Fersen nach vorne. Sie machte es genau so, wie Brady es ihr zur Selbstverteidigung beigebracht hatte. Sie benutzte ihre Hüftmuskeln und konzentrierte sich auf einen Punkt jenseits ihres Ziels.

Ihr Stoß landete etwas zu hoch, und ihre Fersen verfehlten seinen Unterleib, aber der Schlag sorgte dafür, dass Langston mit einem lungenentleerenden Grunzen nach hinten taumelte. Lacey riss sich los, kletterte so schnell sie konnte vom Bett und stolperte ins Wohnzimmer, wo sie sich eine Messinglampe schnappte. Sie war bereit, als Langston den Raum betrat, wobei er seinen Oberkörper umklammerte. Ein finsterer Blick hatte sich auf seinem Gesicht breit gemacht. Lacey liefen heiße Tränen über die Wangen, und sie schwang die Lampe wie eine Keule.

„Kommen Sie mir nicht näher", rief sie.

Er blieb stehen und starrte sie schweigend an. Nach einigen Augenblicken begann er, seine Hose zuzuknöpfen, und schnappte sich seine Jacke von der Couch. Er machte sich auf den Weg zur Tür, blieb dann aber stehen und sah sie an. „Du hättest mich nicht hierher einladen sollen, wenn du mich nur verarschen wolltest", sagte er.

Lacey war nie ein gewalttätige Person gewesen. Noch nie in ihrem Leben hatte sie jemanden im Zorn geschlagen, aber diese Affektiertheit, diese Lüge, die er zu erzählen versuchte... Voller Wut stürtzte sie sich auf ihn und schwang die Lampe wie einen Baseballschläger. Langston warf seine Arme in die Luft, um die Schläge abzuwehren, aber der schwere Messingfuß der Lampe traf ihn am Kopf. Er stolperte, und eine Wunde oberhalb seines Ohrs begann zu bluten. Lacey schlug ihn erneut, diesmal in die Rippen, so dass er nach Atem ringen musste.

Als er sich nicht weiter wehrte, öffnete sie die Wohnungstür, schubste ihn nach draußen auf den vorderen Balkon und warf ihm die ruinierte Lampe hinterher. Das ganze Apartmentgebäude bebte, als sie die Tür zuknallte. Es war vorbei. Alles war vorbei. Jede Chance auf eine Musikkarriere war dahin. Sie brach auf der Couch zusammen und weinte, bis der Schlaf sie von ihren Qualen erlöste.

KAPITEL 7

Sei deinen Feinden am nächsten

Die Weihnachts- und Neujahrsfeiertage waren für Brady und Will keine besonderen Ereignisse, abgesehen vom Essen. Die Versorgungshubschrauber brachten eine warme Mahlzeit in den Stützpunkt: Truthahn und Füllung mit warmem Bier und einen Brocken mit Zimtgeschmack, der wohl als Kürbis-Pie durchgehen sollte. Aber niemand beschwerte sich, denn alles war besser als C-Rationen. Brady ermutigte Will, zuerst das Bier zu trinken, wobei er weniger den Geschmack genoss, als den leichten, goldenen Rausch, der sie für einen Moment vergessen ließ, dass sie in Nam waren.

Sie grinsten einander an, bevor sie den ersten Bissen aßen.

Nachdem er den letzten Rest Truthahn und Füllung von seinen Fingern geleckt hatte, wickelte Will sich in seinen Poncho und schlief ein. Er schnarchte wie eine fette Katze, während Brady neben ihm saß und in den mattgrauen Regen hinausblickte, der außerhalb der Baracke auf hunderte schlammige Stiefelabdrücke fiel. Er kritzelte mit seinem Stift auf einem Blatt Papier herum und versuchte immer noch, seinen Brief an Lacey zu verfassen. Es waren mehrere Wochen vergangen, und er war nicht in der Lage gewesen, zu antworten. Was sollte er sagen? Er knüllte das

Briefpapier zusammen und warf es in die Ecke.

Der leise Strom des Krieges war im Laufe des letzten Monats zu einer bedrohlichen Flut angestiegen, aber Brady war weiterhin entschlossen, Lacey zu schreiben. Er datierte ein neues Blatt Briefpapier auf den 28. Januar 1968 und starrte es mehrere Minuten lang an. Was sagt man, um jemandem seine Situation wirklich verständlich zu machen? „Das Wetter ist scheiße, der Krieg ist scheiße, das Leben in Vietnam ist scheiße..." Will schnarchte zufrieden, während Brady versuchte, etwas Positives zu schreiben, aber es war sinnlos. Er zerknüllte ein weiteres Blatt Briefpapier, als sich außerhalb der Baracke stapfend Fußschritte näherten. Die Regenfälle hatten unvermindert angehalten, und die Einheit hatte sich in den letzten Tagen zurückgehalten. Einer der Leutnants des Bataillons trat zur Tür herein. Sein Stahlhelm und sein Poncho waren völlig durchnässt.

„Der Bataillonskommandeur will Sie so schnell wie möglich sehen, Nash."

Der Offizier war weg, bevor Brady etwas erwidern konnte. Nachdem er Stift und Papier wieder in seinen Rucksack gesteckt hatte, ließ er den schlafenden Will zurück und machte sich auf den Weg durch das Labyrinth der Bunker zum Bataillons CP. Er fragte sich, was der Colonel wollte, als er den schlammigen Hügel hinaufstapfte. Sie hatten seinen Drei-Tage-Urlaub bereits gestrichen. Der Kommandant sagte, es sei wegen des bevorstehenden Tet-Feiertages. Ganz Vietnam schien ein Pulverfass zu sein, und niemand wollte auch nur einen einzigen Mann verlieren, wenn es in die Luft ging.

Schon seit fast einem Monat wurde der Marinestützpunkt in Khe Sanh belagert, und man munkelte, General Giap sei auf der Suche nach einem neuen Dien Bien Phu. Der Nachrichtendienst der Armee meldete überall im Land verstärkte feindliche Bewegungen. Da das vietnamesische Neujahrsfest nur noch wenige Tage entfernt war, ging man davon aus, dass Mitglieder des Vietkong unter den Horden heimreisender Urlauber unterwegs waren, um sich für einen Angriff in Stellung zu bringen, obwohl Tet eigentlich eine Zeit des Friedens sein sollte. Die Zahlen ergaben einfach keinen Sinn.

Brady öffnete die Tür zum Hauptquartier des Bataillons und der Sergeant Major ließ alle Formalitäten aus. „Gehen Sie nach hinten, Nash. Der alte Mann wartet schon."

Brady betrat das Büro des Colonels und salutierte. „Melde mich wie befohlen, Sir."

„Stehen Sie bequem, Junge. Setzen Sie sich und lassen Sie uns reden."

Der Colonel war ein Absolvent der West Point Militärakademie und einer der Offiziere, die von allen Männern respektiert wurden. Trotz seiner Vertraulichkeit deutete der Ton in seiner Stimme darauf hin, dass etwas nicht stimmte.

„Ich habe hier ein Fernschreiben von General Buckingham am MACV in Saigon. Sie sollen sich in seinem Büro melden, um sich zur OSA versetzen zu lassen. Hatten Sie damit gerechnet?"

Er sah dem Colonel in die Augen. „Ich habe mit einer Versetzung zur 101. gerechnet."

„Buckingham ist Kontaktmann für eine Reihe von Gruppen, darunter auch für die OSA, aber er kümmert sich normalerweise nicht um Aufträge für die 101. Division. Wissen Sie, was die OSA ist?"

„Nein, Sir."

„Die OSA ist das Hauptquartier der CIA. Haben Sie mit jemandem darüber gesprochen, einer Spezialeinheit beizutreten?"

Eine Mischung aus Angst und Freude durchflutete ihn. Dies musste das Resultat seines Besuchs im Botschaftshaus in Da Nang sein. Jemand dort hatte ihn gehört.

„Na, egal", sagte der Oberst. „Ich hoffe nur, Sie wissen, worauf Sie sich einlassen. Wenn die Spezialeinheit Sie als Scharfschützen rekrutiert, kann ich mir nur einen Grund vorstellen, warum sie Sie brauchen. Denken Sie nur immer daran: Vieles von dem, was sie tun, steht nicht unter dem Schirm der Armyvorschriften, und nach einigen Gerüchten, die mir zu Ohr gekommen sind, auch nicht unter dem des Genfer Abkommens. Überlegen Sie es sich lieber gut, bevor Sie sich zu irgendetwas verpflichten."

„Das werde ich, Sir."

Er bemerkte den hohlen Klang seiner eigenen Worte und war sich sicher, dass der Colonel es auch tat, aber es war ihm egal. Er dachte an nichts anderes, als an seinen wunderbaren Glückstreffer. Er würde in die Höhle von Duffs Mördern eintreten.

Der Colonel reichte ihm mehrere gefaltete Dokumente.

„Das sind Ihre Befehle. Morgen, etwa um fünfzehnhundert kommt ein Provianthubschrauber. Bringen Sie Ihre Ausrüstung zur Landezone und halten Sie sich bereit. In Dak To werden Sie auf eine C-130 umsteigen. Viel Glück."

„Sei deinen Freunden nahe, aber sei deinen Feinden näher." Das war einer von Maxons Lieblingsgrundsätzen, und er hatte damit bisher gute Erfahrungen gemacht. Er wollte diesen Nash eine Weile in seiner Nähe behalten, zumindest so lange, bis er sich über seine Absichten im Klaren war. Auf diese Weise hatte er damals auch erfahren, dass Coleridge vorhatte zu reden. Ein bisschen geheuchelte Sympathie und ein paar scharfäugige Freunde halfen ihm zu erkennen, dass Coleridge plante, die Dinge auffliegen zu lassen, sobald er die Einheit verließ. Jetzt wollte er herausfinden, was Nash vorhatte. Vielleicht war er wirklich auf ein Abenteuer aus, aber seine Frage nach Lynn Dai Bouchet ergab keinen Sinn. Sie und Coleridge hatten unter einer Decke gesteckt. Dessen war er sich sicher.

Maxon erwartete Nash im Büro des Adjutanten. Er hatte alles sorgfältig geplant und die richtigen Fäden gezogen, damit die

Höhergestellten Nash nach Saigon beordern würden. Dadurch wurde verhindert, dass er den genauen Standort des IOCC in der Nähe von Da Nang erfuhr – zumindest so lange, bis Maxon bereit war, es ihn wissen zu lassen. Es ließ die Sache auch offiziell aussehen, ein „Vorstellungsgespräch" sozusagen. Es würde ihm die Chance geben, den Kerl einzuschätzen.

Er hörte eine Stimme außerhalb des Büros. „Specialist Fourth Class Nash meldet sich wie befohlen, Sir."

Maxon lehnte sich unwillkürlich in seinem Stuhl nach vorne. Der Akzent und der Tonfall waren identisch mit dem von Coleridge, so sehr, dass es ihn kurzzeitig erschreckte.

Der Kapitän steckte seinen Kopf durch die offene Tür. „Nash ist hier. Sind Sie bereit für ihn?"

„Schicken Sie ihn rein."

Maxon trug seine Kaliber .45 in einem Schulterholster über seiner tigergestreiften Uniform. Die .45 und die Tigerstreifen beeindruckten die jungen Leute immer. Aus Prinzip legte er seine bestiefelten Füße auf den Schreibtisch und blieb sitzen, als Nash das Büro betrat.

„Specialist Fourth Class Nash meldet sich wie-"

„Lassen Sie den Army Scheiß, Nash. Ich gehöre nicht zum Militär. Machen Sie die Tür zu und setzen Sie sich."

Er blickte über den Schreibtisch hinweg auf einen Jungen, der nicht älter als zwanzig sein konnte, etwas größer als 1,80 m und recht gutaussehend, mit blondem Haar – oder was davon übrig geblieben war – mit dem typischen Kurzhaarschnitt der Fallschirmjäger. Die Augen des Jungen jedoch schienen nicht zu seiner restlichen Erscheinung zu passen. Sie waren starr, mit einem unheimlichen, harten Blick, den Maxon bisher nur bei wenigen Männern in diesem Alter gesehen hatte.

„Ich habe gehört, Sie waren in Da Nang und haben sich danach erkundigt, sich einer Spezialeinheit anzuschließen."

„Ja, Sir, das ist richtig.”

„Wie kommt es, dass Sie von Operationen wissen, die als streng geheim gelten?”

„Ich hatte einen Freund, der bei einer Spezialeinheit war.”

„Ja, und wer war das?”

„Sein Name war Duff Coleridge. Er ist im Kampf gefallen.”

Maxon starrte Nash mit einem durchdringenden Blick an. Dieser Junge war unglaublich naiv, aber so unwahrscheinlich es auch schien, es könnte doch sein, dass er versuchte, irgendeinene Scheiße abzuziehen.

„Was hat Coleridge Ihnen erzählt?”

„Er sagte nur, dass es ein spannender Job war und dass er ihm gefiel, aber später wurde uns dann mitgeteilt, dass er im Kampf gefallen ist.”

„Ist das alles, was er Ihnen gesagt hat?”

„Ja, Sir.”

„Und jetzt, obwohl er gefallen ist, wollen Sie immer noch das Gleiche tun?”

„Ich weiß es nicht. Ich habe schon ein bisschen daran gezweifelt.”

Maxon musterte den jungen Ranger. Wenn er Märchen erzählte, dann war er ein echter Meister darin. Der Junge blinzelte nicht. Er stotterte nicht. Er gab kein Anzeichen darauf, dass er nervös war, oder dass er womöglich log.

„Und weshalb?” fragte Maxon.

„Ich dachte, Ihre Männer wollten vielleicht nicht, dass ich beitrete. Ich meine, an dem Tag, als ich in Da Nang war, um Sie zu finden, taten sie so, als ob ich etwas falsch machen würde. Ich habe ihnen nur gesagt, dass ich interessiert bin, aber wenn Sie mich nicht haben wollen...”

Maxon musste grinsen. Dieser Typ war ein echter Dummkopf.

„Vielleicht haben Sie recht, Nash. Sie mögen zwar nicht zu den wahren Kriegern passen, aber ich denke, wenn Sie sich uns immer noch anschließen wollen, könnten wir Sie durchaus in Betracht ziehen. Aber zuerst müssen *y'all* mir noch ein paar Fragen beantworten."

Nash schien nicht zu bemerken, dass er seinen Akzent nachahmte, ein weiterer Beweis dafür, dass er nicht besonders helle war.

„Was ist mit dieser Vietnamesin, nach der Sie gefragt haben?" Obwohl er sie gut kannte, hielt Maxon inne und blickte auf seinen Notizblock, als ob er ihren Namen finden wollte. „Mal sehen, Bouchet – das ist es, ja, Lynn Dai Bouchet. Woher kennen Sie sie?"

„Oh, sie war eine Freundin von Duff. Er hat mir in seinem Brief von ihr geschrieben. Er sagte, ich solle sie mal besuchen, wenn ich hierher käme."

„Brief? Wie viele Briefe haben Sie von Coleridge erhalten?"

„Ziemlich viele, aber es gab nur einen, in dem er mir von der Sondereinheit erzählt hat. Ich weiß, dass er nicht darüber schreiben durfte.

Das hat er auch in seinem Brief geschrieben. Er sagte, er könnte Ärger bekommen. Er hat ihn abgeschickt, als er auf R&R war."

Maxon fing fast an, ihn zu bemitleiden. Dieser dumme Bastard schüttete ihm sein Herz aus. Coleridge war wenigstens halbwegs intelligent gewesen. Dieser Typ war ein Idiot, aber wenn er nur halb so gut schießen konnte wie die Leute sagten, könnte man ihn gut gebrauchen. Außerdem begann eine andere Idee in seinem Kopf Gestalt anzunehmen. Maxon grinste. Es könnte eine Chance sein, zwei Probleme auf einmal zu lösen. Manchmal überraschte er sich selbst mit dem, was in seinem Kopf zusammenkam.

„Wenn Coleridge noch am Leben wäre, würde sein Arsch jetzt in einer Schlinge stecken, weil er sein Maul aufgerissen hat. Was Sie betrifft, Sie haben echt Glück. Sie sind in einen der besten Jobs hineingestolpert, die es hier in Vietnam gibt. Ich kann einen Mann mit Ihren Schießkünsten gebrauchen, aber Sie müssen sehr viel schlauer sein als Ihr Kumpel Coleridge."

„Was meinen Sie?" fragte Nash.

„Was ich meine, ist, dass ich eine Menge darüber weiß, wie Coleridge gestorben ist, und man sagt, dass er nicht wirklich im Kampf gefallen ist."

Die Augen des jungen Soldaten weiteten sich. Es war, als würde man eine fette Taube mit Brotkrumen locken.

„Wir glauben, dass er von einem vietnamesischen Doppelagenten getötet wurde, aber wir können es nicht beweisen. Wir haben die verantwortliche Person nie erwischt, aber die Freundin Ihres Kumpels, Miss Bouchet, bleibt die Hauptverdächtige."

Maxon beobachtete mit Genugtuung, wie Nashs Gesicht blass wurde. „Haben Sie eine Ahnung, worum es in diesem Krieg wirklich geht?"

Nash nickte. „Die Kommunisten daran zu hindern, Südvietnam zu erobern."

„Verdammt richtig", sagte Maxon. „Ich kämpfe seit fast drei Jahren gegen diese Bastarde, sie sind die hinterhältigsten Scheißkerle der Welt. Versuchen Sie mal herauszufinden, wer ein Kommunist ist und wer nicht, da werden Sie verrückt. Die Freundin Ihres Kumpels, Bouchet, ist ein perfektes Beispiel dafür. Meiner Meinung nach war es ein Fehler, dass er sich mit ihr eingelassen hat. Ich kann es nicht beweisen, aber mein Gefühl sagt mir, dass ich Recht habe."

Nashs Gesicht war ausdruckslos geworden.

Maxon schlug mit der flachen Hand auf den Tisch. „Sie sagen also, Sie sind sich nicht sicher, ob Sie zu meiner Gruppe gehören wollen. Nun, das liegt an Ihnen, aber ich garantiere Ihnen, wenn wir die nicht hier aufhalten, werden wir sie bald in Kalifornien bekämpfen. Sie können zurück zu Ihrer Einheit rennen, wenn Sie wollen, aber ich werde meinen Teil dazu beitragen, dass wir sie hier in Vietnam aufhalten."

Das Gesicht des jungen Rangers blieb ausdruckslos.

„Okay, hören Sie zu. Ich gebe Ihnen vierundzwanzig Stunden, um sich zu entscheiden. In der Zwischenzeit gehen wir heute Abend aus, um ein bisschen Spaß zu haben. Waren Sie schon einmal hier in Saigon?"

Der Junge schüttelte den Kopf, und Maxon lachte. Dieser Junge hatte wahrscheinlich noch nie eine Stadt mit mehr als einem Dutzend Straßen gesehen, bevor er zur Armee kam.

„Nun, junger Mann, Sie werden sehen, wie echte Krieger ihre Freizeit verbringen. Wenn Sie sich uns anschließen, bekommen Sie das Beste von allem – Essen, Frauen, was auch immer Sie sich wünschen. Los geht's."

Maxon öffnete die Bürotür. „Wohin gehen wir?" fragte Nash.

„Ich habe ein Zimmer in einer Villa unten beim Cholon-Viertel, ganz in der Nähe des Präsidentenpalastes. Ich bringe Sie dorthin, damit Sie sich ausruhen können. Bleiben Sie dort, bis ich zurückkomme. Verstanden?"

„Ja, Sir. Und wie ist Ihr Name?"

Maxon hielt inne, als er überlegte, wie er mit der Frage umgehen sollte. „Sie meinen, Coleridge hat Ihnen keine Namen gesagt?"

„Nur einen."

Maxon drehte sich zu dem Jungen um. „Welcher war das?"

„Er sagte, eine Person namens Spartan sei der Anfüher."

Je mehr er hörte, desto mehr fragte er sich, was Coleridge in seinem Brief nicht erwähnt hatte.

„Ich kann mich an niemanden mit diesem Namen erinnern, und ich würde Ihnen raten, lieber nicht so mit Namen um sich zu werfen. Das könnte Sie in Schwierigkeiten bringen. Ich heiße Maxon, aber ich möchte, dass Sie mich Max nennen und nicht irgendetwas anderes, vor allem, wenn andere Leute dabei sind. Verstanden?"

Nash nickte.

„Während Sie sich in der Villa entspannen, schauen Sie mal unter das Bett. Dort befindet sich ein schwarzer Koffer mit einem

Scharfschützengewehr. Nehmen Sie es heraus und sehen Sie es sich an. Wenn Sie sich dazu entscheiden, sich uns anzuschließen, wird es Ihnen gehören. Es ist ein M-40 mit Bullenlauf und einem Redfield-Zielfernrohr, wie es die Marines benutzen, präzise bis zu tausend Meter Entfernung. Besser geht's gar nicht. Und Sie können sich auch bei mir dafür bedanken, dass ich Ihren Arsch heute Abend vor dem Feuer gerettet habe."

„Welches Feuer?"

Maxon setzte sein bestes, herablassendes, halbherziges Grinsen auf und schüttelte seufzend den Kopf. „Euch Infanteristen erzählen sie wohl gar nichts, oder?"

Nash zuckte mit den Schultern.

„Unsere Informationen deuten darauf hin, dass ziemlich große Scheiße am Kommen ist. Wir wissen nicht genau, wann, aber wir denken, es wäre ziemlich geschickt von den Schlitzaugen, wenn sie es mit dem Mond-Neujahrsfest Tet abstimmen würden. Das ist heute Abend, aber hier in Saigon sind Sie sicher. Die Feuerbasen sind diejenigen, die das Höllenfeuer erwischen wird, besonders die oben im I-Corps."

KAPITEL 8

Saigon, Tet 1968

Nach seinem Treffen mit Nash an diesem Morgen besuchte Maxon das OSA. Es war fast schon lächerlich, wenn er über den Namen „Office of the Special Assistant" nachdachte. Wahrscheinlich wurden die Schlitzaugen halb verrückt dabei, herauszufinden für wen oder was es stand. Es waren selbstverständlich die Leute, für die er arbeitete – diejenigen, die in Vietnam wirklich das Sagen hatten. Er stand an der Spitze der Nahrungskette und spielte bei den ganz Großen mit. Niemand sagte ihm oder irgendjemandem beim OSA, wie sie ihren Krieg führen sollten. Selbst jetzt, nachdem das Militär ihnen den Krieg aus den Händen gerissen hatte, war es doch immer noch ihr Krieg, denn das Informationssystem der CIA war das, worauf sich alle am meisten verließen.

Schon als er durch die Tür trat, merkte Maxon, dass etwas nicht stimmte. Die Leute brüteten über Landkarten und die Fernschreiber liefen wie verrückt, ratterten und spuckten Papiere auf den Boden. Er schnappte sich eines und las, während weiter neue Meldungen eintrafen. In den Provinzen war die Hölle los. Neue Geheimdienstberichte, die von Beratern aus dem ganzen Land eintrafen, warnten, dass es nicht die Feuerbasen waren, die am härtesten getroffen würden. Er legte den Kopf zur Seite und las weiter. Das war seltsam. Die Städte wurden mit voller Wucht getroffen – sowohl vom Vietkong als auch von den regulären Truppen der NVA. Pleiku war in der Nacht zuvor angegriffen worden, ebenso wie Phu Bai, Qui Nhon und mehrere andere Städte.

Dies war eine unerwartete Wendung. Charlie verfolgte eine neue Strategie, und das Militär war wahrscheinlich auf der Suche nach Antworten, denn die Beschaffung von Informationen und das Wissen, wie man diese nutzen konnte, waren zwei völlig verschiedene Konzepte. Natürlich hatte er es bereits durchschaut. Es war ganz einfach. Jeder, der ein wenig Verstand hatte, wusste, dass der Feind die Städte angriff, weil er zu schwach war, um die Feuerbasen zu treffen. Bei diesen Angriffen handelte es sich wahrscheinlich um letzte Faustschläge vor dem Waffenstillstand der Feiertage, kein Grund zur Sorge. Was auch immer die Strategie des Feindes war, das Militär und die Soldaten draußen im Feld konnten sich heute Nacht darum kümmern. Mitten in Saigon war er sicher. Außerdem hatte er Wichtigeres zu tun.

Auf dem Weg ins Cholon-Viertel bahnte sich Maxon den Weg durch einen überfüllten Markt und bog in eine Seitengasse ein. Seine Verbindungen zum Schwarzmarkt würden ihm das beschaffen, was er suchte, etwas ohne jede Verbindung zu ihm oder zum IOCC. Misstrauische Augen verfolgten jede seiner Bewegungen, als er an eine Tür klopfte. Jemand lugte nebenan durch ein Fenster. Nach fast einer Minute öffnete ein älterer, schmächtiger Mann mit grauem Haar und von Falten umringten Augen die Tür und bedeutete ihm, einzutreten.

Der Geruch von Weihrauch begrüßte ihn. In einer Ecke des Raumes stand auf einem zerbrechlichen, lackierten Altar der Hausschrein mit schwelenden Räucherstäbchen. Mehrere Kinder drängten sich auf einer Matte zusammen und beobachteten ihn still und großäugig, als er den Raum durchquerte und durch einen

Perlenvorhang trat. Der üble Geruch von Nước Mắm mischte sich mit dem der Räucherstäbchen, als der Papa-san ihn nach draußen in eine weitere Gasse führte. Der Geruch dort war noch schlimmer, verrottender Müll und Abwasser. Mit steifen, hastigen Schritten führte der alte Mann ihn eilig die Gasse hinunter zu einer anderen Tür.

Drinnen dauerte es nur ein paar Minuten, bis Maxon das hatte, was er wollte: eine unaufspürbare .45. Der schlitzäugige Alte nahm die fünfzig US-Dollar in die Hand und grinste mit betelgeschwärzten Zähnen, als er ihm einen zusätzlichen Ladestreifen mit Munition gab. Maxon schob die .45 Automatic in seinen Gürtel und ließ das geladene Magazin in seine Hosenasche fallen. Im Waffenlager in Da Nang gab es jede Menge .45er, aber diese hier hatte keine nachweisbare Verbindung zu ihm oder der Firma. Wenige Augenblicke später schlich er sich zurück auf die Straße und winkte ein Taxi heran.

Die Straßen von Saigon waren voll mit den Menschenmassen der Feiertage, und es ging nur langsam voran, aber Maxon fühlte sich gut. Er hatte alles unter Kontrolle. Dies war sein Spiel und sein Spielfeld. Er würde sicherstellen, dass Nash verstand, mit wem er sich anlegte, indem er ihn in Angst und Schrecken versetzte. Er lehnte sich im Taxi zurück und schloss die Augen.

Nie hätte er gedacht, dass sein Studium der Strafverfolgung ihn nach Vietnam führen würde. Eigentlich hatte er die örtliche vietnamesische Polizei ausbilden sollen, doch dann wurde er als Sonderberater angeheuert. Er trat Ärsche und sammelte Namen; kein schlechter Job für einen Jungen aus Detroit. Das einzige Problem war, dass er nie die Anerkennung erhielt, die die arschkriecherischen Ex-Militärs und Ivy Leaguers bekamen. Er hatte sich durch die Hintertür in ihren kleinen Club eingeschlichen, und seine Geisterbosse behandelten ihn wie ein Stiefkind, aber seine PRU und Sonderpolizeieinheiten waren die am meisten gefürchteten und respektierten im gesamten I-Corps.

Der einzige Teil seiner Arbeit, den er nicht mochte, war die Durchsetzung des Codes. Black Operations bedeutete, dass kein Mann wichtiger war als die Gesamtmission. Jeder lebte nach diesem Kodex, und niemand durfte die Mission gefährden, ohne den Preis dafür zu zahlen. Coleridge hatte das auf die harte Tour gelernt, genauso wie Lynn Dai Bouchet. Er hatte sie zwar nicht ganz zum Schweigen gebracht, aber sie stellte keine Fragen mehr, seit ihr Name auf einer Liste von mutmaßlichen VC-Sympathisanten aufgetaucht war. Was Nash betraf, so würde er leicht zu handhaben sein. Es war der Blick in seinen Augen, als er gehört hatte, dass Bouchet möglicherweise in den Mord an Coleridge verwickelt war. Maxon lächelte, als er an seine eigene Genialität dachte. Er hatte diesen Dummkopf genau da, wo er ihn haben wollte. Er fraß ihm aus der Hand, während er ihn mit ständigen Fehlinformationen fütterte.

———

Das neue Scharfschützengewehr war makellos, und nachdem er das letzte Pflaster über den Lauf gerieben hatte, hielt Brady ihn gegen das Licht der Nachttischlampe. Er kniff ein Auge zu und blickte in den Lauf. Die spiralförmigen Züge und Felder schimmerten wie ein Spiegel im Licht. Zufrieden legte er das Gewehr auf den Tisch zurück, streckte seine Hände und ließ seine Knöchel knackten. Das Gewehr war ein gutes Stück Ausrüstung, und er hatte jedes Teil sorgfältig gereinigt. Er warf einen Blick auf seine Uhr. Maxon war längst überfällig.

Ungeduld war etwas, das er sich nicht leisten konnte. In der Wohnung war es unglaublich still, und er fuhr fast aus der Haut, als es zweimal leise an der Tür klopfte. Es war endlich an der Zeit. Er schloss die Tür auf und drehte den Knauf. Die Tür flog auf und schleuderte ihn zurück, als Maxon eintrat und ihm eine .45

Automatik ins Gesicht hielt. Brady, der völlig unvorbereitet war, hob die Hände und wich in den Raum zurück und eine kalte Welle der Angst durchfuhr ihn. Maxon folgte ihm, drückte ihm die Waffe an die Nase und grinste ihn fies an. Der Lauf der .45 erschien ihm wie ein Kanonenrohr. Wenn er auch nur mit der Wimper zuckte, würde er auf der Stelle sterben.

Bradys Kopf schwirrte, als Maxons Grinsen verblasste und er seinen Finger auf den Abzug legte. Der Abzug schnappte zu. Ein Kloß blieb Brady im Hals stecken und ein unkontrollierbarer Schauer durchlief seinen Körper. Maxon trat zurück und lachte laut auf, während er Brady die Pistole in die Hand drückte. Es war ein Scherz, ein komplett verdrehter Scherz. Brady wollte auf ihn zugehen, aber Maxon zog schnell eine weitere Pistole aus seinem Schulterholster. Er richtete die Waffe nicht auf ihn, sondern hielt sie bedrohlich in der Hand, während er sich vor Lachen krümmte.

„Jetzt verdirb uns nicht den Spaß, indem du etwas Dummes tust", sagte er mit krächzender Stimme.

Brady stand zitternd in der Mitte des Raumes, während Maxon sich bemühte, sein Lachen zu unterdrücken.

„Du hättest deinen Gesichtsausdruck sehen sollen", sagte Maxon.

„Wie auch immer, die fünfundvierzig gehört dir." Selbst nachdem er seinem Lachen Einhalt geboten hatte, behielt Maxon ein grimmiges Grinsen auf seinem Gesicht. „Du kannst das hier als deine erste Lektion in Sachen Spezialeinheiten betrachten. Du spielst jetzt in der ersten Liga. Mach keine Türen auf, ohne zu wissen, wer auf der anderen Seite ist. Wenn du dich weiter wie ein Dorftrottel aufführst, wird dir eines Tages jemand eine geladene Waffe unter die Nase halten."

Brady zwang sich, sich zusammenzureißen. Maxon wollte ihn auf die Probe stellen. Das war die einzige Erklärung.

„Nimm das", sagte Maxon und warf ihm ein Munitionsmagazin

zu. „Lade die Waffe und stelle sie auf ‚sicher'. Behalte sie immer bei dir, auch wenn du schläfst. Es könnte dir eines Tages das Leben retten.”

Maxon schob seine Pistole zurück in das Schulterholster und klatschte in die Hände, als er sich zur Tür drehte.

„Okay, was sagst du, Landjunge? Wie wär's, wenn wir früh aufbrechen? Heute Abend werde ich dir ein paar Frauen vorstellen, die mehr Tricks drauf haben als Zirkushunde.” Maxon hielt an der Tür inne, drehte sich plötzlich um und starrte Brady an. „Verdammt, du siehst jung aus. Hast du schon mal Muschi bekommen?”

Brady antwortete nicht.

„Naja. Du musst es mir nicht sagen. Ich will dich nicht in Verlegenheit bringen. Lass uns noch ein paar Bars abklappern, bevor wir uns Fleisch holen. Was willst du, Steak, Shrimps? Ganz wie du willst.”

Brady blieb in der Mitte des Raumes stehen und versuchte immer noch, seine Wut zu unterdrücken. Vielleicht war die neue Pistole eine Falle, der Schlagbolzen entfernt. Maxon wartete darauf, ob er sie benutzen würde.

„Ach, komm schon, Landei, du bist doch nicht immer noch sauer, oder?”

Maxon ging in Boxerstellung, hüpfte auf ihn zu und boxte ihm spielerisch ans Kinn. Er verfehlte sein Gesicht völlig, da Brady reflexartig den Kopf auf die Seite legte.

Maxon stieß ein nervöses Lachen aus. „Ziemlich gute Reflexe”, sagte er.

Ohne ein Wort zu sagen, drehte sich Brady um und ging zur Küchenzeile in der Ecke des Zimmers. Er beugte sich über das Waschbecken und spritzte sich kaltes Wasser ins Gesicht. Nach einigen Sekunden holte er tief Luft. Er musste einen klaren Kopf behalten.

„Ich denke, ich sollte das Gewehr wegpacken, bevor wir gehen.”

„Na klar, Brady-Bob", antwortete Maxon mit sarkastischem Unterton.

Brady drehte sich um und sah ihn an. Er musste seine Karten vorsichtig ausspielen, aber er wollte sich nicht in den Boden stampfen lassen. „Sind Sie immer so ein Klugscheißer, Mr. Maxon?"

Maxons Gesicht färbte sich purpurrot. „Denk nur immer an eines, Nash. *Mister* Maxon hat hier das Sagen, und wenn Sie keine kleinen Sticheleien vertragen können, sind Sie im falschen Geschäft."

Brady drehte Maxon den Rücken zu, nahm das Gewehr vom Tisch, legte es zusammen mit dem Verschluss und der Munition in den Koffer und schob ihn unter das Bett. Maxon wurde plötzlich ruhig und legte seinen Arm um Bradys Schultern. Brady widerstand dem Drang, vor ihm zurückzuweichen, während ihm kalte Schauer über den Rücken liefen. Das könnte der Bastard sein, der Duff umgebracht hatte. Maxons Arm ruhte wie eine Kobra auf seinen Schultern.

„Hör zu, was ich dir sage", sagte Maxon. „Der Krieg hinterlässt zwei Arten von Menschen: die Schlauen und die Toten. Ich zähle mich zu den Schlauen, und ich habe drei Regeln für dieses Geschäft." Er zählte sie an seinen Fingern ab. „Nummer eins: Unterschätze niemals deinen Feind. Nummer zwei: Nichts und niemand ist wichtiger als das Endspiel. Regel drei: Es gibt keine Regeln; man spielt, um zu gewinnen."

Maxons zweite und dritte Regel passten zu seinem psychotischen Verhalten und Brady konnte sich einen schneidenden Blick nicht verkneifen.

„Keine Sorge", sagte Maxon. „Du wirst es eines Tages verstehen, wenn du in ein Nest voller Schlitzaugen gerätst und du der einzige rundäugige Wichser im ganzen Umkreis bist. Du wirst nicht wissen, ob ein Vietcong-Scharfschütze dir zwischen die Augen schießen oder einer deiner eigenen Kit Carson Scouts dir in den Rücken schießen wird."

Sie gingen hinaus in den Spätnachmittagsdunst der Stadt. Die Luft war schwer vom abgestandenen Geruch des Mekong-Flusses. Maxon hielt ein Taxi an und sagte etwas zum Fahrer, das wie „Tu Do Street" klang. Ein paar Minuten später kamen sie an, und er sagte wieder etwas, diesmal auf Vietnamesisch. Er bezahlte den Fahrer und stolzierte den Bürgersteig hinunter, ohne irgendjemandem Platz zu machen. Brady eilte ihm hinterher. Er fühlte sich wie ein Hund, der mit seinem Herrchen Schritt hält, während er sich immer wieder entschuldigte, Leuten auswich und sich durch die Menge schlängelte.

Der Gestank der nahen Flüsse mischte sich mit dem Geruch von gekochtem Essen, parfümierten Huren und brennendem Weihrauch. Um ihn herum wimmelte es von Menschen, die scheinbar alle mit der Erledigung einer dringenden Aufgabe beschäftigt waren. Obwohl er Maxon folgte, zog Saigon ihn in seinen Bann. Rikschas, Fahrräder und Motorroller bahnten sich ihren Weg durch die Menschenmassen. Altes und Neues, Östliches und Westliches, Ziviles und Militärisches trafen aufeinander und veschmolzen gleichzeitig zu einer seltsamen Mischung, wie Brady sie noch nie erlebt hatte.

Saigon war ein Ort, den er sich nicht einmal in seinen Träumen vorgestellt hatte. „Bezaubernd" schien nicht das angemessene Wort zu sein, aber „surreal" auch nicht, denn es war alles sehr real, und er war hier mittendrin. Verkäufer boten jede Art von Waren an, von frischen Blumen bis zu dampfenden Fischköpfen in Reis. In den Hintergassen gab es Wild Turkey Bourbon, Pentax-Kameras, militärische Ausrüstung und Drogen für diejenigen, die das Geld hatten. Der Schwarzmarkt war für alle offen.

Ihr erster Halt war das Papillion, wo der warme Nebel der Getränke schnell seine Wirkung zeigte. Danach verschwammen die Bars in einer Ansammlung von unzusammenhängenden Erinnerungen. Maxon trug seine tigergestreifte Uniform wie ein rotes Tapferkeitsabzeichen, während er herumstolzierte und vor allen damit prahlte, dass er ein Dschungelkämpfer sei. Als die Abendsonne hinter den Gebäuden sank, gingen sie die Tran Hung Dao Staße hinauf, und irgendwann später in der Nacht landeten sie in einem Lokal namens Baccarat.

„Ich muss wissen, ob du dich meiner Gruppe anschließen willst oder nicht", sagte Maxon, als sie sich an einen Tisch setzten.

Die Frauen dort taten so, als würden sie sie nicht verstehen, aber Brady bemerkte, wie eine den Kopf leicht neigte und einer anderen einen Blick zuwarf. Sie hatte alles verstanden, und sie hatte ihn dabei erwischt, wie er sie anstarrte. Die Frau ging zu ihm herüber und setzte sich auf seinen Schoß. Brady nahm sie bei der Hand und versuchte, sie wieder zum Aufstehen zu bewegen, aber sie schlang ihren Arm um seinen Hals.

„Ich glaube nicht, dass es klug ist, vor so vielen Leuten darüber zu sprechen", sagte Brady.

„Hör auf, den Superspion zu spielen. Ich weiß, was ich tue. Diese Leute sind meine Freunde. Sie sind genau wie du und ich. Sie wollen nur den Krieg überleben, also entspann dich und genieße die Party."

Brady schob den Arm des Mädchens von seinem Hals.

„Lass das Mädchen auf deinem Schoß sitzen", sagte Maxon. „Sie wird nicht beißen, es sei denn, du willst es."

Brady unternahm einen weiteren halbherzigen Versuch, sie wegzuschieben, aber sein Kopf schwamm von der Wirkung des Alkohols und der Musik. Auf Maxons Drängen hin blieb das Mädchen sitzen. Ihre Pobacken ruhten heiß und weich auf Bradys bereits erregtem Körper. Hier in Vietnam gab es keine Vergangenheit, keine Heimat, keine Zukunft, nur die Gegenwart. Die Frau legte wieder ihren Arm um seinen Hals und liebkoste sein Ohr mit ihrer Zunge. Der exotische Duft ihres Parfüms stieg ihm in den Kopf. Dies war eine zeitlose Welt, in der es vielleicht kein Morgen gab.

„Ja oder nein? Gib mir deine Antwort", sagte Maxon.

Brady sah ihm über den Tisch hinweg ins Gesicht. Es war immer ein gefährliches Spiel gewesen, aber es war der Grund, weshalb er hierher gekommen war. Seine Finger umfassten den Oberkörper der Frau.

„Ich bin dabei", sagte er.

„Gut", sagte Maxon. „Ich dachte mir schon, dass ein bisschen Muschi dich zur Vernunft bringen würde." Er trank sein Glas Scotch aus.

Das Mädchen, das auf seinem Schoß saß, flüsterte Brady ins Ohr: „Du Freund von Mister Max?"

Er antwortete nicht, während er Maxon über den Tisch hinweg anstarrte.

Sie flüsterte wieder. „Mister Max ist wichtiger Mann. Er arbeitet für CIA, weißt du?"

Ihm wurde kalt. Wenn diese Frau es wusste, wer sonst wusste es noch? Er blickte sich im Raum um. Vietnamesische Türsteher mit grimmigen Blicken standen an der Tür und an der Bar. Sie standen starr und mit verschränkten Armen da und schienen direkt auf den Tisch zu schauen, an dem er saß. Gott allein wusste, wie viele von ihnen VC-Agenten waren.

„Ich habe gesagt was Falsches?", fragte die junge Frau.

Brady warf sie fast auf den Boden, als er aufstand und nach der .45 unter seinem Gürtel tastete.

„Was ist denn los?" murmelte Maxon. Zum ersten Mal in dieser Nacht begann er, wie ein Betrunkener auszusehen.

„Es ist schon spät." Brady warf einen Blick auf seine Uhr. „Es ist nach Mitternacht. Wir müssen gehen."

Maxon erhob sich und hielt sich mit wackeligen Beinen an der Tischkante fest, während er grinste und den Kopf zur Seite neigte. „Verwandelst du dich nach Mitternacht in einen verdammten Kürbis oder was?" Er zeigte mit einem krummen Finger auf Brady.

„H-Hör auf, so ein v-verdammter Dummkopf zu sein", stotterte er. „Setz dich wieder hin."

Brady antwortete nicht, drehte sich um und ging zum Ausgang. Er war sich nicht sicher, ob er floh, weil jeder wusste, dass Maxon zur CIA gehörte, oder weil er die Möglichkeit hatte, Sex mit der jungen Frau zu haben. Er musste nach draußen, um frische Luft zu schnappen. Er eilte zur Tür und trat auf den Bürgersteig hinaus, aber etwas ließ ihn erstarren.

Es gab keine frische Luft. Die Hitze und der abgestandene Gestank der Nachtluft waren erdrückend, aber das war es nicht, was ihn aufhielt. Es war ein Geräusch. Von irgendwoher, nicht weit entfernt, ertönte das deutliche Rattern von automatischen Waffen, gefolgt von der widerhallenden Explosion einer Rakete oder eines Mörsergeschosses. Irgendwo in der Nähe schrien Menschen. Maxon stolperte durch die Tür hinter ihm.

„Haben Sie das gehört?" fragte Brady. „Was soll ich hören?" sagte Maxon.

Es gab eine Pause, aber dann brach das Geschützfeuer im Südosten erneut aus, in der Nähe des Flusses und drüben im Cholon-Viertel. Dann kam es aus der anderen Richtung, wieder von Norden, beim Flughafen Tan Son Nhut. Bald war der Himmel mit Raketen und Leuchtspurgeschossen übersät. Sie standen dort und sahen zu, und Brady rechnete fest damit, dass das Lichterspektakel jeden Moment enden würde, aber das tat es nicht.

„Ich dachte, Sie hätten gesagt, dass so etwas hier nicht vorkommt", sagte Brady.

Maxon wirkte beunruhigt, als er zum Himmel blickte. „Tut es auch nicht. Lass uns ein Taxi zurück zur Villa nehmen."

Doch daraus wurde nichts. Plötzlich hielt keines der Taxis mehr an. „Wir müssen von der Hauptstraße runter", sagte Maxon.

Er stolperte mit wackeligen Beinen. Brady hielt an, um ihm zu helfen. Was auch immer gerade passierte, Maxon war auf jeden Fall besorgt, denn er schien nicht mehr sturzbetrunken, sondern äußerst wachsam.

Ein weißer Renault kam aus einer Seitenstraße um die Ecke geschleudert. Maxon deutete auf eine dunkle Gasse, und sie sprinteten in deren Schatten, als der Wagen quietschend zum Stehen kam. Zwei Männer mit AK-47ern in den Händen sprangen aus dem Auto und eröffneten das Feuer. Während die Kugeln in der Gasse um sie herumschossen, stolperten Brady und Maxon in der Dunkelheit über Müllhaufen, bis sie in eine zweite Gasse hinter der ersten Häuserreihe einbogen. Brady blieb stehen und lauschte, doch Maxon lief weiter. Von irgendwo in der Gasse hörte er das Klappern von Sandalen. Er trat in eine dunkle Nische und wartete, während die Schritte immer lauter wurden.

Maxons Silhouette war am Ende der Gasse noch sichtbar, als der Guerillakämpfer um die Ecke kam. Er blieb nur wenige Meter entfernt stehen, hob sein Gewehr und zielte auf Maxon. Mit flinker und tödlicher Ruhe trat Brady aus seinem Versteck und feuerte seine .45 von der Seite direkt in den Kopf des Mannes. Der Mann war bereits tot, bevor er auf dem Boden zusammenbrach, und sein AK-47 fiel klappernd auf das Straßenpflaster. Brady schnappte sich das Gewehr und beeilte sich, Maxon einzuholen.

Je näher sie dem Cholon-Viertel kamen, desto schlimmer wurde es. Es herrschte totale Verwirrung, während überall vereinzelte Schüsse fielen und Gebäude in Flammen aufgingen. Leichen lagen auf der Straße verstreut, und Menschen huschten in den Schatten umher. Es war unmöglich zu erkennen, wer Freund und wer Feind war. Bradys Herz hämmerte noch immer in seiner Brust, als sie sich fast eine Stunde später dem Eingang der Villa näherten.

„Wir müssen von hier aus zum Eingang rennen", sagte Maxon. „Wenn du drinnen bist, schnapp dir deine Ausrüstung. Wir nehmen den Hinterausgang und versuchen, es bis zur Botschaft zu schaffen."

Sie stürmten aus der Gasse und sprinteten den Bürgersteig

hinunter. Es schien, als hätten sie es fast geschafft, als plötzlich das Feuer von Maschinengewehren auf die Stuckfassade des Gebäudes niederprasselte. Betonsplitter stachen Brady ins Gesicht, während er das AK-47 in Richtung der Schüsse entleerte. Er stolperte vorwärts, kroch durch die Türöffnung und blickte wieder auf die Straße hinaus.

Maxon ging weiter die Treppe hinauf zu seinem Zimmer. „Komm schon", rief er. „Bleib nicht da unten. Sie feuern gleich eine Panzerbüchse ab."

Brady stürmte die Treppe hinauf und schaffte es gerade noch in den zweiten Stock, bevor das Gebäude unter dem Einschlag einer Granate erzitterte, die im unteren Treppenhaus explodierte. Er ging den Flur entlang zum Zimmer, wo er die Tür zuschlug und verriegelte. Maxon war nicht da. Von irgendwo im unteren Stockwerk kamen Rufe, Schreie und weitere Schüsse. Die Vietcong zogen von Raum zu Raum durch das ganze Gebäude.

Da das AK-47 nun leer war, eilte Brady zum Bett, nahm das Scharfschützengewehr aus dem Koffer und setzte den Verschluss ein. Vom Flur her hörte er eine Tür zuschlagen, weitere Rufe, Schüsse und Schreie. Er hatte Maxon aus den Augen verloren, aber es war zu spät, um zurückzugehen und ihn zu suchen. Nebenan hörte er schrille Rufe: „*Lai day. Lai day.*" Wieder wurden die Stimmen von Schüssen unterbrochen. Brady schaltete das Licht aus und ließ den Raum dunkel.

Keine Panik, dachte er, als er seine .45 auf den Tisch legte und begann, das M-40 zu laden, eins, zwei... „Halte dich an den Rhythmus", murmelte er, als er die letzte Patrone ins Magazin schob und das Zielfernrohr auf 3X einstellte. Das Klappern von Sandalen war von draußen zu hören, und jemand rief etwas auf Vietnamesisch. Es gab einen dumpfen Schlag, als die Tür zersplitterte und aufflog.

Die Nische neben der Küchenzeile, in der Brady stand, befand sich rechts von der Tür, außerhalb der direkten Sichtlinie. Er stand dort wie erstarrt, als er die vagen Umrisse eines Vietcong sah, der ein Gewehr durch die Türöffnung richtete. Vorsichtig bewegte er seine Hand in Richtung der .45 auf dem Tisch und merkte, dass ihm die Zeit davonlief. Der Soldat trat nun vollständig in sein Blickfeld. Brady schnappte sich die Pistole vom Tisch und gab drei schnelle Schüsse ab. Die Wucht der schweren 45 Kaliber Patronen warf den Eindringling zu Boden und tötete ihn auf der Stelle.

Brady steckte die Pistole in seinen Gürtel, hob das Scharfschützengewehr und drückte sich mit dem Rücken an die Wand. Ein ohrenbetäubendes Dröhnen erfüllte den Raum, als die Wände unter dem Aufprall von Kugeln zersprangen, die von einem anderen Vietcong draußen auf dem Flur abgefeuert wurden. Nur ein paar Meter entfernt stand Brady, der mit dem Rücken an der Wand auf der Türseite lehnte, außerhalb der Schusslinie. Der Soldat feuerte weiter, während er durch die Tür trat und in Sichtweite kam. Brady gab einen einzigen Schuss in den Kopf des Mannes ab. Der leblose Körper schlug mit einem dumpfen Schlag auf dem Boden auf.

Plötzlich herrschte Stille, aber er rührte sich nicht, sondern lauschte auf die Geräusche von draußen. Gedämpfte Explosionen und das Knattern von Handfeuerwaffen waren weiterhin zu hören, aber aus dem Inneren des Gebäudes, das sich nun mit Rauch füllte, kam nur noch Stöhnen. Der Vietcong hatte das Gebäude in Brand gesteckt, und es war nur eine Frage von Minuten, bis die Flammen das Treppenhaus hinaufschlagen und alles verschlingen würden.

Dennoch zögerte Brady, als er neben den Leichen kniete und um den Rand der Türöffnung spähte. Eine wachsende Blutlache durchtränkte sein Hosenbein, während er den dunklen Flur absuchte. Maxons Stimme kam von irgendwo aus dem Flur.

„Hier unten, Nash. Nimm deine Ausrüstung und lass uns gehen.”

Maxon hielt seine .45 bereit und fächerte sich den Rauch aus dem Gesicht.

„Wo waren Sie?" fragte Brady.

„Lass es mich mal so sagen", antwortete Maxon. „Ich bin nicht in mein Zimmer gerannt und habe mich wie eine Ratte verkrochen."

Als die Sonne an diesem Morgen aufging, machten sich Brady und Maxon auf den Weg durch die verrauchten Straßen von Saigon in Richtung des MACV-Geländes. Aus den Gebäuden stiegen überall Rauch und Flammen auf, und Leichen lagen auf den Gehwegen und in den Straßen verstreut. Es schien unmöglich, Sicherheit zu finden, doch dann näherte sich von Süden her ein Militärkonvoi. Maxon gab ihnen ein Zeichen zum Anhalten. Die Fahrzeuge strotzten nur so vor Waffen, und die amerikanischen Soldaten im Inneren knieten hinter den Seitenwänden. Ein Arm streckte sich aus dem Lastwagen und zog erst Maxon und dann Brady in den hinteren Teil des Trucks.

„Was zum Teufel ist hier los?" fragte Maxon.

„Die Situation ist nicht schön", erklärte ein MP. „Der Vietcong ist überall. Sie haben sogar die Mauern des Botschaftsgeländes durchbrochen. Unsere Leute haben das Gelände abgeriegelt und die 101. Luftlandebrigade ist drinnen und versucht, die Schlitzaugen aufzustöbern."

Brady beäugte Maxon. Er wirkte benommen. Nach fast einer Stunde Stop-and-Go-Fahrt setzte der Konvoi sie in der Nähe des MACV-Hauptquartiers ab. Offiziere und Helfer rannten hektisch umher, als Maxon einen jungen Gefreiten am Arm packte.

„Ich muss die Befehle dieses Mannes abholen", rief er.

Ein Hauptmann blieb stehen und blickte zurück, als der Gefreite seinen Arm aus Maxons Griff riss. Es war der Adjutant von General Buckingham.

„Tut mir leid, Mister Maxon, aber der Befehl lautet, dass alle

Männer so schnell wie möglich zu ihren Einheiten zurückkehren müssen."

„Hören Sie", sagte Maxon, „seine Befehle sind bereits genehmigt. Alles, was ich brauche..."

„Der General sagte, wenn Sie mit Nash zurückkämen, solle ich ihm sagen, er soll zu seiner Einheit zurückkehren. Sie können den Papierkram neu einreichen, sobald diese Krise vorbei ist."

„So eine verdammte Scheiße! Captain. Wo ist General Buckingham?"

„Mister Maxon, der General ist nicht erreichbar." Er wandte sich an Brady. „Wir bringen Sie so schnell wie möglich zu einem Konvoi nach Tan Son Nhut."

KAPITEL 9

Das Oberhaupt von Belle Enterprises

Lacey verließ das Restaurant am frühen Nachmittag, um zum Club zu gehen und ihren letzten Gehaltsscheck abzuholen. Als sie auf den leeren Parkplatz fuhr, stand eine einzelne Bierflasche aufrecht in der Mitte des Parkplatzes und in der Nähe des Clubeingangs wirbelte der Wind lose Papiere und leere Chipstüten wie in einem Strudel durch die Luft. Die Sonne entblößte, was die Nacht so gut verborgen hatte. Das kahle und triste Äußere der in die Jahre gekommenen Stuckfassade erinnerte an einen Gebrauchtwagen, den man zum ersten Mal im Licht des Tages sah, nachdem man ihn nachts unter den funkelnden Scheinwerfern eines Autohauses gekauft hatte. Neben dem verblassten Äußeren des Gebäudes und dem Müll, enthüllte der Schein der Sonne wohl auch die zweifelhafte Grundlage, auf der sie ihre Träume aufgebaut hatte.

Das Einzige, was nicht abgenutzt und schmuddelig wirkte, war ein strahlend weißer Cadillac, der neben dem Seiteneingang geparkt war. Die Sonne glitzerte auf dem Chrom und den Scheiben. Diesen Wagen hatte sie schon einmal gesehen. Die Besitzerin des Wagens, eine Frau um die vierzig, war immer höflich, aber Langston hatte sie nie vorgestellt. Sie verbrachte die meiste Zeit im hinteren Büro, und Lacey nahm an, dass sie eine Geschäftsführerin oder eine Art Buchhalterin war.

Nachdem sie ihren Malibu neben dem Cadillac geparkt hatte, fand Lacey die Seitentür des Gebäudes unverschlossen und stieß sie auf. Das Innere war kühl und dunkel, und sie begann, sich ihren Weg durch das Labyrinth aus Tischen und Stühlen zu bahnen. Ohne die Musik, die grellen Lichter und den Applaus war es gespenstisch still. Schattenhafte Reihen aus Gläsern und Schnapsflaschen glänzten an der verspiegelten Wand hinter der Bar, und die roten Vinylhocker erschienen in der Dunkelheit fast schwarz. Der abgestandene Geruch von Alkohol und Tabak hing in der Luft, aber es war die Stille, die sie am meisten beunruhigte. Es war, als würde ihr etwas sagen wollen, dass das alles nur eine Illusion war. Sie ging den Flur hinunter, wo unter einer Bürotür ein Licht hervorschien. Sie holte tief Luft und klopfte leicht mit den Fingerknöcheln an die Tür.

Drinnen bewegte sich jemand. Nach einem Moment rief eine Frauenstimme: „Herein."

Lacey öffnete die Tür. Die Frau hinter dem Schreibtisch hatte einen besorgten Gesichtsausdruck, der jedoch schnell in ein Lächeln überging, als sie ihre Hand aus der Schreibtischschublade zog und sie zudrückte.

„Na, hallo, mein Mädchen", sagte die Frau. „Du hast mich erschreckt. Ich wusste nicht, dass ich die Eingangstür unverschlossen gelassen habe. Komm rein. Ich nehme an, du bist hier, um deinen Scheck abzuholen."

Lacey nickte, und die Frau zog ein Hauptbuch aus der Schublade, stellte den Scheck aus und reichte ihn über den Schreibtisch.

All ihre Gehaltschecks hatten den Firmennamen *Belle Enterprises* in der Kopfzeile, aber Hugh Langston war derjenige der sie immer unterschrieben hatte. Diese Unterschrift lautete Belle Langston, und ihr wurde plötzlich klar, wer der wahre Kopf hinter Belle Enterprises war. Es war diese Frau mit den langen, angeklebten Wimpern, den Mengen an blond gebleichtem Haar und dem Millionen-Dollar-Lächeln.

„Also, was denkst du?" fragte Belle.

Lacey sah zu ihr auf. „Worüber?", fragte sie. „Die Gehaltserhöhung!"

Lacey blickte auf den Scheck hinunter. „Oh. Oh wow..."

Der Betrag war fast doppelt so hoch wie er hätte sein sollen. „Nichts kann einem die Stimmung so heben wie ein bisschen Geld, nicht wahr, Schätzchen? Ich habe diesem Geizkragen Hugh gesagt, dass ich dein Gehalt erhöhen werde, damit du es dir noch mal überlegst, ob du bei uns bleibst. Er hat mir erzählt, dass ihr einen ziemlich hässlichen Streit hattet, weil du für einige andere Clubs singen wolltest. Er hat wohl sogar von einem der anderen Clubbesitzer den Hintern versohlt bekommen. Er wollte mir nicht sagen, welcher. Wie auch immer, ich hoffe du denkst nochmal darüber nach, bei uns zu bleiben."

So hatte er es ihr also erklärt – eine weitere, klassische Lüge von Hugh Langston. Lacey sah Belle Langston in die Augen und die Wahrheit lag ihr bereits auf der Zunge, aber wenn sie Belle die Wahrheit über ihren schmierigen Ehemann erzählte, würde es doch nichts ändern. Lacey ließ den Kopf sinken und blieb stumm.

„Hör zu, Süße, ich will dir mal was sagen. Du hast echtes Talent, und das sage ich nicht nur, um dir zu schmeicheln. Diesen so genannten ‚Vertrag', den Hugh dich hat unterschreiben lassen – ich zerreiße ihn und werfe ihn in den Müll. Wenn du bei mir bleibst, werde ich tun, was ich kann, um dich in diesem Geschäft voranzubringen. Alles, worum ich dich bitte, ist, dass du uns hier im Club aushilfst, wenn du kannst, und mir eine Chance als deine Agentin gibst – kein Vertrag, nur eine Vereinbarung per Handschlag. Was sagst du dazu?"

Lacey spürte, wie ihr Hass auf Hugh Langston mit der plötzlichen Euphorie, die diese neue Chance mit sich brachte, kollidierte. Belle war offensichtlich ehrlicher und offener und sicherlich nicht die Art von Frau, die Langston verdient hatte. Aber vor Allem war es in diesem Moment eine zweite Chance. Sie brauchte jemanden, dem sie vertrauen konnte, jemanden, der sie durch das Labyrinth des Musikgeschäfts führen konnte. Sie zögerte. Alles, wofür sie gearbeitet hatte, stand auf dem Spiel.

„Wenn Sie mir versprechen, dass Sie allein meine Geschäfte abwickeln, dann werde ich mit Ihnen zusammenarbeiten. Ich will von niemand anderem im Club bezahlt, im Auto mitgenommen oder angerufen werden – niemand. Und ich will Sie nicht verärgern, aber das gilt auch für Mister Hugh."

Belle Langston runzelte die Stirn. „Der Mann kann ein richtiges Arschloch sein, wenn er ein oder zwei Drinks intus hat, und ich weiß, dass er sehr hässlich zu dir gewesen sein muss. Es tut mir leid, Schätzchen." Sie stand auf und streckte ihre Hand über den Schreibtisch. „Du hast mein Wort."

Während sie Belle die Hand schüttelte, hörte Lacey Schritte auf dem Flur. Hugh Langston schritt durch die Bürotür und blieb im Türrahmen stehen. Sein Mund stand offen und sein Gesicht wurde blass. Sie drehte sich um und sah ihn an. Sein Kopf und sein Kiefer waren noch immer geprellt und geschwollen, und eine schwarze Naht zog sich über seine Wange, aber Lacey empfand keine Reue. Er hatte jeden Schlag verdient, den sie ihm mit der Lampe verpasst hatte, und noch mehr. Er stand sprachlos und mit weit aufgerissenen Augen da und starrte erst Lacey und dann Belle an.

Belle stand auf, die Lippen fest zusammengepresst, und deutete wortlos an ihm vorbei durch die Tür. Langston zögerte nicht. Er drehte sich um und ging hinaus, und das Geräusch seiner Schritte verklang schnell auf dem Flur. Als sie sich umdrehte, sah Lacey, dass Belle immer noch mit angespanntem Mund auf die nun leere Türöffnung blickte. Nach ein paar Augenblicken atmete sie aus, und ihre Blicke trafen sich.

„Sag mir, wenn er dich auch nur noch einmal schief ansieht, Süße. Dann versohle ich ihm seinen fetten Arsch."

Vielleicht hatte Belle in den Augen ihres Mannes gesehen, dass zwischen ihnen mehr passiert war, als sie beide ihr sagten, aber sie schien bereit zu sein, es zu übersehen. Lacey atmete tief durch, und zum ersten Mal, seit sie sich kennengelernt hatten, lächelte sie ihre neu gefundene Mentorin an. Sie konnte Belle sehr gut leiden, aber sie brauchte sie nicht, um Langston den Hintern zu versohlen. Wenn er sie auch nur wieder ansah, würde Lacey von niemandem Hilfe brauchen. Belle würde sich hinter ihr anstellen müssen.

„Worüber denkst du nach, Schätzchen?"

Lacey sah auf, und ihr wurde klar, dass sie aus den Erfahrungen der letzten Tage etwas gewonnen hatte. Es war vielleicht keine Weisheit, aber zumindest eine neu gewonnene Perspektive. Und es war nicht unbedingt eine schlechte. Sie leuchtete nicht mehr mit der Unschuld der Naivität. In einem Punkt hatte Hugh Langston recht. Er hatte es geschafft, ihr eine erfahrenere Sicht auf die Welt zu vermitteln. Sie war nicht mehr das vertrauensvolle Landmädchen, das nach Nashville gekommen war.

KAPITEL 10

Der Kampf um Hue, 1968

Als die Militärpolizei die Route gesichert hatte, fuhr Brady mit einem anderen Konvoi zum Flughafen Tan Son Nhut, aber er hatte nicht den Befehl, sich wieder seiner alten Einheit, der 173. anzuschließen. Buckinghams Adjutant war mit dem Befehl zurückgekehrt, sich bei der 101. Luftlandebrigade in der Nähe von Hue zu melden. Will und die anderen Ranger waren wahrscheinlich schon dort bei ihrer neuen Einheit, und angesichts der Berichte über die schweren, feindlichen Angriffe im I-Corps waren sie wohl auch schon in hässliche Kämpfe verwickelt. Brady war bereit.

Maxon begleitete ihn am nächsten Morgen in der C-130 Maschine nach Da Nang, aber am späteren Nachmittag blieb er dort zurück, während Brady an Bord eines Hubschraubers nach Hue ging. Die letzten achtundvierzig Stunden waren ein Albtraum gewesen. Ein Großteil von Saigon war vom Feind überrannt worden, und Brady wäre in dem Zimmer in der Villa fast getötet worden, aber das Schlimmste war für ihn der Umgang mit Maxon. Der Idiot schien sein Alibi dafür akzeptiert zu haben, warum er zu den Special Ops wollte, aber er verhielt sich immer noch wie ein paranoider Schizophrener. Die einzige positive Sache daran, dass er in eine von der NVA besetzte Stadt gehen musste, war, dass Maxon beschlossen hatte, in Da Nang zu bleiben.

„Hier", sagte Maxon, als Brady in den Hubschrauber stieg, „nimm das mit."

Er reichte ihm das neue M-40 Scharfschützengewehr. „Vergiss nur nicht, wo du es her hast."

Brady nahm das Gewehr entgegen, fragte sich aber, warum Maxon es ihm überhaupt gab, wenn er doch vielleicht gar nicht mehr zurückkommen würde.

„Was ist los? Willst du es nicht?"

„Nein. Ich meine, ich will es, aber ..."

Maxon schenkte ihm sein übliches, greifartiges Grinsen. „Mach dir keine Sorgen. Du wirst es dir verdienen, bevor wir fertig sind."

Ausnahmsweise war Brady geneigt, ihm zuzustimmen. „Ich werde es zurückbringen." Maxon zwinkerte ihm zu. „Ich weiß."

„Anschnallen", rief der Bordschütze. „Wir machen uns aus dem Staub."

Maxon trat außer Reichweite des Hauptrotors, und der Hubschrauber hob ab und flog in Richtung Norden. Brady wusste, dass er sich auf einen Kampf zubewegte, doch sein Blutdruck sank zum ersten Mal seit Tagen. Es dauerte nur wenige Minuten, bis der Hubschrauber begann, über die Berge im Norden zu steigen, und als sie die Wolken am Hai-Van-Pass hinter sich gelassen hatten, wies der Bordschütze auf eine riesige, graue Rauchfahne am Horizont. Sie kam von den Ruinen von Hue. Sie flogen an Phu Bai vorbei, und begannen ihren Sinkflug in Richtung Hue unter einem grauen, regnerischen Himmel.

„Haltet lieber eure Eier fest", rief der Bordschütze. „Wir geraten bei jedem Anflug unter Beschuss."

Buckinghams Adjutant hatte Brady erzählt, dass seine neue Einheit ein Aufklärungszug der 101. Luftlandebrigade war. Sie befanden sich in einer Blockadeposition südwestlich von Hue, während der Feind noch immer hartnäckig an Positionen im Zentrum und im Nordosten der Stadt festhielt. Die Marines standen ihnen Auge-in-Auge gegenüber und lieferten sich mit ihnen grässliche Straßenkämpfe. Es hieß, die Gebäude seien voll mit feindlichen Scharfschützen und Maschinengewehren, so dass einige Einheiten der Marines in der Falle steckten und schwere Verluste hinnehmen mussten.

Der Hubschrauber näherte sich im schnellen Tiefflug einer Landezone westlich der Stadt in der Nähe des Parfümflusses. Um sie herum zogen grüne Leuchtspurgeschosse über den Himmel und der Pilot schwebte aus, während er im schnellen Sinkflug auf ein sumpfiges Feld neben einer Straße steuerte, die von Lastwagen und Soldaten wimmelte. Nachdem er von den Landekufen gesprungen war, fragte Brady die Männern, die die Vorräte aus dem Hubschrauber holten, nach dem Weg zu seinem neuen Bataillon.

„In diese Richtung", rief ein Offizier. „Der CP liegt etwa vierhundert Meter den Damm herunter."

Es wurde bereits spät, als er endlich eine vertraute Gestalt entdeckte, die am schlammigen Reifen eines Zweieinhalbtonners lehnte. Es war Will.

„Hey, Willie Boy!"

Erschrocken öffnete Will seine Augen und blickte auf.

Sein Gesicht verzog sich schnell zu einem breiten Grinsen.

„Na, wenn das nicht der Lone Ranger ist. Man hat mir gesagt, du wärst auf dem Weg, also habe ich beschlossen, auf dich zu warten."

Er stand auf und legte seinen Arm um Bradys Schultern.

„Also, Tonto, was gibt's Neues?" fragte Brady und klopfte ihm auf den Rücken. Will schüttelte den Kopf. „Es ist grässlich, Mann, ich meine wirklich grässlich. Du wirst nicht glauben, was in der Stadt passiert. Sie haben so viele tote Marines rausgetragen, dass ihnen die Leichensäcke ausgegangen sind. Ohne Scheiß. Und es gibt immer noch mehrere Marine- und ARVN-Einheiten, die festgenagelt sind und auf Verstärkung warten. Sie versuchen einfach nur durchzuhalten, bis mehr Kompanien in die Stadt vorrücken können. Die Vorgesetzten haben unsere Scharfschützen angefordert, um zu helfen, aber ich habe gefragt, ob ich auf dich warten kann."

Brady lachte. „Glaubst du etwa, ich bin Superman?"

Will verzog das Gesicht. „Hör zu, Mann, wenn ich da mit nur einer Person reingehen muss, dann wollte ich, dass du es bist, also habe ich gefragt."

„Danke." Brady wollte noch mehr sagen, aber Worte hatten nicht mehr viel Bedeutung.

„Und was ist das für eine schicke Ausrüstung auf deiner Schulter?" fragte Will und deutete auf das M-40.

Brady nahm das Gewehr von seiner Schulter und reichte es ihm. „Sieh es dir an", sagte er. „Es ist ein Remington 700, .308 mit einem Bullenlauf und einem drei mal zwölf Redfield."

Will blickte durch das Zielfernrohr, während er sprach. „Und, was ist mit dem Deal in Saigon? War es das, was du erwartet hattest?"

„Ja, aber ich erzähle dir später davon. Ich muss mich melden und prüfen, ob das Ding genullt ist. Wo ist der Bataillonsstab?"

———————————

Als die Dämmerung hereinbrach, stieß ein ARVN-Späher zu ihnen, und sie erhielten ihre Befehle. Ihr Ziel war ein altes Haus in der Nähe eines Industriegebietes. Das Haus war ein Kommandoposten der Marine.

Nachdem sie den Fluss in einem kleinen Boot überquert hatten, folgten Brady und Will dem ARVN-Späher und arbeiteten sich in das Herz der Stadt vor. Eine höllenartige, orangefarbene Rauchwolke glühte am Nachthimmel, und die Luft war schwer vom Gestank verwesender Leichen. Geschützfeuer und Artillerieexplosionen krachten und dröhnten immer wieder in kurzen Abständen. Jede Mauer, die noch stand, war mit Einschusslöchern übersät, und die meisten Häuser waren nur noch rauchende Trümmer. Nichts war unversehrt geblieben.

Irgendwo in der Nähe zersplitterte Glas. Der Späher erstarrte und seine Silhouette stand plötzlich in starkem Kontrast mit dem wabernden Rauch und Dunst, der ihn umhüllte. Er stand regungslos vor ihnen, während er versuchte, die Ursache zu bestimmen. Der Späher war nicht mehr jung, aber auch noch nicht alt, doch der Krieg war seine Stärke. Brady konnte es spüren. Wahrscheinlich kämpfte er schon, seit er alt genug war, eine Waffe zu tragen, nur dass seine Ausrüstung jetzt amerikanisiert war – ein glänzendes schwarzes M-16, ein Dschungelhut und eine Dschungeluniform aus Ripstop-Gewebe. Der Scout drehte seinen Kopf so langsam im Kreis wie die Zeiger einer Uhr, bis er Brady und Will gegenüberstand. Seine Augen funkelten in der Dunkelheit, aber es wurde kein Wort gesprochen, während die drei Männer regungslos verharrten, vibrierend vor Nervosität, die Sinne nackt und wachsam.

Nach ein paar Minuten war nur noch das Donnern der Artillerie und das Knattern von Handfeuerwaffen in anderen Teilen der Stadt zu hören.

Rauch und Nebel waberten immer noch zwischen ihnen, als sie erneut begannen, sich langsam und bedächtig auf ihr Ziel zuzubewegen.

Zwei Stunden später hatten sie so viele Straßen und Kontrollpunkte durchquert, dass Brady sicher war, dass er den Weg zurück nicht mehr finden würde. Der Späher gab ihnen ein Zeichen zum Anhalten und deutete auf ein kleines Stuckgebäude, das inmitten der Überreste mehrerer Palmen stand, die vom Artilleriebeschuss zerstört waren. Es war das einzige Gebäude auf der Straße, das noch stand. Die dunklen Gestalten zweier Wachen hockten zusammengekauert hinter einem Haufen Schutt in der Nähe des Eingangs.

Brady gab Will und dem Späher ein Zeichen, zurückzubleiben, während er die Straße hinaufschlich. Nachdem er sich so weit wie möglich genähert hatte, rief er den Wachen zu und erhielt von ihnen das Signal, weiterzugehen. Will und der Späher folgten schnell.

„Wo ist euer Kommandant?" flüsterte Brady.

„Es gibt keine Offiziere mehr", sagte der Soldat. „Der Gunny hat das Sagen. Außerdem ist von unserer ganzen verdammten Kompanie nicht viel mehr als ein Zug übrig geblieben."

„Wo ist der Gunnery Seargeant?" fragte Brady.

Der Marine deutete mit dem Daumen über seine Schulter. „Er ist drinnen."

Der Gunnery Sergeant, hager und mit hohlen Augen, saß auf dem Boden direkt hinter der Tür. Er verschwendete keine Zeit, und weckte einen weiteren Marine, der in der Ecke schlief.

„Hängen Sie Ihren Poncho über die Tür, damit wir uns die Karte ansehen können."

Er breitete eine schmutzige Landkarte auf dem Boden aus und wartete, bis der Poncho an seinem Platz war, bevor er eine schwache Taschenlampe einschaltete.

„Okay, hier sind wir", sagte er und deutete auf eine Stelle auf der Karte. „Wir haben gestern versucht, durch dieses Gebiet vorzustoßen, und wurden in Stücke gerissen. Sie haben überall Maschinengewehre und Scharfschützen, und ich habe da draußen immer noch zwei Trupps, die festsitzen. Ich möchte, dass Sie sich auf den Weg zu diesem alten Fabrikgebäude machen. Es ist das höchste Gebäude in der Gegend – vielleicht vier oder fünf Stockwerke, ich bin mir nicht sicher, aber von dort oben haben Sie einen guten Blick auf das Niemandsland. Wir haben es total zermörsert, also gehe ich nicht davon aus, dass der Feind es noch benutzt, aber seien Sie vorsichtig. Meine Männer haben schwere Verluste erlitten, und sie sind seit gestern früh da draußen. Die Artillerie hat nicht viel geholfen, und wir können bestenfalls erst morgen Abend weitere Kompanien hierher bringen.

„Ihr Späher hier kennt die Gegend und wird Sie ins Niemandsland führen. Sobald Sie Ihre Position auf dem Dach des Gebäudes gesichert haben, sollte alles in Ordnung gehen. Versuchen Sie, diese gottverdammten Scharfschützen und die Maschinengewehrstellungen ausfindig zu machen und sie auszuschalten. Sehen Sie nur zu, dass Sie verdammt sicher sind, auf wen Sie schießen. Wir wollen nicht, dass jemand von unseren Leuten verletzt wird. Verstanden?"

„Kein Problem, Sarge", antwortete Brady.

Die Augen des Gunnys verengten sich, als er Brady in dem schwachen Licht ansah. „Semper fi, Marines", sagte er.

Er blickte sie erwartungsvoll an, als ob sie noch etwas sagen sollten. Brady hustete und antwortete, nachdem er sich geräuspert hatte. „Tut mir leid, Sarge, aber wir sind keine Marines."

Der Gunny richtete seine Taschenlampe auf Bradys Gesicht. „Tja, Scheiße. Das habe ich mir schon gedacht. Sind Sie etwa bei der Army?"

„Ja. Wir sind von der 101. Luftlandebrigade. Können Sie das Licht aus meinen Augen nehmen?"

Er richtete das Licht zur Seite und sah erst Brady, dann Will an. „Ich habe schon genug Probleme, ohne dass Sie zwei da rausgehen und festsitzen oder getötet werden. Sind Sie sicher, dass Sie das schaffen?"

Brady stand auf und klopfte sich den Staub von seiner Uniform. „Wir schaffen das schon. Außerdem haben Sie keine andere Wahl. Ihre Männer brauchen unsere Hilfe."

Der Sergeant beäugte Brady weiter. „Wenn Sie von der 101. sind, warum tragen Sie dann ein Abzeichen der 173.?"

„Ich bin gerade versetzt worden", sagte Brady.

„Scheiße", sagte der Sergeant. Er schüttelte den Kopf, als wäre er angewidert. „Wie lange sind Sie schon im Land?"

„Sarge, haben Sie jemals von Brady Nash gehört?" fragte Will.

„Nicht, dass ich wüsste."

„Nun, ich bin sicher, dass einige Ihrer Männer ihn kennen. Fragen Sie sie nach ihm. Er ist einer der besten Scharfschützen im ganzen Land."

Brady klopfte Will auf den Rücken. „Okay, Willie, das reicht jetzt mit dem Blödsinn. Fangen wir an."

„Das ist kein Blödsinn", sagte Will.

Das Gesicht des alten Gunnery Sergeant leuchtete gelblich im fahlen Licht der Taschenlampe, während er Bradys Gesicht studierte. „Sie sind dieser Scharfschütze von Dak To, nicht wahr?"

Brady nickte. „Halten Sie uns einfach ihre Artillerie und Mörser vom Leib, und wir schalten die Scharfschützen und Maschinengewehre aus. Abgemacht?"

„Abgemacht", sagte der Gunnery Sergeant. Damit löschte er seine Taschenlampe und nahm den Poncho von der Tür.

Brady sah, wie der ARVN-Späher ihm signalisierte, dass er vorrücken sollte. Es waren fast drei Stunden vergangen, seit sie den Marinestützpunkt verlassen hatten, aber sie waren nur ein paar hundert Meter durch die Trümmer der Straßen vorgedrungen. Zuerst war ein Feuergefecht ausgebrochen, bei dem überall um sie herum rote und grüne Leuchtspurgeschosse explodierten, welches nur wenige Minuten später von einem Mörserbombardement abgelöst wurde, das die Trümmer in noch kleinere Teile zerschmetterte. Alles sprach dagegen, dass sie ihr Ziel erreichen würden. Der Klang von Schritten, Stimmen und zerbrechendem Glas hallte von allen Seiten durch den Schleier der verrauchten Dunkelheit.

Vor ihnen ragte das dunkle Fabrikgebäude vor dem orangefarbenen Nachthimmel auf. Sie mussten es vor Tagesanbruch erreichen, aber ihrer Ungeduld nachzugeben wäre ein törichter Spielzug. Brady folgte dem ARVN-Späher Schritt für Schritt, wohl wissend, dass ein einziger Fehltritt ihr letzter sein konnte. Als sie die Fabrik erreichten, ergrauten die Wolken über ihnen bereits mit dem ersten Anflug der Dämmerung. Die drei Männer hockten am Fuße der Außenmauer und blickten durch ein riesiges Granatenloch in die Schwärze des Inneren. Der imposante Bau aus Ziegeln und Beton ragte mehrere Stockwerke hoch über ihnen auf.

„Okay", sagte Brady, „ich übernehme ab hier die Führung. Lasst uns mindestens drei Meter Abstand voneinander halten."

Sie schoben sich durch die Öffnung. Das alte Gebäude war dunkel und muffig und bot kein Fünkchen Licht. Brady tastete sich an einer Innenwand entlang. Langsam bahnte er sich einen Weg durch die pechschwarze Dunkelheit, wobei er sich mit Händen und Füßen vorantastete. Nach etwa hundert Metern strich ein leichter Luftzug über seine Wange. Er erahnte, dass er einen großen, offenen Raum erreicht hatte. Inzwischen befanden sie sich irgendwo tief im Inneren des Gebäudes. Das Getrippel von Ratten hallte durch die gespenstische Stille. Er sah nichts als eine undurchsichtige Wand hartnäckiger Dunkelheit.

„Das geht so nicht", flüsterte er Will zu. „Mach dein Gewehr bereit. Ich schalte mein Licht an."

Das Licht löste bei Brady einen plötzlichen Adrenalinschub aus, während er mit erhobener Waffe bereitstand. Doch nach ein paar Sekunden überkam ihn ein Gefühl der Erleichterung. Sie waren allein – zumindest vorerst. Er leuchtete mit der Taschenlampe um sich, und begann, sich zu orientieren. Der gelbe Lichtstrahl warf gespenstische Schatten in einen riesigen Raum, offensichtlich eine Art Produktionsbereich, der übersät war mit einem Sammelsurium aus kaputten Maschinen, Trümmerhaufen, herabhängenden

Drähten und umgestürzten Balken. Die Decke, die sich mehrere Stockwerke über ihnen befand, war hinter dem Gewirr von Kabeln und herabhängenden Stahlträgern kaum zu erkennen.

Brady kletterte durch die herumliegenden Trümmer und bewegte sich vorsichtig vorwärts, auf der Suche nach einem Weg zum Dach des Gebäudes. Er entdeckte eine Stahlleiter, die an einer Säule in der Mitte des Raumes befestigt war.

Mit dem Strahl der Taschenlampe leuchtete er die Leiter entlang bis nach oben und fand dort eine offene Luke. Sie befand sich mindestens vierzig Fuß über dem Boden und öffnete sich zum Himmel hin, wo bereits das erste schwachgraue Licht der Morgendämmerung zu sehen war.

Er wandte sich den anderen beiden zu und legte einen Finger auf seine Lippen. „Keinen Ton", flüsterte er.

Schnell, aber leise, machten sie sich auf den Weg zum Fuß der Leiter und begannen zu klettern. Sie kletterten auf das Dach zu, zuerst Brady, dann Will, gefolgt von dem ARVN-Scout. Wie an einem Faden aneinandergereiht hingen die drei Männer an der Leiter hoch über dem Betonboden, als irgendwo außerhalb des Gebäudes plötzlich Schüsse ertönten. Brady löschte das Licht der Taschenlampe. Er wartete und lauschte. Wieder ertönten Schüsse, aber diesmal war noch ein anderes Geräusch zu hören. Es war kaum wahrnehmbar, aber nach jedem Schuss folgte das leise Klirren von verbrauchtem Messing, das auf dem Boden – oder war es das Dach? – aufschlug. Der Schütze war ganz in der Nähe.

Will hing direkt unter ihm an der Leiter, aber Brady wollte keinen Laut riskieren. Will und der ARVN-Scout trugen jeder ein M-16, und Brady hatte das M-40 Scharfschützengewehr über seiner Schulter hängen, wie auch die .45, die Maxon ihm gegeben hatte. Er musste sich schnell entscheiden: weiter nach oben oder wieder runter.

Es hatte keinen Sinn, sich jetzt zurückzuziehen. Er kletterte weiter, bis er sich knapp unter der offenen Luke befand. Trotz der kalten Morgenluft rann ihm der Schweiß in die Augen, als er die .45 aus seinem Schulterholster zog, sie entsicherte und den Hahn spannte. Er holte tief Luft, und griff nach der obersten Sprosse, doch dann brach das Feuer erneut aus. Er zuckte zusammen. Diesmal war es viel lauter, und das Klirren des verbrauchten Messings war nun deutlich zu hören, als es auf dem Betondach über ihm aufschlug.

Mit der .45 in der Hand steckte Brady langsam seinen Kopf durch die Luke. Wenn ihn jemand entdeckt, wäre es auf der Stelle vorbei. Sie würden sie von der Leiter schießen wie Waschbären aus einer Baumkrone. Er spähte über das Dach. Ein paar hundert Meter entfernt saßen zwei NVA Soldaten mit dem Rücken zu ihm an einem Maschinengewehr und blickten über die Stadt.

Er drehte den Kopf, um den Rest des Daches zu überprüfen, und ihm rutschte das Herz in die Hose. Auf der anderen Seite standen zwei weitere Soldaten. Auch sie hatten ihm den Rücken zugewandt, aber er konnte es nicht riskieren, aus der Luke zu klettern, wenn auf beiden Seiten feindliche Soldaten standen. Er duckte sich, steckte die Pistole zurück in den Halfter und nahm das M-40 von seiner Schulter. Das Repetiergewehr war nicht die beste Waffe für diese Aufgabe, aber er durfte keine Zeit verlieren.

Er gab Will ein Handzeichen, um ihm zu signalisieren, dass sich vier NVA-Soldaten auf dem Dach befanden, zwei auf der einen und zwei auf der anderen Seite. Nachdem er sich auf der obersten Sprosse der Leiter abgestützt hatte, holte Brady noch einmal tief Luft. Er sprang durch die Luke, feuerte, setzte eine weitere Patrone ein und feuerte erneut, womit er die ersten beiden Soldaten tötete, doch als er sich zu den anderen umdrehte, eröffneten diese bereits das Feuer. Umherfliegende Betonsplitter zerschnitten sein Gesicht und stachen ihm in die Augen. Halb blind feuerte er erneut, und ein weiterer Soldat fiel, aber der letzte rannte los, auf der Suche nach Deckung, und feuerte sein AK-47 auf ihn ab, während er über das Dach auf einen Schornstein zusprintete.

Brady ließ sich auf das Dach fallen, rollte sich auf den Bauch und schoss blindlings auf den rennenden Soldaten. Er verfehlte ihn, doch dann ertönte hinter ihm das schnelle Knattern eines M-16, und die Arme des NVA-Soldaten kreiselten durch die Luft, als sein toter Körper auf den Schornstein prallte. Brady drehte sich um und sah mit verschwommenen Augen, wie Will mit seinem M-16 oben auf der Leiter stand. Er atmete aus und rollte sich auf den Rücken. Will und der ARVN-Späher kletterten durch die Luke auf das Dach.

„Bist du in Ordnung?" fragte Will.

„Ja. Hab nur Scheiß in den Augen."

Will schüttete Wasser aus seiner Feldflasche in Bradys Augen, um das Blut und den Sand rauszuwaschen, bis Brady ihn nach einigen Augenblicken abwinkte.

„Kannst du los?" fragte Will.

Brady blinzelte ein paar Mal. „Ja, lass uns mal nachsehen, was da los ist."

Sie krochen zum Rand des Daches und begannen, die Zerstörung der Stadt in Augenschein zu nehmen. So weit das Auge reichte, erstreckten sich vor ihnen Berge aus Asche, die im schwachen Morgenlicht glühten – die einzigen Überreste der Häuser, die eine Straße über fast eine halbe Meile gesäumt hatten. An einer Stelle standen noch einige Gebäude, aber ihre Ziegeldächer waren von klaffenden Löchern übersäht. Im Norden standen die schwelenden Skelette größerer Gebäude wie riesige, verwundete Tiere vor dem Horizont. Das Licht orangefarbener Flammen spiegelten sich unheimliche in den tief hängenden, grauen Wolken wider und dicke Rauchschwaden stiegen aus den Trümmern auf. Die Verwüstung schien allumfassend zu sein.

„Wirst du wieder was sehen können?" fragte Will.

„Ja", antwortete Brady, „sobald ich den restlichen Sand aus meinen Augen bekomme."

Während Brady sich ausruhte, suchte Will die Schatten des anbrechenden Morgens mit seinem Fernglas ab. So vergingen mehrere Minuten.

„Hast du schon etwas gesehen?" fragte Brady.

„Ja", antwortete Will, „ich habe da drüben an der Hofmauer eine Bewegung bemerkt, etwa zweihundertfünfzig Meter entfernt. Es ist einer der Marinetrupps. Sie sind an der Stelle, wo der Gunny sie vermutet hat."

Brady spähte über die Mauer und schaute durch sein Zielfernrohr. Die meisten der Marines hockten dicht zusammen und versteckten sich hinter der Betonwand, aber einige lagen im Freien, bedeckt mit ihren Ponchos. Nur ihre Stiefel waren zu sehen. Er suchte weiter nach feindlichen Scharfschützen.

Ein einsamer Schuss krachte durch die Morgenluft und eine Staubwolke stieg von der Mauer direkt über den Marines auf.

„Wo kam das her?" fragte Brady.

Will suchte die Fenster und Dächer der umliegenden Gebäude mit seinem Fernglas ab. „Ich weiß es nicht", murmelte er leise. „Das verdammte Echo ist zu laut."

Sie warteten und hielten noch einige Minuten Ausschau, bis ein weiterer Schuss durch die Gebäude hallte, aber dieses Mal glaubte Brady, etwas zu sehen. Ein Gebäude, fünf oder sechs Blocks von ihnen entfernt und kleiner als die Fabrik, hatte mehrere Fensterreihen, von denen die meisten zerbrochen waren.

„Siehst du das Gebäude da drüben mit den Reihen zerbrochener Fenster?", flüsterte er Will zu.

„Ja."

„Fang links im zweiten Stock an zu zählen. Es ist das achte Fenster, das, das nicht kaputt ist. Siehst du es?"

„Ja."

„Schau hin", sagte Brady.

Auch der ARVN-Späher hielt neugierig Ausschau, als ein

weiterer Schuss ertönte. Die Reflektion des gräulichen Lichtes auf der Fensterscheibe kräuselte sich leicht, als es vibrierte.

„Ja, ich sehe ihn", flüsterte Will. „Er ist hinter dem Fenster und schießt durch das kaputte daneben."

Brady rollte seinen Poncho zusammen und legte ihn auf die Mauer. Während er das M-40 stabilisierte, zählte er imaginäre Footballfelder zwischen sich und seinem Ziel.

„Was denkst du, Will, vielleicht siebenhundertfünfzig Meter?"

„Ich würde sagen, eher achthundert", antwortete Will.

Brady drückte seine Wange gegen den Schaft und spähte durch das Zielfernrohr. Der Schatten einer Silhouette war gerade noch hinter der einzelnen Fensterscheibe zu erkennen. Will spähte durch sein 10x50 Fernglas. Eine Sekunde verging, dann zwei, dann drei. Nach fast einer Minute gab es einen weiteren Schatten der Bewegung hinter dem Fenster. Bradys Schuss hallte zwischen den Gebäuden, als die entfernte Fensterscheibe zersplitterte.

„Ich glaube, du hast ihn erwischt", flüsterte Will.

Der ARVN-Scout starrte ihn mit großen Augen an. „Du verdammt guter Schütze.

Du verdammt bester Schütze, ich je gesehen."

Nach mehreren Stunden und mindestens sieben Abschüssen gelang es ihnen, das Kreuzfeuer, in dem die Marines festsaßen, aufzulösen. Brady war nun an der Reihe, und hielt die Überwachung aufrecht, während Will und der Späher schliefen. Er konnte Maxon nicht aus dem Kopf bekommen, und ihm wurde klar, dass er in einer aussichtslosen Situation steckte. Er drückte seine halb gerauchte Zigarette an der Betonwand aus und nahm das Fernglas in die Hand. Will öffnete ein Auge.

„Hey, Mann", murmelte er, „verschwende nicht meine Zigaretten."

„Tut mir leid, Willie", erwiderte Brady.

Will schloss die Augen. „Also, was ist in Saigon passiert?"

Brady suchte mit dem Fernglas den Horizont ab. „Ich glaube, ich bin verdammt nah dran. Dieser Maxon hat mich tatsächlich für die Special Ops rekrutiert."

„Klingt, als hättest du bekommen, was du wolltest. Wirst du es tun?"

„Ja, ich muss. Maxon sagt, er kannte Duff. Das einzige Problem ist, dass er sagt, Duff sei von einem feindlichen Doppelagenten getötet worden. Er sagte, es war wahrscheinlich Duffs Freundin, Lynn Dai Bouchet."

Will setzte sich auf und öffnete die Augen. „Ohne Scheiß?"

Brady sah ihn an. „Ohne Scheiß. Jetzt muss ich versuchen, rauszufinden, was wahr ist und was nicht. Vielleicht hat Duff sich geirrt. Vielleicht hat er einfach nur einen Fehler gemacht und sich umbringen lassen."

Will schüttelte den Kopf. „Weißt du, das ergibt einfach keinen Sinn. Die Frau ist zur Hälfte Französin, nicht wahr?"

„Ja, ich weiß. Die Vietminh und die Franzosen waren Todfeinde. Es ergibt keinen Sinn, dass sie für den Vietcong arbeiten würde. Was denkst du?"

„Du hast Recht", sagte Will.

„Im Moment weiß ich einfach nicht, wer die Wahrheit sagt. Mein Bauch sagt mir, dass Maxon lügt, aber alles, was er erzählt, macht Sinn."

„Vertraue auf dein Gefühl", sagte Will.

„Ich brauche mehr als nur ein Gefühl."

„Du musst trotzdem deinem Gefühl vertrauen. Im Moment bist du zu sehr in die Sache verwickelt. Wenn Maxon dich an der Nase herumführt, wird er sich früher oder später zu erkennen geben. Hör einfach genau zu, was er sagt. Mein Großvater war Richter in Georgia, und er hat oft dieses Sprichwort zitiert: ‚Die Wahrheit hat eine Resonanz, welche die Risse füllt, in denen sich die Unwahrheit versteckt.' Wenn Maxon dir einen Haufen Scheiße auftischt, wird seine Geschichte nicht wahr klingen."

Will schloss seine Augen und schlief ein, während Brady sich eine weitere Zigarette anzündete. Konnte er seinen Instinkten trauen? Wenn es nur um Instinkte ginge, würde er Maxon bei ihrem nächsten Treffen guten Gewissens töten, aber er brauchte Beweise. Wenn Maxon in Duffs Mord verwickelt war, brauchte er Beweise, die niemand abstreiten konnte. Die Frau, Lynn Dai Bouchet, war der Schlüssel. Er musste sie finden.

Duff war zu schlau gewesen, um sich von einer Frau täuschen und belügen zu lassen. Er hatte immer einen guten Blick für die Dinge gehabt und hatte Probleme leicht bewältigt, wie damals in der Nacht, als sie in Bradley County von den Tull-Brüdern überfallen wurden. Es war einer ihrer heimlichen Ausflüge zu einer Gaststätte gewesen, um dort Musik zu machen und etwas Taschengeld zu verdienen. Lacey hatte gerade zu Ende gesungen, als eine Bierflasche aus der Menge segelte, sie nur knapp verfehlte und Bradys Kopf streifte. Brady legte vorsichtig seine Gitarre beiseite, aber Duff erkannte, was los war, und stellte sich vor ihn.

„Lass mich das machen", sagte er.

Als er sich wieder der Menge zuwandte, stolzierten zwei Männer, die etwa so breit waren wie zwei Lastwagen, auf die Bühne zu. Die beiden sahen aus wie Zwillinge, und trugen schmutzige Latzhosen und T-Shirts mit Flecken in den Achselhöhlen. Der Barbesitzer eilte nach vorne, als Duff von der Bühne trat.

„Ihr Tull-Brüder macht heute Abend bei mir keinen Ärger", sagte der Mann.

Einer der Tulls stieß den alten Mann zur Seite. „Alles in Ordnung", sagte Duff.

Brady war an den Rand der Bühne gegangen, um Lacey zu schützen. Er starrte die Tulls an, doch dann bemerkte er, dass Duff lächelte.

„Warum grinst du so?", fragte einer der Brüder.

„Ich versuche nur, ein wenig Ruhe in die Situation zu bringen", sagte Duff.

„Vielleicht wollen wir gar keine Ruhe."

„Vielleicht nicht", sagte Duff, „aber ich versuche nur, euch Jungs zu helfen."

„Wir brauchen deine Hilfe nicht. Außerdem sieht es so aus, als ob dein Freund da oben nicht so fröhlich ist wie du."

„Genau darüber muss ich mit euch reden", sagte Duff.

Er trat näher an die Tulls heran. Im Vergleich mit den zwei Brüdern, die mit roten Köpfen und geballten Fäusten vor ihm standen, wirkte er fast zwergenartig. Duff begann, im Flüsterton mit ihnen zu sprechen. Er deutete mit dem Daumen über die Schulter und drehte seinen Finger neben seinem Ohr im Kreis. Die Augen der Tulls wurden groß, als sie an ihm vorbei auf Brady blickten. Nach ein paar Augenblicken, in denen Duff weiter auf sie einflüsterte, wurden ihre Augen immer größer und neugieriger. Duff neigte den Kopf zur Seite und begann, ihn langsam hin und her zu wiegen.

„Ich sag euch was", sagte Duff, „ lasst mich ihn hier rausbringen, und wir machen Schluss für heute, okay?"

Einer der Brüder nickte leicht. „Ja, ich denk' schon." Duff trat zurück und drehte sich zu Brady und Lacey um.

„Lacey, du nimmst den Verstärker, das Mikrofon und einen Lautsprecher. Brady, du trägst die Instrumente und den anderen Lautsprecher."

Es war offensichtlich, dass Duff seine eigenen Hände frei haben wollte, als sie sich auf den Weg zum Pickup machten. Nachdem sie die Ausrüstung unter der Plane auf dem Rücksitz verstaut hatten, kletterten die drei in den Truck und Duff ließ den Motor an.

„Was hast du zu den Kerlen gesagt?" fragte Brady.

Duff legte den Gang ein und fuhr vom Parkplatz. „Ich habe ihnen erklärt, dass du gerade aus dem Gefängnis in Brushy Mountain entlassen worden bist, weil du zum Mord an zwei Menschen auf Unzurechnungsfähigkeit plädiert hast."

Lacey stieß einen Jubelschrei aus. „Du hast was?" sagte Brady.

„Ja, ich habe ihnen erzählt, dass du zwei Männer mit bloßen Händen ermordet hast, und dass du unmenschliche Kräfte hast und so weiter."

„Wir hätten es mit ihnen aufnehmen können", sagte Brady.

„Vielleicht", antwortete Duff.

„Wenn sie Lacey angefasst hätten, hätte ich sie beide persönlich umgebracht."

„Genau das habe ich befürchtet", sagte Duff. „Dann wären wir vielleicht wirklich in Brushy Mountain gelandet."

Das war typisch Duff. Er sah die Dinge klarer. Später hatte er auch verraten, dass er bereits ahnte, dass Brady und Lacey eine Liebespaar waren. Selbst in der Hitze eines Gefechts erkannte und reagierte Duff auf Dinge, die Brady völlig entgingen. Duff war damals nicht naiv, und das war er auch in Vietnam nicht gewesen. Es gab keine Beweise, aber Bradys Vertrauen in das Urteilsvermögen seines Pflegebruders ließ ihm keine Zweifel. Lynn Dai Bouchet war der Schlüssel, um Duffs Mörder zu finden, aber sie war nicht diejenige, die ihn getötet hatte.

In den nächsten Monaten arbeiteten Brady und Will zusammen mit den Marines und der 101. Division daran, die NVA um die Stadt Hue herum auszurotten. Die Kämpfe hielten fast ununterbrochen an, bis der Feind eines Tages einfach verschwand. Diejenigen, die nicht gefangen genommen, oder in Massengräbern verscharrt worden waren, verschwanden einfach in der Landschaft. Im März erhielt die Aufklärungseinheit den Befehl, sich zurückzuziehen, und Brady und Will hatten ein paar Tage frei. Erschöpft saßen sie unter einem Poncho und blickten in den wie üblich triefenden Nachmittagsregen, als ein Leutnant den schlammigen Weg vom Bataillonsstab heraufkam.

„Packen Sie Ihre Sachen, Nash", sagte der junge Offizier. „Melden Sie sich beim Oberst im Bataillon. Sie haben Befehle, sich bei einem Koordinationszentrum für Aufklärung und Operationen in der Nähe von Da Nang zu melden."

„Also, ich denke, das war's dann", sagte Will.

Nachdem er seine Sachen zusammengesucht hatte, stand Brady mit Will draußen im Regen. „Drück mir die Daumen", sagte Brady.

„Ja", sagte Will. „Viel Glück."

Brady zwang sich zu einem Lächeln. „Danke."

„Versuch dich zu melden."

„Alles klar", sagte Brady. „Wenn wir diesen Schlamassel überleben, stehe ich vielleicht eines Tages bei dir in Georgia vor der Tür."

Brady streckte seine Hand aus. Will ergriff sie, zog ihn aber an sich und legte ihm den Arm um die Schultern.

„Pass auf dich auf, kleiner Bruder. Ich werde ein Sechserpack im Kühlschrank bereit haben, wenn du vorbeikommst."

KAPITEL 11

Einführung ins Sondereinsatzkommando

Als sie an diesem Nachmittag von der Arbeit nach Hause kam, holte Lacey die Post aus dem Briefkasten neben ihrer Tür und warf sie auf den Tisch. Sie hatte die Hoffnung aufgegeben, einen Brief von Brady zu bekommen. Es war Wochen her, dass sie ihm geschrieben hatte, und jeden Tag hatte sie die Umschläge und Zeitschriften durchforstet, bis sie sich schließlich damit abfand, dass er nicht antworten würde. Sie zog ihre Schuhe aus und setzte sich auf die Couch. Dann legte sie ihre Füße auf den Couchtisch und blätterte in einer Zeitschrift. Es war einer der seltenen Abende, an denen sie frei hatte und ihren Schlaf nachholen konnte, aber zuerst beschloss sie, ihm ein zweites Mal zu schreiben.

Sie warf die Zeitschrift beiseite, schloss die Augen und lehnte ihren Kopf an die Rückenlehne der Couch. Obwohl ihr Privatleben in Scherben lag, gab es zumindest in ihrer Musikkarriere Zeichen des Lebens. Sie hatte nun mehr Auftritte unter der Woche und arbeitete gleichzeitig an Demobändern, aber es war besser so, besser, beschäftigt zu bleiben. Ohne Brady war ihre Musik alles, was sie hatte.

Belle Langston hatte sich als all das erwiesen, was Hugh nicht war – einfühlsam und fürsorglich, aber vor allem war Belle ehrlich. Belle behandelte sie fast wie eine Tochter und leitete sie auf dem Weg zur Verwirklichung ihres Traums. An dem Tag, als Hugh Langston das Büro betreten hatte, hatte Belle ihn schnell und ohne Fragen hinausgeschickt.

Für Lacey war das gut genug. Hugh war genau da, wo sie ihn haben wollte, und sie würde nichts daraus gewinnen, Belle mit der Wahrheit über ihren Mann zu verletzen.

Lacey öffnete die Augen und begann, die restliche Post durchzugehen, während sie über ihren neuen Mentor Billy Wyatt nachdachte. Billy war Brady sehr ähnlich, nur dass er auch Songschreiber, Barkeeper, Zimmermann und gelegentlicher Sänger/ Gitarrist war, aber vor allem war er bereit, bei der Aufnahme seiner Songs mit ihr zusammenzuarbeiten. Billy wurde der Unterstützer, den sie brauchte. Er arbeitete stundenlang mit ihr, suchte Melodien aus und überarbeitete die Texte. Ihr Selbstvertrauen wuchs, ihre Auftritte wurden besser, und sie erhielt langsam mehr Anerkennung in Nashville.

Plötzlich starrte Lacey auf einen der Umschläge in ihrem Schoß, einen mit einer militärischen APO-Adresse. Sie ließ ihre Füße auf den Boden fallen, riss mit hektischen Fingern den Umschlag auf und entfaltete den Brief. Sie konnte kaum atmen, als sie zu lesen begann.

März 1968

Liebe Lacey,

Ich habe deinen Brief vor einer Weile erhalten, und wollte dir schon früher schreiben, aber hier war in letzter Zeit alles so verrückt. Trotzdem habe ich mich nach deinem Brief so gut gefühlt wie schon lange nicht mehr. Es tut mir leid, dass ich so lange gebraucht habe, dir zu antworten, aber ich war ständig unterwegs, und ich weiß wirklich nicht, was ich dir über all die schlimmen Dinge sagen soll, die passiert sind. Ich denke, ich will dir vor allem einfach sagen, dass ich zu dir nach Hause kommen will, wenn ich dieses Schlamassel lebend überstehe. Ich hoffe, du kannst mir verzeihen, und vielleicht kann ich dir eines Tages alles erklären. Sorge dich nicht um die Anrufe von Mister Brister.Ich habe mit ihm darüber gesprochen, was passiert ist, und warum ich hierher gekommen bin, und er ist einfach nur besorgt. Ich hoffe, dir und Mama Emma geht es gut. Ich verspreche, dass ich das nächste Mal schneller schreiben werde.

In Liebe für immer,

Brady

Der Brief war frustrierend kurz, und seine kryptische Botschaft ließ ihre kurze Euphorie der Beunruhigung weichen. Was hatte Brady Hubert Brister erzählt? Warum hatte er es nicht mit ihr besprochen? Sie hatte immer angenommen, dass er aus den üblichen Macho-Gründen nach Vietnam gegangen war, aus denen Männer in den Krieg zogen. Nie hatte sie daran gedacht, dass da noch etwas anderes sein könnte, aber in diesem Brief stand es ganz klar, und Hubert Brister wusste, was es war. Sie musste es herausfinden. Sie nahm den Telefonhörer in die Hand, umklammerte den Brief mit der anderen und wählte die Nummer von zuhause.

Maxon versuchte, sich auf den Einsatzbericht zu konzentrieren, den er gerade tippte, aber er war abgelenkt. Der Ventilator über seinem Kopf bewirkte nicht viel mehr, als dass er die feuchte Luft in seinem Büro aufwirbelte, einer fensterlosen Ecke im mit

Sandsäcken ausgelegten Zentrum für die Koordinierung von Nachrichtendiensten und Operationen. Das IOCC war ein großes Gebäude aus Betonblöcken mit einigen anderen Nebengebäuden am Stadtrand von Da Nang. Es war von einer Betonmauer, Sandsäcken und Stacheldraht umgeben und wurde von einem Aufgebot von Nungs und ARVN-Soldaten gut bewacht. Er starrte auf die Wandkarte von Vietnam und musste dabei an Nash denken. Der Junge schien nicht klug genug zu sein, um eine wirkliche Bedrohung darzustellen, aber es zahlte sich aus, in diesem Geschäft auf der Hut zu sein.

Sein Blick wanderte zu dem Schwarzweißfoto, das in einem Rahmen neben der Karte hing. Es war von Lyndon Baines Johnson signiert und da stand er selbst, Jack Maxon, neben dem Präsidenten der Vereinigten Staaten im Weißen Haus. Das Foto war aufgenommen worden, als er nach Hause gegangen war, um sich von seiner Kriegsverletzung zu erholen, einem hässlichen Messerstich in die Wange, den ihm eine Vietcong-Prostituierte zugefügt hatte. Zumindest war sie nach diesem Vorfall zum Mitglied des Vietcong geworden – wenn auch ein totes. Die Schlampe hatte einfach nicht ein bisschen rauen Sex vertragen können, und ihn mit seinem eigenen Messer aufzuschlitzen war ein Fehler gewesen.

Sie schien nicht zu verstehen, dass mit Leuten von Special Operations nicht zu spaßen war, und niemand, weder Vietnamesen noch Amerikaner, legte sich mit Jack Maxon an. Sie hatte auf die harte Tour gelernt, dass dieser kleine Teil von Vietnam ihm gehörte und ihm hier niemand in die Quere kam – nicht einmal seine eigenen Leute.

Er begann wieder zu tippen, hielt dann aber inne. Wenn Nash die Wahrheit sagte, und Coleridge irgendwie einen Brief an ihm vorbeigeschleust hatte, was könnte er ihm sonst noch verraten haben?

„Ich habe jeden Brief, den Coleridge geschrieben hat, persönlich zensiert", murmelte er. Maxon merkte, dass er mit sich selbst sprach, und schlug auf den Zeilenvorschub an der Schreibmaschine. Hatte Coleridge Nash etwa von dem Waffengeschäft oder von den Entführungen und Auslöschungen der höheren Ränge erzählt? Das Töten von Schlitzaugen war immer ein großes Problem für Coleridge gewesen. Der Idiot dachte tatsächlich, es gäbe gute Schlitzaugen und böse Schlitzaugen. Jetzt war Nash hier, und wofür? Was wusste er wirklich?

Als seine Männer ihm zum ersten Mal von den jungen Army Ranger berichtet hatten, der Fragen über Lynn Dai Bouchet stellte, befürchtete er bereits, dass das Army CID gegen ihn ermittelte, aber das machte keinen Sinn. Das Kriminalbüro würde sich nicht mit der Firma anlegen. Das wäre ein Verstoß gegen das Protokoll, und sie würden sicher nicht jemanden mit einer Untersuchung beauftragen, der so eng mit Coleridge verbunden war. Bouchet wußte nichts Genaues, aber sie wirbelte trotzdem eine Menge Scheiße auf. Nash hatte eine ziemlich gute Erklärung abgegeben, aber es hatte trotzdem keinen Sinn, ein Risiko einzugehen. Er würde ihn einfach für eine Weile isolieren, indem er ihn in die Pampa aussetzte.

Es klopfte an der Tür. „Es ist offen", rief er.

Die Tür öffnete sich, und da stand Nash, als wäre er durch seinen bloßen Gedanken herbeigezaubert worden. Maxon bemühte sich, lässig zu wirken und konzentrierte sich auf die Schreibmaschine.

„Komm rein, Nash. Hol dir ein Bier aus dem Kühlschrank und nimm dir einen Stuhl. Hol mir auch eins."

Er beobachtete den jungen Fallschirmjäger aus den Augenwinkeln, wie er eine Dose 33 öffnete. Es war an der Zeit, es noch einmal zu versuchen, zu versuchen, ihn unvorbereitet zu erwischen. In Saigon war sein Plan schief gegangen. Nachdem er ihn an jenem Nachmittag im Zimmer mit der .45 eingeschüchtert und ihn später betrunken gemacht hatte, hatte er ihn mit weiteren Fragen löchern wollen, um ihn aus dem Gleichgewicht zu bringen.

Aber eine Kleinigkeit namens Tet war ihm in die Quere gekommen. Jetzt begann er erneut.

In den ersten zwanzig Minuten tranken sie mehrere Biere und unterhielten sich ganz zwanglos. Maxon tippte seinen Bericht zu Ende, während er Nash mit beiläufigen Gesprächen in Wohlbehagen wiegte.

„Sie haben sich einen verdammt guten Ruf erarbeitet, Nash."

„Ich mache nur meinen Job."

Maxon blickte von der Schreibmaschine auf. „,Ich mache nur meinen Job', das ist süß. Nach allem, was ich gehört habe, sind Sie ein hervorragender Scharfschütze."

Nash zuckte mit den Schultern. Maxon blickte ihn einige Sekunden lang an. Entweder war Nash ein Einfaltspinsel oder ein eiskaltes Schwein, die Frage war nur, welches der beiden er war?

„Wir haben seit Tet so viele neue Informationen erhalten, dass wir keine Zeit haben, sie alle zu überprüfen. Wir haben im ganzen Land hochrangige Mitglieder des Vietcong in den Fingern, und nach der Scheiße, die sie gerade abgezogen haben, verschwenden wir keine Zeit damit, ihnen Chieu Hoi anzubieten. Bist du bereit?"

„Ich habe keine große Wahl, oder?"

Nash war schwer zu durchschauen. Einerseits schien er dumm wie Brot zu sein, aber dann sagte er Dinge, die Sinn ergaben. Er hatte Recht. Er hatte keine andere Wahl. Er war verpflichtet und tat entweder, was man ihm sagte, oder es gab Ärger. Nachdem Nash sein drittes Bier ausgetrunken hatte, wirkte er völlig entspannt und ließ seinen Blick durch das Büro schweifen. Maxon bemerkte, dass er das Foto von ihm mit dem Präsidenten studierte. Er war angetrunken. Maxon nahm den Bericht von der Schreibmaschine, legte ihn beiseite und hob lässig eine der leeren Bierdosen auf. Er warf einen nüchternen Blick darauf und dann auf Nash. Ohne Vorwarnung knallte er die Dose auf den Schreibtisch und zerdrückte sie. Mit finsterer Miene starrte er zu Nash hinüber, aber der junge Fallschirmjäger nippte an seinem Bier und blickte

auf die zertrümmerte Dose hinunter, fast so, als hätte er Mitleid mit ihr.

„Gibt es irgendein Problem?" sagte Nash.

Der Wichser hatte nicht geblinzelt, und Maxon musterte ihn.

„Wir müssen uns darüber klar werden, warum du hier bist." Nash sagte nichts.

„Also?"

„Ich bin mir nicht sicher, was Sie meinen."

Maxon deutete auf das Foto von L. B. Johnson. „Siehst du den Mann dort?"

Nash nickte.

„Nun, er ist mein Boss, der Präsident der Vereinigten Staaten. Ich will nur klarstellen, mit wem du dich hier anlegst."

„Ich bin mir nicht sicher, was Sie meinen, wenn Sie sagen, dass ich mich mit jemandem ‚anlege'."

„Hör zu, Nash, warum legen wir nicht einfach alle Karten auf den Tisch, okay? Du sagtest, du seist mit Duff Coleridge befreundet. Du weißt von Lynn Bouchet. Du bist den ganzen Weg hierher gekommen, um nach meiner Gruppe zu suchen. Woher hast du deine Informationen?"

„Ich dachte, das hätten wir schon besprochen."

„Tu mir den Gefallen. Erzähl es mir noch einmal."

„Wie ich schon sagte, Duff hat mir einen Brief geschickt. Was ist Ihr Problem? Warum sind Sie so paranoid?"

„Weil es meine Aufgabe ist, paranoid zu sein. Coleridge kann dir keinen Brief geschickt haben. Seine gesamte Post wurde zensiert."

„Nun, ich habe einen bekommen und er schien verdammt stolz darauf zu sein, für Sie zu arbeiten."

„Hast du den Brief noch?"

„Nein. Ich meine, wenn ich ihn habe, ist er irgendwo zu Hause."

„Was wolltest du von Lynn Bouchet?"

„Duff sagte, sie sei seine Freundin. Ich hatte vor, sie zu besuchen, als ich hierher kam, aber wenn sie eine Doppelagentin ist, wie Sie gesagt haben, würde ich sie gerne aus anderen Gründen finden."

„Pass besser auf, eigenmächtiges Handeln ist untersagt. Außerdem kann man bei diesen vietnamesischen Huren nicht vorsichtig genug sein."

Maxon setzte sich auf und bemerkte plötzlich, dass er unbewusst mit der Fingerspitze über die Narbe auf seiner Wange fuhr. Die Stelle war immer empfindlich, und beim Rasieren schnitt er sich dort fast jedes verdammte Mal erneut.

„Hat Coleridge dir gesagt, was wir in unserer Gruppe machen?"

„Er sagte nur, dass es sich um eine Spezialeinheit handelt und dass es mir wahrscheinlich gefallen würde. Hören Sie, Sie sagen, dass Sie mich wollen, aber Sie haben mich wie Dreck behandelt, seit ich hier bin. Wollen Sie mich nun oder nicht?"

Maxon starrte ihn mit einem kalten Blick an. Nash war ein eingebildeter Mistkerl, frech und dumm, genau wie Coleridge.

„Lass mich zuerst Folgendes sagen: Wir leiten keine ‚Sondereinsatzgruppe'. Sie nennt sich Studien- und Beobachtungsgruppe. Das meiste, was meine Gruppe macht, ist Aufklärung für die vietnamesische Sonderpolizei, aber es kann sein, dass du von Zeit zu Zeit den Abzug drücken musst, und du darfst dich nicht scheuen. Das Leben eines Anderen könnte davon abhängen. Dies ist gefährliche Arbeit. Wir machen Jagd auf bekannte Mitglieder des NLF-Kaders, und die meisten von ihnen wissen bereits, wer wir sind. Das macht sie besonders gefährlich. Erwarte also nicht, von irgendjemandem verhätschelt zu werden. Wir trauen niemandem, nicht einmal untereinander.

„Du wirst zur Verschwiegenheit verpflichtet und erhältst eine streng geheime Sicherheitsfreigabe, was bedeutet, dass du deinen

Mund halten musst. Hätte dein Kumpel Coleridge überlebt, würde er jetzt in der Scheiße sitzen, weil er dir diesen Brief geschickt hat. Also, bist du immer noch dazu bereit?"

Nash nickte, während Maxon sein Gesicht studierte. Doch er fand dort nichts als einen leeren Blick.

„Gut. Ich habe deine Sicherheitsprüfung bereits durchgeführt. Wir unterschreiben noch ein paar Papiere, dann ist alles erledigt. Danach bringe ich dich auf die andere Seite des Geländes zu einer klimatisierten Quonsetbaracke, wo du mit einigen Mitgliedern der Sonderpolizei untergebracht wirst. Hast du noch Fragen?"

„Ich dachte, Sie sagten, dass die meisten Ihrer Männer in der Nähe des Botschaftsgebäudes in Da Nang wohnen."

Maxon sah ihn über den Schreibtisch hinweg an. Er behielt die Oberhand über Nash.

„Das tun sie, aber du wirst eng mit der Sonderpolizei zusammenarbeiten", sagte er. „Und die ist hier untergebracht. Mach dir keine Sorgen. Du wirst für eine Weile mit einem meiner besten Männer zusammenarbeiten. Ihr zwei werdet einige Dörfer in der Umgebung beobachten. Wir werden sehen, wie du mit dieser Aufgabe zurechtkommst, bevor wir dich auf die Schlitzaugen loslassen. Später wird jemand kommen und dich abholen."

Maxon konnte sich ein Grinsen nicht verkneifen. Nash konnte in den besser gesicherten Dörfern verwanzte Bären jagen, während einer seiner Männer ihn ein bis zwei Monate lang beobachtete.

„Und noch etwas – halte dich verdammt noch mal vom Botschaftsgebäude in Da Nang und von Lynn Dai Bouchet fern. Wie ich schon sagte, kein eigenmächtiges Handeln. Ich kann es nicht gebrauchen, dass du so wie Coleridge ermordet wirst. Verstanden?"

Nash nickte.

„Und wenn irgendjemand, einschließlich der Sonderpolizei, anfängt, Fragen zu stellen, will ich das sofort wissen. Du bist niemandem außer mir Rechenschaft schuldig. Ist das klar?"

„Ja, Sir", sagte Nash.

Brady merkte es fast sofort, obwohl es nicht offensichtlich war. Es war nicht eine einzelne Person, ein einzelner Umstand oder eine Handlung, sondern eine Ansammlung von Nuancen, die ihm die Gewissheit gaben, dass Maxon seine Männer gewarnt hatte, ihm nicht zu trauen. Sie hielten ihn auf Distanz, mit einer stets präsenten Barriere der Unnahbarkeit. Die vietnamesischen Sonderpolizisten waren ebenso distanziert und würdigten ihn nur ab und zu mit einem gelegentlichen Nicken.

Die Wochen wurden zu einem ganzen Monat und Brady merkte, dass er nicht weiterkam. Maxon ließ ihn Tag für Tag Aufklärungsmissionen durchführen. Bei jedem Einsatz wurde er zusammen mit demselben Mann eingeteilt, John „Dibbs" Dibbler, einem pöbelnden Navy SEAL mit einem Totenkopf-und-Dolch Tattoo auf dem rechten Unterarm. Dibbs, der mit gelegentlichen Malaria-Rückfällen kämpfte, prahlte gerne mit den Schlitzaugen, die er bereits kaltgemacht hatte, und den Einsätzen, die er durchgeführt hatte, aber er schien alles vergessen zu haben, was er über Aufklärungstaktiken gelernt hatte. Er war schluderig und nachlässig, war standig am Rauchen und saß nur selten still. Wenn er urinieren musste, stand er auf und spazierte herum, als wäre er in einem Park.

Während sie in ihren mückenverseuchten Verstecken lagen, beobachteten sie Menschen, die aus Häusern und Dörfern oder entlang bestimmter Straßen und Pfade kamen und gingen. Dibbs hielt sich oft zurück und schickte Brady nach vorne, der bis auf wenige Meter an die Häuser der Verdächtigen herankriechen musste, wo er trotz Ameisen, Schlangen und einmal sogar einer Herde Schweine auf Nahrungssuche, stundenlang unbewegt liegen blieb.

Nachts wechselten sie ihre Stellung und legten sich tagsüber auf die Lauer, wobei sie die Dörfer umkreisten und nach verdächtigen Aktivitäten Ausschau hielten. Da es fast jeden Tag regnete, hatten die beiden Männer mit der Dschungelfäule zu kämpfen und aßen täglich kalte C-Rationen, die sie mit nach Jod schmeckendem Wasser runterspülten.

Anfangs hatte Dibbs Brady ständing auf die Probe gestellt, und ihn ununterbrochen mit denselben Fragen durchlöchert, doch nach etwa einer Woche hatte er sich völlig entspannt. Mit einem leichten Fieber kämpfend, lag Dibbs auf seinem Poncho neben Brady, der mit seinem Fernglas einen Dorf im Tal absuchte. Die strohgedeckten Dächer der Hütten leuchteten unter ihnen in der Nachmittagssonne. Es gab kaum eine Regung, und nach einigen Stunden legte Brady das Fernglas beiseite.

„Weißt du, wir machen das hier jetzt schon seit über einem Monat und haben nicht das Geringste gesehen."

Dibbs, der immer noch auf dem Poncho lag, öffnete ein Auge, grunzte und lachte.

„Junge, Max hat Recht mit dir. Du bist ein Schwachkopf. Was glaubst du, warum ich mich so benehme, als wären wir auf einem verdammten Picknick? Wir haben nichts gesehen, weil diese Gebiete als sicher gelten. Es gab seit Monaten, vielleicht Jahren, keine feindlichen Aktivitäten mehr in der Nähe dieser Dörfer."

„Warum machen wir das dann überhaupt?"

Dibbs stützte sich auf seinen Ellbogen und blickte Brady an. „Das würde ich gern von dir wissen."

„Was meinst du?" fragte Brady.

„Warum sagst du mir nicht, warum Maxon mich zu deinem Babysitter gemacht hat? Ich habe diese Scheiße auch langsam satt. Warum traut er dir nicht?"

Dibbs' Gesicht war bleich und verschwitzt, und er wischte es mit dem Zipfel seines Uniformhemdes ab.

„Geht's dir gut?"

„Nur ein bisschen Fieber", sagte Dibbs. „Beantworte meine Frage."

„Ich bin mir nicht ganz sicher. Ich hatte einen Freund, der für ihn gearbeitet hat.

So habe ich von euch erfahren. Seitdem ich hergekommen bin und gefragt habe, ob ich beitreten kann, verhält er sich paranoid."

„Wen kanntest du?"

„Sein Name war Duff Coleridge."

Dibbs richtete sich auf und zündete sich eine Zigarette an, während er auf das Dorf unten im engen Tal starrte.

„Woher kanntest du Coleridge?"

„Wir kommen aus demselben Heimatort."

„Nun, das erklärt Einiges."

„Was zum Beispiel?"

„Zunächst einmal konnte Max Coleridge nicht leiden. Ich weiß nicht wirklich warum, ein persönlicher Konflikt, nehme ich an. Ich bin mir nicht sicher, warum er dich nicht mag. Coleridge wollte die Gruppe verlassen, aber er wurde bei seiner letzten Mission erschossen. Es war alles ziemlich seltsam. Max glaubt, er wurde vielleicht von einem VC-Doppelagenten getötet, aber ich bin mir nicht so sicher, ob es nicht eines der Schlitzaugen aus unserer eigenen Einsatzgruppe war."

„Du meinst, einer von der Sonderpolizei?"

„Ja, ich denke schon. Vielleicht triffst du irgendwann ein paar von ihnen, wenn Max sich jemals entspannt. Wir führen oft gemeinsam mit ihnen Missionen durch, so als eine Art Berater, weißt du?"

„Welche Art von Missionen?"

„Du weißt schon, so wie was wir jetzt machen, nur in echt, vielleicht müssen wir ab und zu jemanden schnappen und auslöschen, was auch immer nötig ist."

„Du hast schon bei Entführungen mitgemacht?"

Dibbs grinste. „Meistens nur beim Auslöschen. Seit Tet verschwenden wir nicht mehr viel Zeit mit Entführung, es sei denn, einer von Max's Chefs will einen von ihnen verhören. Wieso fragst du?"

„Ich war nur neugierig. Klingt nach riskanter Arbeit."

„Das kann es manchmal sein, aber wir machen unser Ding, und Maxon verwischt unsere Spuren."

„Hattest du jemals Probleme mit ihm?"

Dibbs lachte und blies eine Rauchfahne in die Luft. „Maxon ist einfach ein totaler Spinner – er denkt, er sei ein Superspion oder so. Du wirst dich an ihn gewöhnen. Leg dich nur nicht mit ihm an. Ich meine, er kann ein echtes Arschloch sein, aber man lernt, seinene Scheiße zu ertragen, weil das hier so ein fantastischer Job ist."

„Und, gibt es eine bestimmte Person unter den Vietnamesen, von der du glaubst, dass sie Coleridge getötet haben könnte?"

„Oh Mann, ich weiß es nicht. Sie sind alle ein Haufen zwielichtiger Arschlöcher, aber dieser Major Loc scheint der hinterhältigste Bastard in der Bande zu sein. Außerdem glaube ich, dass er und Maxon ein Nebengeschäft am Laufen haben, mit dem Verkauf von Waffen aus dem CIA-Lager in Da Nang."

„Major Loc?"

„Ja, Loc Van Thuc. Natürlich gibt es noch ein Dutzend andere wie ihn, aber ich würde auf ihn tippen. Trotzdem kann ich es nicht sicher sagen. Es könnte auch jemand ganz anderes gewesen sein."

„Wie Lynn Dai Bouchet?"

„Weißt du, sie ist es, die Max..."

Ein Blitzeinschlag ließ sie beide aufschrecken.

„Verdammt! Ich dachte schon, wir würden angegriffen", sagte Dibbs.

Hinter ihnen, auf der gegenüberliegenden Seite des Berges, erhob sich eine bedrohliche Regenwolke in den Himmel. Brady warf einen Blick auf seine Uhr. Es würde bald dämmern. Dann würden sie sich auf den Weg zur Landezone machen, die weiter oben auf dem Berg lag. Das Dorf unter ihnen lag in einem steilen Tal zwischen zwei Anhöhen. Der gegenüberliegende Hang stieg nur vier- oder fünfhundert Meter von ihnen entfernt steil an. Sie hatten einen guten Überblick über das gesamte Gebiet, hatten aber nur scheinbar normale, alltägliche Aktivitäten beobachtet. Im Süden glänzte das vom Sturm durchbrochene Sonnenlicht auf einem Flickenteppich von Reisfeldern. Ein großer, von dichtem Dschungel gesäumter Fluss schlängelte sich südwärts durch die scheckige Landschaft.

Dibbs zog seinen Poncho über den Kopf, als plötzlich der Regen zu fallen begann und die Geräusche des umliegenden Dschungels im Regenguss untergingen. „Wir können genauso gut schon den Hügel hinauf zur Landezone gehen", sagte er.

„Ich glaube nicht, dass das eine gute Idee ist", sagte Brady. „Es ist noch zu hell."

„Hä?" Dibbs verzog das Gesicht.

Brady schaute durch sein Zielfernrohr, um sich zu vergewissern, dass der Regen die Sicht nicht völlig verwischt hatte. „Es ist noch helllichter Tag. Ich kann das ganze Tal überblicken."

Dibbs stand auf und warf sich seinen Rucksack über die Schulter. Ein metallisches Geräusch ertönte, als eine losehängende Schnalle gegen sein Gewehr prallte.

„Nash, wie oft muss ich dir noch sagen, dass das hier ein sicheres Gebiet ist? Der ganze Mist, den wir im letzten Monat gemacht haben, ist nur eine Scharade. Verstehst du das nicht?"

„Sprich leiser, ok?"

Leises Donnergrollen war zu hören, während der Sturm das Tal hinunterzog und der Regen nachließ.

„Heb dir den Scheiß für eine richtige Mission auf. Jetzt nimm dir deine Ausrüstung und lass uns-"

Ein zischendes *Sssccchhhrrrraaack* durchbrach die Stille, und Dibbs' Hinterkopf explodierte, als das Geschoss dort austrat. Ein entfernter Knall ertönte vom anderen Hügel. Brady rollte sich auf alle Viere und kraxelte wie wild den Hügel hinauf, ins Unterholz. Es herrschte wieder Stille, Totenstille, bis auf das Prasseln des Regens auf den Blättern. Dibbs' Körper zuckte ein letztes Mal, aber Brady wagte es nicht, sich zu bewegen, während er den gegenüberliegenden Hang absuchte. Dunstiger Regen und vom Dorf aufsteigender Rauch verschleierten die Baumreihen und Vegetation am anderen Hang.

Brady rührte sich nicht und bewegte nur die Augen, um einen Blick auf seine Uhr zu werfen. Die Sonne war gerade dabei, sich in die Wolken im Westen zu senken. In Vietnam war der Begriff „Sicherheitszone" ein Widerspruch in sich. Dibbs hatte zu laut geredet, mit seiner Ausrüstung geklimpert und vor Einbruch der Dunkelheit offen rumgestanden. Jetzt, da seine Position bekannt war, wusste Brady, dass er das nächste Ziel des Scharfschützen war. Wenn er auch nur atmete, würde er entdeckt werden, aber es gab noch ein weiteres Problem. Wahrscheinlich war er in diesem Moment von weiteren Feinden flankiert.

Der Nebel, der aus der Vegetation aufstieg, und das Flattern der Blätter unter dem fallenden Regen würden es unmöglich machen, den Scharfschützen zu entdecken. Der Hang, von dem der Schuss gekommen war, war mindestens vierhundert Meter entfernt. Er musste sein Fernglas benutzen, aber auch das würde die Aufmerksamkeit des Scharfschützen auf sich ziehen. Er konnte entweder bis zur Dunkelheit warten und riskieren, den Hubschrauber zu verpassen, oder den Hügel hinunterkriechen, um das Funkgerät zu holen, solange es noch hell war.

Wenn er bis zum Einbruch der Dunkelheit wartete, musste er eine weitere Nacht draußen bleiben, und jetzt, wo der Feind von seiner Anwesenheit wusste, konnte dies zu einem interessanten

Versteckspiel führen, das die ganze Nacht andauern würde. Den Hügel hinunterzukriechen, während es noch hell war, bedeutete wahrscheinlich den sicheren Tod. Er beschloss, bis zum Einbruch der Dunkelheit zu warten, bevor er versuchte, sich näher an die Landezone heranzutasten. Das würde der schwierige Teil werden. Jetzt, da sie wussten, dass er hier war, würde der Feind die Wege beobachten.

Als die Dämmerung in die Nacht überging, fielen die Moskitos wie ausgehungert über die unbedeckten Stellen seines Körpers her. Es war an der Zeit, sich zu bewegen. Schnell kroch er den Hügel hinunter und ergriff das Funkgerät und Dibbs Leichnam. Zweifellos bewegte sich auch der Feind, wahrscheinlich stürmte er in diesem Moment auf ihn zu. Er entledigte sich all seiner Ausrüstung mit Ausnahme des Bandeliers und der Feldflaschen, schleuderte sich das Funkgerät auf den Rücken und legte den Leichnam über seine Schulter. Dibbs war kein besonders großer Mann, aber das Gewicht seines toten Körpers ließ ihn taumeln. Brady hielt inne – in welche Richtung sollte er gehen?

Das Dorf lag am Fuße des Hügels. Es lag außerdem in die entgegengesetzte Richtung der Landezone, aber es war die Richtung, in der der Feind ihn am wenigsten vermuten würde. Später konnte er sich einen Weg um den Fuß des Hügels herum bahnen und von einer anderen Richtung zur Landezone zurückkehren. Mit der Leiche über den Schultern bahnte er sich einen Weg durch das Unterholz und den Hügel hinunter. Der Regen dämpfte die Geräusche seiner Bewegungen, und eine halbe Stunde später erreichte er einen Pfad, der an dem Dorf vorbeiführte. Der bedeckte Nachthimmel verwandelte den Dschungel in eine undurchdringliche Mauer der Dunkelheit. Er hatte keine andere Wahl. Er musste den Pfad benutzen, um zurück zur Landezone zu gelangen.

Er wollte gerade aus dem Gebüsch treten, als er aus der Nähe des Dorfes das Gemurmel von Stimmen vernahm. Er hielt inne, und nach einer Minute konnte er Schritte hören, die im Schlamm schmatzten. Jemand kam vom Dorf aus den Pfad hinauf. Wenige Augenblicke später kam eine Reihe von Männern den Pfad entlang. Es war eine VC-Patrouille, wahrscheinlich auf der Suche nach ihm, und sie gingen nur wenige Meter entfernt an der Stelle vorbei, an der Brady kniete. Dibbs' Körper stank nach Zigarettenrauch. Schweiß rann über Bradys Gesicht, während er den Atem anhielt.

Wenn die feindlichen Soldaten den Tabak riechen konnten, wäre es im Nu vorbei. Es wehte nicht ein Hauch einer Brise, als sie kaum eine Armeslänge entfernt an ihm vorbeigingen. Eins, zwei, drei, zählte er, während die Kolonne vorbeizog. Als der letzte Soldat verschwunden war, trat er auf den Pfad. Vor ihm waren vierzehn VC Soldaten. So viel zu Maxons „sicherem Gebiet".

Die Silhouette des letzten Mannes verblasste den Pfad hinauf, und Brady begann, der Patrouille zu folgen. Sie gingen um den Fuß des Berges herum, bis sie einen zweiten Pfad erreichten, der den Hügel hinaufführte. Brady blieb weit genug zurück, um nicht entdeckt zu werden, und folgte ihnen lautlos, bis ihm klar wurde, was ihr Ziel war. Die Patrouille bewegte sich auf die Landezone zu. Er hielt inne und lauschte. Vor ihm sprachen die feindlichen Soldaten mit leisen Stimmen, während sie am Rande der Dschungellichtung ausschwärmten. Sie bereiteten sich auf einen Überfall vor. Woher zum Teufel wussten sie, dass diese abgelegene Lichtung mitten im Nirgendwo der Abholpunkt war? Die Sonderpolizei wurde über jeden Einsatz informiert, und er dachte an Loc.

Das bedeutete, dass der alternative Abholpunkt ebenfalls gefährdet sein könnte, aber er war seine einzige verbleibende Option. Die andere Landezone lag eineinhalb Kilometer südlich des Hauptdorfes. Unter normalen Bedingungen konnte er ihn in ein oder zwei Stunden erreichen, aber mit einem 12 Kilo schweren Funkgerät und einem 75 Kilo schweren Leichnam auf dem Rücken konnte er froh sein, wenn er es bis zum Morgengrauen schaffte.

Irgendwann nach Mitternacht verließ Brady den Pfad südlich des Hauptdorfes und stieß in das Unterholz vor. Zwischen ihm und dem Abholpunkt lagen eine Kette von Reisfeldern und eine Wand aus Dschungel, der entlang des sich windenden Flusses aufragte.

Mit seinem Kompass als sein einziges Hilfsmittel versuchte er, den Azimut beizubehalten, während er durch die Reisfelder watete, sich durch Elefantengras kämpfte und mit den reißenden Wassermassen des Baches kämpfte. Seine Arme und Beine waren mit Blutegeln übersät, und nachdem er schon fast die ganze Nacht unterwegs gewesen war, war er der Erschöpfung nahe. Der Abholpunkt musste in der Nähe sein, aber er war sich nicht sicher. Er hatte die Orientierung verloren.

Es war bereits 0550 Stunden, fast Zeit für die Ankunft des Hubschraubers irgendwo in der Gegend, aber er war immer noch von einer dichten Wand aus Dschungel umgeben. Vielleicht war er gar nicht in der Nähe des Abholpunkts. Brady zog seinen Poncho über den Kopf und versteckte sich darunter, während er mit seiner Taschenlampe die Karte und den Kompass studierte. Kein einziger Orientierungspunkt war klar auszumachen. Er schaltete das Licht aus und zog sich den Poncho vom Kopf. Es würde ein paar Minuten dauern, bis sich seine Augen wieder an die Dunkelheit gewöhnt hatten. Er beschloss, das Funkgerät auszuprobieren. Es brach sofort die Rauschsperre.

„Lucky-Tiger-Three-Three, hier ist Sky-Patriot-One-One. Hören Sie mich? Over."

Es war der Abholhubschrauber. Brady drückte den Hörer des PRC-25. „Roger, Sky-Patriot-One-One", flüsterte er. „Hier ist Lucky-Tiger-Three-Three. Ich höre Sie, Lima Charlie."

„Hey, seid ihr okay, Lucky-Tiger?"

„Negativ, Sky-Patriot.Wir haben Probleme", flüsterte Brady. „Ich versuche, Blanket Two zu erreichen."

„Verstanden, Lucky-Tiger. Wir stehen für die Extraktion bereit. Wie weit sind Sie von Blanket Two entfernt?"

„Ich weiß es nicht", murmelte Brady. „Ich melde mich in fünfzehn Minuten wieder. Over."

„Verstanden, Lucky-Tiger. Halten Sie sich bedeckt, mein Freund."

Dibbs' Körper hatte begonnen, sich zu versteifen, da bereits die Leichenstarre einsetzte. Bradys Arme zitterten vor Erschöpfung, als er sich bemühte, den Leichnam über seine Schulter zu ziehen. Es nieselte immer noch, und er bewegte sich langsam durch das nasse Gestrüpp. Seine Uniform war schlammig und sowohl vom Blut seines Partners wie auch vom Regen durchtränkt. Nach nur wenigen Schritten rutschte er aus und fiel mit dem Gesicht zuerst in den Schlamm. Dibbs lebloser Körper landete auf ihm. Er stieß ihn beiseite und zog sein Gewehr aus dem Schlamm.

Nachdem er den Dreck abgewischt hatte, überprüfte er den Lauf. Das M-40 war in Ordnung, aber er hatte nicht mehr die Kraft, die Leiche weiterhin auf seinem Rücken zu tragen. Er kam mühsam auf die Beine, hakte seine Finger in den Kragen von Dibbs Uniformhemd und begann, ihn zu schleifen. Weiter vorne schien es eine Lücke im Dschungel zu geben. Brady versuchte, schneller voranzukommen, stolperte aber und fiel nach vorne. Dabei durchbrach er eine Wand aus Elefantengras und gelangte auf eine Lichtung.

Am Himmel waren bereits die ersten Zeichen grauer Morgendämmerung zu sehen, als er die dröhnenden Rotoren des Hubschraubers hörte, der im Tiefflug über die Berge kam.

„Sky-Patriot-One-One, hier ist Lucky-Tiger-Three-Three, over".

Es dauerte nur ein oder zwei Sekunden, aber es erschien ihm wie eine Ewigkeit, bis der Hubschrauberpilot antwortete. „Sprechen Sie, Lucky-Tiger."

Das Geräusch des Hubschraubers kam näher und hallte von den nahen Hügeln wider.

„Ich glaube, ich bin bei Blanket Two. Ich feuere eine Starburst ab, Sky Patriot."

Brady beobachtete, wie die feurige, purpurne Leuchtrakete über ihm explodierte. Dieses Mal musste die Extraktion funktionieren, denn jeder Vietcong im Umkreis von mehreren Kilometern kannte jetzt seine Position. Er wartete auf die Bestätigung.

„Ich habe Sie, Lucky-Tiger. Wir sind im Anflug, weniger als einen Kilometer entfernt. Geben Sie mir etwas Rauch."

Brady zog den Stift aus einer roten Rauchgranate, und innerhalb von Sekunden schwebte der Hubschrauber über ihm aus. Er bestätigte mit seiner roten Rauchgranate und der Hubschrauber senkte sich auf die Lichtung. Er hielt sich nur noch mit Mühe auf den Beinen, als er den Leichnam zum Hubschrauber schleppte. Der Türschütze stapfte über den sumpfigen Boden auf ihn zu, um zu helfen. Nachdem er die Leiche auf das Deck geschoben hatte, kletterte Brady hinein und sackte auf dem Boden zusammen. Das schrille Heulen der Helikopterturbinen war ein Halleluja-Chor, der von seiner Rettung sang, während der Hubschrauber in den Himmel stieg.

KAPITEL 12

Laceys Traum

Während sie an ihrem Morgenkaffee nippte, blickte Lacey aus dem Wohnungsfenster auf die grünen Hügel jenseits des Parkplatzes. Der morgendliche Nebel stieg in magischen Schwaden auf, und verblasste mit der aufgehenden Sonne. Es war Ende Mai, und beim Anblick der nebligen Hügel verspürte sie Heimweh und Einsamkeit, aber eine Ablenkung war auf dem Weg. Billy wollte mit einem seiner wöchentlichen Projekte vorbeikommen. Da ihre Gesangsauftritte immer häufiger wurden, und sich ihr Verdienst verbesserte, hatte sie ihren Job als Kellnerin gekündigt. Das gab ihr mehr Zeit zum Üben und die Freiheit, Dinge zu tun, die ihr Spaß machten. Dazu zählte die Arbeit an Projekten mit ihrem neuen Musikcoach und Partner Billy Wyatt.

Billy, der die leeren Stunden durch seine albernen Witzen und manchmal sogar noch alberneren Ideen mit Spaß und Unterhaltung füllte, war ihr der Freund geworden, den sie so dringend brauchte. Er erinnerte sie so sehr an Brady. Billys neuester Einfall war sein Angebot, den Verdienst an einem Malerauftrag in Brentwood mit ihr zu teilen, wenn sie ihm dabei half. Streichen war nicht gerade ihre Vorstellung von Spaß, aber seine flehenden Augen machten es schwer, Nein zu sagen, und sie hatte eingewilligt. Außerdem war es besser, als in der Wohnung herumzusitzen, an die Heimat zu denken und sich Sorgen um Brady zu machen.

Billy war einfach ein netter Mensch, und sie waren wie Geschwister. Zumindest sah sie das so. Gelegentlich gab er ihr zu verstehen, dass es mehr sein könnte, aber Lacey machte ihm klar, dass Brady ihre einzige Liebe war. Billy behauptete, sie zu verstehen, aber er wirkte nie wirklich überzeugt. Dennoch empfand sie seine Freundschaft als tröstlich, wenn sie zusammen probten und die Musik und Texte für ihre Auftritte überarbeiteten. Die heutige Arbeit würde weniger erfreulich sein, aber es war trotzdem schön, nach draußen zu gehen und das Wetter zu genießen.

Lacey zog ihre älteste Jeans und ein Tank Top an, und war gerade dabei, ihr Haar unter einem roten Bandana aufzustecken, als auf dem Parkplatz eine Hupe ertönte. Sie spähte aus dem Fenster. Es war Billy in seinem alten Pickup. Sie schnappte sich das Mittagessen, das sie vorbereitet hatte, streichelte Sampson über den Kopf und schaltete das Licht aus. Sampson war noch ein Kätzchen gewesen, als Billy ihn ihr vor ein paar Monaten geschenkt hatte, und der kleine Kater hatte sich seinen Weg in Laceys Herz geschnurrt. Er lag noch ausgestreckt über dem Fernseher und schlief, als sie zur Tür hinausging.

Die Sonne stand kaum über dem Horizont, als Billy seinen Pickup über die Nebenstraßen zum Highway 31 fuhr. Er beäugte den Picknickkorb auf dem Sitz zwischen ihnen.

„Was hast du da drin?", fragte er.

Lacey neigte ihren Kopf in die Richtung des offenen Fensters und genoss die kühle Morgenluft. „Da musst du bis Mittag warten."

„Was, kein Frühstück?"

Sie wandte sich ihm zu und runzelte die Stirn. „Ich dachte, du holst Frühstück."

Grinsend griff er hinter seine Beine und holte eine weiße Tüte unter dem Sitz hervor. „Kaffee und Donuts", sagte er. „Wie wärs wenn du sie servierst?"

Lacey wickelte einen Donut in eine Serviette und reichte ihn ihm, dann nahm sie den Plastikdeckel von einem der Kaffeebecher. Als sie den Highway 31 erreichten, bogen sie nach Süden ab. Die Sonne schien bereits hell, als sie in der Nähe von Brentwood in eine Einfahrt fuhren.

Lacey wischte sich die letzten Donut-Krümel von ihrem T-Shirt, während Billy durch ein riesiges, schmiedeeisernes Tor fuhr, dessen Scharniere an zwei Backsteinsäulen befestigt waren. Als er den Wagen anhielt, hob sie den Kopf und blickte die Auffahrt hinauf.

Lang und anmutig geschwungen wand sie sich fast eine Viertelmeile lang den Hang hinauf bis zu einer Villa auf der Spitze des Hügels. Riesige, weiße Säulen säumten die Veranda an der Vorderseite des Hauses, aber es waren die vielen hölzernen Giebel, Geländer und Fenster mit kunstvollen Verzierungen, die sie mit ungläubigem Blick erstarren ließen. Man bräuchte riesige Leitern und eine ganze Armee von Malern, um dieses Haus zu streichen.

„So, da wären wir", sagte Billy. Er grinste selbstgefällig, und Lacey merkte, dass sie mit offenem Mund auf das Haus starrte.

„Wir streichen doch wohl nicht *das* ... oder?"

Billy kratzte sich am Kopf, während er zu dem Haus hinaufblickte. „Warum nicht?"

„Weil", sagte sie, „es zu groß ist. Da werden wir doch nie fertig."

„Also, wenn du das Haus nicht streichen willst ..." Er hielt inne und zeigte auf den Zaun, der parallel zum Highway verlief. Er erstreckte sich über hundert Meter lang auf beiden Seiten der Auffahrt. „Wie wäre es, wenn wir einfach diesen Zaun streichen?"

Der weiße, drei-lattige Holzzaun zog sich endlos durch das sanft hügelige Terrain. Lacey reckte den Hals, um zu sehen, wo er endete, aber der Zaun verschwand irgendwo in der Ferne in einer Senke.

„Wir streichen nicht das Haus, sondern nur den Zaun, richtig?"

„Ja, genau. Also, was ist das Problem?"

„Nichts, außer dass das immer noch ganz schön viel Malerei für zwei Leute ist."

„Mach dir keine Sorgen", sagte er. „Ein paar Kumpels von mir, Rick und Terry, kommen, um zu helfen. Du wirst schon sehen. Wir werden fertig sein bevor es dunkel wird."

Am späten Nachmittag waren sie immer noch am Streichen, aber Billy hatte Recht - das Ende war in Sicht. Sonnenverbrannt und mit Farbe bespritzt war Lacey ihm den ganzen Tag lang gefolgt, während er die glatten Flächen walzte und sie mit dem Pinsel die Ecken ausfüllte. Auf der anderen Seite der Einfahrt, fast dreihundert Meter von ihnen entfernt, arbeiteten sich seine Kumpels zum anderen Ende des Zauns vor, der jetzt bereits größtenteils in einem neuen, weißen Anstrich erstrahlte. Sie blickte hinüber zur Weide auf der anderen Seite des Highways, wo mehrere weißgesichtige Hereford-Kühe grasten. Die Gräser am Berghang wiegten sich in einer federleichten Brise.

„Weißt du, es ist wirklich schön hier draußen", sagte sie.

Sie drehte sich zu Billy um. Er saß in der Hocke, während er die letzte Latte am letzten Stück Zaun mit Farbe einrollte. Er grunzte und nickte.

„Nun, das war es, bis ich das hier gesehen habe", sagte sie.

Mit freiem Oberkörper bewegte er sich im Entenlauf vorwärts, während er die Latte weiter einrollte. „Was denn?", fragte er, ohne aufzublicken.

„Deine Poporitze guckt raus", sagte sie.

„Dann schau halt nicht hin", erwiderte er.

„Warum deckst du sie nicht einfach ab?"

„Weil ich beschäftigt bin."

„Okay", sagte sie, „dann mache ich es." Sie tauchte ihren Pinsel in den Eimer und strich damit über seinen Poansatz.

„Scheiße! Ich glaub's einfach nicht!" Er sprang auf und fuhr sich mit der Hand über den Po.

Lacey ließ den Pinsel zurück in den Eimer fallen. „Das kommt davon, wenn man sich unsittlich entblößt", sagte sie.

Ohne Vorwarnung zog Billy seinen Farbroller von oben nach unten an ihrem Oberkörper entlang. Sie schrie auf, als sie spielerisch miteinander rangen und sich gegenseitig mit Farbe vollschmierten, aber er hielt plötzlich inne. Sein Gesicht war nur wenige Zentimeter von ihrem entfernt. Ihre Blicke trafen sich, und Lacey merkte plötzlich, wie ihr Herz klopfte, doch nicht wegen ihres Ringkampfes. Billy war ein gut aussehender Mann, tief gebräunt, mit blauen Augen und sonnengebleichtem, honigfarbenen Haar. Aber es war auch nicht sein Aussehen, das ihr den Atem raubte. Es war, wie sehr er sie an Brady erinnerte. Er küsste sie zärtlich auf die Lippen. Sie wollte sich zurückziehen, aber sie zögerte. Er spielte mit einer Haarsträhne, die unter ihrem roten Kopftuch hervorlugte, und sie erschauderte.

„Wir müssen fertig streichen", sagte sie und befreite sich vorsichtig aus seinen Armen.

„Na gut", sagte er. „Pass nur auf, dass du den Zaun streichst und nicht meinen Hintern."

„Lass ihn nur nicht wieder raushängen, dann tu ich es auch nicht ."

An diesem Abend starrte Lacey aus dem Beifahrerfenster des Trucks, während sie zurück nach Nashville fuhren. Sie musste Billy um Verständnis bitten. Es war ein Moment der Schwäche gewesen, die sie überkommen hatte. Sie konnte die einzig wahre Liebe ihres Herzens unmöglich vergessen. Im Osten färbte sich der Himmel bereits tief violett, und sie wollte sich dem Sonnenuntergang zuwenden, aber das bedeutete, dass sie sich auch Billy zuwenden musste. Das konnte sie nicht.

„Was ist los?", fragte er.

„Nichts."

„Ja, klar."

„Ich vermisse nur Brady. Ich mache mir Sorgen um ihn."

Sie hielt den Blick geradeaus gerichtet, und beobachtete aus dem Augenwinkel, wie Billy das Lenkrad fester umklammerte. Sie hatte genug gesagt. Er hatte verstanden, was tausend weitere Worte nicht deutlicher machen konnten. In der Stille konnte sie seine Frustration spüren.

„Also, habt ihr zwei vor, zu heiraten?"

Lacey spürte, wie ihre Augen feucht wurden, und versuchte zu lachen, aber es gelang ihr nicht. Stattdessen entfuhr ihr ein Laut, der eher wie das Blöken eines verzweifelten Lammes klang. Sie schluckte schwer und versuchte, ihre Fassung wiederzuerlangen.

„Es gibt eine Menge Dinge, die ich will, aber vor allem will ich Brady lebendig zu Hause haben. Und ja, wenn er mich eines Tages haben will, werde ich ihn heiraten."

Billy blickte zu ihr hinüber. „Was meinst du damit, wenn er dich haben will?"

„Ich habe ihn einmal im Stich gelassen."

Sie hatten den Stadtrand von Nashville erreicht, und der Verkehr nahm langsam zu.

„Was meinst du?" fragte Billy.

„Ich war so mit meinen eigenen Gefühlen beschäftigt, dass ich mir nicht die Zeit genommen habe, ihm wirklich zuzuhören, als er mir etwas sagen wollte. Jetzt möchte ich einfach etwas tun, das ihn stolz auf mich macht. Es ist ein unrealistischer Traum, den ich schon lange habe."

„Und das wäre?" fragte Billy. Er hielt seinen Blick auf die Straße gerichtet.

„Ich möchte an einem Samstagabend in der Grand Ole Opry singen, und ich möchte, dass mich jeder zu Hause im Radio hört, aber vor allem möchte ich, dass er dabei ist."

Wie oft war sie schon zur Fifth Avenue hinuntergewandert und hatte verträumt auf das Ryman Auditorium gestarrt – ein altes, rotes Backsteingebäude mit Fenstern wie eine Kirche.

„Mein Daddy hat jeden Samstagabend sein Radio angeschaltet. Melody Hill liegt oben auf einem Berg, und er hat immer mit dem Knopf rumgespielt, bis er WSM gefunden hat. Mein Bruder Duff und ich haben immer mit ihm in dem großen, alten Sessel gesessen, und uns die Grand Ole Opry live in Nashville angehört. Ich würde dort gerne einmal singen. Verstehst du?"

„Nun", sagte Billy, „mach einfach so weiter wie bisher, und du wirst es eines Tages in die Opry schaffen. Das garantiere ich dir."

Zum ersten Mal, seit sie die Heimfahrt angetreten hatten, richtete Lacey sich auf und drehte sich zu ihm um. Ihre Nervosität war verflogen.

„Glaubst du das wirklich?"

Er grinste. „Du weißt gar nicht, wie gut du wirklich bist, oder?"

Lacey spürte, wie ihre Wangen brannten und wandte den Blick ab. „Ich denke, ich singe recht gut, aber-"

„Glaube mir, Mädchen, du singst nicht nur *recht* gut. Du bist verdammt gut. Jedes Mal, wenn du einen Country-Song singst, gibst du ihm eine echte Bedeutung. Es ist nur eine Frage der Zeit, bis du in der Opry singst."

KAPITEL 13

Phung Hoang

Brady erwachte am nächsten Tag, nach dem Einsatz. Sein letztes Gespräch mit Dibbs schwelte noch in seinem Kopf. Er wusste nun, dass es noch andere gab, die ihm Informationen über Duffs Mörder geben könnten, aber Maxon hatte ihn absichtlich isoliert. So blieb ihm nichts anderes übrig, als auf eine aktivere Rolle in der Sondereinsatzgruppe zu drängen. Er würde nie etwas rausfinden, wenn er den Rest seiner Dienstzeit damit verbrachte, Schatten zu jagen. Er musste anfangen, den Namen Gesichter zuzuordnen, auch wenn das bedeutete, einige Risiken einzugehen.

Es war fast 11:45 Uhr, und er sollte sich um 12:00 Uhr bei Maxon zur Einsatznachbesprechung melden, aber es regnete schon wieder. In der Ferne grollte der Donner und ließ die dünnen Wände der Wellblechbaracke vibrieren. Nachdem er seine Stiefel zugeschnürt hatte, zog er das Schulterholster mit der .45 an, die Maxon ihm gegeben hatte, und warf sich dann einen Poncho über die Schultern. Er ging in schnellem Schritt über das Gelände und wich dabei den Pfützen aus, als er sich auf den Weg zu dem weißen Betonblockgebäude machte, in dem Maxons Büro untergebracht war. Maxon saß gerade an seinem Schreibtisch, als er an die offene Tür klopfte.

„Komm rein, Nash. Nimm Platz."

Sein erster Instinkt war, Maxon zur Rede zu stellen, aber bei Maxons aufgeblasenem Ego wäre jede Art von Druck der falsche Schritt gewesen. Er musste seine Worte sorgfältig wählen. Er ließ Maxon zuerst sprechen.

„Sieht so aus, als wären du und Dibbs da draußen in ziemlich miese Scheiße geraten." Brady nickte, blieb aber stumm.

„Nun, der Rest des Teams ist wirklich stolz auf dich, wie du seine Leiche rausgetragen hast. Ich kann nicht sagen, dass ich es selbst getan hätte. Manchmal muss man seine Mission an erste Stelle setzen, weiß du?"

Brady zuckte mit den Schultern. „Ich habe nur getan, was ich für richtig hielt."

Maxon ging zum Kühlschrank und kam mit zwei Bieren zurück. Er öffnete sie und stellte eines vor Brady auf den Tisch.

„Also, sag mir, was du auf dem Herzen hast?"

„Was meinen Sie?"

„Du wirkst niedergeschlagen. Dies ist ein hartes Geschäft. Mehr Menschen werden sterben. Kannst du das verkraften?"

Brady verspürte den Drang, sein Anliegen sofort zu offenbaren, hielt sich aber zurück. Er musste langsam vorgehen. „Ja, ich kann es verkraften."

„Das ist gut. Wir haben gerade einen weiteren Mann zurück in die Staaten versetzt, und da Dibbs gefallen ist, brauchen wir jemanden, der schnell einspringen kann. Bist du bereit?"

Das Angebot traf ihn unvorbereitet. Maxon schien ausnahmsweise entspannt zu sein, und er sprach ohne seinen üblichen Sarkasmus.

„Ja, ich bin bereit."

„Okay. Zuerst musst du genau verstehen, was unsere Mission ist und was ich von dir erwarte. Du musst es verstehen, also hör zu. Die Hurensöhne, hinter denen wir her sind, sind bekannte Vietcong-

Kadermitglieder. Das heißt, sie sind Teil der Führungsinfrastruktur, die die Nationale Befreiungsfront leitet."

Brady nickte.

„Es gibt verschiedene Ebenen. Zuerst gibt es den Vietcong. Das sind diejenigen, gegen die unser Militär jeden Tag kämpft. Die gibt es wie Sand am Meer. Die nächste Ebene ist diejenige, hinter denen wir her sind. Das sind die Anführer, diejenigen, die das Sagen haben. Wenn wir diese hochrangigen Schlitzaugen jagen, machen wir keine halben Sachen. Das sind gefährliche Bastarde.

Einige haben Führungspositionen in den Dörfern, und andere sind Spione der vietnamesischen Regierung. Verstehst du?"

„Und wie genau gehen wir gegen sie vor?"

„Das hängt von meinen Vorgesetzten ab", sagte Maxon. „Wir tun, was nötig ist. Deshalb bist du hier, und deshalb lassen wir uns nicht in die Karten schauen. Wir sind eine Anti-Terror-Gruppe, und wenn wir genügend Beweise haben, schalten wir sie manchmal aus, ohne Fragen zu stellen. Verstehst du?"

Brady nippte an seinem Bier und nickte. Das war es, wovon Duff berichtet hatte, aber das Töten von unbewaffneten Frauen und Kindern war weit entfernt vom Töten von Terroristen oder feindlichen Agenten.

„Das Wichtigste ist, dass du dich disziplinierst, genau das zu tun, was ich dir sage, und dass du mit niemandem über irgendetwas sprichst, was wir tun. Wir arbeiten eng mit verschiedenen Gruppen der südvietnamesischen Regierung zusammen, vor allem aber mit der Sonderabteilung der Nationalpolizei. Erinnerst du dich an den schlitzäugigen Alten in Tarnkleidung, den du bei deiner Ankunft hier gesehen hast?"

Brady nickte. Der ergraute vietnamesische Offizier strahlte eine unverkennbare Autorität aus.

„Das ist Colonel Tranh. Er untersteht dem Provinzchef. Tranh ist der Boss hier, und wir arbeiten die meiste Zeit mit ihm zusammen.

Du wirst den aufgeblasenen Bastard bald kennenlernen, weil er uns immer gerne daran erinnert, dass wir nur Berater sind, es sei denn die Kacke ist am Dampfen. Dann tut er, was ich ihm sage."

Brady verzog keine Miene. Duff hatte Recht. Spartan hasste jeden – sogar die Leute, zu deren Hilfe er hier hergeschickt worden war. Ja, es war klar geworden. Maxon und Spartan waren zweifelsohne ein und dieselbe Person.

„Das Wichtigste, das du verstehen musst, ist, was auf dem Spiel steht. Wenn du Mist baust, bist du tot. Die Vietcong sind wie die Kriminellen zu Hause in den Staaten. Sie verstehen nur Eines. Und das ist schnelle und zweifelsfreie Gerechtigkeit."

Maxon kippte den Rest seines Bieres herunter. Als er fertig war, betrachtete er die Dose, während er sie zwischen seinen Fingern hin- und herrollte.

„Ja, die liberalen Bastarde glauben, wir könnten sie mit dem Chieu-Hoi-Programm rehabilitieren, aber sie verstehen die Sichtweise des Vietcong nicht. Weißt du, Charlie ist ein geduldiger Mistkerl. Er wird so lange warten, wie es nötig ist. Er wird alles tolerieren, sogar ein Rehabilitationsprogramm wie Chieu Hoi, aber sobald du aus der Deckung kommst, wird er dich töten. Er ist ein Feind, der nur eines versteht – eine Kugel zwischen die Augen. Noch irgendwelche Fragen?"

Brady schüttelte den Kopf.

„Wir starten gerade ein neues Programm. Eigentlich arbeiten wir schon seit Tet daran, aber jetzt haben die Südvietnamesen endlich entschieden, uns dabei zu unterstützen. Früher war das Sammeln von Informationen nicht so eine einfache Sache, aber jetzt setzen wir Computer ein. Weißt du, wie Computer funktionieren?"

Brady nickte. „Wir haben in der Schule ein wenig darüber gelesen."

„Gut, aber vergiss nicht, dass das hier alles streng geheim ist, also musst du den Mund halten. Wie auch immer, wenn der

Name eines Schlitzauges in den Computer eingegeben wird, bleibt er dort. Wir fügen einfach Beweise hinzu, wenn wir etwas Neues erfahren und stellen ein neues Dokument über ihn aus. Der Computer vergleicht die Informationen und stuft den Verdächtigen anhand der Beweise ein, bis wir genug haben, um ihn zu verfolgen. Im Endeffekt heiß das, wenn der Computer sagt, dass wir ihn am Arsch haben, brauchen wir uns nicht mehr darum zu kümmern, irgendwelche Fragen zu stellen. Wir schalten ihn einfach aus."

Brady nickte. Das war es, was Duff gesagt hatte: keine Fragen, keine Verhaftungen, keine Prozesse.

„Wir gehen folgendermaßen vor. Normalerweise habe ich zwei oder drei von euch Militärs, die mir als TDY zugeteilt sind. Ihr dient als eine Art Mittelsmänner für mich, als Berater bei der Sonderpolizei und der Luc Luong Dac Biet. Das sind die südvietnamesischen Spezialeinheiten. Wir nutzen auch einheimische Kräfte wie die PRU und manchmal die Montagnards mit der CIDG. Wir arbeiten in Teams von zwei Leuten bis zu in manchen Fällen hundert oder mehr, je nach Mission.

„Wir sind auch in Missionen in Verbindung mit anderen Einheiten involviert, darunter die ARVN, die Field Forces der Nationalpolizei und sogar einige unserer eigenen Einheiten, aber unser Teil befasst sich hauptsächlich mit vietnamesischen Operationen. Wir beraten und unterstützen sie bei der Durchführung sehr spezifischer Missionen, die darauf abzielen, die hochrangigen Vietkong in den Bezirken um das I-Corps auszuschalten. So, jetzt weißt du, was ich weiß. Noch Fragen?"

„Sie arbeiten für die CIA, richtig?"

„Offiziell müssen wir das als 'Need-to-know'-Information bezeichnen, und du hast es nicht von mir gehört. Pass nur auf, dass du einen klaren Kopf bewahrst, denn diese computerisierten Informationen sind die Zukunft. Sie liefern uns schon jetzt mehr Aufträge, als wir bewältigen können. Naja, bringen wir jetzt mal diese Nachbesprechung hinter uns. Die Marine stellt Fragen über Dibbs Tod."

Einige Tage später wurde Brady durch ein Klopfen an seiner Tür geweckt. Er zwang sich, die Augen zu öffnen, und blickte auf seine Armbanduhr. Es war 0230 Stunden.

„Ja", sagte er. Er war noch benommen vom Schlaf.

„Sei in dreißig Minuten draußen bei meinem Jeep", rief Maxon durch die Tür.

Es war merkwürdig, dass es keine Vorbesprechung für den Einsatz gab. Selbst Routinepatrouillen wurden im Voraus geplant und besprochen, aber Maxon hatte nichts über diesen Einsatz erwähnt. Er blieb wortlos, während sie ihre Ausrüstung in den Jeep luden. Auf dem Gelände herrschte reges Treiben, als die Sonderpolizisten ihre Ausrüstung verluden und in die Lastwagen stiegen. Nach einigen Minuten hingen die rauchigen Abgase der Dieselmotoren schwer in der Morgenluft, während die Fahrzeuge im Leerlauf auf das Kommando zum Ausrücken warteten.

„Wir verfolgen ein paar VC-Verdächtige, die Waffen auf dem Cu De Fluss transportieren."

Maxon setzte sich hinter das Lenkrad und startete den Jeep. Das war die gesamte Vorbesprechung. Der Konvoi folgte, als Maxon den Wagen durch das Tor des Geländes lenkte. Eine halbe Stunde später stiegen sie auf dem Luftwaffenstützpunkt in Da Nang in die Hubschrauber. Alles ging sehr schnell, und es war noch weit vor der Morgendämmerung, als die Hubschrauber auf einem Highway landeten, um sich mit einer Aufklärungseinheit der Provinz zu treffen. Laut Maxon waren sie noch einige Kilometer von ihrem Ziel, einem Dorf in der Nähe des Flusses, entfernt. Sie setzten sich schon bald zu Fuß in Bewegung und die Kolonne zog in der frühmorgendlichen Dunkelheit den Highway hinauf.

Kurz vor Tagesanbruch hatten die PRUs das Dorf umzingelt. Maxon erklärte, dass der Verdächtige zusammen mit zwei weiteren Personen am Vorabend vor Einbruch der Dunkelheit in dem Dorf gesehen worden war. Er wies Brady an, ihm zu folgen und sie setzten sich von der Haupttruppe ab und folgten einem ausgetretenen Pfad in der Dunkelheit. Leise schlichen sie über ein offenes Feld zu einer Anhöhe, auf halbem Weg zwischen dem Dorf und dem Fluss. Bei Einbruch der Dämmerung verengten die Sonderpolizei und die PRUs die Postenkette und begannen mit ihrer Suchaktion.

„Die Sonderpolizei wird die Dorfbewohner überprüfen, während die PRUs von Haus zu Haus gehen", flüsterte Maxon. „Wir werden hier draußen warten und sehen, ob unsere Jungs zum Fluss fliehen."

Nun, da das volle Licht des Tages über das Land fiel, erkannte Brady, dass die von Maxon gewählte Position ideal war. Sie waren auf einer leichten Anhöhe zwischen einigen Bäumen versteckt. Im Osten, etwa dreihundert Meter von ihnen entfernt, befand sich das von Bäumen gesäumte Ufer des Cu De Flusses. Im Westen, zweihundert Meter weiter, waren knapp über den Grasspitzen die Köpfe einiger PRUs zu erkennen, die in der nebligen Morgendämmerung das Dorf beobachteten. Dort stiegen dünne, weiße Rauchsäulen schwelender Kochfeuer sachte in den Himmel. Für den Moment war alles ruhig.

Die Suchaktion dauerte schon fast eine Stunde, aber es blieb ruhig. Das Gebiet zwischen ihnen und dem Dorf war mit hüfthohem Gras und verstreutem Gestrüpp bedeckt. Jede Person wäre hier leicht zu sehen, es sei denn sie wäre auf Händen und Knien unterwegs. Während die Minuten weiter verstrichen, erschien die Sonne auf der anderen Seite des Flusses, eine riesige orangefarbene Kugel, die durch den Morgennebel brannte. Es hätte der schönste Sonnenaufgang sein können, den Brady je gesehen hatte, aber er beachtete ihn kaum, während er mit der Sicherung seines M-40 Scharfschützengewehrs spielte.

Aus dem Dorf kamen gedämpfte Rufe und das Weinen eines Babys. Plötzlich quiekte ein Schwein. Brady versteifte sich, aber nach einigen Augenblicken war es wieder still. Er entspannte sich, aber er zerbrach sich immer noch den Kopf darüber, ob er das Richtige tat. Hatte er den Mut, den Duff hatte, den Mut, nein zu sagen?

„Und wenn die Typen keine Waffen tragen?", flüsterte er.

Maxon kräuselte die Lippen und schielte zu Brady rüber. „Das spielt keine Rolle. Wir haben etwas gegen sie in der Hand, und der, hinter dem wir her sind, ist ein wirklich schlüpfriges Arschloch. Die Marines haben hier vor Weihnachten eine Durchsuchung durchgeführt und konnten ihn nicht erwischen. Wir glauben, er ist ein Bezirksleiter des Vietcong. Diesmal werden wir seinen Arsch festnageln. Verstanden?"

Brady nickte.

„Wenn sie hier draußen sind, gehen wir davon aus, dass sie vom Vietcong sind", sagte Maxon. „Und wir erschießen sie sofort."

Das war's. Maxon stellte ihn auf die Probe. Wenn er versagte, würde er Duffs Mörder vielleicht nie finden. Sein Magen schmerzte vor Anspannung, aber je höher die Sonne stieg, desto mehr schien die Mission zum Scheitern verurteilt. Er atmete tief durch und blickte auf seine Uhr. Vielleicht hatten sich die Verdächtigen in eine andere Richtung davongemacht, doch kaum hatte er diesen Gedanken zu Ende gedacht, sprangen plötzlich zwei in Pyjamas gekleidete Gestalten aus dem Gras und sprinteten auf den Fluss zu. Beide trugen AK-47-Gewehre und Proviantbeutel.

Sie waren mindestens zweihundert Meter entfernt, und die Truppen in der Nähe des Dorfes bemerkten nicht, wie die Guerillakämpfer um ihr Leben rannten. Brady hob sein Gewehr und begann, den hinteren Mann durch das Zielfernrohr zu verfolgen. Er hielt das Fadenkreuz auf sein Ziel gerichtet und behielt ihn im Auge, während die beiden Männer wie wild rennend nach Deckung suchten.

„Schieß ", zischte Maxon.

Brady verfolgte den Hintermann weiter durch sein Zielfernrohr, als die beiden sich dem Fluss näherten. Sie waren schon über 250 Meter von ihnen und weniger als fünfzig Meter vom Fluss entfernt.

„Schieß, verdammt noch mal! Du lässt sie entkommen."

Doch dann, für nur einen winzigen Moment, blickte der hintere Mann zurück. Die Kugel riss ein Loch seine Brust. Der vordere Mann hielt inne, als der Knall des Gewehrs in der Ferne von den Bäumen widerhallte. Er blickte zurück auf seinen sterbenden Kameraden. Es war kein langer oder nachdenklicher Blick. Er kam nicht einmal ganz zum Stehen, sondern ging einige Schritte lang rückwärts, bevor er sich umdrehte und die letzten Meter in Sicherheit rannte. Doch es war zu spät. Die zweite Kugel explodierte in seiner bebenden Lunge und schleuderte ihn zu Boden. „Verdammt", murmelte Maxon. Er schien voller Bewunderung zu sein, fing sich aber schnell wieder. „Verdammt, Nash, ich war schon sicher, du hättest die zwei Schlitzaugen entkommen lassen. Worauf zum Teufel hast du gewartet?"

Brady zuckte mit den Schultern.

„Naja, das nächste Mal wird nicht gewartet. Hast du verstanden?"

„Ja, klar. Was immer Sie wollen."

„Sei bereit", sagte Maxon. „Es könnten noch mehr kommen. Die beiden müssen aus einem Tunnel gekommen sein."

Die PRUs hatten eine Kampflinie gebildet und waren dabei, sich auf die Wiese vorzuarbeiten, als ein weiterer Mann aufstand. Auch er trug einen schwarzen Pyjama, aber er hielt als Zeichen der Kapitulation die Hände in die Luft. Er schien unbewaffnet zu sein und ging schnellen Schrittes auf Brady und Maxon zu. Brady beobachtete durch das Zielfernrohr, wie der Mann näher kam.

„Dung Lai", riefen die Soldaten, aber der Mann lief mit

erhobenen Händen weiter. Die PRUs richteten ihre Gewehre auf den Rücken des Mannes, aber er ignorierte sie.

Als er weniger als fünfundsiebzig Meter entfernt war, hob er die Hände hinter den Kopf und rief: „Chieu hoi. Chieu hoi." Seine Stimme klang schrill und zögerlich. „Kein VC. Kein VC. Chieu hoi."

„Jetzt", zischte Maxon. Brady blickte zu ihm hinüber. „Schieß, verdammt noch mal!"

„Aber er ergibt sich doch", sagte Brady.

„Erschieß den Hurensohn, jetzt!" brüllte Maxon.

Der Mann rief weiter „Chieu hoi", während er sich bis auf fünfzig Meter näherte.

Brady erstarrte.

„Ich gebe dir einen direkten Befehl, Nash. Erschieß dieses verdammte Schlitzauge, sofort."

Langsam hob Brady sein Gewehr und legte seine Wange an den Schaft, während er das Fadenkreuz unter die Brust des Mannes richtete. Es war ein einfacher Schuss, und das 7,62-mm-Geschoss drang auf Höhe seines Herzens in die Brust des Mannes ein, und schleuderte ihn rückwärts in das hohe Gras. Einige Augenblicke lang betrachtete Maxon die Stelle, an der der Mann gefallen war, durch sein Fernglas.

Als sich nichts rührte, wandte er sich an Brady. „Hör zu. Das nächste Mal, wenn ich dir einen Befehl gebe, hast du keine Fragen zu stellen. Ist das klar?"

Brady starrte weiter geradeaus. „Ich sagte, ist das klar?"

„Er hat sich ergeben", murmelte Brady.

Maxons Gesicht verfärbte sich von rot zu lila. „Verdammt, du hast gesagt, du wolltest hier dabei sein. Dieser Hurensohn ist unser Mann. Er hat wahrscheinlich mehr GIs getötet, als du zählen kannst."

Brady sagte nichts.

„Hör zu, Nash. Du weißt nicht genug über dieses Geschäft, um mein Urteil in Frage zu stellen. Wer weiß, dieses Schlitzauge hätte möglicherweise eine Taschenladung oder eine Granate in seiner Kleidung versteckt haben können. Denk an Regel Nummer eins: Unterschätze niemals deinen Feind."

Brady antwortete nicht, sondern starrte über das Feld in Richtung des Dorfes. Maxon wurde plötzlich ruhig, als seine Wut nachließ. Er stand auf und suchte erneut das Gras mit seinem Fernglas ab.

„Glaubst du, er ist endgültig am Boden?", fragte er. „Er ist tot", antwortete Brady leise.

„Gut", erwiderte Maxon. „Denk daran: Wenn ich dir sage, du sollst jemanden ausschalten, dann tust du es. Wir sind im Krieg. Es ist meine Sache, und ich weiß, was ich tue."

Brady blieb stumm und starrte geradeaus. Nachdem die PRU-Truppen die Leichen geborgen hatten, stand Maxon auf und gab ihm ein Zeichen, ihm zu folgen. „Lass uns nachsehen, was wir hier haben."

Als sie sich näherten, zog Maxon seine .45, aber Brady wusste, wann seine Schüsse saßen. Alle drei dieser Schüsse waren tödlich. Er sah zu, wie Maxon die Waffen der Männer wegwarf und die Leichen durchsuchte. Anschließend holte er etwas hervor, das wie Visitenkarten aussah. Sie sahen genauso aus wie die, die Duff in seinem Brief nach Hause geschickt hatte, gelb mit einer grünen, vogelartigen Figur und den vietnamesischen Worten „Phung Hoang" in roter Schrift. Bradys Haare sträubten sich in seinem Nacken, als Maxon eine auf jeden Körper legte.

„Was ist das?", fragte er.

Maxon grinste. „Nur Grußkarten, damit der Rest dieser Bastarde weiß, dass wir hier waren."

„Woher haben Sie die?" fragte Brady.

„Ich habe sie in Saigon drucken lassen. Hier, willst du eine?" Maxon griff in seine Tasche und holte eine weitere heraus. Er reichte sie Brady. „Die Schlitzaugen der Spezialeinheit lieben sie. Phung

Hoang ist der Vogel mit tausend Augen, der alles sieht. Es ist ein Aberglaube der Schlitzaugen – jagt den Vietkong eine Mordsangst ein."

Brady sah sich die Karte an und reichte sie Maxon zurück. „Benutzt jeder sie?"

„Ja, aber ich habe sie persönlich entworfen. Behalte sie. Willst du noch mehr?"

„Gelb, rot und grün, das ist eine gute Anspielung auf die Nationalfarben", sagte Brady.

„Ja, da habe ich selbst dran gedacht."

Das war zwar kein Beweis, aber es war bisher der beste Hinweis. Wenn es nicht Maxon war, der Duff getötet hatte, dann war es jemand aus seiner Gruppe – nicht Lynn Dai Bouchet.

Am frühen Nachmittag kehrte Brady mit Maxon zum IOCC zurück. Er war seit 0230 wach und seine Augenlider waren schwer, als sie aus dem Jeep stiegen und auf die Tür der Einsatzzentrale zugingen. Ein junger ARVN-Wächter mit einem M-16 und einem übergroßen, amerikanischen Helm stellte sich Maxon in den Weg. Brady hatte ihn vorher noch nicht gesehen – wahrscheinlich ein neuer Ersatzmann.

„Ich muss Ausweise sehen, meine Herren."

Brady griff nach seiner Brieftasche, aber er zögerte, als er bemerkte, dass Maxon die Hände in die Hüften gestemmt hatte. Er blickte zur Seite, leckte sich die Lippen und lächelte. Ohne Vorwarnung schoss Maxons Arm nach vorne und er drückte den Nacken des Wachmanns gegen die Wand. Das Gewehr des jungen Soldaten krachte zu Boden, als Maxon ihm heftig mit dem Knie in den Unterleib stieß und ihn am Kinn packte.

„Schau mir ins Gesicht, du schmieriges Arschloch!" brüllte

Maxon. Er deutete mit dem Finger auf sein eigenes Gesicht.

Die braunen Augen des Soldaten wölbten sich voller Angst, während er kapitulierend seine Hände hochhielt.

„Sieh es dir gut an, und vergiss es bloß nie, denn wenn du dich mir das nächste Mal in meinem eigenen IOCC in den Weg stellst, bringe ich dich um. Hast du verstanden?"

Maxon wartete nicht auf eine Antwort, sondern schubste den Soldaten zur Seite und warf ihn zu Boden.

Mit einem Blick zu Brady sagte er: „Du musst dafür sorgen, dass diese schmierigen Bastarde dich respektieren."

Maxon schlenderte in das Gebäude und ließ Brady zurück, der noch immer auf den verängstigten ARVN-Soldaten hinabstarrte. Er bückte sich, und hob das M-16 und den Helm des Mannes auf, dann streckte er seine Hand aus und zog den Soldaten auf die Beine. Der Soldat zitterte und sein Gesicht war verzerrt vor Angst und Wut, während er sich die roten Stellen an seinem Hals rieb. Es gab so Vieles, was Brady sagen wollte, aber nichts schien angemessen.

„Es tut mir leid", sagte er, als er dem Mann sein M-16 und seinen Helm reichte. Er wollte ihm sagen, dass nicht alle Amerikaner so verrückt waren wie Maxon. Er wollte ihn bitten, Amerikaner nicht zu hassen. Er wollte irgendetwas sagen, das einen Unterschied machen würde, aber es war nutzlos. Worte konnten niemals reparieren, was Männer wie Maxon und die Kommunisten dem vietnamesischen Volk und seinem Land antaten. Außerdem war er jetzt genauso ein Teil davon wie Maxon. Brady drehte sich um und ging in das Gebäude.

KAPITEL 14

Xin Loi

Das Schlafen hätte ihm an diesem Nachmittag nach dem Einsatz leicht fallen sollen, aber Brady war unruhig, und kippte bereits den fünften Schluck Wild Turkey runter. Der Bourbon brannte ordentlich in der Kehle. Er saß in seinem kleinen Zimmer, im hinteren Teil der Wellblechbaracke, und grübelte über die Ereignisse des Vormittags nach. Maxons Mordkarte war der Beweis dafür, dass er kurz davor war, dem Mörder einen Namen und ein Gesicht zuzuordnen. Das hätte eigentlich ermutigend sein sollen, aber etwas Größeres nagte an ihm. Er hatte eine Grenze überschritten, die er nie zu überschreiten gehofft hatte. Er hatte einen unbewaffneten Mann erschossen.

„Xin Loi", murmelte Brady, als er das Gesicht des Mannes im Zielfernrohr wieder vor Augen hatte.

„Er hätte deinen Arsch in die Hölle gejagt", sagten Maxons Männer. „Außerdem, was macht schon ein totes Schlitzauge mehr?"

Wie sich herausstellte, hatte Maxon falsch gelegen. Der Mann war unbewaffnet, und er war auch nicht der Bezirkschef. Er war ein junger Vietcong-Rekrut, aber für Leute wie Maxon ging es nur um Zahlen. Was war schon ein weiterer Toter? Und vielleicht hatten sie recht, aber Wills Worte kamen ihm immer wieder in den Sinn: „Die

Wahrheit hat eine Resonanz, welche die Risse füllt, in denen sich die Unwahrheit versteckt." Er belog sich selbst. Diese Glocke hatte keine Resonanz. Die ersten beiden Guerillakämpfer zu erschießen war kein Problem, aber der dritte Mann hatte seine Hände in der Luft. Trotz Maxons Befehl, zu schießen, hatte Brady seine eigene Entscheidung getroffen, sich in die Grauzone zwischen Recht und Unrecht zu begeben.

Es gab nur eine Lösung. Er musste es aus seinen Gedanken verdrängen. Er musste an etwas anderes denken, und so dachte er an Lacey in Nashville. Er fragte sich, was sie wohl in diesem Moment tat. Er dachte an zu Hause, an die frische Bergluft von Melody Hill und das kristallklare Wasser des Hiwassee River – an Orte und Menschen, die ihm jetzt wie ferne Erinnerungen erschienen.

Er saß auf dem Rand seiner Pritsche und starrte auf den Deckenventilator, der sich über ihm drehte, und ihm wurde klar, dass er begann, schizophrene Persönlichkeiten, wie die von Maxon, zu verstehen. In Vietnam die Wahrheit zu finden war fast unmöglich, vielleicht weil es keine Wahrheit gab. Es gab nur seine Instinkte. Er verkorkte die Flasche, und ließ sich auf die Pritsche zurückfallen.

Es wäre ein Wunder, wenn er diesen Schlamassel mit gesundem Verstand überstehen würde, aber er weigerte sich, aufzugeben. Solange Duffs Mörder auf freiem Fuß waren, würde er sie jagen. Die Frage war nur, was er als nächstes tun sollte. Er brauchte einen Plan. Nachdem er fast die Hälfte der Flasche ausgetrunken hatte, fiel er in einen brodelnden Kessel aus Albträumen und betrunkenem Schlaf.

Sein Zimmer im hinteren Teil der Wellblechbaracke war fensterlos, doch Brady setzte sich kerzengerade auf, als er bemerkte, dass es Morgen war. Laut seiner Uhr war es 0630. Sein Kopf pochte wie ein Boiler mit einem defekten Überdruckventil, aber in der

Nacht war ihm eine Idee gekommen. Nachdem er seine Uniform angezogen hatte, schnürte er seine Stiefel zu und ging zur Tür hinaus, wobei er bemüht war, die Polizisten der Spezialeinheit in den angrenzenden Räumen nicht zu wecken. Die Luft draußen war feucht und warm, und auf dem Gelände war es still, als er über den Hof zum Einsatzgebäude eilte.

Maxon war auf dem Luftwaffenstützpunkt in Da Nang einquartiert, und nach dem Einsatz vom Vortag würde er wahrscheinlich erst spät zum Gelände kommen. Das war die Gelegenheit, die Brady brauchte. Wenn es in Maxons Büro irgendetwas gab, das ihn mit dem Mord an Duff in Verbindung brachte, war jetzt der richtige Zeitpunkt, es zu finden. Er näherte sich der Tür zur Einsatzzentrale und blickte sich um. Die Morgensonne ließ die Wolken in Flammen stehen und streute orange- und gelbfarbene Strahlen über den Himmel.

Zweifel überkamen ihn. Was, wenn er derjenige war, der verrückt war? Was, wenn es wirklich einen Doppelagenten gab, der eine von Maxons Karten benutzt hatte, um ihn in die Falle zu führen? Vielleicht sollte er noch ein wenig warten. Vielleicht könnte er... Er war ein Narr. Sicherlich könnte er Ausreden erfinden, bis die Hölle zufror, aber er würde es nicht tun. Er hatte Duff an jenem Tag an seinem Grab versprochen, dass er die Verantwortlichen finden würde, und jetzt war er hier unter ihnen. Er war hier, und kurz davor, diejenigen zu finden, die seinen besten Freund getötet hatten. Es würde kein Warten mehr geben.

Nachdem er seine Mütze zurechtgerückt hatte, hielt er dem vietnamesischen Wachmann, der mit einem M-16 in der Hand am Eingang stand, selbstbewusst seinen Ausweis entgegen. Es war derselbe, den Maxon angegriffen hatte. Brady schritt an ihm vorbei, ohne stehen zu bleiben. Der junge Soldat öffnete den Mund, als wolle er etwas sagen, aber Brady blieb nicht stehen. Der Bluff funktionierte. Alle Wachen hatten inzwischen Angst, die Amerikaner herauszufordern. Er ging den dunklen Korridor hinunter zu Maxons Büro und prüfte die Tür. Sie war offen.

Er durfte keine Zeit verschwenden und begann sogleich, Schränke zu öffnen, und Schubladen und Akten zu durchforsten. Er las alles, was er finden konnte, und durchsuchte jede Kiste und jedes Regalfach im Raum. Akte für Akte, Dokument für Dokument durchsuchte und las er Memos, Fernschreiben und handschriftliche Notizen, aber er fand nichts. Nach fast einer halben Stunde stand er frustriert in der Mitte des Raumes und drehte sich langsam im Kreis. Er bemerkte eine Tür. Er schritt durch den Raum und riss sie auf. Es war ein Wandschrank. Darin befanden sich Kisten mit Aktenordnern, auf denen „Verbrennen" stand.

Der erste Ordner, den er in die Hand nahm, war nicht beschriftet, aber als er weiter suchte, fand er andere mit Registerkarten. Einer war mit „Kommunikation" beschriftet. Außerdem waren in roten Druckbuchstaben die Worte „Streng geheim" daraufgestempelt. Das Blut pochte in seinem Kopf, und seine Hände zitterten, als er den Ordner auf den Boden legte und durchblätterte.

Er blätterte durch weitere Berichte und Fernschreiben, und stieß auf eines, das dieselben zwei Worte enthielt, die er auf den Karten gesehen hatte, welche Maxon auf den Leichen in der Nähe des Cu De-Flusses hinterlassen hatte – Phung Hoang. Die Nachricht war verschlüsselt, aber jemand hatte mit Bleistift zwischen die Zeilen geschrieben. Er las sie sorgfältig:

„Ergreifen Sie bis zur vollständigen Verlegung von
Phoenix-Phung Hoang die Initiative zur Fortführung der
Programmziele, über die Autorität von DEPCORDS hinweg,
zusammen mit dem örtlichen SPFD. Zusätzliches Personal
und Ressourcen werden nach Bedarf bereitgestellt."

DEPCORDS gehörte zum Militär, aber wer hat ihm gesagt, er solle deren Autorität überschreiten? Jemand hatte ihm die

Genehmigung erteilt, aber wer? Die Notiz war nicht unterschrieben.

Er nahm ein anderes Blatt Papier in die Hand. Es war ein weiterer, bereits entschlüsselter Durchschlag, offenbar die Kopie einer von Maxon gesendeten Notiz, in der er behauptete, Beweise zu haben, dass Lynn Dai Bouchet eine Agentin der NLF war. Im Anhang befand sich eine Antwort mit dem Befehl, seine Ermittlungen gegen Bouchet einzustellen. Brady konnte sich das alles nicht zusammenreimen. Jemand hatte Maxon angewiesen, die Ermittlungen gegen Bouchet einzustellen, aber wer und warum? Er blätterte durch einige weitere Notizen und entdeckte eine mit zwei bekannten Namen. „Enden Sie Coleridge-Bouchet Beziehung so schnell wie möglich", stand dort. Das passte zu dem, was Maxon gesagt hatte, dass sie möglicherweise eine Agentin der Nationalen Befreiungsfront war, aber es fehlten noch zu viele Teile des Puzzles.

Bouchet war der Schlüssel, aber je mehr er las, desto verwirrter wurde er. Er blätterte noch einige Ordner durch, und wollte gerade aufgeben, als er einen mit der Aufschrift „Coleridge" sah. Ein Kloß steckte ihm in der Kehle.

Fast ehrfürchtig öffnete Brady die Mappe. Zwei Karten rutschten heraus und glitten auf den Boden. Eine erkannte er sofort. Sie war identisch mit den gelben Karten, die Maxon oben am Cu De auf die Leichen gelegt hatte. Diese hier war mit etwas besprenkelt, das wie getrocknetes Blut aussah. Die andere schien eine Ausweiskarte zu sein. Sie war vollständig von getrocknetem Blut bedeckt. Brady kratzte mit seinem Daumennagel durch das Blut. Als das Bild langsam sichtbar wurde, schwoll der Kloß in seinem Hals, bis er ihn fast erstickte. Von dem Foto starrten ihn die elenden Augen von Duff an.

Er war so überwältigt von seinen Gefühlen, dass er die Schritte erst hörte, als jemand bereits vor der Tür stand. Er schnappte sich die Mordkarte und steckte sie zusammen mit dem Ausweis und mehreren Telexnachrichten in seine Tasche. Schnell schloss er die Schranktür und drehte sich gerade um, als die Bürotür aufflog.

„Was machen Sie hier, Specialist Nash?" fragte Colonel Tranh. Der vietnamesische Sonderpolizist schien mehr überrascht als verärgert zu sein.

„Ich bin hierher gekommen, um auf Maxon zu warten", sagte Brady. „Stimmt etwas nicht?"

Bradys Kopf glühte, als Major Loc hinter Tranh den Raum betrat. Loc sagte etwas auf Vietnamesisch zu dem Colonel, aber Tranh schüttelte den Kopf. Loc war beharrlich, aber Tranh herrschte ihn auf Vietnamesisch an.

„Mein Einsatzleiter ist der Meinung, dass Sie verhaftet werden sollten, weil Sie ohne Ihren Boss hier sind, Specialist Nash, aber ich denke, dass er überreagiert. Bitte gehen Sie jetzt, und kommen Sie in Zukunft nicht mehr ohne Ihren Vorgesetzten, Mister Maxon hier her. Dies ist ein limitierter Bereich."

„Ja, Sir", antwortete Brady.

„Ich werde Major Loc auch sagen, dass er Herrn Maxon über Ihre Anwesenheit hier heute Morgen informieren kann. Ich bin sicher, er wird mit Ihnen darüber sprechen, wenn er ankommt.

———————

Maxon knallte den Telefonhörer auf die Gabel, aber er prallte ab und fiel zu Boden. Was machte dieser dämliche Hurensohn in seinem Büro? Und warum hatte Colonel Tranh nicht angerufen, bevor er ihn hatte gehen lassen? Stattdessen war es Major Loc, der angerufen hatte. Loc Van Thuc war das einzige Schlitzauge, dem er vertraute. Die Bouchet hatte wieder angefangen, Fragen zu stellen, und jetzt, wo er gerade begann, ihm zu vertrauen, schnüffelte Nash in seinem Büro herum. Zu viel stand auf dem Spiel. Er musste sich um die beiden kümmern.

Loc informierte ihn, dass Nash nur wenige Minuten zuvor die Einsatzzentrale verlassen hatte, aber er wusste nicht, wohin er gegangen war. Maxon schnappte sich sein Schulterholster und machte sich auf den Weg zum IOCC. Er raste in seinem Jeep durch Da Nang, in die Richtung des Geländes. Er würde Nash den Hintern versohlen. Er musste wissen, was er vorhatte.

Der Jeep war noch nicht völlig zum Stillstand gekommen, als er bereits heraussprang und auf die Wellblechbaracke zusteuerte. Als er durch die Türöffnung stürmte, stieß er frontal mit Nash zusammen. Er griff mit der Hand nach seiner Kehle.

„Was zum Teufel hast…"

Nash erwischte sein Handgelenk auf halbem Weg und hielt es mit überraschender Kraft fest.

„Sie sollten besser darüber nachdenken, was Sie tun", sagte Nash. Nash verhielt sich unerwartet ruhig, und seine Augen, wenn auch gerötet, waren blau und beherrscht.

Maxon riss seinen Arm los. „Was zum Teufel hattest du in meinem Büro zu suchen, Nash?"

„Sie und diese vietnamesischen Polizisten sind die paranoidesten Leute, die ich je getroffen habe. Was zum Teufel ist los mit Ihnen?"

Maxon spürte, wie die Adern in seinem Nacken pulsierten. „Ich habe dir eine Frage gestellt. Antworte gefälligst. Was hast du verdammt noch mal in meinem Büro gemacht?"

„Ich habe auf Sie gewartet", sagte Nash. „Warum ist das so ein verdammt großes Problem?"

Maxon hielt inne. Nash war entweder der scharfsinnigste oder der dümmste Mistkerl, mit dem er je zu tun gehabt hatte. Er musterte ihn von oben bis unten. Nash verhielt sich zu ruhig, als dass er bei einem Vergehen erwischt worden wäre.

„Junge, du bist ein elender Idiot. Weißt du das? Was glaubst du denn, warum wir paranoid sind? Nun, zunächst einmal ist das mein Büro, und niemand außer mir darf sich dort aufhalten. Hast du verstanden?"

„Das haben Sie mir nie gesagt."

„Nun, wenn du dir das nicht denken kannst, dann bist du verdammt dumm. Halte dich einfach von meinem Büro fern, verdammt noch mal, wenn ich nicht da bin."

Maxon drehte sich um und trat die Fliegengittertür der Quonset-Baracke auf. Er trat hinaus in die Morgensonne, hielt aber inne und blickte zurück. Selbst wenn Nash nichts im Schilde führte, hatte es keinen Sinn, sich das alles weiter anzutun. Nash stand da und starrte ihn an.

„Nur damit du es weißt, wir sammeln neue Informationen über eine alte Verdachtsperson. Du wirst dieses Wochenende wohl einen Auftrag zu erledigen haben." Er hielt inne, während er den Plan im Kopf ausarbeitete. „Ich möchte, dass du deine Ausrüstung packst und hier bleibst, bis ich zurückkomme. Verlasse nicht das Gelände. Ist das klar?"

Nash starrte ihn weiter an, aber er antwortete nicht. Maxon drehte sich in Richtung des Operationsgebäudes. Er musste sich mit Colonel Tranh treffen – nichts, worauf er sich freute, aber es war notwendig. Tranh war meist ein bereitwilliger Mitspieler, außer, wenn ein Einsatz hässlich wurde. Dann versuchte er immer, den Amerikanern die Schuld in die Schuhe zu schieben. Maxon betrat das Büro des vietnamesischen Colonels, ohne anzuklopfen.

„Sie müssen mir einen Späher von der PRU schicken, jemanden, der sich in der Provinz Quang Nam auskennt", sagte er zu Tranh. „Stellen Sie sicher, dass es jemand ist, der Befehle befolgt und mit niemandem redet. Außerdem soll Loc zu mir kommen. Ich möchte, dass er Nash beobachtet. Ich vermute, Nash erwägt irgendeine persönliche Aktion gegen die Frau Bouchet."

„Warum sollte Nash das tun wollen, Mister Maxon?"

Maxon hielt im Türrahmen inne und blickte zurück. „Er hat eine

Menge Fragen über Bouchet gestellt. Er glaubt, dass sie etwas mit Coleridges Tod zu tun hat."

„Warum warnen Sie sie nicht einfach?" fragte Tranh.

„Sie würde mir nicht glauben", sagte Maxon. „Sie denkt immer noch, ich hätte etwas mit dem Mord an Coleridge zu tun."

Tranh hob die Augenbrauen. Der Colonel hatte offenbar die Gerüchte gehört. Maxon wollte sich abwenden, blieb aber stehen, um sein Gegenüber anzusehen. „Natürlich, würde nur ein Verrückter einen seiner eigenen Leute umbringen", sagte er.

Tranh presste die Lippen zusammen, aber er lächelte. „Natürlich, nur ein *sehr* verrückter Mann."

Maxon antwortete nicht, aber er verstand, was der Colonel damit sagen wollte. Er hasste aalglatte Schlitzaugen wie Tranh. Sie trugen eine beschissene Fassade der Höflichkeit zur Schau und verbargen dahinter ihre tiefe Verachtung für Amerikaner. Es war lächerlich, aber auf ihre eigene übergeschnappte Art hielten sie sich für überlegen. Wenn es die Amerikaner nicht gäbe, würden Tranh und der Rest der Schlitzaugen in Strohhütten hausen und madenverseuchten Reis essen.

Der Einzige, mit dem er sich abfinden konnte, war Major Loc. Loc befolgte Befehle, ohne Fragen zu stellen, und er war ein teuflisch effizienter Mistkerl. Loc erledigte die Dinge.

Maxon ging den Gang hinunter zu seinem Büro. Er hatte seinen Plan in Bewegung gebracht. Jetzt ging es darum, die Details auszuarbeiten. Die Idee war ihm zum ersten Mal gekommen, als Loc ihm erzählte, dass Bouchet immer noch Dorfbewohner verhörte und Männer des PRU-Kommandos über den Tod von Coleridge befragte. Loc war der erste, der die Vermutung geäußert hatte, daß Bouchet eine feindliche Agentin sein könnte, vielleicht weil er sich durch ihre Fragen bedroht fühlte, aber er lag falsch. Sie führte definitiv etwas im Schilde, aber sie war keine feindliche Spionin. Dessen war er sich sicher, denn er hatte von seinen

Vorgesetzten die Anweisung erhalten, die Finger von ihr zu lassen.

Die größere Frage, die er sich über Bouchet stellte, war die gleiche, die er auch bei Nash hatte. Handelte sie auf eigene Faust, oder war sie Teil einer größeren Sache, etwa einer offiziellen Untersuchung? Er hatte seit Monaten keine Waffen mehr verkauft. Hoffentlich war zumindest diese Spur kalt geworden, aber sie versuchte weiterhin, eine Verbindung zwischen ihm und Coleridges Tod herzustellen. Wenn sie erfolgreich war, könnte dies zu einer offiziellen Untersuchung führen. Er musste sie aufhalten, und wie könnte er das besser tun als mit Nash?

Brady saß auf seiner Pritsche, und sein Kopf schmerzte immer noch. Sein Mund schmeckte nach einer staubigen Straße auf einer Müllhalde, aber noch ein bisschen Bourbon würde all seine Probleme auslöschen. Er griff nach der Flasche unter seiner Pritsche und entkorkte sie. Sein Transistorradio war auf AFVN eingestellt, und Johnny Rivers sang „Summer Rain". Draußen schwollen die Wolken wieder an, verdrängten die Sonne und versprachen einen weiteren Nachmittag voller Regengüsse. Er hatte gerade einen weiteren Brief von Lacey erhalten. Nachdem er einen Schluck Whiskey getrunken hatte, stellte er die Flasche beiseite und riss den Umschlag auf.

> Lieber Brady,
>
> Ich hoffe, es geht Dir gut. Du fehlst mir sehr, und ich wünschte, du würdest mir öfter schreiben. Mama teilt ihre Briefe mit mir, aber sie sagt, sie bekommt sie auch nicht mehr so oft. Ich habe eine gute Nachricht. Belle Langston hat mich mit einem Musikautor namens Billy Wyatt bekannt gemacht. Er singt und spielt Gitarre.

Wir nehmen einige seiner Songs auf, und wir arbeiten gemeinsam an einem möglichen Plattenvertrag. Er sagt, dass ich gute Fortschritte mache und es irgendwann zu etwas bringen werde. Ich hoffe, er hat recht. Ich habe den Job im Restaurant gekündigt und singe jetzt mehrmals im Monat in einigen anderen Clubs. Billy hat jede Menge Fotos von mir gemacht, als ich neulich Abend aufgetreten bin. Ich schicke dir welche, wenn wir sie entwickelt haben.

Neulich habe ich einen Anruf von Mama bekommen. Die Nachrichten von zu Hause sind nicht so gut. Es geht um Herrn Brister. Jessica hat Mama erzählt, dass ihr Großvater im Krankenhaus in Knoxville liegt. Er hatte wieder einen Herzinfarkt und es geht ihm nicht besonders gut. Sie hat Mama auch etwas von einem Brief erzählt, den du ihrem Großvater geschickt hast und dass er wollte, dass wir ihn bekommen, aber er ist in so schlechter Verfassung, dass sie nicht viel von dem verstanden hat, was er sagte. Wenn sie ihn findet, wird sie ihn an Mama schicken. Weißt du, von welchem Brief sie spricht?

Bitte schreib mehr. Ich vermisse dich. Pass in der Zwischenzeit gut auf dich auf, und vergiss nicht, dass ich dich sehr liebe.

Für immer die Deine,
Lacey

Brady nahm die Whiskeyflasche in die Hand, hielt inne und betrachtete das Etikett. Dort war ein Truthahn abgebildet, der ihn an Phung Hoang erinnerte, den mystischen Vogel mit den tausend Augen. Seine Situation war völlig bizarr. Seine gesamte Post wurde gelesen. Wenn Lacey oder Mama Emma Duffs Brief fanden und ihm darüber schrieben, wäre auch ihr Leben in Gefahr, aber wie konnte er sie warnen?

In Maxons Büro erwischt zu werden, war ein dummer Fehler gewesen. Maxon hatte so getan, als würde er seine Erklärung akzeptieren, aber seine Augen hatten etwas anderes gesagt. Hätte er doch nur getan, was Duff vorgeschlagen hatte, und sich an die Behörden gewandt. Es war offensichtlich, dass Maxon ihn für dumm und unfähig hielt, und zum ersten Mal war er geneigt, ihm zuzustimmen. Er kippte die Flasche steil nach oben und trank sie aus.

KAPITEL 15

Das doppelte Kreuz und Lynn Dai Bouchet

Es könnte Artilleriefeuer sein. Es klang genauso wie in einer der Nächte, als er gerade neu in Vietnam angekommen war. Brady hielt die Augen fest geschlossen, während er sich an den Feuerstützpunkt an der kambodschanischen Grenze erinnerte, wo das Vierzigste Artillerie Regiment der NVA Nacht für Nacht auf sie eindrosch. Es war die Hölle. Aus den von Schrapnells zerfetzten Sandsäcken rannte der Sand, und allen klingelten die Ohren von den donnernden Explosionen – Explosionen, die so stark waren, dass sie in der Brust vibrierten und einem die Luft aus der Lunge saugten. Aber das war es nicht, was er jetzt hörte. Es war nur ein weiterer Albtraum, oder nicht? Er kämpfte sich aus einem tiefen Schlaf.

Vergeblich hatte er versucht, den sich ergebenden Guerillakämpfer aus seinem Kopf zu trinken. Es war zwecklos. Er öffnete ein Auge und blickte auf seine Uhr. Der ekelerregende Geruch von Whiskey hing abgestanden im Raum. Er hatte keine Ahnung, wie lange er geschlafen hatte, aber in seinem Kopf pochte es genauso laut wie die Person an der Tür. Langsam wurde ihm klar, woher das Bombardement kam. Es war ein Bombardement von Fäusten, und die Tür bebte, als würde sie jeden Moment zerspringen. Das musste Maxon sein.

„Verdammt", murmelte Brady und versuchte, ihn wegzuwünschen, aber das Hämmern wurde lauter, und Maxon begann zu brüllen.

„Wach auf, Nash, oder ich trete diese verdammte Tür ein." Bradys Kopf schmerzte.

„Wach auf, du Hurensohn."

Maxons Stiefel schlug gegen die Tür. Der Schmerz wurde stärker, als Brady langsam von der Pritsche rollte und über den Boden kroch.

„Ich trete dir in deinen gottverdammten Arsch, wenn du die Tür nicht aufmachst. Hast du mich verstanden?"

Er griff nach oben und öffnete den Riegel. Maxon stieß die Tür auf, und Brady fiel rückwärts auf den Boden. Dort blieb er liegen und hielt die Augen geschlossen.

„Sieh dich an", schrie Maxon. „Ich fass es nicht, du bist der erbärmlichste Sack Scheiße, den ich je gesehen habe."

Brady blieb stumm, als er seine Augen öffnete und zum Deckenventilator hinaufstarrte. Die kreisende Bewegung machte ihn schwindelig und für einen Moment konnte er Galle in seiner Kehle schmecken.

„Zieh dich an und komm mit", sagte Maxon. „Du musst was zum Essen in den Magen kriegen und wir müssen reden."

Brady grunzte und schüttelte den Kopf. „Auf keinen Fall."

„Oh doch", antwortete Maxon, „du wirst mich jetzt nicht im Stich lassen. Zieh deine verdammten Klamotten an und lass uns einen Kaffee trinken. Du kannst dein Nickerchen nach der Besprechung fortsetzen."

Sie stiegen in Maxons Jeep und fuhren zu einer Gaststätte in Da Nang. Als Brady sein erstes Glas Wasser bekam, schüttete er sich den gesamten Inhalt über den Kopf. Die Erleichterung war ihm sehr willkommen, wenn auch nur von kurzer Dauer, und die junge vietnamesische Kellnerin brachte ihm ein zweites Glas, das er in einem Zug austrank.

„Bringen Sie mehr Wasser und zwei Tassen Kaffee", sagte Maxon.

Brady versuchte, seinen tobenden Kater zu lindern, indem er seinen Kopf auf die kühle Tischplatte legte. Auf seiner brennenden Haut fühlte sie sich an wie Eis.

„Wir haben neue Informationen über einen weiteren feindlichen Agenten erhalten, also musst du dich jetzt mal zusammenreißen."

Der Raum drehte sich wie verrückt und das Wasser, das er gerade getrunken hatte, stieß heftig aus seinem Magen auf und bildete eine schmutzige Lache auf dem Tisch. Er drehte seinen Kopf zur Seite und legte seine Wange erneut auf die kühle Oberfläche. Es brachte ein klein wenig Erleichterung für seinen brennenden Schädel.

„Verdammt, du bist ein widerlicher Wichser, Nash."

Die Kellnerin wischte den Tisch ab, und stellte eine dampfende Tasse Kaffee vor ihn hin. Nach ein oder zwei Minuten setzte er sich auf und hob die Tasse mit zitternden Händen an seine Lippen. Maxon sprach weiter, aber Brady fühlte sich so elendig, dass er kaum etwas von dem hörte, was er sagte, während der Kater weiter in ihm wütete.

Es schien, als wären nur wenige Minuten vergangen, als er ruckartig aufwachte. Brady war verwirrt und erinnerte sich kaum daran, dass er nach der Besprechung am Morgen wieder ins Bett gegangen war, doch plötzlich wurde ihm bewusst, dass er lange geschlafen haben musste. Er fühlte sich tatsächlich etwas besser, oder zumindest hoffte er es. Er hatte sich noch nicht aufgerichtet. Er warf einen Blick auf seine Uhr. Maxon hatte gesagt, sie würden sich um 1800 Stunden wieder treffen. Es war fast 1730 Stunden. Langsam und vorsichtig drehte er sich um, und als er sich sicher fühlte, setzte er sich auf den Rand der Pritsche.

Sein Magen war hohl und das Hämmern in seinem Kopf war zu einem dumpfen Schmerz reduziert, aber er wollte kein Risiko eingehen. Er griff nach einer Dose Aspirin auf seinem Schließfach. Nachdem er ein paar Tabletten in seine Hand geschüttet hatte, warf er sie sich in den Mund und versuchte, den bitteren Geschmack zu ignorieren, während er sie zerkaute und hinunterschluckte. Er zog Stiefel und Uniform an, und steckte die .45 in sein Schulterholster. Es war an der Zeit zu sehen, was der Bastard dieses Mal im Schilde führte. Vielleicht hatte er vor, endlich seinen Schachzug zu machen.

Die Sonne ging bereits in den Hügeln im Westen unter, als er über das Gelände zu Maxons Büro ging. Brüchige, orangefarbene Strahlen durchdrangen die violetten Überreste eines Nachmittagsgewitters. Brady hätte innegehalten, wie er es so oft zu Hause getan hatte, um zuzusehen, wie die Sonne in die Hügel sank, doch in seiner Seele war kein Fünkchen Sentimentalität mehr übrig. Da war nur noch ein wachsender Klumpen aus Angst, der ihn dazu brachte, Überlebensinstinkte zu entwickeln, von denen er nicht gewusst hatte, dass sie existierten. Er musste nachdenken. Was sollte er als Nächstes tun? Was würde Maxon als Nächstes tun?

Ein drahtiger, kleiner Vietnamese saß mit Maxon in seinem Büro, als Brady eintraf. Der Mann saß mit überschlagenen Beinen in einem fleckigen Sessel, trug eine tigergestreifte Uniform wie Maxons und rauchte eine ungefilterte Zigarette. Er blickte auf, als Brady hereinkam. Sein Blick war souverän, zeigte aber wenig Emotionen. Vielleicht bildete er sich das nur ein, aber Brady erkannte etwas von sich selbst in diesem Mann. Auf dem Boden neben seinem Stuhl lag eine Carl Gustaf M/45 auf einem kleinen Tornister mit einem Poncho.

„Fühlst du dich besser?" fragte Maxon.

„Ja", sagte Brady.

Ausnahmsweise schien Maxon nicht geneigt, ihn zu provozieren.

Das war ein weiteres dieser unterbewussten Warnsignale.

„Das ist Captain Tri", sagte Maxon. „Er ist ein Dolmetscher der PRU. Er wird dich heute Abend bei der Mission begleiten."

Brady nickte dem Captain zu, sagte aber nichts, als Maxon eine Mappe öffnete, die auf seinem Schreibtisch lag.

„Dies ist ein Dossier über eure Zielperson. Ich habe sie schon lange im Verdacht, aber ich hätte nie gedacht, dass sie eine so hochrangige Parteiführerin sein könnte."

Er begann laut vorzulesen. „Wohnsitz: Provinz Quang Nam." Er blickte auf. „Sie wohnt hier am Rande von Da Nang." Er blickte wieder auf die Mappe hinunter und fuhr fort: „Bekannte Verbindungen zur NLF und zu NLF-Sympathisanten. Es wird vermutet, dass die Verdächtige..."

Maxon las die Zusammenfassung, und als er fertig war, warf er die Akte beiseite und starrte die beiden Männer über den Schreibtisch hinweg an.

„Hier wird es knifflig, also hört gut zu. Sie ist eine Doppelagentin. Trotz all dieser Beweise könnte es eine Menge politischer Konsequenzen geben, wenn wir diese Sache vermasseln. Sie hat Freunde in hohen Positionen. Wenn wir sie einfach nur verhaften, wird sie wahrscheinlich Chieu-Hoi beantragen und frei gehen. Nash, das ist es, worum es bei Spezialoperationen geht. Du musst darauf vertrauen, dass wir wissen, was wir tun. Schlage dir jegliche Zweifel aus dem Kopf. Du bist unsere einzige Hoffnung, das Leben vieler Soldaten zu retten. Besprich diese Mission mit niemandem, verstanden?"

Brady nickte, aber die Alarmglocken schrillten in seinem Kopf. Er konnte die Hinterlist in Maxons Worten und im Tonfall seiner Stimme hören.

„Okay, du und Captain Tri werdet einen der Jeeps nehmen. Er wird euch zu einem Ort in der Nähe des Hauses der Verdächtigen bringen. Es ist eine ziemlich einfache Eliminierung. Erledigt es, und seid vor Tagesanbruch wieder hier. Irgendwelche Fragen?"

„Wie heißt sie?" fragte Brady.

Maxon zögerte und warf einen Blick in die Akte. „Nicht, dass es einen Unterschied machen würde, aber laut diesem Bericht ist einer ihrer Decknamen Nguyen Cai Li. Man weiß nie, wie sie wirklich heißen, denn diese Leute wechseln ihre Namen öfter als ich mein Hemd."

Brady warf aus dem Augenwinkel einen Blick auf den vietnamesischen Captain. Er blieb ausdruckslos und starrte geradeaus.

„Wenn du die Chance hast, schalte die Frau einfach aus", sagte Maxon. „Verstehst du? Du darfst nicht zögern. Diese mörderische Schlampe ist die für die Weitergabe von Informationen verantwortlich, die schon vielen GIs das Leben gekostet haben. Glaubst du, du wirst damit fertig?"

Brady nickte, aber diese ganze Mission roch nach einer Falle. Wenn es so wichtig war, warum ging Maxon nicht mit ihm? Warum war ein niederer PRU-Offizier sein Führer und nicht einer von der Sonderpolizei? War Duffs letzter Einsatz genauso verlaufen? Brady richtete seinen Blick auf den Mann, der neben ihm saß. Wie sah ein Mörder aus?

„Es ist an der Zeit, dass ihr losgeht", sagte Maxon. „Es wird bald dunkel."

Captain Tri fuhr den Jeep bei Sonnenuntergang durch die Außenbezirke der Stadt Da Nang. Brady schauderte in der kühlen Abendluft und rieb die Gänsehaut auf seinen Armen, während er die Straße vor sich studierte. Schatten krochen über den Schotter und die Häuser hinauf. Der Geruch von Holzfeuerrauch und gedünstetem Fisch hing in der Abendluft. Die Nacht brach herein, und Tri schaltete die Scheinwerfer ein. Der Feind konnte überall sein, aber Tri war derjenige, den Brady aus den Augenwinkeln beobachtete. Der kleine Mann kniff ihm Wind die Augen zusammen und schien sich keiner Gefahr bewusst zu sein.

Nachdem er eine kurze Strecke gefahren war, wich Tri abrupt auf eine unbeschilderte Seitenstraße aus. Brady verlor fast das Gleichgewicht und hielt sich am Armaturenbrett fest. Kaum hatte er es wiedergefunden, riss Tri erneut das Lenkrad herum und lenkte den Jeep diesmal direkt in ein Dickicht am Straßenrand. Er vergrub das Fahrzeug tief in der Laubdecke und hielt erst an, als sich der Dschungel hinter ihnen verschloss und die Straße nicht mehr zu sehen war. Sobald er den Motor und das Licht ausschaltete, war es stockdunkel. Eine Taschenlampe klickte an.

„Folgen Sie mir", flüsterte Tri.

Die Dinge gingen schnell voran. Brady schnappte sich sein Gewehr, stieg aus dem Jeep und eilte ihm hinterher. Sie erklommen einen Bergkamm, der parallel zur Straße verlief. Als sie die Spitze des Kamms erreichten, sank Tri auf ein Knie und schaltete sein Licht aus. Brady tat es ihm gleich, hielt aber sein Gewehr bereit.

„Wir warten hier, bis wir sehen können", sagte Tri. „Dann gehen wir diesen Pfad runter zum Haus."

Mücken surrten unaufhörlich, doch die einzigen anderen Geräusche kamen vom gelegentlichen Rascheln einer nächtlichen Brise in den Bäumen über ihnen. Brady blickte hinauf zum fast vollen Mond, der zwischen den zerrissenen Wolken kam und ging. Seine Augen gewöhnten sich langsam an die Dunkelheit, während die Mondstrahlen sich ihren Weg durch das Blätterdach des Dschungels bahnten, und überall gespenstische Schatten warfen. Die Minuten vergingen wie Stunden, während er über ihre Zielperson nachdachte – eine Frau. Sie würde wahrscheinlich Wachen haben. Die wahnsinnige Helligkeit des Vollmonds ließ seinen Adrenalinpegel in die Höhe schießen.

Brady zuckte beim plötzlichen Klang von Tris Stimme zusammen. „Wir gehen jetzt", sagte er.

Er stand auf und gab Brady ein Zeichen, ihm zu folgen, als er den Pfad hinunterging. Nach einigen hundert Metern blieben sie erneut stehen. Sie standen an einem steilen Hang und es schien, als wären sie mitten im Nirgendwo, bis plötzlich eine Brise den Dschungel teilte. Fast wie eine Erscheinung tauchte am Fuße des Hügels ein altes, französisches Herrenhaus auf. Brady hob sein Fernglas. Das Äußere des Hauses war dunkel, aber aus dem Inneren warfen dimme Lichter einen sanften Schein durch mehrere offene Balkontüren im zweiten Stock. Das Haus war kunstvoll verziert und wunderschön. Nur vereinzelte, spinnwebenartige Risse an den Innenwänden verrieten sein Alter.

Captain Tri bewegte sich den steilen Hang hinunter in Richtung des Hauses, und Brady folgte ihm, bis sie eine kleine Lichtung erreichten. Dort blieben die beiden Männer stehen. Sie befanden sich auf gleicher Höhe mit einem Balkon, der weniger als fünfzig Meter entfernt war. Der Balkon führte in ein geräumiges Schlafzimmer im zweiten Stockwerk. Tri drehte sich um und setzte sich mit dem Rücken gegen einen Baum, bevor er sein Fernglas an die Augen hob.

„Herr Maxon hat diesen Ort gut beschrieben", sagte er, während er das Haus durch das Fernglas betrachtete.

Brady setzte sich neben Tri, richtete sein Gewehr auf das Haus und suchte es mit dem Zielfernrohr ab. Es war niemand zu sehen. Nach ein paar Minuten ließ er das Gewehr sinken und richtete sich auf das Warten ein. Es schien alles so, als könnte dies eine legitime Mission sein, aber er blieb weiterhin wachsam. Irgendetwas stimmte immer noch nicht. Wenn diese Frau eine feindliche Agentin war, sei es eine Doppelagentin oder nicht, wie konnte sie dann am Rande der Stadt leben, ganz ohne Bewachung?

Das Geräusch eines herannahenden Fahrzeugs unterbrach seine Gedanken. Von der Hauptstraße her ertönte das Dröhnen eines Motors und Scheinwerferlicht blitzte zwischen den Bäumen hindurch. Das Fahrzeug wurde langsamer und bog auf die schmale Zufahrtsstraße in Richtung des Herrenhauses ein. Wenige Augenblicke später rollte ein dunkler, möglicherweise schwarzer Citroën vor dem Haus zum Stehen. Der Fahrer schaltete den Motor und das Licht aus und stieg aus.

Schnell hob Brady sein Gewehr, als der Schatten einer Person die breite Eingangstreppe zur Tür hinaufging. Das musste die Zielperson sein, aber er konnte sein Fadenkreuz in dem schwachen Licht nicht finden. Die Gestalt, kaum mehr als eine vage Silhouette, verschwand schnell im Haus. Brady blickte zu seinem Partner hinüber, aber Tri gab keinen Hinweis darauf, was zu tun war. Brady blickte zurück zum Haus und betrachtete das schummrige Innere durch die offenen Balkontüren.

Nach ein paar Augenblicken ging im Schlafzimmer ein Licht an. Der sanfte, vanillefarbene Schein flutete durch die offenen Balkontüren und hinaus auf den angrenzenden Hügel. Das plötzliche, helle Licht veranlasste Brady, sich instinktiv hinter einen Baum zu verstecken. Als er aus seinem Versteck hervorblickte, war sie da, die Frau, aber sie war ganz anders, als er erwartet hatte. Hochgewachsen und wunderschön, stand sie neben einem Frisiertisch und entledigte sich ihrer Kleider. Er hob sein Gewehr und spähte durch das Zielfernrohr, als ihr Rock zu Boden fiel. Das Fernrohr bot einen eindimensionalen, aber kristallklaren Blick aus nächster Nähe.

Er legte das Gewehr beiseite und hob sein Fernglas. Die starke Vergrößerung gab ihm das Gefühl, mit der Frau im Zimmer zu sein, denn er konnte jedes Detail ihres Körpers genau erkennen, ihr rundes, aber dennoch festes Gesäß und den glühenden Schein ihrer Haut. Sie zog einen Riemen von jeder Schulter und entledigte sich ihres BHs. Ihre Brüste leuchteten in dem sanften Licht, das vom Spiegel reflektiert wurde. Völlig nackt nahm sie eine Bürste in die

Hand und strich damit durch ihr wallendes, schwarzes Haar. Sein Blick glitt über ihre Beinen nach oben, über ihre Pobacken und hinüber zum Spiegel, wo ihr voller Busen sanft wippte, während sie ihr Haar bürstete.

„Cô ấy là đẹp", flüsterte Tri.

Brady senkte das Fernglas und blickte ihn an. Tris Gesicht war schweißgebadet und seine Augen leuchteten weiß im schwachen Mondlicht. Seine Worte wirkten seltsam, fast wie ein Flehen.

„Sie ist eine sehr schöne Frau", sagte Tri.

„Ja, das ist sie", flüsterte Brady, „aber sie sieht nicht vietnamesisch aus, jedenfalls nicht ... Kennen Sie sie?"

Irgendwo in seinem Hinterkopf schrillten wieder Alarmglocken.

„Ich bin mir nicht sicher. Ich habe sie noch nie ohne Schal und Sonnenbrille gesehen, aber sie könnte die Frau sein, die gekommen ist, um Fragen über die Männer in meiner Einheit zu stellen, und auch über die Sonderpolizisten in Ihrer Einsatzgruppe. Manche glauben, sie sei eine Spionin. Ich nehme an, deshalb wurden wir geschickt, um sie zu ermorden."

Brady hob erneut das Fernglas und blickte zurück in das Schlafzimmer der Frau. Der Gedanke ließ ihn nicht los, aber er schien zu weit hergeholt. Dies konnte nicht Lynn Dai Bouchet sein. Die Frau war wunderschön, mit geheimnisvollen, dunklen Augen und wallendem, dunklem Haar, das ihre eher kaukasischen Gesichtszüge umgab. Die sanfte Schönheit ihres vietnamesischen Blutes zeichnete sich zart um ihre Augen ab. Sie drehte sich um und ging auf die offene Doppeltür des Balkons zu. Brady ließ das Fernglas fallen, hob rasch das Gewehr und blickte durch das Zielfernrohr, während Captain Tri wortlos dasaß und jede seiner Bewegungen beobachtete.

Die Frau blieb an der Tür stehen und starrte blind in die Dunkelheit. Mit zarten, weiblichen Bewegungen zog sie die eine Tür zu, ging auf die Zehenspitzen und griff nach dem Riegel an der anderen Tür. An der weichen Haut unter ihren Brüsten zeichneten sich ihre Rippen ab, und als Brady das Fadenkreuz vorsichtig auf ihre Brust richtete, spürte er ein Ziehen tief in seinem Inneren. Zentrum der Masse, dachte er bei sich. Aber die „Masse" war dieser weiche Frauenkörper.

Ihr Körper füllte das Zielfernrohr des Gewehrs, doch seine Augen wanderten nach unten, an ihrem Bauchnabel vorbei zu dem weichen Flaum aus dunklem Haar zwischen ihren Beinen. Für einen Moment war der Bann gebrochen. Er war nicht mehr der stumpfsinnige Killer. Wie konnte jemand etwas, jemanden, irgendjemanden von solcher Schönheit auslöschen? Und was, wenn es wirklich Lynn Dai Bouchet war?

Er zögerte und blickte auf. Eine leichte Brise regte sich in den Bäumen, und der Vollmond tauchte die Zirruswolken in ein silbernes Licht. Hoch über dem schattigen Dschungel war der Himmel fast taghell. Er musste diese Frau töten, so wie er an jenem Tag am Cu-De-Fluss den jungen Vietkong-Rekruten getötet hatte, der sich ergeben wollte. Sie konnte nicht Bouchet sein. Maxon war vielleicht geistesgestört, aber nicht genug, um sich über Befehle hinwegzusetzen.

Nein, das war nicht Bouchet, und diese Frau zu töten, würde ihm Zeit verschaffen. Es würde Maxon auch falsches Vertrauen geben, und den Glauben, dass er ihn noch immer kontrollierte. Es hatte keine wirkliche Wahl. Er musste es tun.

Brady hob erneut das Gewehr und richtete das Fadenkreuz auf die Brust der Frau. Als er den Finger leicht um den Abzug krümmte, heulte irgendwo tief im Dschungel ein Affe, und ein unwillkürlicher Schauer durchlief seinen Körper. Einen Moment lang schien es ihm, als ob auch sie schauderte, als sie in der Tür zögerte und zum silbernen Mond hinaufblickte.

Der Geruch der Vegetation durchflutete seine Sinne, und die nackte Frau schien in ihrer ganzen, zarten Verletzlichkeit den rauen Hintergrund des Dschungels zu überstrahlen. Das Fadenkreuz war eine Unanständigkeit, schlimmer als eine Vergewaltigung, wie es ihren Körper vertikal und horizontal in Viertel teilte und vermaß. Sie griff nach der anderen Tür und begann, sie zuzuziehen. Brady spannte seinen Finger am Abzug. Langsam, scheinbar widerstrebend, schloss sich die Tür. Eine Schweißperle rann in sein Auge, als sie aus seinem Blickfeld verschwand.

Er senkte das Gewehr und ließ mit geschlossenen Augen den Kopf hängen, während sein Herz in der Brust hämmerte. Wenn er sie nur lange genug geschlossen hielt, würde dieser Albtraum vielleicht verschwinden. Vielleicht würde er schweißgebadet in seiner Hütte in Ben Het aufwachen und feststellen, dass es genau das war – ein weiterer Albtraum. Aber nichts änderte sich, und er wandte sich an Captain Tri.

„Auch wenn diese Frau eine feindliche Agentin ist, wie Maxon sagt, wird sie heute Nacht nicht sterben. Er wird jemand anderen finden müssen, der sie tötet. Ich werde nicht noch eine unbewaffnete Person ermorden, schon gar nicht eine, die so aussieht."

Tri starrte ihn mehrere Sekunden lang schweigend an, bevor er antwortete: „Mister Maxon hat sie als feindliche Agentin bezeichnet, aber ich bin mir nicht sicher, wer hier wirklich der Doppelagent ist."

„Was meinen Sie?" fragte Brady.

„Ich weiß nichts Genaues, nur dass die Missionen meiner Einheit oft kompromittiert werden, aber diese Frau kann unmöglich genug Wissen haben, um dahinter zu stecken. Wenn sie wirklich eine Doppelagentin ist, dann gibt es noch einen Anderen."

„Warum haben Sie Maxon nicht gesagt, was Sie wissen?"

„Ich erzähle Mister Maxon nichts, weil ich ihm nicht traue. Er lügt, so wie er auch über diese Frau gelogen hat."

„Warum sagen Sie das?"

„Wie ich schon sagte, ich glaube nicht, dass diese Frau Nguyen Cai Li ist. Ich bin mir zwar noch immer nicht sicher, aber ich glaube, dass sie diejenige ist, die gekommen ist, um Fragen zu stellen. Der Name dieser Frau ist Lynn Dai Bouchet."

Brady spürte einen kalten Knoten in seinem Bauch und er begann zu zittern. Er war kurz davor gewesen, die einzige Person zu töten, die ihm helfen konnte, Duffs Mörder zu finden. Er nahm einen tiefen Atemzug. Er war strohdumm, und Maxon spielte mit ihm wie auf einer Fiedel. Er steckte so tief in diesem Schlamassel, dass er nicht mehr klar denken konnte.

Brady wandte sich an Tri. „Diese Frau, die Sie für Lynn Dai Bouchet halten, glauben Sie, dass sie eine Doppelagentin ist?"

„Ich kann es nicht mit Sicherheit sagen, aber Ihr Mister Maxon hat versucht, mir weiszumachen, dass sie für die vielen Fehlschläge unserer Missionen verantwortlich ist. Ich bin nur ein Offizier meiner provinzialen Aufklärungseinheit, aber ich weiß, dass seine Anschuldigung falsch scheint. Diese Frau hat wenig Ahnung von unseren Missionen, und ihre Fragen beziehen sich normalerweise auf den Tod von Zivilisten, nicht auf Operationen."

„Sie glauben also, dass sie unschuldig ist?"

„Das habe ich nicht gesagt. Ich bin zwar genauso verwirrt wie Sie, aber ich befolge Befehle. Wenn mir gesagt wird, ich soll Ihnen helfen, sie zu töten, dann muss ich das tun."

Brady wusste nicht mehr, was er denken sollte. Er wollte glauben, dass diese Frau, wenn sie Lynn Dai Bouchet war, das Vertrauen von Duff verdient hatte. Nach aller Logik war sie der Schlüssel, um seinen Mörder zu finden, aber er wurde Maxon immer ähnlicher. Er vertraute niemandem mehr, nicht einmal sich selbst.

Die einzige Lösung war, Lynn Dai Bouchet zu konfrontieren. Dann würde es seinem Instinkt überlassen sein, die Wahrheit zu finden. Er musste versuchen, die Resonanz zu hören, von der Will gesprochen hatte.

„Sie müssen denken ich sei ein Schwächling oder vielleicht ein Feigling, weil ich sie nicht getötet habe", sagte Brady.

„Im Gegenteil, Mister Nash, ich finde, ein Mann, der für das einsteht, was er glaubt, ist eine Seltenheit, besonders unter Amerikanern. Sie haben meinen tiefsten Respekt. Ich wünschte nur, ich hätte Ihren Mut."

Brady stand auf und wandte sich zum Gehen. „Ich bin mir nicht sicher, ob ich für das einstehe, was ich glaube, oder ob ich davor weglaufe. Lassen Sie uns von hier verschwinden."

Auf dem Weg zurück zu Jeep zerbrach Brady sich den Kopf, und versuchte, sich einen Reim auf die ganze Situation zu machen. Maxon hatte ihm eine Falle gestellt, um Lynn Dai Bouchet zu töten, aber warum hatte er über ihre Identität gelogen? Er konnte eine ganze Reihe von Schlussfolgerungen ziehen, aber jede davon konnte falsch sein. Bouchet war offensichtlich nicht auf Maxons Seite, aber das machte sie nicht unbedingt zu einer der Bösen. Was wusste sie?

Tri ging voran, als sie die letzten Meter bis zum Jeep an einem Schilfdickicht vorbeischlichen. Als sie ankamen, hielt Brady inne, und es wurde ihm schlagartig klar – es *war* eine Falle. Er bemerkte einen metallischen Gegenstand, der kurz im Mondlicht aufblitzte. Die Bewegung kam von der anderen Seite des Highways. Ein heftiger Adrenalinstoß jagte durch seinen Körper, als er nach Tris Arm griff. Brady gab ihm ein Zeichen, ihm zu folgen, drehte sich um und schlich lautlos den Pfad zurück in den Dschungel.

„Beeilen Sie sich", flüsterte er.

Schnell machten sie sich auf den Weg zurück den Hang hinauf und legten so viel Abstand wie möglich zwischen sich und den Jeep. Einen Moment später ertönte aus dem Wald nahe der Straße eine Explosion aus Geschützfeuer. Das metallische Klicken der Kugeln, die in den Jeep einschlugen, drang zu ihnen herauf, und Brady blickte zurück, während rote Leuchtspurgeschosse in den Bäumen um sie herum durcheinanderflogen. Er hatte Recht gehabt. Jemand hatte auf ihn gewartet, um ihn hinterhältig zu überfallen, nachdem er die Bouchet-Frau getötet hatte. Er und Tri eilten über den Grat und kehrten zur Straße zurück, die nach Da Nang führte.

Die Karten lagen nun alle auf dem Tisch. Es gab keinen Zweifel mehr. Maxon wollte ihn ausschalten, aber er hatte Komplizen, gesichtslos und ebenso gefährlich. Brady steckte bis zum Kinn in einem Sumpf voller Krokodile. Er konnte nicht länger auf Maxons nächsten Schritt warten. Er musste derjenige sein, der bestimmte, was als nächstes geschah.

KAPITEL 16

Gerissener Tiger

„Jemand wusste, dass wir hier sein würden", flüsterte Tri.

Brady hockte neben Captain Tri im hohen Gras am Straßenrand und hielt Ausschau nach Bewegungen in der dämmrigen Dunkelheit. Sie waren nun selbst die Gejagten, und ihre Augen suchten wachsam die Schatten ab. Die Angreifer würden nach dem missglückten Überfall nicht aufgeben. Wahrscheinlich wachten und warteten sie in diesem Moment irgendwo auf der Straße nach Da Nang City. Brady war sich nun sicher, dass Maxon involviert war, und eine Rückkehr in die Einsatzzentrale wäre für ihn nicht in Frage gekommen, wenn dort nicht Duffs Ausweis versteckt gewesen wäre, zusammen mit der Kill Card und den Telexnachrichten.

„Jemand will uns beide tot sehen", sagte er.

Der vergilbte Mond hing nun tief und fett am Horizont.

„Wer wusste von dieser Mission?"

Tri zuckte mit den Schultern. „Ich bin mir über niemanden sicher, bis auf Mister Maxon."

„Richtig", sagte Brady.

Tri, dessen Augen kaum wahrnehmbar in der Dunkelheit schimmerten, nickte langsam. „Ich weiß nicht, was hier vor sich geht, aber was Sie gesagt haben, ist wahr. Ihr Mister Maxon ist der Einzige, der wusste, dass wir hier sind, und die Waffen, die wir gehört haben waren amerikanische M-16er. Ich habe nur rote Leuchtspurgeschosse gesehen, keine AK-47er. Ich würde sagen, es war die Sonderpolizei."

„Gibt es etwas, das Sie mir über Maxon sagen können?" fragte Brady.

„Da gibt es Vieles, aber wir müssen jetzt gehen. Wir müssen diesen Ort schnell verlassen. Wir werden später reden."

Tri hatte Recht. Sobald das Tageslicht kam, würden diejenigen, die ihnen aufgelauert hatten, die Gegend durchsuchen.

„Wir müssen uns trennen", sagte Brady.

Tri nickte, und ohne ein weiteres Wort verschwand er in der Dunkelheit. Brady schlich sich am Straßenrand entlang und blieb immer wieder stehen, um zu lauschen, und das schattendurchzogene Gelände zu studieren. Sie lauerten irgendwo da draußen auf dieser Straße. Das Militägelände war nur ein paar Kilometer Luftlinie entfernt, aber auf der Straße zu bleiben kam nicht in Frage. Seine einzige Möglichkeit war es, eine Schleife nach Norden zu machen, um die offensichtlichen Stellen für einen Hinterhalt zu vermeiden.

Brady bewegte sich wie eine Katze in der Nacht, auf unbekannten Pfaden, durch Wälder und hinter Häuserreihen vorbei, durch die Außenbezirke der Stadt. Der Vollmond ging langsam in die Dämmerung über, und die Dämmerung schließlich in das Tageslicht. Am späten Vormittag kam er vor den Toren des Geländes an. Schlammig und erschöpft studierte er den Eingang des Geländes. Im Hof waren keine Fahrzeuge zu sehen. Wahrscheinlich suchten Maxon und die Offiziere der Sondereinheit immer noch die Landschaft nach ihm ab. Er brauchte saubere Kleidung, aber vor allem brauchte er die Beweise, die er aus Maxons Büro mitgenommen hatte.

Dreistigkeit schien die beste Taktik zu sein, um an den Wachen vorbeizukommen. Wenn sie nicht vorgewarnt waren, konnte er ohne Probleme hineinspazieren. Er warf sich das Gewehr über die Schulter und schlenderte auf das Tor zu. Der Kies knirschte fast zu laut unter seinen Stiefeln, aber der Wächter schien entspannt, lächelte ihn an und bedachte ihn mit ein Nicken des Erkennens. Brady versuchte, souverän zu wirken, als er salutierte und vorbeiging. Es funktionierte, und nachdem er das Gelände betreten hatte, ließ er seinen Blick schnell über die Gebäude schweifen.

Das gesamte Gelände schien verlassen zu sein - zumindest im Moment. Er versuchte, seine Lässigkeit zu bewahren, und ging über den Hof auf die Wellblechbaracke zu. Nirgendwo waren Fahrzeuge zu sehen. Die einzige sichtbare Person war ein weiterer Wachmann, der an der Tür zur Einsatzzentrale postiert war.

In seinem Zimmer angekommen, rieb Brady sich schnell mit einem Handtuch ab und zog eine saubere Uniform an. Er holte die Karten und Telexnachrichten aus ihrem Versteck hinter einem losen Brett an der Wand, und steckte sie in seine Tasche. Er brauchte eine Waffe, aber das Gewehr würde auf der Straße nur Aufmerksamkeit erregen. Nachdem er das Uniformhemd wieder ausgezogen hatte, schnallte er sich das Schulterholster mit der .45 um, und zog das Hemd darüber. Er stopfte einen Poncho und Wechselkleidung in eine Tasche und ging zur Tür, um einen Blick auf das Gelände zu werfen. Es war immer noch menschenleer, fast zu still, aber er konnte nicht Halt machen. Jetzt war nicht die Zeit, um zu erstarren.

Lässig, aber ohne Zeit zu verlieren, ging er durch das Haupttor zurück und schenkte den Wachen noch einmal einen freundlichen Gruß und ein Lächeln. Er beeilte sich, eine belebte Straße zu erreichen, die ihn ins Herz von Da Nang führte. Bis jetzt hatte er Glück gehabt, aber er musste in die Anonymität der Stadt fliehen, und hoffentlich einen Journalisten oder jemanden von der Militärpolizei finden.

Ihm gingen die Ideen aus, und er beäugte mit wachsenderVerzweiflung jede Person und jedes vorbeifahrende Fahrzeug. Ein zunehmendes Gefühl der Paranoia legte seine Nerven blank, und der Donnerschlag eines aufziehenden Gewitters ließ ihn zusammenzucken. Ein Blick nach oben zeigte ihm eine drohende Gewitterwolke, aber da war noch etwas Anderes, das ihn quälte, ein sechster Sinn. Er warf einen schnellen Blick über seine Schulter. Hinter ihm war niemand Verdächtiges zu sehen, aber er wusste, dass er verfolgt wurde.

An einer Kreuzung blieb er stehen und drehte sich zur Seite, während er sich eine Zigarette anzündete. Aus den Augenwinkeln betrachtete er die Straße hinter sich. Auf der belebten Straße liefen Dutzende von Menschen, aber niemand stach heraus. Keiner von ihnen wirkte auch nur im Entferntesten wie eine Bedrohung, außer... da war ein mageres Kind, ein schwarzhaariger Junge in Khaki-Shorts und Ho-Chi-Minh-Sandalen. Der Junge schlenderte etwa sechzig Meter hinter ihm durch die Menge, aber jetzt, wo Brady stehen geblieben war, wurde er langsamer und schaute sich um. Er schien nervös zu sein und hielt den Kopf gesenkt, während er den Blick nach vorne richtete. Brady ließ sich Zeit, drehte sich langsam um und bahnte sich einen Weg durch das Zentrum eines Marktes, wobei er den Jungen im Auge behielt. Der Junge schien unsicher und dennoch entschlossen, ihm zu folgen.

Als er den Rand des Marktes erreichte, fand Brady einen abgelegenen Platz im Schatten eines der hölzernen Stände. Eine alte, betelnusskauende Frau beobachtete mit zusammengekniffenen Augen, wie er sich hinter den Stand duckte und seine Pistole zog. Einen Moment später kam der Junge um die Ecke, blieb abrupt stehen und schielte in den Lauf von Bradys .45.

Brady trat weiter in den Schatten zurück. „*Lai day*", sagte er und winkte den Jungen näher heran.

Der Junge trat mit vor Schreck geweiteten Augen nach vorne

und streckte seine Hand aus, in der er ein gefaltetes Stück Papier hielt. Brady entriss es ihm, doch als er begann, es zu entfalten, drehte sich der Junge um und floh.

„*Dung Lai!*" rief Brady, aber vergeblich. Der Junge war schnell verschwunden. Er blickte auf das Papier hinunter. Darauf war mit schwarzer Tinte eine Nachricht gekritzelt:

M. Bouchet bittet Sie, sich so bald wie möglich mit ihr in Saigon zu treffen. Sie hat Informationen, die für Sie von Bedeutung sein könnten. Kontaktieren Sie sie über einen Mann namens Than im Continental Palace Hotel.

Es gab keine Unterschrift, aber er las den Namen noch einmal: „M. Bouchet". Wie konnte das sein? Das musste Captain Tri gewesen sein. Er musste zurück zum Haus gegangen sein und ihr erzählt haben, was passiert war. Maxon wollte sie aus irgendeinem Grund tot sehen, aber warum? Vielleicht war das der Grund, weshalb Bouchet den weiten Weg nach Saigon gereist war. Was war es, das sie über ihn wusste? Er dachte an das Risiko, das Tri eingegangen sein musste, um sie zu warnen. Menschen riskierten ihr Leben, aber wofür? Sicherlich nicht, damit er seinen Plan, Duffs Mörder zu finden, erfüllen konnte. Aber vielleicht war es das. Vielleicht hofften sie, er könnte etwas bewirken. Maxon war für sie eine ebenso große Bedrohung wie der Feind.

Er steckte den Zettel in seine Tasche und ging los, als ein weiterer, tropischer Regen vom Himmel fiel. Es war ein fragwürdiger Segen. Brady zog seinen Kapuzenponcho über, wissend, dass er dadurch schwer zu erkennen war, doch er blieb vorsichtig. Wenn der Junge ihn hatte finden können, dann konnten andere es auch. Er warf einem Blick über die Schulter und eilte durch die Straßen in Richtung Da Nang Air Base.

Trotz des Ponchos war er völlig durchnässt, bis er schließlich einen Fahrer anhielt, der ihn zum Luftwaffenstützpunkt mitnahm. Der Unteroffizier am Operationsschalter überprüfte seine SOG-Befehle und seinen Militärausweis und schien etwas verwundert, zuckte aber mit den Schultern und teilte ihm mit, dass der nächste Flug nach Saigon erst im Morgengrauen starten würde. Nass und erbärmlich wie er war, suchte Brady sich einen der großen Vinylstühle im Wartebereich aus. Er war fleckig und stank nach altem Zigarettenrauch, aber es war besser, als auf dem Boden zu schlafen.

Er rollte sich zwischen den schaumstoffgepolsterten Vinylarmen zusammen und verlagerte sein Gewicht von einer Seite auf die andere, drehte und wendete sich, während er versuchte, es sich einigermaßen bequem zu machen. Nach einer Weile gab er auf und blieb in einer katzenartigen Position liegen, wobei er ein Auge offen hielt. Er beobachtete jede Person, die kam und ging. Maxon war zweifellos auf der Suche nach ihm, aber wahrscheinlich konzentrierte er sich immer noch auf den ländlichen Raum außerhalb von Da Nang. Seine einzige Hoffnung war es, im Flugzeug zu sitzen, bevor Maxon seine Suche ausweitete. Voller Nervosität behielt Brady den Unteroffizier hinter dem Schreibtisch gut im Auge.

Als die Maschine endlich bereit zum Abflug war, war eine weitere graue Morgendämmerung angebrochen, und vom Himmel fielen noch immer unerbittlich die Regentropfen. Brady warf einen Blick über seine Schulter, während er über das Rollfeld auf die C-130 zuging. Über ihm saß die Besatzung hinter den Scheiben aus Plexiglas im Cockpit und ging vor dem Flug ihre Checkliste durch. Um das Gebäude herum standen nur ein paar ARVN-Wachen und einige Marinesoldaten. Keiner schien besonders gefährlich zu sein, aber seine Zeit konnte jeden Moment ablaufen. Erschöpft stieg er in das Flugzeug, warf seine Tasche unter den Netzsitz, lehnte sich zurück und schloss die Augen. Das monotone

Dröhnen der Turboprop-Motoren ließ ihn schnell in einen tiefen Schlaf sinken.

Brady schreckte aus dem Schlaf, als die C-130 auf der Landebahn von Tan Son Nhut aufsetzte. Seit er Da Nang hinter sich gelassen hatte, hatte er sich in einem traumlosen Tiefschlaf befunden. Nachdem er sich bemüht hatte, seine Sinne wiederzuerlangen, bestieg er den grünen Armeebus in Richtung Saigon Innenstadt, und als sie durch die Straßen rollten, überkam ihn ein sofortiges Déjà-vu. Die Stadt hatte sich seit Tet nicht viel verändert.

Die Schreckensnacht in der Nähe des Cholon-Viertels schien sich für immer in sein Gedächtnis eingebrannt zu haben, und ein vertrautes Gefühl düsterer Vorahnung erinnerte ihn daran, dass der Krieg jederzeit überall ausbrechen konnte. Die Narben waren überall in der Stadt zu sehen – von Kugeln durchlöcherte Mauern, vernagelte Fenster und ausgebrannte Gebäude – alles erbarmungslose Erinnerungen an die Grausamkeit der Schlacht.

Er verschwendete keine Zeit und ging direkt zum Continental Palace Hotel, wo er den in der Notiz beschriebenen Mann schnell ausfindig machte. Than war uralt, hatte ledrige, braune Haut und schütteres, graues Haar. Lediglich seine Augen schienen vor Leben zu glühen. Er lächelte und nickte ihm zu, bis Brady sich zu erkennen gab. Nachdem er den Zettel gelesen hatte, wurde die Miene des kleinen Mannes plötzlich ernst und ein leichter Glanz von Schweiß erschien auf seinem Gesicht. Das Leuchten in seinen Augen war erloschen. Erst, nachdem er mehrere verstohlene Blicke in verschiedene Richtungen geworfen hatte, schien er sicher zu sein, dass niemand ihn beobachtete.

Während seine Augen weiter nervös umherflogen, flüsterte er Brady zu: „Du komm später wieder. Du komm um acht Uhr. Ich bringe dir Nachricht von Lady."

„Nein!" Brady versuchte zu flüstern, aber seine Stimme brach. „Ich muss sie jetzt sehen."

„Phung Hoang sieht alles", zischte der kleine Mann.

„Phung Hoang?" Brady flüsterte. „Erzähl mir von Phung Hoang. Ich muss mehr wissen."

„*Xau Lem*", sagte der Mann. „*Beaucoup Nummer zehn.*"

„Was? Was soll das bedeuten? Sie müssen mir mehr sagen."

Der Mann schüttelte mitfühlend mit dem Kopf. „*Khong lau. Du geh. Komm später* ", sagte er und huschte davon.

Brady blieb stehen und starrte dem kleinen Mann hinterher. Die von Phung Hoang geschaffene Angst und Paranoia schien allgegenwärtig. Wegen der auf den Leichen hinterlassenen Mordkarten, hatten sich die Einschüchterung und Furcht wohl so weit ausgebreitet, dass selbst diejenigen, die auf der Seite der Regierung arbeiteten, in Angst und Schrecken versetzt wurden. Es hatte keinen Sinn, ihm zu folgen. Than war offensichtlich starr vor Angst. Brady durchquerte die Lobby und trat hinaus auf die Straße.

Es war noch früh, und ein trüber Sonnenschein durchtränkte die Stadt. Er schlenderte die Straße hinauf und fand das Restaurant, in dem er und Maxon im Januar zu Abend gegessen hatten. Nachdem er eine Cola bestellt hatte, holte er Laceys Brief aus seiner Tasche. Er war immer noch unbeantwortet, doch jetzt war die Dringlichkeit noch größer. Er musste sie warnen, falls sie irgendwie Duffs Brief von Mister Brister erhalten hatte.

Er holte einen Umschlag und einen Notizblock aus seiner Reisetasche und begann, zu schreiben.

Liebe Lacey,
ich weiß, dass ich dir in den letzten Monaten nicht
genug geschrieben habe, aber dieser Brief ist besonders

wichtig. Ich möchte dir sagen, wie viel du mir bedeutest. Du hast nie verstanden, warum ich hierher gekommen bin, aber ich hoffe, du glaubst mir, wenn ich dir noch einmal sage, dass ich keine andere Wahl hatte. In letzter Zeit habe ich mich in der gleichen Situation befunden wie Duff. Falls du den Brief von Mister Brister erhalten hast, weißt du, wovon ich spreche. Ich habe ihm dem Brief gegeben, bevor ich von zu Hause weggegangen bin. Ein Soldat, der Duff kannte, brachte ihn zu mir nach Melody Hill, weil Duff glaubte, dass seine gesamte Post gelesen wurde. Jetzt wird auch meine Post gelesen, mit Ausnahme dieses Briefes. Ich schicke ihn in Saigon ab. Was auch immer du tust, schreibe mir nie etwas davon, und erwähne vor allem niemandem gegenüber Duffs Brief. Es könnte sehr gefährlich für dich sein. Ich bin mir nicht sicher, wie das alles ausgehen wird, aber ich hoffe, dass du mir eines Tages für all das verzeihen wirst, was ich dir angetan habe. Ich möchte, dass du weißt, wie sehr ich dich wirklich liebe. Und wenn Gott es so will, werden wir den Rest unseres Lebens zusammen verbringen, wenn ich zurückkehre.

In ewiger Liebe,
Brady.

Er steckte den Brief in den Umschlag und blickte auf seine Uhr. Es waren kaum zwanzig Minuten verstrichen. Er schaute noch hundertmal auf seine Uhr, bis die Zeiger schließlich auf 20:00 Uhr zusteuerten. Es war endlich an der Zeit und er fühlte sich angespannt, aber bereit, als er wieder auf die Straße trat. Er atmete tief durch, hielt inne und schaute sich um. Im Vergleich zum nördlichen Hochland schien die Abendluft in Saigon erstickend. Zwei Polizisten mit weißen Helmen und M-16-Gewehren standen an einer nahen Kreuzung, und die Bürgersteige waren voll mit Menschen, aber er bemerkte nichts Verdächtiges. Ohne Zeit zu verschwenden, eilte er zurück zum Continental.

Als er hineinging, wartete Than bereits auf ihn. Der kleine Mann gab Brady ein Zeichen, ihm zu folgen, und verschwand in einer dunklen Wandnische, in deren Schatten sie sich trafen. Than weigerte sich, Blickkontakt aufzunehmen, und warf wieder verstohlene Blicke um sich. Als er sich davon überzeugt hatte, dass es sicher war, reichte er Brady einen Zettel. Die Paranoia war ansteckend, und Brady ertappte sich dabei, wie er sich umsah, bevor er ihn las.

> Mister Nash,
> Bitte treffen Sie mich um 20:30 Uhr im Restaurant L'Amiral. Ich glaube, Sie kennen mein Gesicht. Ich werde dort alleine sitzen.
> M. Bouchet

Than blickte unentwegt auf die Hotellobby hinaus. Vielleicht würde ein kleiner Anreiz ihn zum Reden bringen. Brady zog ein Bündel Piaster aus seiner Tasche und drückte sie dem Mann in die Hand. Than schob das Geld schnell in seine Tasche.

„Sie sind bester Mann", sagte er. „Vielen Dank."

„So einfach ist das nicht", sagte Brady. „Die Ps sind für Informationen. Sagen Sie mir ..."

Than drehte sich um und ging kopfschüttelnd davon. „Reden Sie mit Lady. Es zu gefährlich, wir hier reden. Phung Hoang sieht alles."

Was auch immer der kleine Mann befürchtete, es begann nun auch, Brady zu beeinflussen, der sich erneut umschaute. Dreißig Minuten später hatte seine Paranoia ihren Höhepunkt erreicht, als er das Restaurant L'Amiral betrat. Überall saßen Leute, aber eine

Frau saß allein. Sie saß an einem Tisch, nahe der hinteren Wand. Trotz des Schals und der dunklen Brille, die sie trug, erkannte er sie. Es war Lynn Dai Bouchet.

Als Brady sich auf den Tisch zubewegte, warf Bouchet einen Blick in in seine Richtung und nahm ihre Brille ab. Ihre Blicke trafen sich, und er schenkte ihr ein unbeholfenes Lächeln. Sie quittierte ihn mit einem leichten Nicken. Er hatte sich noch nie so unbeholfen gefühlt wie jetzt, da er neben dem Tisch stand. Er wusste nicht, ob er sie wie ein Kätzchen oder wie eine Kobra behandeln sollte.

„*Chao co*", sagte er.

„*Bonsoir*", sagte sie. „Ich bin Lynn Dai Bouchet. Ich spreche Vietnamesisch und auch Französisch, aber ich nehme an, Sie ziehen Englisch vor. Sie sind Mister Nash?"

Ihre Haut war straff und makellos, und das gedämpfte Licht des Restauraunts unterstrich ihre zarten Züge. Ihr Gesicht war sogar noch schöner als ihr Körper - wenn das überhaupt möglich war. Brady war genauso fasziniert, wie er es zwei Nächte zuvor auf dem Hügel außerhalb ihres Schlafzimmers gewesen war.

„Oh, äh, ja. Ja, Ma'am. Brady Nash."

Sie streckte ihre Hand aus. „Sie sind so viel jünger, als ich Sie mir vorgestellt habe, Mister Nash. Oh, aber bitte verzeihen Sie mir. Wären Sie so freundlich, sich zu mir zu setzen?"

Der scharfe Geruch von Paprika und geröstetem Schweinefleisch erfüllte das Restaurant, als Brady ihr gegenüber Platz nahm.

„Ich weiß es zu schätzen, dass Sie so weit gereist sind, um sich mit mir zu treffen. Ich weiß, dass es ein sehr weiter Weg war, aber ich hatte keine andere Wahl, als Da Nang zu verlassen. Ich fühle mich nicht mehr sicher und werde morgen das Land verlassen, um bei Verwandten in Frankreich zu leben. Wenn Sie dazu bereit sind, möchte ich mit Ihnen sprechen, bevor ich gehe."

„Nun, ich bin hier, Miss Bouchet. Worüber möchten Sie sprechen?"

Sie akzeptierte seine knappe Antwort, als wäre er der liebenswürdigste Gentleman in ganz Saigon.

„Bitte, nennen Sie mich Lynn Dai", sagte sie. „Wie ich bereits sagte, verlasse ich das Land und möchte nur kurz mit Ihnen sprechen.

Ein Kellner trat an den Tisch heran.

„Bringen Sie mir einen doppelten Bourbon auf Eis", sagte Brady. Er bemerkte, dass Bouchet bereits ein Glas Weißwein hatte. „Möchten Sie noch ein Glas Wein?"

Sie schüttelte den Kopf. Als der Kellner den Tisch verließ, sah er sie über den Tisch hinweg an. „Ich denke, wir können reden, aber wie viel ich sage, hängt davon ab, worüber Sie reden wollen."

„Mister Nash, ich weiß nicht, warum Sie mich neulich nicht erschossen haben, und vielleicht wollen Sie es mir auch nicht sagen, aber ich möchte Ihnen meinen tiefsten Dank dafür aussprechen, dass Sie mein Leben verschont haben. Außerdem möchte ich Ihnen im Gegenzug Informationen geben, die Ihnen helfen könnten."

„Der Grund, weshalb ich Sie nicht getötet habe, ist einfach, Mi... Lynn Dai. Es liegt daran, dass ich ein Problem damit habe, unbewaffnete Menschen zu töten, besonders Frauen."

„Aber warum wurden Sie geschickt, um mich zu töten?"

„Vielleicht sollte ich zuerst Ihnen ein paar Fragen stellen", sagte er.

„Was möchten Sie wissen, Mister Nash?"

„Ich nehme an, wir könnten mit Ihrer Erklärung beginnen, warum Sie mich gebeten haben, hier her zu kommen", sagte er.

Brady blickte sich im Restaurant um. An den Tischen saßen mehrere Amerikaner und Europäer, aber an einem Tisch saß ein einsamer Vietnamese. Sein Gesicht war ihnen abgewendet, doch Brady hatte das Gefühl, beobachtet zu werden. Es war nichts Konkretes - nur eine weitere dieser Vorahnungen, die in den letzten Monaten so häufig aufgetreten waren.

„Es besteht kein Grund zur Beunruhigung, Mister Nash. Soweit ich weiß, sind wir allein und es ist in keinster Weise meine Absicht, Ihnen Schaden zuzufügen."

Brady wurde klar, dass er jeden seiner Gedanken offenbarte.

„Ich habe in dieser Nacht Schüsse in der Nähe meines Hauses gehört, und das hat mich erschreckt. Später kam ein Mann, Captain Tri, um mir mitzuteilen, was passiert war. Er sagte, es sei Ihr Auftrag, mich zu töten. Ich kenne den Mann, für den Sie arbeiten, Mister Maxon. Ich weiß auch von seiner Organisation. Ich habe auch von Ihrem Ruf bei den Vietnamesen gehört. Sie genießen in beiden Armeen ein hohes Ansehen."

„Ach?"

„Lassen Sie mich zur Sache kommen, Mister Nash. Zunächst einmal bin ich kein Mitglied der Nationalen Befreiungsfront, wie Sie den Vietcong nennen. Ich erzähle Ihnen das, weil man mir gesagt hat, dass dies der Grund sei, weshalb Sie mich töten sollten, aber es ist wirklich irrelevant. Ich möchte mich bei Ihnen revanchieren, indem ich Sie über die unmittelbare Gefahr auf Ihr eigenes Leben informiere."

Brady sagte nichts.

„Lassen Sie es mich erklären", sagte sie. „Ich bin sicher, Sie wissen, dass die Nationale Befreiungsfront ein Kopfgeld auf Sie ausgesetzt hat."

Der Kellner kam mit seinem Getränk zurück. Brady hielt inne, bis er wieder verschwunden war.

„Ich weiß nicht, wovon Sie reden. Warum ist ein Preis auf meinen Kopf ausgesetzt?"

„Wollen Sie damit sagen, dass Sie noch nicht gehört haben, wie man Sie in den feindlichen Lagern nennt?"

Brady schüttelte den Kopf.

„Sie nennen Sie Xảo Quyệt Hổ. Lassen Sie mich nachdenken. Ich denke, eine passende Übersetzung wäre 'Gerissener Tiger'. Sie werden von Ihrem Feind ebenso verehrt wie gefürchtet."

Brady grunzte und schenkte ihr die leiseste Andeutung eines humorlosen Grinsens. Herr Tiger saß im Moment ganz schön mit dem Arsch in der Klemme.

„Nehmen Sie sich nicht so leicht, Mister Nash. Ihre Feinde in der NLF tun das nicht, und deshalb haben sie diesen Preis auf Ihr Leben gesetzt. Ich habe von Leuten von so weit wie Hue gehört, die von Ihnen wissen, aber ich muss Sie warnen. Sie sind in weitaus größerer Gefahr durch die Leute, mit denen Sie zusammenarbeiten."

Brady hielt einen Moment inne, bevor er sprach. „Wer sind diese Leute? Nennen Sie mir ein paar Namen."

„Ich habe keine Beweise, aber ich glaube, einer von ihnen ist Mister Maxon. Ich glaube, er will Sie umbringen lassen."

Brady wollte diese Information ergreifen und sich als endgültigen Beweis an sie klammern, aber die Paranoia beherrschte sein Leben. Es bestand immer noch die Möglichkeit, dass es sich hier um einen ausgeklügelten Plan der Manipulation handelte. Was, wenn diese Frau eine NLF-Agentin war? Vernunft und Logik ließen es unmöglich erscheinen, aber...

„Wenn Sie nicht zur NLF gehören, woher wissen Sie dann so viel?"

„Ich arbeite für den militärischen Sicherheitsdienst meines Landes, und seit vielen Monaten besteht meine Hauptaufgabe in dieser einen Mission. Sehen Sie, da die Operationen ständig kompromittiert werden, sind wir uns ziemlich sicher, dass die An Ninh einen Agenten im Offizierskader der Sonderpolizeieinheit haben, die von Mister Maxon beraten wird. Bis jetzt unterstehe ich ausschließlich dem MSS-Büro hier in Saigon. Deshalb darf niemand in Da Nang wissen, dass ich eine Agentin bin. Ich habe lange Zeit erfolglos versucht, den Spion zu enttarnen."

Die Puzzleteile begannen, sich zusammenzufügen, doch Brady blieb stumm.

„Sehen Sie, der Militärische Sicherheitsdienst hat mich wegen meiner Arbeit im Civic Action Center rekrutiert. Ich arbeitete dort als Kontaktperson für die südvietnamesische Regierung und vertrat vietnamesische Zivilisten, die Schadensansprüche gegen das US-Militär aufgrund des Todes von Familienmitgliedern und Verwandten erhoben. Ich habe eng mit vielen Gruppen zusammengearbeitet, unter anderem mit Mister Maxon und der Sonderpolizei in der Einsatzzentrale, um festzustellen, ob die Forderungen nach Schadensersatz berechtigt waren. Gleichzeitig habe ich daran gearbeitet, herauszufinden, wer von ihnen der NLF-Agent ist, aber da hier viel Politik involviert ist, musste ich langsam und unauffällig arbeiten."

„Welche Politik?"

„Ich habe den strikten Befehl erhalten, dass meine Ermittlungen nicht mit Phung Hoang in Konflikt geraten dürfen."

„Phung Hoang?" sagte Brady.

„Ja, Ihre Regierung nennt es das Phönix-Programm. Die Aktivitäten von Mister Maxon und der Spezialeinheit werden von den höchsten Ebenen beider Regierungen geduldet; somit ist Mister Maxon geschützt, weil selbst seine eigene Regierung nicht erkennt, dass er unschuldige Menschen ermordet. Er ist gerissen und hinterlistig, und er nutzt diesen Schutz, um seine eigenen Ziele zu verfolgen. Er fürchtet jedoch, dass seine Vorgesetzten seinen Verrat bemerken werden. Das ist der Grund, warum er versucht, diejenigen zu töten, die solche Informationen haben könnten.

„Leute wie Sie?"

„Ja, und Leute wie Sie, Mister Nash. Ich weiß nicht, warum er Sie töten will, aber ich glaube, ich weiß, warum ich jetzt ein Ziel bin. Ich vermute, es liegt daran, dass der Spion in Mister Maxons Gruppe von meiner MSS-Mission weiß, aber er kann diese Information nur von jemandem hier in Saigon erhalten haben. Ich glaube, dass dies geschah, als Mister Maxon falsche Informationen an meine Vorgesetzten schickte, um den Anschein zu erwecken, dass ich eine Agentin der An Ninh sei. Als ihm befohlen wurde, keine weiteren Maßnahmen gegen mich zu ergreifen, informierte er, so vermute ich, die Beamten der Spezialeinheit, und der wirkliche An Ninh-Agent schloss auf meine Rolle."

Brady nippte an seinem Bourbon, während er über das, was Bouchet sagte, nachdachte. „Warum sollte Maxon falsche Informationen über Sie verbreiten?", fragte er.

„Ich fürchte, das wird eine noch kompliziertere Geschichte, Mister Nash. Es begann vor zwei Jahren, als Mister Maxon ein persönliches Interesse an mir zeigte und mich mehrmals um ein Date bat. Ich lehnte ab, aber er ließ nicht locker. Ich war zum Einen aus offensichtlichen, beruflichen Gründen abgeneigt und auch, weil er und seine Sondereinsatzkräfte im Norden des Landes für ihre willkürlichen und rücksichtslosen Gewalttaten bekannt waren. Dann, im Januar siebenundsechzig, traf ich einen jungen, amerikanischen Soldaten, der Ihnen sehr ähnlich war. Sein Name war-"

„Duff Coleridge", sagte Brady.

Lynn Dais Gesicht erblasste und ihre Augen weiteten sich. Brady wurde sich des Adrenalins bewusst, das durch seine Adern floss, und konnte das metallische Ticken seiner Seiko-Uhr so deutlich hören wie seinen eigenen Herzschlag. Lynn Dai erschien plötzlich verletzlich und schluckte schwer, während sie sich offensichtlich bemühte, ihre Fassung zu bewahren. Ein Kloß wuchs in seinem Hals, und Brady sah etwas in ihren Augen, etwas, das er vorher nicht bemerkt hatte. Es war eine tiefe Melancholie. Lynn Dai legte den Kopf schief. Ihre Augen waren feucht.

„Sie kannten Duff?"

Brady nahm einen tiefen Atemzug und zwang sich, ruhig zu bleiben. „Ja", sagte er. „Duff wurde von jemandem in diesem Land ermordet. Ich bin hierher gekommen, um diese Person zu finden."

„Mister Nash, ich glaube, Sie arbeiten für diese Person. Obwohl ich keine schlüssigen Beweise für den Mord an Duff finden konnte, kann ich Ihnen sagen, dass Mister Maxon im Zentrum des Verrats stand, der zu Duffs Tod führte."

Brady betrachtete ihr Gesicht. Er war sich jetzt sicher, dass Lynn Dai Bouchet unschuldig war, aber er musste sie noch einem weiteren Test unterziehen.

„Maxon hat mir gesagt, dass Sie Duff getötet haben."

Lynn Dais Fassade bröckelte und ihr stiegen die Tränen in die Augen. „Nein! Nein! Ich habe Duff von ganzem Herzen geliebt! Er bedeutete mir mehr als alles andere auf dieser Welt. Wir hatten gehofft, eines Tages zu heiraten."

Er war genauso kalt und gefühllos geworden wie Maxon, doch jeder Anflug von Zweifel war nun verflogen. Ihre Liebe zu Duff war etwas, das Lynn Dai nicht verbergen konnte. Hastig stellte sie ihre Fassung wieder her.

Sie nahm einen tiefen, aber zittrigen Atemzug und sprach dann. „Erlauben Sie mir, es noch genauer zu erklären", sagte sie. „Sehen Sie, ich glaubte, dass Duff ein ehrlicher Mensch war, aber ich fand auch heraus, dass er mit Mister Maxon zusammenarbeitete. Ich bin zu Duff gegangen und habe ihm meine Bedenken über die Aktivitäten seines Chefs klar gemacht. Um diesen Zeitpunkt herum entdeckte Mister Maxon unsere Beziehung und wurde eifersüchtig. Er bedrohte Duff, doch dieser stellte ihn wegen der Ermordung unschuldiger Menschen zur Rede. Als Duff sich weigerte, ungerechtfertigt Zivilisten zu töten, wurde Mister Maxon wütend. Duff hat mir davon erzählt.

„Er erzählte mir auch, wie Mister Maxon auf dem Schwarzmarkt Waffen verkaufte, die für die Aufklärungseinheiten der Provinz bestimmt waren. Da er von den Morden und den gestohlenen Waffen wusste, fühlte Mister Maxon sich bedroht, sagte Duff. Kurz darauf wurde er ermordet.

„Einige Tage nach seinem Tod begann ich, die PRU-Mitglieder

zu befragen, die an dieser Mission teilgenommen hatten. Später kam ein Captain namens Truc zu mir in das Botschaftsgebäude in Da Nang. Er hatte gehört, dass ich Fragen zu Duffs Tod stellte. Er schien sehr verängstigt und sagte mir, dass Duffs Tod kein Unfall war. Er sagte, dass Mister Maxon daran beteiligt war, aber dass einer der Sonderpolizisten derjenige war, der ihn ermordet hatte. In diesem Moment, noch bevor Captain Truc mir den Namen der Person nennen konnte, kam Mister Maxon in mein Büro. Er schien nicht im Geringsten überrascht zu sein, Captain Truc dort anzutreffen, und sagte ihm, er solle sich sofort bei Major Loc in der Einsatzzentrale zu einer Einsatzvorbesprechung melden.

„Als Truc gegangen war, sagte Mister Maxon, dass ich zu viele Fragen stellen würde. Im Laufe unseres Gesprächs wurde er sehr wütend und sagte, ich stände der Sonderpolizei meiner eigenen Regierung im Weg. Er sagte, wenn ich mich nicht fernhielte, würde er dafür sorgen, dass sie mit mir reden. Er verließ mein Büro, und am nächsten Tag erfuhr ich, dass Captain Truc getötet worden war. Kurz nach diesem Vorfall wurde auch mein Name als Sympathisantin der NLF genannt.

„Als ich gestern Abend mit Captain Tri sprach, befragte ich ihn ausführlich, und er erzählte mir auch, dass er das Gerücht gehört hätte, dass Maxon kurz vor Duffs Ermordung versucht habe, jemanden für den Mord an einem Amerikaner zu rekrutieren. Mister Maxon hat offensichtlich jemanden gefunden. Ich glaube, es war der NLF-Agent innerhalb seiner eigenen Einsatzgruppe. Ich glaube, dass dieser Agent ihn manipuliert und er es nicht einmal bemerkt. Ich glaube, dieser Agent hat Duff ermordet und wird auch Sie ermorden, wenn Sie nicht fliehen. Ich glaube auch, dass Mister Maxon für Ihren Versuch, mich zu töten, verantwortlich ist, weil er weiß, dass ich ihn verdächtige, an Duffs Mord beteiligt zu sein, wie auch an seinen anderen illegalen Aktivitäten."

Brady griff über den Tisch hinweg und legte seine Hand auf

die von Lynn Dai. „Es tut mir leid, dass ich Ihre Gefühle verletzt habe. Ich weiß jetzt, warum Sie Duff so wichtig waren. Sie sind ein starker Mensch."

Eine Träne quoll aus ihrem Auge und rann ihre Wange hinunter. Lynn Dai wischte sie weg und nickte. „Es tut mir leid. Bitte verzeihen Sie mir. Meine Gedanken an Duff..."

„Es gibt keinen Grund, sich zu entschuldigen, Lynn Dai, aber ich muss Ihnen noch eine Frage stellen."

Sie holte zögernd Luft und schenkte ihm ein trauriges Lächeln. „Bitte, fahren Sie mit Ihren Fragen fort."

„Wer ist er, der NLF-Agent?" fragte Brady. „Wissen Sie es?"

„Ich habe die Auswahl bereits auf zwei Männer reduziert. Der Agent ist entweder Colonel Tranh oder Major Loc."

„Ich glaube, es ist Loc", sagte Brady.

„Das könnte sein, Mister Nash, aber Colonel Tranh ist ebenfalls verdächtig. Wer auch immer dieser Agent sein mag, er ist sehr clever und sehr skrupellos. Es könnte sein, dass Major Loc einfach nur Befehle befolgt."

„Es gibt eine Sache, die ich nicht verstehe", sagte Brady. „Warum war Captain Tri bereit, zu erlauben, dass ich Sie töte, aber danach ging er zu Ihnen, um Sie zu warnen?"

„Captain Tri wusste nicht, dass ich für den militärischen Sicherheitsdienst arbeitete. Er hatte auch von den falschen Gerüchten gehört, dass ich eine feindliche Agentin sei, aber er erkannte am Klang der Waffen, die bei dem Überfall in jener Nacht benutzt wurden, dass es sich um amerikanische M-16-Gewehre handelte und nicht um die SKS- und AK-47-Gewehre, die der Vietcong benutzt. Der Einzige, der wusste, dass Sie und Captain Tri dort waren, war Mister Maxon. Captain Tri hatte außerdem das Gerücht gehört, dass ein MSS-Agent die Aktivitäten von Maxon untersuchte. Daher wusste er dann, dass ich dieser Agent sein musste, weil ich mich bei den Männern seiner Einheit erkundigt hatte. Ihm wurde ebenfalls klar, dass er unwissentlich zu einem Spielball geworden war, um mich zu töten. Ich habe auch ihm zur Flucht verholfen."

„Mein Gott", murmelte Brady. „Das ist totaler Irrsinn. Wie kann man jemals die Leute, denen man vertrauen kann, von denen unterscheiden, denen man nicht vertrauen kann?"

Lynn Dai nickte und lächelte. Ihre sanften, braunen Augen leuchteten in dem schwachen Licht. „Sie sind Duff sehr ähnlich. Sie machen kluge Beobachtungen. Erlauben Sie mir, Ihnen einige Dinge über die Politik dieses Landes zu erzählen. Wissen Sie, ich bin mir über die Loyalitäten vieler Menschen, die ich befragen muss, nicht sicher. Deshalb bin ich sehr vorsichtig mit den Dingen, die ich sage und den Fragen, die ich stelle. So ist es bei vielen Menschen in Vietnam.

„Diejenigen, die vermuten, dass ihre Nachbarn Mitglieder der Nationalen Befreiungsfront sind, ziehen es oft vor, dies zu ignorieren, um das Wohlergehen ihrer Familien zu schützen. Ja, es ist eine falsche Hoffnung, die von beiden Seiten, vor allem von den Kommunisten, immer wieder ausgelöscht wurde, aber es ist die einzige, die bleibt. Viele Menschen glauben, dass diese komplizenhafte Ignoranz sie vor derjenigen Gruppe schützen wird, die als nächstes an die Macht kommt.

„Obwohl Captain Tri kein NLF-Agent ist, versichere ich Ihnen, dass viele der Personen, die mir Informationen geben, es sind. In unserer Regierung gibt es viele Agenten und Doppelagenten, selbst auf den höchsten Ebenen. Deshalb bin ich mit den Informationen, die ich erhalte, sehr vorsichtig. Sehen Sie, es gibt nicht einfach Richtig oder Falsch, Gut oder Böse. Und dieser Konflikt ist nicht lediglich einer zwischen Kapitalisten und Kommunisten."

„Viele unserer Leute haben sich für die NLF entschieden, aber nicht alle von ihnen sind Kommunisten. Diem regierte mit eiserner Faust, bis er viele Menschen auf die andere Seite trieb. Sie wollen nur die Freiheit für ihr Land, aber sie sehen nicht, wie töricht ihr Bündnis mit den Kommunisten ist. Wenn die Kommunisten die Kontrolle über dieses Land übernehmen, werden sie meiner Vermutung nach noch gewaltsamer herrschen als Diems Regierung."

„Ihre Regierung ist ahnungslos in dieses Land gekommen und hat diese Dinge ignoriert. Dies ist ein echter Bürgerkrieg, der nur vom vietnamesischen Volk gelöst werden kann. Dennoch versucht Ihre Regierung, mit Männern wie Diem und Mister Maxon Vertrauen zu gewinnen und Probleme zu lösen. Das südvietnamesische Volk weiß nicht, wem es vertrauen kann und wem es seine Treue schenken soll. Und jetzt bin auch ich selbst an diesem Punkt angelangt. Deshalb habe ich beschlossen, das Land zu verlassen."

Sie schwieg, und Brady sah ihr mehrere Sekunden lang in die Augen. Lynn Dai Bouchet hatte etwas geheimnisvoll Anziehendes an sich – etwas, das über die körperliche Anziehungskraft hinausging. Er verstand, warum Duff sich zu ihr hingezogen gefühlt hatte. Sie selbst war genauso komplex wie ihr Land.

„Wie kann ich Ihnen danken?", fragte er.

„Das ist nicht nötig", sagte sie. „Sie haben mir die Chance gegeben, die ich brauchte, und ich werde morgen abreisen. Ich werde nach Frankreich gehen, um bei der Familie meines Vaters zu leben, bis ich sicher in meine Heimat in der Provinz Quang Nam zurückkehren kann."

„Miss Bouchet, ich brauche Ihre Hilfe."

„Gewiss, wenn es mir möglich ist, helfe ich Ihnen", antwortete sie.

„Zuerst, würden Sie bitte diesen Brief abschicken, wenn Sie in Frankreich sind?"

Er steckte den Umschlag unter eine Serviette und schob ihn ihr über den Tisch entgegen. „Ich möchte auch einen Journalisten kontaktieren, vielleicht einen Kriegsberichterstatter."

„Ja. Mehrere von ihnen residieren im Hotel Continental Palace, in dem Sie vorhin waren. Ich kenne ihre Namen nicht, aber der Mann, Than, mit dem Sie vorhin gesprochen haben, kann Ihnen helfen."

Brady stand auf und streckte ihr die Hand entgegen. „Das sollte genügen."

Sie ergriff sie sanft. „Ich wünsche Ihnen viel Glück, Mister Nash. Vielleicht haben wir eines Tages die Gelegenheit, uns wiederzusehen, wenn sich die Umstände geändert haben. Ich glaube, es wäre eine Freude gewesen, Sie näher kennenzulernen."

„Ich danke Ihnen. Ich glaube es auch, und Sie können darauf vertrauen, dass die Leute, die Duff getötet haben, dafür bezahlen werden."

Ihre Blicke trafen sich für einige Augenblicke, bevor Lynn Dai vorsichtig nickte. „Ihr Titel ist wohlverdient, Mister Nash. Ich habe keinen Zweifel daran, dass Mister Maxon eines Tages seine Rechnung mit *Xảo Quyệt Hổ* bezahlen wird. Ich wünsche Ihnen alles Gute."

KAPITEL 17

Der Vogel mit Eintausend Augen

Als er die Tu Do Street hinaufging, spürte Brady wieder die Paranoia. Irgendwo in seinem Hinterkopf bemerkte er die tickende Uhr, die ihm sagte, dass seine Zeit ablief. Ein Meer aus Rikschas, Fahrradtaxis und Motorrädern verstopfte die Straße, und die Menschen drängten sich auf den Bürgersteigen: Männer in schwarzen Hosen und weißen Hemden, Polizisten mit weißen Helmen, Soldaten in Uniform und Frauen, einige in *Ao Dais*, andere in Sommerkleidern oder Hosenanzügen. Die Menge strömte und mischte sich, und Brady spürte diesen sechsten Sinn, während er um sich blickte. Er wurde beobachtet, aber die abendlichen Lichter und Schatten tarnten seinen Verfolger.

Than war immer noch im Dienst im Continental Hotel, als er dort ankam. Als Brady ihn nach den Korrespondenten fragte, blickte sich der kleine, vietnamesische Mann erneut ängstlich um. Er wich zurück und verhielt sich, als sei Brady ein Aussätziger.

„Drei Männer, sie wohnen in Zimmer zweihundertsieben. Einer ist jetzt da, aber nun Sie gehen weg. Kommen Sie nicht wieder."

Ein paar Minuten später klopfte Brady an die Tür zum Zimmer 207. Es kam keine Antwort. Er klopfte erneut, dieses Mal lauter. Von drinnen kam ein leises Rascheln und jemand hustete.

„Ja, wer ist da?", meldete sich eine verschlafene Stimme.

„Mein Name ist Nash und ich muss mit einem Kriegsberichterstatter sprechen."

Es folgte ein unendlich langes Warten, bis sich der Türknauf langsam drehte und ein Mann in grünen Boxershorts augenreibend vor ihm stand. Der Mann musterte Brady und schob sein längeres, braunes Haar zurück, bevor er sich umdrehte und zurück zum Bett ging, wobei er die Tür offen stehen ließ. Er schien etwa Mitte zwanzig zu sein, mit sonnengebräunten Armen, auf denen sich deutlich der Rand seiner Splitterschutzweste abzeichnete. Brady stand in der Tür.

„Kommen Sie herein. Kommen Sie herein. Schließen Sie die Tür. Wie sagten Sie, war Ihr Name?"

An der Decke pulsierte ein rostiger Deckenventilator langsam in monotonen Kreisen.

„Nash, Brady Nash, und Sie?"

Der Mann gähnte, während er sich bückte, um ein Feuerzeug und einen halb gerauchten Joint aus einem auf dem Boden stehenden Aschenbecher zu nehmen. Das Feuerzeug gab ein metallisches Klirren von sich, als er es aufklappte und den Joint anzündete.

„Ich bin Richard Mathis, freiberuflicher Korrespondent im Auftrag von etwa einem Dutzend verschiedener Publikationen. Was kann ich für Sie tun, Mister Nash?"

Brady streckte seine Hand aus, und der Mann wechselte vorsichtig den Joint von der rechten in die linke Hand und schüttelte sie.

„Ich muss mit Ihnen reden und Ihnen einige Informationen geben, Informationen, die ... nun, sagen wir, sie sind eine Gefahr für die Person, die sie hat."

Mathis schloss die Augen und sog den Rauch in seine Lungen ein. „Gefährlich, hm?"

Brady nickte.

„Hier", sagte Mathis, als er aufstand und einen staubigen Rucksack von einem Stuhl warf, „setzen Sie sich. Wollen Sie einen Joint?"

Brady sah ihn an, und obwohl sein Blick subtil war, verstand Mathis ihn.

„Nun, wie wäre es mit einem Drink? Da drüben, neben dem Waschbecken, stehen ein paar Flaschen."

Brady ging hinüber und nahm eine der Flaschen in die Hand.

„Die Gläser stehen da oben im Schrank, und im Gefrierfach ist Eis. Zerbrechen sie die Eiswürfel einfach über einer Schüssel in der Spüle."

Brady füllte ein großes Glas mit Eis und goss es mit Jack Daniel's auf.

„Verdammt. Sie machen keine halben Sachen. Nicht wahr?"

„Ich schätze, wir haben alle unsere eigenen Methoden, mit dieser Scheiße umzugehen", sagte Brady mit einem Blick auf den Joint.

Mathis lächelte und nahm einen weiteren Zug. „Also, erzählen Sie mir von den Informationen, die Sie haben."

Brady setzte sich auf den Stuhl. Er war mit feinem roten Staub bedeckt, der von dem Rucksack stammte, den Mathis auf den Boden geworfen hatte. „Ursprünglich war ich einer Ranger-Aufklärungseinheit zugeteilt, die zur 173. Luftlandebrigade gehörte. Meine letzte reguläre Stelle war jedoch bei der 101., oben in Camp Eagle, aber in den letzten Monaten war ich bei einer Spezialeinheit in Da Nang tätig."

Mathis schloss die Augen und sog kräftig an seinem Joint, dann hielt er den Atem an.

„Wenn ich Ihnen diese Informationen gebe, möchte ich, dass Sie mir versprechen, Ihr Bestes zu tun, sie in einer Zeitung zu veröffentlichen, aber Sie müssen Eines verstehen. Es geht um Dinge, die Sie das Leben kosten könnten." Mathis stand auf, schnappte sich eine Militärhose vom Ende des Bettes und zog sie an.

„Ich habe einen unglaublichen Heißhunger, Mann. Ich bin gerade von einem dreitägigen Auftrag in der Gegend von Tay Ninh zurückgekommen. Die ganze Zeit gabs nichts als C-Rationen."

Brady zuckte mit den Schultern. „Sie sollten mal monatelang nur Cs essen." Mathis lachte trocken, als er begann, sein Hemd zuzuknöpfen.

„Ja, ich sollte mich wohl nicht beschweren. Mal sehen ... Nash, Nash ... verdammt, da klingelt's bei mir. Kenne ich Sie?"

„Das bezweifle ich", sagte Brady. „Ich habe eine Zeit lang als Scharfschütze in der Nähe von Dak To gearbeitet, dann..."

Mathis hörte auf zu knöpfen und blickte auf. „Ich weiß, wer Sie sind. Sie sind derjenige, auf den die Schlitzaugen ein Kopfgeld ausgesetzt haben, richtig?"

„Das habe ich schon gehört", sagte Brady.

„Verdammt. Ich bin aufs Land gekommen, um Sie zu interviewen, aber plötzlich wusste niemand mehr, wo Sie waren. Sie sagten, es sei ein befristeter Einsatz, aber die Befehle seien geheim. Mann, Sie sind der Stoff, aus dem Legenden gemacht sind. Wissen Sie das?"

„Ja, aber Legenden handeln normalerweise von toten Menschen, und das möchte ich noch eine Weile vermeiden."

„Mann, das ist großartig", sagte Mathis. „Lassen Sie uns was zu essen finden und dann reden wir. Wie wär's?"

Die späte Nachtluft in der Tu Do Straße war dick und schwer, aber die Menschenmassen hatten sich deutlich gelichtet. Brady warf einen Blick über seine Schulter.

„Erwarten Sie noch jemanden?" fragte Mathis. Obwohl er bekifft war, schien er die Instinkte eines Soldaten zu haben.

„Haben Sie schon einmal von etwas gehört, das sich Phung Hoang oder das Phoenix-Programm nennt?" fragte Brady.

Mathis blieb stehen und sah ihm mehrere Sekunden lang in die Augen. „Vergessen wir das Essen", sagte er.

Ein paar Straßen weiter fanden sie eine Bar, wo sie sich hinsetzten und Bier bestellten. Brady legte die zerknitterten Telegramme zusammen mit Duffs Ausweis auf den Tisch. Mathis ignorierte sein Bier und zündete sich stattdessen eine weitere Zigarette an, während er begann, die einzelnen Papiere zu begutachten. Nach ein paar Minuten blickte er auf.

„Woher haben Sie die?"

„Aus dem Büro eines Beraters im Verhör- und Einsatzkoordinationszentrum außerhalb von Da Nang."

„CIA?" fragte Mathis.

Brady nickte. „Ja, ich bin mir ziemlich sicher, dass er es ist. Offiziell berät er die vietnamesische Sonderpolizei dort, aber er hat auch eine amerikanische SOG-Einheit und eine Provinz-Aufklärungseinheit, die für ihn arbeiten."

Mathis warf einen weiteren Blick auf die Nachrichten und sah dann Brady an. „Wir haben Dutzende von Entführungen und Morden untersucht, von denen wir glaubten, sie stünden im Zusammenhang mit geheimen Programmen, aber wir sind nie weit gekommen. In einem Punkt haben Sie recht: Das ist eine gefährliche Sache. Die CIA will nicht, dass es in der *New York Times* steht, das ist sicher. Wie viel wissen Sie über dieses Geschäft, in das Sie verwickelt sind?"

Brady zuckte mit den Schultern. „Genug, dass sie mich umbringen wollen. Ich bin vor fast zwei Jahren darin verwickelt worden, als ich einen Brief von einem Freund, Duff Coleridge, erhielt. Das ist sein Militärausweis. Ich wohnte noch zu Hause, und..."

Nach einigen Minuten beendete Brady seine Erzählung und lehnte sich zurück.

Mathis bestellte zwei weitere Biere bei der Kellnerin, indem er zwei Finger in die Luft hielt. Dann wandte er sich an Brady. „Lassen Sie mich ein paar Lücken für Sie füllen. Sehen Sie, Phung Hoang ist der legendäre vietnamesische Vogel mit den tausend Augen, der alles sieht. Es ist auch der Name für die vietnamesische Version eines streng geheimen Programms, das von der CIA entwickelt wurde. Es ist aus ICEX hervorgegangen, einem anderen Programm, das entwickelt wurde, um den Vietcong aufzuspüren. Wir glauben jedoch, dass es eine Menge inoffizieller Freiberufler gibt – wenn Sie wissen, was ich meine. Es sind Leichen aufgetaucht, die mit den Mordkarten von Phung Hoang markiert waren, während andere Leute einfach verschwunden sind."

„Die Amerikaner nennen es das Phönix-Programm, aber das meiste, was ich bis jetzt darüber erfahren habe, ist Hörensagen. Ich glaube, dass seit Tet eine neue Version des Programms entwickelt wurde, aber ich habe gehört, dass die Vietnamesen sich nicht darauf eingelassen haben. Aber Sie sagen nun, dass die Sonderpolizei bereits vor ein paar Jahren involviert war. Und dieser unberechenbare Maxon, ein Amerikaner, der einen anderen Amerikaner tötet, das ist wirklich verrückt. Glauben Sie, er weiß, dass Sie mit der Presse reden?"

„Ich bin mir nicht sicher", antwortete Brady. „Ich habe das Gefühl, dass ich verfolgt werde, seit ich in Saigon angekommen bin, aber das ist wahrscheinlich nur Paranoia."

„Sind Sie sich der möglichen Konsequenzen Ihres Handelns bewusst?" fragte Mathis.

Brady blickte auf Duffs blutigen Ausweis herab. „Ich denke schon."

„Das Gleiche könnte Ihnen auch passieren, aber sie müssen Sie nicht einmal umbringen, verstehen Sie?"

Brady schüttelte den Kopf. „Wie meinen Sie das?"

„Sie könnten Sie einfach diskreditieren," sagte Mathis, „oder sie könnten Anklage gegen Sie erheben und behaupten, Sie hätten auf eigene Faust gehandelt, als Sie versucht haben, Frau Bouchet zu töten. Sie könnten eine Reihe von Dingen tun. Das sind ein paar sehr gerissene Mistkerle, mit denen Sie da zu tun haben. Ich will nur, dass Sie wissen, auf was Sie sich da einlassen. Wir können versuchen, sie dranzukriegen, aber es gibt keine Garantie dafür, wie die Dinge sich entwickeln werden."

„Im Leben gibt es keine Garantien", antwortete Brady. „Tun Sie einfach Ihr Bestes. Ich kümmere mich um mich selbst."

„Ich will das bis aufs genaueste Detail besprechen", sagte Mathis. „Je mehr Fakten ich bekomme, desto überzeugender wird unsere Stellung sein. Ich kann nicht mit einem Haufen unbewiesenem Scheiß bei einem Redakteur aufkreuzen."

Mathis blätterte in seinem Notizbuch und stellte dann mehrere Minuten lang Fragen und machte sich Notizen. Als er schließlich seinen Stift beiseite legte, sah er Brady über den Tisch hinweg an. Mathis war kein großer Mann. Beim Schreiben trug eine kleine Drahtbrille, doch seine Augen waren hart, und sein Gesicht und seine Arme trugen die rohe, vietnamesische Sonnenbräune eines Infanteristen.

„Das ist die Art von Material, mit dem man Pulitzer-Preise gewinnt."

Brady versuchte, sich zurückzuhalten, aber es war sinnlos. Er stellte sein Bier hart auf dem Tisch ab. „Mister Mathis, ich pfeife auf irgendwelche Preise." Mathis errötete und vermied seinen Blick, während er die Papiere sorgfältig faltete und in sein Notizbuch legte. Dann steckte er Duffs Ausweis in seine Brieftasche und sah Brady über den Tisch hinweg an.

„Entschuldigen Sie", sagte er. „Wirklich, ich habe das nicht so gemeint, wie es sich angehört hat."

Brady ignorierte ihn und starrte durch das Fenster auf die Straße hinaus. Ein Jeep fuhr langsam vorbei, in dessen Windschutzscheibe sich rotes und violettes Neonlicht spiegelte.

„Ich werde mit dem, was Sie mir gegeben haben, mein Bestes tun", sagte Mathis, „aber es kann eine Weile dauern, bis die Sache an die Öffentlichkeit kommt. Sie wollen immer erst die Fakten und Quellen überprüfen, bevor wir etwas nach New York schicken. Wo wollen Sie in der Zwischenzeit hin?"

"Ich werde zurück nach Da Nang gehen."

Mathis hielt inne, während er sich eine Zigarette anzündete. „Warum?"

„Ich gehe zurück und schlafe mit diesen Hurensöhnen. Ich will, dass sie versuchen, das mit mir zu machen, was sie mit Duff gemacht haben."

„Mann, Sind Sie verrückt? Warum bleiben Sie nicht einfach entspannt? Verstecken sich irgendwo hier in Saigon. Sie könnten sogar bei uns im Continental wohnen."

Brady schüttelte den Kopf. „Das kann ich nicht machen. Setzen Sie einfach Ihren Arsch in Bewegung und bringen Sie das CID so schnell wie möglich nach Da Nang."

„Hören Sie", sagte Mathis, „ich will nicht pessimistisch erscheinen, aber sagen wir mal, Sie gehen da rauf und lassen sich abmurksen. Was soll ich dann ohne meinen Kronzeugen machen?"

„Ich habe Ihnen genug Namen und Informationen gegeben, um Maxon festzunageln, aber Sie sind lediglich meine Versicherung."

„Was wollen Sie damit sagen?"

„Ich will damit sagen, dass ich zurück gehe und die Sache genau so erledigen werde, wie sie Duff erledigt haben."

Mathis schüttelte den Kopf. „Sie machen einen Fehler. Wenn Sie nicht umgebracht werden, landen Sie für den Rest Ihres Lebens in Leavenworth."

„Machen Sie Ihren Teil, und ich mache meinen", sagte Brady.

Mathis winkte die Kellnerin ab und zerdrückte seine Zigarette im Aschenbecher. „Okay, wie Sie wollen, aber ich sage immer noch, dass Sie Mist bauen. Wie kann ich eine Kopie des Briefes bekommen, den Duff Coleridge an Sie geschrieben hat?"

„Wenden Sie sich an Hubert Brister. Er ist ein Nachbar von mir in Melody Hill, aber er ist im Moment im Krankenhaus in Knoxville. Er hat den Brief."

Mathis stand auf und streckte seine Hand über den Tisch.

„Viel Glück, aber ich wünschte, Sie würden es sich noch einmal überlegen, ob Sie wirklich nach Da Nang zurückkehren wollen, bevor ich Ihnen Rückmeldung geben kann. Ich werde so schnell wie möglich handeln."

„Tut mir leid", sagte Brady. Er schüttelte Mathis die Hand und blickte die Straße auf und ab. „Sie müssen ebenfalls die Augen aufhalten."

„Machen Sie sich keine Sorgen um mich", sagte Mathis. „Ich kann auf mich selbst aufpassen. Außerdem bin ich in diesem Land schon durch die Hölle und zurück gegangen. Ich werde Sie in ein paar Tagen kontaktieren."

Instinktiv berührte Brady die Ausbeulung der .45 unter seinem Hemd, während er beobachtete, wie Mathis die Straße hinauf zum Continental ging. Mehrere Frauen in *Ao Dais* gingen an ihm vorbei, doch Bradys Aufmerksamkeit richtete sich auf einen hageren Vietnamesen, der eine Sonnenbrille mit goldenem Rand trug. Warum trug der Idiot nachts eine Sonnenbrille?

Der Mann war fast einen Block entfernt auf der gegenüberliegenden Straßenseite und somit zu weit weg, um erkannt zu werden. Er trug eine normale, schwarze Hose und ein weißes Hemd, aber als er anhielt, um sich eine Zigarette anzuzünden, schien irgendetwas an ihm vertraut. Der Mann blies eine Rauchwolke in die Nachtluft und blickte zurück in Bradys Richtung. Nach ein oder zwei Augenblicken drehte er sich um und schlenderte langsam die Straße hinauf.

„Verdammt!" murmelte Brady leise.

Alle kamen ihm verdächtig vor, aber Maxon konnte unmöglich wissen, dass er in Saigon war. Er drehte sich langsam im Kreis, während er die Straße rauf und runter sah. Die Paranoia krabbelte in seinem Schädel umher wie ein gefangenes Insekt. Phung Hoang beherrschte jeden seiner Gedanken. Er schüttelte den Kopf. Je länger er in Vietnam blieb, desto glaubwürdiger wurden die Legenden.

KAPITEL 18

Im Einsatz Verschollen

Brady blickte auf seine Uhr, als die C-130 Hercules auf dem Luftwaffenstützpunkt Da Nang landete. Er war über vierundzwanzig Stunden weg gewesen. Maxon und die Sonderpolizei hatten wahrscheinlich schon ganz Da Nang durchsucht. Als er mit dem Taxi zum Botschaftsgebäude fuhr, überlegte er, wie er mit der Situation umgehen sollte. Er musste seine Karten sorgfältig ausspielen und abwarten, wie Maxon reagierte. Einfach reinzugehen und ihn wegzupusten würde nicht funktionieren. Er musste den richtigen Moment abwarten, wahrscheinlich, wenn sie auf ihrer nächsten Mission waren – so wie Maxon es mit Duff gemacht hatte. Das war wahrscheinlich der Zeitpunkt, an dem Maxon seinen Zug machen würde. Brady stieg aus dem Taxi und trabte die Stufen zum Botschaftsgebäude hinauf.

Maxon saß mit mehreren Männern an einem Tisch und trank Bier, doch das laute Gelächter im Raum verstummte, als Brady zur Tür hereinkam. Er wartete mit ausdruckslosem Blick, während Maxon aufstand und um den Tisch herumging. Die violetten Adern an seinen Schläfen wölbten sich bereits.

„Komm her", sagte Maxon und griff nach Bradys Hemd.

Brady erwischte sein Handgelenk in der Luft. „Wir müssen unter vier Augen reden", sagte er.

Die Männer am Tisch warfen sich wachsame Blicke zu, während Brady und Maxon sich Nase-an-Nase gegenüberstanden.

Maxon riss seinen Arm los. „Geh' rüber in mein Büro in der Einsatzzentrale. Wir werden dort reden."

Brady sagte nichts, drehte sich um und ging hinaus. Er hatte auf einen anderen Ort als das IOCC gehofft – dort gab es zu viele potenzielle Zeugen, falls Maxon ihn zum Handeln zwang.

Nachdem er zum IOCC gefahren war, ging er hinein und fand dort Maxon, der bereits auf ihn wartete. Maxon knallte die Bürotür zu, wobei ein Bilderrahmen von der Wand fiel. Das Glas zersplitterte, als er auf dem Boden aufschlug, und das Schwarzweißfoto von ihm und L.B. Johnson blieb zerknittert zwischen den Scherben zurück. Eine Inschrift auf dem Foto lautete: „Für Max, einen verdammt guten Krieger, Lyndon B. Johnson".

Maxon hatte sich seine Pistole umgeschnallt, seit er das Botschaftsgebäude verlassen hatte.

„Wo zum Teufel warst du? Und wo ist Captain Tri?"

„Vielleicht bin ich derjenige, der die Fragen stellen muss," sagte Brady.

„Hör zu, Nash, ich habe zwei Tage lang Leute nach dir suchen lassen. Ich weiß, dass du die Mission vermasselt hast, aber mir wurde gesagt, dass du am nächsten Tag zurückgekommen seist. Wo bist du gewesen?"

„Ich habe nichts vermasselt. Es war eine Falle, und das wissen Sie. Diese Frau war nicht das, was Sie gesagt haben."

„Was redest du da für einen Scheiß? Ich halte mich an die Informationen, die die Schlitzaugen mir geben."

„Wer hat danach versucht, uns einen Hinterhalt zu stellen?"

„Welcher Hinterhalt? Willst du damit sagen, ich hätte etwas damit zu tun?"

„Sagen Sie es mir. Soweit ich weiß, sind Sie der Einzige, der wusste, dass wir dort sein würden.”

Maxon schüttelte den Kopf und warf die Hände in die Luft. „Nash, ich habe die Nase voll von dir. Ich habe dich ausgebildet. Ich habe mich um dich gekümmert, und ich habe dir von Anfang an gesagt, dass das hier eine riskante Angelegenheit ist. Aber kaum geht etwas schief, tust du so, als hätte ich etwas damit zu tun. Was willst du? Willst du aussteigen? Verdammt, ich habe es satt, mich andauernd mit dir herumzuschlagen. Sag mir einfach, was du willst.”

„Ich will die Wahrheit!”

Maxon schlug mit der Faust gegen einen metallenen Aktenschrank, drehte sich um und stieß Brady den Finger ins Gesicht. „Ich werde dir die Wahrheit sagen. Die Wahrheit ist, dass du ein verrücktes Arschloch bist, Nash. Du bist nicht für Spezialeinsätze geeignet. Die wirkliche Schande ist, dass ich deinen Arsch nicht früher feuern kann, weil ich im Moment nicht genug Männer habe, und wir in drei Tagen eine wichtige Mission haben. Du wirst daran teilnehmen. Danach kannst du tun und lassen, was du willst.”

Eine letzte Mission, das war der Plan, aber im Gegensatz zu Duff war er vorbereitet. Er wusste, wozu die mörderischen Bastarde fähig waren.

„Ich schicke dich zurück zu deiner Einheit, sobald es vorbei ist, aber du musst dieses Mal bereit sein. Hast du das verstanden? Wenn du dich noch einmal aus dem Staub machst, werde ich dich als Deserteur melden. Ich könnte dich sogar bis Montag unter bewaffnete Bewachung stellen. Was hältst du davon?”

Brady weigerte sich, seinem Blick auszuweichen. „Machen Sie sich darüber keine Sorgen. Ich werde hier sein.”

Für einen kurzen Moment blitzte Verunsicherung in Maxons Augen auf. „In Ordnung, aber ich warne dich. Sieh zu, dass du bereit bist, zu gehen. Und lass die Finger vom Alkohol, denn ob verkatert oder nicht, du gehst mit. Wir ziehen am Montag um null-vierhundert los. Hast du das verstanden?"

Brady nickte.

„Du musst die volle Kampfausrüstung tragen. Wir werden wahrscheinlich mehrere Tage lang unterwegs sein. Hast du noch Fragen?"

„Ja", antwortete Brady, „wohin gehen wir?"

„Teile der 101. Luftlandebrigade, der 1. Kavallerie, der Marines und der ARVN gehen ins A Shau Tal, um einige Dörfer zu räumen, von denen wir glauben, dass sie der NVA Zuflucht bieten. Die 101., die Marines und die Kavallerie sind für den Schutz vor den NVA-Einheiten zuständig, während die ARVN die Dörfer durchkämmt. In der Zwischenzeit werden wir mit der Sonderpolizei das Übliche tun, und die Gefangenen verhören. Vielleicht erwischen wir einige der Bastarde, die im Februar und März aus Hue geflohen sind. Beantwortet das deine Frage?"

„Ja, ich denke schon", sagte Brady. „Aber ich habe noch eine Frage an Sie."

„Und die wäre?"

„Was ist Ihre Rolle bei Phung Hoang?"

Maxons Augen weiteten sich. „Phung Hoang ist nichts als vietnamesischer Aberglaube. Wir benutzen ihn, um ihnen Angst zu machen."

„Mir wurde Anderes erzählt."

„Glaub mir, Nash. Je weniger du darüber weißt, desto besser ist es für dich, aber da du glaubst, so viel zu wissen, sage ich dir Folgendes. Selbst wenn du dich aus dem Staub machst, Phung Hoang beobachtet dich. Es ist genau so wie die Schlitzaugen sagen, Phung Hoang sieht alles. Denk daran, wenn du deine Nase in Dinge steckst, die dich nichts angehen."

Brady nickte. „Wir sehen uns Montagmorgen."

Mit diesen Worten drehte er sich um und verließ Maxons Büro. Es regnete schon wieder, als er über das Gelände zu seinem Zimmer eilte. Dort angekommen und nun völlig durchnässt, zog er sich aus, legte sich aufs Bett und starrte an die Decke. Draußen dröhnte und donnerte der Himmel, und er dachte an die Nacht zurück, in der die Feuerbasis bei Ben Het überfallen worden war. Es kam ihm vor, als wäre es schon Jahre her. Er dachte an Lacey und daran, dass sie sich so weit voneinander entfernt hatten, und dass Melody Hill ihm wie ein weit entfernter Traum schien.

Als er schließlich in einen unruhigen Schlaf fiel, fand er sich in einem Albtraum wieder, den er schon einmal gehabt hatte. Er bemühte sich endlos, nach Hause zu kommen, und gerade als er den Freedom Bird zurück in die Staaten besteigen wollte, kam Maxon angerannt und rief, es gäbe noch einen Auftrag. Es endete immer auf die gleiche Weise, in einer grausamen Schlacht, während der er versuchte, nach Hause zu laufen. Er lief, bis Melody Hill hinter der nächsten Anhöhe lag, aber der Feind holte ihn jedes Mal ein, bevor er den Hügelkamm erreichte, und schoss mit seinen Sturmgewehren auf ihn, bis die Kugeln seine Splitterschutzweste zerfetzten.

Brady richtete sich ruckartig auf und schnappte nach Luft. Er warf die Bettdecke beiseite und stellte seine Füße auf den Boden. Er zitterte immer noch, als er nach dem Handtuch griff, das am Ende der Pritsche hing. Nachdem er sich den Schweiß vom Gesicht gewischt hatte, blickte er auf seine Uhr. Es war erst kurz nach Mitternacht.

Der riesige Luftwaffenstützpunkt in Da Nang war nie ein ruhiger Ort, aber an jenem Montagmorgen, als sie noch in der frühmorgendlichen Dunkelheit ankamen, herrschte dort Hochbetrieb. Obwohl er nur wenig geschlafen hatte, war Brady angespannt und wachsam, und beobachtete, wie Menschen und Maschinen sich in einem organisierten Durcheinander vermischten. Dutzende von Hueys mit schwer hängenden Rotoren säumten die Rampe wie eine Legion riesiger Insekten, die sich in den Schatten versteckten. Jeeps und Lastwagen fuhren kreuz und quer über den Asphalt, während Männer über das Kratzen und Kreischen der Funkgeräte hinweg brüllten.

Nach den Regenfällen der letzten Nacht war die Luft kühl, und die Scheinwerfer durchbrachen den trüben Nebel mit ihren gespenstischen Lichtkegeln. Nur wenige Sekunden bevor riesige Chinooks und C-130 Flugzeuge über ihnen hinwegdonnerten, tauchten deren Landelichter aus dem Nebel auf. Maxon parkte den Jeep hinter einem großen Hangar.

„Nimm deine Ausrüstung mit", sagte er. „Wir müssen in den Operationenraum, für eine letzte Besprechung. Von dort aus gehen wir zu den Hubschraubern."

Brady machte sich nicht die Mühe zu antworten, sondern zog seinen Rucksack über eine Schulter und packte sein Gewehr aus. Er folgte Maxon in den Raum, in dessen grellem Licht er die Augen zusammenkniff. Dreißig oder vierzig Offiziere waren dort versammelt, und die Besprechung war bereits im Gange. Der Colonel an der Stirnseite des Raumes hielt mit spürbarer Verärgerung über ihr Zuspätkommen inne. Nach einigen Sekunden des Schweigens drehte er sich um und deutete auf eine große Karte hinter ihm.

„Wie ich bereits sagte, meine Herren, ist dies eine relativ große Operation. Es werden Einheiten aus verschiedenen Bereichen beteiligt sein, also müssen wir sicherstellen, dass wir alle das gleiche Ziel vor Augen haben. Alle Einheiten sollten inzwischen ihre individuellen Briefings erhalten haben, und Sie müssten Ihre Einsatzbefehle, Rufzeichen, Funkfrequenzen und andere notwendige Informationen haben. Unser Ziel ist es, Ihnen einen letzten Überblick zu geben und eventuell letzte Fragen zu beantworten. Dann werden wir uns an die Arbeit machen.

Der Colonel fuhr mit dem Finger über die Karte.

„Okay. Hören Sie genau zu. Diese Kreise zeigen unsere Ziele an. Diese Landezonen liegen etwa sechzig Meilen nordwestlich von hier im A Shau Tal. Wie Sie bereits wissen, befinden sich in diesem Gebiet zwei große und gut ausgebildete NVA-Regimenter. Bei Tagesanbruch werden wir damit beginnen, die Landezonen mit starken Luft- und Artilleriekonzentrationen aufzurüsten, aber seien Sie bereit. Einige Ihrer Einheiten könnten auf heiße Landezonen treffen. Wir haben reichlich TAC in Bereitschaft, falls er benötigt wird. Die Marines werden diese Reihe von Landezonen angreifen. Sie befinden sich entlang der Hügel am nördlichen Rand des Tals, oberhalb des Highway 548.”

Er klopfte energisch mit seinem Mittelfinger auf die Karte.

„Die 101. und die 1. Kavallerie werden hier oberhalb der blauen Linie auf dieser Seite des Tals angreifen. Der größte Teil der 101. wird von Evans, Eagle und den Feuerbasen hier oben um Phu Bai kommen. Dieser Kreis hier ist der Ort, an dem Colonel Dangs Ranger und der Rest der ARVN-Truppen im Tal landen werden, am nähsten an den Dörfern und Ortschaften. Unsere Hauptaufgabe ist es, ihnen eine Blockade zu bieten, aber wir müssen bereit sein, als Verstärkung nachzurücken, falls es nötig ist. Die Sonderpolizei von Colonel Tranh wird auf die verschiedenen Einheiten aufgeteilt, die die Dörfer durchkämmen. Sie werden die Klassifizierung und Befragung aller nicht uniformierten Gefangenen übernehmen. Irgendwelche Fragen?”

Brady blickte sich im Raum um. Einige der vietnamesischen Offiziere kamen ihm bekannt vor, aber er erkannte keinen der Marinesoldaten.

„In Ordnung, meine Herren, wenn es keine weiteren Fragen gibt, steigen wir in die Hubschrauber und fliegen bei Tagesanbruch ab. Viel Glück Ihnen allen.”

Dies war der Moment. Aber im Gegensatz zu Duff wusste Brady

dieses Mal genau, was passieren würde, und er hatte nicht vor, darauf zu warten, dass Maxon den ersten Schritt machte. Er würde seine Augen keine Sekunde lang von dem mörderischen Bastard abwenden. Und sobald keine Zeugen in der Nähe waren, würde Maxon sterben. Er würde schnell und sicher handeln, ohne Zögern.

Als sie über das Rollfeld zu den Hubschraubern gingen, ergriff Maxon Bradys Arm. „Nash, du steigst mit Major Loc in den Hubschrauber. Du bleibst bei ihm, egal was passiert. Hast du verstanden? Ich werde mit Colonel Tranh im C&C-Hubschrauber sein. Wir werden uns mit dir und Loc nördlich der Dörfer treffen."

Brady blickte sich nach Loc um. Loc *war* es. Loc war der An Ninh Agent. Von allen Offizieren der Einsatzgruppe war Loc derjenige, der am meisten zurückgezogen war. Abgesehen von dem Tag, an dem Brady in Maxons Büro erwischt worden war, hatte er ihn noch nie aus der Nähe gesehen. Auch jetzt blieb Loc unnahbar, als er einige Schritte von der Gruppe entfernt die Rollbahn hinaufging. Er musste es sein, aber trotzdem blieb in ihm immer noch ein Schatten des Zweifels.

Die kalte Morgenluft blies Brady ins Gesicht, als er in der offenen Tür saß und die donnernden Hubschrauberschwärme beobachtete, die vom Luftwaffenstützpunkt Da Nang abhoben. Sein eigener Hubschrauber kletterte mit ihnen in den Himmel, während über der Tourane-Bucht eine neblige Morgendämmerung anbrach. In einer Stunde würden sie ihr Ziel im A Shau erreichen. Seine Gedanken rasten von einer Sackgasse voller nutzloser Zweifel in die Nächste, während er darüber nachdachte, Loc zu töten. Einen Mann lediglich aufgrund einer Vermutung zu töten, war etwas, das er nicht tun konnte, egal, wie sicher die Vermutung auch schien. Er würde ihn im Auge behalten.

Die Hubschrauber flogen parallel zum Highway 1 und kletterten über den Hai-Va-Pass, bevor sie einen westlicheren Kurs einschlugen. Hinter ihnen verschwanden die Küstendörfer in der Ferne, während die Sonne über den Horizont kletterte. Die grünen Hügel vor ihnen waren gesprenkelt mit den Schatten der Wolken. Die Täler, die noch vor der Morgensonne geschützt waren, waren von Nebelschwaden durchzogen. Alles war trügerisch schön – trügerisch deshalb, weil sich unter dieser glitzernden Fassade ein nebelverhangener Dschungel befand, der von der nordvietnamesischen Armee beherrscht wurde, einer großen und tödlichen Streitmacht, die diesen Dschungel ihr Zuhause nannte.

Brady blickte hinauf zu den Kondensstreifen, die sich über den Himmel zogen – Düsenflugzeuge, die auf Ziele im A Shau zusteuerten. Am Himmel ihm gegenüber saßen vietnamesische Soldaten in Reihen auf den Sitzbänken der offenen Hueys, die in Formation flogen. Zweifellos würden einige von ihnen noch vor Ende des Tages fallen, und er konnte nicht umhin, sich über sein eigenes Schicksal Gedanken zu machen. Seine Situation war besonders gefährlich, weil er darauf warten musste, dass Loc den ersten Schritt machte.

Das erste Dorf war einem Kommando von ARVN-Rangern unter einem Mann namens Major Dang zugewiesen. Das Dorf lag in der Nähe der Hügel am südwestlichen Rand des Tals in einem zerklüfteten Gebiet, in dem die Landezone relativ nah an erhöhtem Gelände lag. Wenn die Landezone heiß war, konnte es hässlich ausgehen.

Sie begannen mit dem Landeanflug, während Brady die Gesichtsausdrücke der amerikanischen Hubschrauberbesatzung beobachtete, die sich über die Gegensprechanlage unterhielten. Sie schienen merklich nervös zu sein – nervöser als sonst. Der Hubschrauber sank schnell, senkte sich in das Tal und überflog die ersten Dörfer. Ihr Anflug auf die Landezone war tief und schnell.

Der Türschütze beugte sich zu ihm herüber und rief Brady ins Ohr. „Wir haben eine heiße Landezone. Die Scouts melden schweren Boden-Luft-Beschuss."

Der Richtschütze schüttelte resigniert den Kopf und machte sein M-60 bereit. Brady blickte zu dem versteinerten Major Loc hinüber. Er starrte unentwegt in die Ferne. Mehrere F-4 Phantoms flogen vorbei, um in der Nähe der Landezone ihre Bomben abzuwerfen. Major Dang gab seinen Männern ein Zeichen, und die ARVN-Ranger machten sich bereit. Brady setzte eine Patrone in sein M-40 und entsicherte es. Er warf einen Blick auf seine Ausrüstung und prüfte sie ein letztes Mal. Granaten, Rauch, Leuchtraketen, Munitionstaschen – er war bereit.

Eine Reihe grüner Leuchtspurgeschosse stieg aus dem Dschungel auf und zischte am Hubschrauber vorbei. Sie verfehlten ihr Ziel, doch er konnte ein metallisches Klappern hören, als weitere Kugeln von unten in den dünnhäutigen Hubschrauber einschlugen. Ein unwillkürlicher Schauer durchlief seinen Körper und sein Mund wurde trocken. Der Türschütze schwenkte sein M-60 und begann zu feuern. An seinem Platz in der offenen Hubschraubertür, fühlte Brady sich wie eine Ente in einer Jahrmarkt-Schießbude. Weitere Leuchtspurgeschosse zischten vorbei. Die Hubschrauber näherten sich der Landezone auf Baumkronenhöhe.

Der Huey zu ihrer Rechten explodierte plötzlich in einem orangefarbenen Feuerball und stürzte in die Bäume. Einen Moment später wurde ein Zweiter getroffen. Er qualmte und wirbelte wie verrückt im Kreis, während der Pilot sich bemühte, die Kontrolle zu behalten, aber auch er verschwand im Dschungel. Brady schluckte schwer und begann zu beten.

Als sein Hubschrauber direkt über die Baumkronen flog, hörte er das metallische Klappern weiterer Kugeln, die in die Unterseite einschlugen. Einer der ARVN-Ranger sackte in sich zusammen, worauf die anderen nach ihm griffen und ihn festhielten. Der

Hubschrauber durchbrach die Bäume und erreichte eine Lichtung, auf der rote Rauchkanister brannten. Der Rotor ratterte laut, als der Pilot die Nase des Hubschraubers hochzog und hart aufsetzte. Ein weiterer Hubschrauber setzte nur wenige Meter entfernt zu hart auf und überschlug sich, wobei seine menschliche Fracht wie unglückliche Puppen verstreut wurde.

Mörsergeschosse schleuderten Grasbüschel und Erde in die Luft, als Brady mit seinen vietnamesischen Kollegen aus dem Hubschrauber sprang und durch einen Spießrutenlauf aus Maschinengewehrfeuer rannte. Sie sprinteten auf eine fünfzig Meter entfernte Baumreihe zu. Mehrere Männer fielen, bevor sie die Deckung erreichten, aber Brady schaffte es. Er ließ sich auf den Boden fallen und sah sich blitzschnell nach Loc um. Auch Loc hatte die Bäume erreicht. Er kauerte ein paar Meter entfernt hinter einem großen Baum. Einige Meter links von ihm lag Major Dang auf dem Rücken und brüllte in den Hörer eines PRC-25. Er forderte weitere Luftunterstützung an. Feindliche Kugeln zischten und knallten überall und zerlöcherten die Vegetation. Sie saßen in der Klemme.

Mörsergeschosse schlugen weiterhin in die Landezone ein und explodierten mit lauten Donnerschlägen. Bei jeder Explosion flogen Schrapnellsplitter in alle Richtungen. Plötzlich bemerkte Brady etwas – im Gebüsch vor ihm wippte ein Tropenhelm auf und ab. Er richtete sein Fadenkreuz direkt unter dem Helm aus und feuerte. Der Helm wirbelte durch die Luft und Brady suchte nach seinem nächsten Ziel. Zu seiner Rechten flatterte die Vegetation wie wild unter der Stoßwelle eines feindlichen Maschinengewehrs. Er feuerte mehrere Schüsse in das Gebüsch. Das Gewehr hörte auf zu feuern.

Es schien eine Ewigkeit zu dauern, doch innerhalb weniger Minuten brachte ein Anflug von F-4 Phantoms Unterstützung, indem sie Kanister mit Napalm abwarfen und den umliegenden Dschungel in gewaltige Flammen hüllten. Das feindliche Feuer endete sofort, und die arg mitgenommenen Ranger setzten sich langsam in Bewegung.

Brady erhob sich auf die Knie und blickte sich nach Major Loc um, aber er war verschwunden. Er hatte einen entscheidenden Fehler gemacht. Er hatte Loc aus den Augen verloren. Ein plötzlicher Ruck – scheinbar voller Hochspannung – erschütterte ihn, und Brady wurde klar, dass er zu Boden gestoßen worden war. In seinem Kopf drehte sich alles, und vor seinen Augen tanzten Sterne. Noch immer explodierten Mörsergeschosse um ihn herum, aber die Geräusche schienen zu schwinden, als wären sie weit weg. Er war getroffen.

Das betäubende Gefühl des Schocks wich schnell einem unerträglichen Schmerz, während er sich darum bemühte, seine Augen zu öffnen. Niemand war in der Nähe, und nur mit größter Mühe setzte er sich auf und lehnte sich an einen Baum. Vorsichtig fuhr er mit den Fingern über die Ränder der Splitterschutzweste und suchte seinen Oberkörper nach der Wunde ab – nichts. Er blickte herunter auf seine Beinen und erwartete, dass eines oder beide zerfetzt oder weg waren, aber das war nicht der Fall. Er öffnete den Reißverschluss der Schutzweste und fuhr mit der Hand hinein, wo er eine feuchte Stelle unterhalb seiner .45 fand. Es war auf seiner linken Seite, am unteren Rand der Schutzweste. Aus dem zerklüfteten Loch einer Austrittswunde sickerte Blut in seine Hand. Es war von hinten auf ihn geschossen worden.

Er riss seinen Kopf nach oben. Doch noch immer sah er niemanden. Der Schmerz war unerträglich, aber an eine Morphiumspritze war nicht zu denken. Er löste den Druckknopf an seinem Erste-Hilfe-Paket und riss die Papierverpackung auf. Der Schweiß rann ihm in die Augen, während er die Mullkompresse unter die Splitterschutzweste schob und gegen seine Seite drückte. Das Blut sammelte sich in einer Pfütze in seinem Schoß und er hatte begonnen, unkontrolliert zu zittern. Schock, dachte er. Er stand unter Schock. Instinktiv zog er sein Gewehr näher an seine Seite. Die Kampfgeräusche wurden immer leiser, und bald hörte er nur noch das Pochen seines eigenen Herzens.

Die Zeit floss an ihm vorbei. Er wusste nicht, wie lange er dort mit geschlossenen Augen und nach Luft ringend gelegen hatte, aber plötzlich wurde er sich einer Präsenz bewusst. Als er die Augen öffnete, sah er Major Loc über sich stehen. Er wollte nach seinem Gewehr greifen, aber Loc drückte es schnell mit seinem Stiefel auf den Boden. Es war hoffnungslos, und in diesem Moment wurde Brady klar, dass er in die Augen von Duffs Mörder blickte.

„Sie können mich töten", sagte Brady, „aber ich habe Sie schon dran." Loc sagte nichts.

„Ich habe Ihren Namen und alle Informationen über Sie und Maxon an einen Korrespondenten in Saigon weitergegeben."

„Ja", sagte Loc, „ich weiß, aber Richard Mathis ist bereits tot. Dafür habe ich gesorgt."

Loc blickte sich um, während er eine leuchtend gelbe Karte aus seiner Tasche zog. Er warf sie Brady in den Schoß, dann öffnete er eine Zigarettenschachtel und schüttelte eine heraus. Er zündete die Zigarette an, wobei er sie mit seinen Händen vor dem Wind schützte, und zog tief daran.

Brady umklammerte mit der rechten Hand weiterhin den Verband an der Innenseite seiner Splitterschutzweste, während er mit der linken Hand die Karte aufhob. Zitternd betrachtete er den grünen Vogel, das stolzierende Symbol des Todes. Der Portier im Continental Palace hatte Recht gehabt. Phung Hoang hatte ihn die ganze Zeit beobachtet.

„Bevor ich Sie töte, sollten Sie wissen", sagte Loc, „dass Mister Maxon eine meiner wirksamsten Waffen ist. Die Volksbefreiungsarmee ist bisher immer gut mit CIA-Waffen versorgt worden, und er hat auf meinen Auftrag hin viele unserer Feinde in der vietnamesischen Marionettenregierung ermordet. Er ist ein sehr dummer Mann, und wir benutzen ihn schon viele Jahre lang."

Trotzig warf Brady die Mordkarte zurück in Locs Gesicht. Loc lächelte nur, und bückte sich, um die Karte aufzuheben, doch als er das tat, ließ Brady den Verband in seiner Schutzweste los und hob in einer schnellen Bewegung seine Hand. Loc blickte auf und sah den Pistolenlauf auf seiner Nasenspitze ruhen. Sein Lächeln verblasste nur einen Augenblick bevor Brady den Abzug drückte. Der Aufprall der schweren Kugel warf Loc nach hinten, aber Brady hielt weiterhin instinktiv die Pistole auf ihn. Obwohl das Blut wie eine kleine Ölquelle aus einem Loch zwischen Locs Augen sprudelte, hielt Brady die Waffe noch immer auf den Mann gerichtet, von dem er wusste, dass er Duff ermordet hatte.

Er hob die gelbe Karte auf und starrte sie mehrere Sekunden lang an, bevor er sie in seine Hosentasche stopfte. Es war fraglich, ob er überleben würde, aber wenn er hier irgendwie lebendig herauskam, würde er die Karte Maxon persönlich geben, bevor er ihn tötete. Er rollte sich auf die Knie und klammerte sich an den Baum, während er sich auf die Beine kämpfte. Das umliegende Gelände drehte sich wie verrückt in einem Karussell aus Bäumen und Rauch. Brady bückte sich schwankend und hob sein Gewehr und seine Munitionstasche auf. Als er fester auf den Beinen stand, zwang er sich dazu, in Richtung der Kampfgeräusche zu humpeln.

Von jenseits des Hügels im Nordosten hörte er das Krachen von Gewehrfeuer und das dumpfe Donnern von Mörsern und Granaten. Ab und zu flog eine F-4 über ihn hinweg, gefolgt von einer erneuten schwarzen Rauchwolke, die durch die Bäume aufstieg – das Ergebnis eines weiteren Napalmangriffs. Brady zwang sich zu jedem Schritt und bewegte sich stetig auf den Kampf zu, doch das Blut rann an seinen Beinen hinunter. Er hatte sowohl Duff als auch Lacey im Stich gelassen. Er würde sterben, und Maxon würde am Leben bleiben.

Er folgte einem Pfad den Hang hinauf durch dichtes Gestrüpp, und rang nach Kraft, während jeder seiner Schritte ihm einen qualvollen Stoß gab. An der Spitze des Hügels angekommen, erblickte er Rauchschwaden, die von einem nahegelegenen Bergkamm aufstiegen, wo ratternd, krachend und donnernd ein Feuergefecht tobte. Um dorthin zu gelangen, musste er eine tiefe Schlucht überqueren und den gegenüberliegenden Hang hinaufklettern. Mit zusammengebissenen Zähnen machte er sich auf den Weg hinunter in die Schlucht.

Er fürchtete nun, dass er irgendwo dort unten im Dschungel sterben, und zu einem weiteren Vermissten werden würde. Niemand würde je erfahren, was geschehen war. Er stellte sich Maxons Reaktion vor, wenn man ihn für vermisst erklären würde. Da er nicht mit Sicherheit wissen würde, ob er tot oder lebendig war, würde der paranoide Bastard wahrscheinlich wahnsinnig werden. Mit dem Ansatz eines Lächelns auf dem Gesicht humpelte er auf einen Baum zu und ruhte sich einige Sekunden lang aus. Der Schmerz brannte wie geschmolzenes Blei in seinen Eingeweiden, und er blickte auf seine Hand hinunter, die seine Seite umklammerte. Die Wunde hatte aufgehört zu bluten, aber wenn er keine Hilfe fand, war es dennoch nur noch eine Frage der Zeit.

KAPITEL 19

Maxon Verwischt Seine Spuren

Als Lacey Bradys Brief im Briefkasten fand, fiel ihr zuerst der Poststempel aus Frankreich auf. Mit der Handtasche noch über ihrer Schulter, stand sie vor der Wohnungstür und riss den Umschlag auf. Der Brief war rätselhaft. Da stand etwas über einen anderen Brief, den, den Brady Mister Brister gegeben hatte, aber sie verstand es nicht. Nichts davon ergab einen Sinn, doch Lacey wurde klar, dass hier etwas ganz und gar nicht stimmte. Ohne die Haustür zu schließen, schritt sie in die Mitte der Wohnung und las den Brief ein weiteres Mal.

Offenbar war der Brief, den Brady Mister Brister gegeben hatte, der Schlüssel. Es war ein Brief, den Duff geschrieben hatte, und er würde alles erklären. Das war es – die eine Sache, die Brady ihr nie gesagt hatte – sein wahrer Grund, nach Vietnam zu gehen. Sie musste mit Mister Brister sprechen, aber das Letzte, was sie von seiner Enkelin gehört hatte, war, dass er noch immer in einem Krankenhaus in Knoxville lag. Sie warf einen Blick auf die Uhr. Es war bereits nach fünf. Schnell blätterte sie in ihrem Adressbuch, griff zum Telefon und wählte eine Nummer in Chattanooga.

Bristers Enkelin, Jessica Payne, antwortete. Sie und Lacey waren während ihrer Kindheit in derselben Sonntagsschulklasse gewesen. Während sie sich unterhielten, erklärte Lacey, dass sie hoffte, mit ihrem Großvater zu sprechen und vielleicht sogar Duffs Brief von ihm zu bekommen. Eigentlich hätte das alles ganz einfach sein sollen, aber als sie das Gespräch beendet hatten, legte Lacey den Hörer auf und starrte ausdruckslos in ihre Wohnung. Jessicas Großvater war vor über einer Woche gestorben. Sie versprach, nach dem Brief zu suchen, aber im Moment konnte sie nur hoffen.

Lacey schaltete den Fernseher ein. Walter Cronkite war auf Sendung, und er sagte wieder einmal, dass der Krieg eine verlorene Sache sei, eine nicht zu gewinnende Pattsituation. Sie nahm Bradys Brief in die Hand und las ihn noch einmal, bis die Tränen ihr die Sicht vernebelten. Sie war so egoistisch gewesen. Wenn sie sich doch nur die Zeit genommen hätte, ihm wirklich zuzuhören.

Brady hielt inne und starrte in die dunkle Tiefe der gewaltigen Schlucht. Es war mehr als eine Schlucht. Es war ein enges, aber sehr tiefes Tal, und der Abstieg in den Dschungel darunter erschien ihm riskant, aber wenn er die Schlacht auf dem gegenüberliegenden Bergrücken erreichen wollte, war es seine einzige Möglichkeit. Das unheimliche Zwielicht verschluckte ihn, und seine Umgebung nahm neue Dimensionen an. Kleine Bäche verwandelten sich in hüfthohe Sturzfluten, und die smaragdgrünen Baumkronen wurden zu dornigen Morasten voll triefender Vegetation. Und was aus der Ferne wie kleine Furchen im Gelände aussah, wurde zu fast unpassierbaren Schluchten.

Langsam überquerte er den Hang, klammerte sich an Lianen und Schösslingen fest, riss, scharrte und krallte. Es war kein Wunder, dass ganze NVA-Regimenter im A Shau verschwanden. Diese eine Schlucht konnte ein ganzes Bataillon verbergen. Als seine Kräfte schwanden, entledigte er sich weiterer Ausrüstung.

Die Splitterschutzweste wich als Nächstes, so dass sein Bauch, aufgebläht von inneren Blutungen, entblößt war. Er berührte das empfindliche, inzwischen violette Fleisch und zuckte vor Schmerz zusammen.

Wenn er nur einen Sanitäter finden könnte. Wenn er nicht bald einen fand, war er am Ende. Seine skelettierten Überreste würden im Unterholz verstreut werden, Futter für die Nagetiere. Unmittelbar hinter dem Hügel konnte er weiterhin das ratternde Geschützfeuer und die donnernden Explosionen eines Feuergefechts hören, doch seine Übelkeit verstärkte sich. Nur für einen kurzen Augenblick musste er einen Platz zum Ausruhen finden.

Am Boden der Schlucht schlängelte sich ein steiniger Bach durch den Dschungel. Vorsichtig ließ Brady sich in das kalte Wasser sinken, wo er sich mit dem Rücken auf die Steine legte. Das Wasser wirkte betäubend, und der Schmerz ließ nach, solange er ganz ruhig blieb. Nach einer Weile erwägte er, einfach liegen zu bleiben und alles enden zu lassen. Die Erleichterung war so groß, dass es ein Leichtes wäre, hier zu bleiben, einfach die Augen zu schließen und zu sterben.

Doch dann wehrte sich Brady gegen die Gedanken, vertrieb sie aus seinem Kopf und stemmte sich mit letzter Kraft auf die Beine. Er nahm sein Gewehr aus einem flachen Becken und blickte den Hügel hinauf. Eine dichte Wand aus Dschungel trennte ihn noch immer von den schwindenden Geräuschen des Kampfes, aber wenn er es die zwei- oder dreihundert Meter bis zum Gipfel des Bergrückens schaffte, würde er dort mit Sicherheit ein Sanitäter finden. Schon mit den ersten Schritten kamen der Schmerz und das Schwindelgefühl zurück, aber er weigerte sich, stehen zu bleiben. Während er kletterte, wich das krachende Crescendo der Handfeuerwaffen langsam einem unregelmäßigen Stakkato von Gewehrfeuer.

In der Luft lag der Gestank von Napalm und verbranntem

Pulver, und der Dschungel war in einen rauchigen Dunstschleier gehüllt. Doch oben auf dem Kamm schimmerte der Himmel durch die Bäume. Er war fast am Ziel. Seine Hoffnung wuchs, als der steile Abhang allmählich einer Abflachung des Geländes wich. Er bahnte sich einen Weg durch das letzte Stück Unterholz und stolperte ins Freie.

Die Schüsse hatte aufgehört, und es war niemand in Sicht. Auf dem Bergrücken bot sich ihm ein Bild der Verwüstung und Zerstörung. Das wenige verbliebene Holz war kahl, zersplittert und geschwärzt von Napalm. Der Boden war bis auf die nackte Erde niedergebrannt, und schmierige Rinnsale aus schlammigem Wasser sickerten durch schwelende Baumstümpfe, zischten und ließen Dampfwolken in die Luft steigen. Gelegentlich wirbelte eine Brise einen Strudel aus Asche auf und trieb sie über den Berghang. Bradys Hoffnungen schwanden, während er in die Tiefen der Hölle blickte.

Wo waren sie hin? Seine Augen suchten den Hügel ab und überflogen die trostlose Landschaft bis zum gegenüberliegenden Hang, wo der Dschungel noch intakt war. Trotz seiner verschwommenen Sicht nahm er eine Bewegung wahr. Mehrere hagere und zögerliche Gestalten traten aus dem Dschungel am Fuße des Hügels hervor. Es waren mindestens ein Dutzend, und er hätte fast einen Freudenschrei ausgestoßen, bis er erkannte, dass es NVA-Soldaten waren. Aufgereiht in einer Gefechtslinie überquerten sie einen Bach am Fuße des Hügels und begannen, den Hang hinaufzusteigen. Es schien, als ob sie mit Widerstand rechneten.

Brady begann, sich in den Dschungel zurückzuziehen, hielt aber inne, als vom Hang unter ihm ein Stöhnen kam. Er hielt an, während die feindlichen Soldaten ihren Vormarsch verlangsamten und vorsichtiger wurden, wobei sie weiter ausschwärmten. Bei genauerem Hinsehen begann er, verkohlte Leichen zu entdecken, die ausgestreckt zwischen dem zerbrochenen und verbrannten Holz lagen – Soldaten, die offenbar von derselben Napalm-Explosion erfasst worden waren, die auch den Hang zerstört hatte. Es war schwer zu erkennen, aber die Waffen unter den Leichen schienen AK-47 und SKS-Gewehre zu sein – NVA-Waffen.

Er beschloss, dass das Stöhnen von einem der verwundeten NVA-Kämpfer stammen musste, und wollte sich schon wieder zurückziehen, als er noch etwas Anderes entdeckte. Er hob sein Gewehr und spähte durch das Zielfernrohr. Diesmal entdeckte er eine Reihe von GIs. Im Gegensatz zu den toten NVA-Kämpfern, waren die Amerikaner nicht vom Napalm verbrannt, doch die meisten lagen niedergestreckt in verdrehten Konfigurationen des Todes. Sie mussten den bombardierten Hang hinuntergekommen sein, als die NVA sie vom gegenüberliegenden Hang aus dem Hinterhalt angriff. Der Feind hatte sie bereits so gut wie ausgelöscht und war nun kurz davor, ihnen den Garaus zu machen.

Als Brady sein Zielfernrohr von Mann zu Mann gleiten ließ, bemerkte er, dass die meisten Amerikaner entstellende Wunden hatten, aber zwei von ihnen schienen noch am Leben zu sein. Plötzlich ging einer der Amerikaner auf die Knie und warf eine Granate in Richtung der vorrückenden Soldatenreihe. Die feindlichen Soldaten verschwanden in den Furchen des Geländes, und nach der Explosion eröffneten sie einen vernichtenden Feuersturm auf den Hügel.

Die beiden amerikanischen Soldaten erwiderten das Feuer. Brady kämpfte gegen seine verschwommene Sicht an und stützte sein Gewehr auf einen umgestürzten Baum. Die Gefechtslinie teilte sich, als die feindlichen Soldaten vorrückten, um die Oberhand über die überlebenden Amerikaner zu erlangen. Ein besonders energischer, feindlicher Soldat mit einem Tropenhelm huschte eine flache Schlucht hinauf und positionierte sich über den Amerikanern. Brady blinzelte ein letztes Mal, und seine Sicht wurde für einen Moment klar.

Das Fadenkreuz des Zielfernrohrs zerteilte den Torso des Soldaten und der Rückstoß des Gewehrs jagte Wellen des Schmerzes durch Bradys Körper. Er zögerte nicht. Er setzte eine weitere Patrone ein und konzentrierte sich auf sein nächstes Ziel. Sterne tanzten vor seinen Augen, nachdem er einen weiteren Schuss abgefeuert hatte. Die Wucht des Geschosses schleuderte den zweiten feindlichen Soldaten rückwärts den Hügel hinunter. Seine Schmerzen verstärkten sich und Brady ließ sein Gewehr sinken. Er hielt einen Moment inne und holte tief Luft. Nach ein oder zwei Sekunden zwang er das Gewehr erneut an seine Schulter.

Ein weiterer feindlicher Soldat, offenbar ein Offizier, sprang auf und deutete in seine Richtung. Er brüllte den anderen Befehle zu. Das 7,62-mm-Geschoss aus Bradys M-40 traf das Zentrum seiner Brust und schleuderte den Offizier rückwärts den Hügel hinunter. Drei der Feinde stürzten sich auf die Amerikaner, während Brady schnell nachlud und methodisch weitere Schüsse abfeuerte. Zweimal verfehlte er, aber als er fertig war, waren alle drei tot. Während er nachlud, tanzten die Sterne weiter vor seinen Augen, und er befürchtete, jeden Moment das Bewusstsein zu verlieren.

„Nein!" Seine eigene Stimme überraschte ihn, und er schnappte noch einmal nach Luft. „Ich darf nicht bewusstlos werden", murmelte er.

Ein weiterer feindlicher Soldat trat aus der Deckung. Brady drückte den Abzug. Der leblose Körper schlug zu Boden und wirbelte Asche in die Luft. Reines Adrenalin und roher Instinkt allein bewegten ihn dazu, weiter zu machen, aber er lies schnell nach. Er wartete auf einen weiteren Schuss, aber da sieben ihrer Kameraden tot, oder tödlich verwundet waren, suchte der Rest der feindlichen Patrouille schnell Deckung. Brady jagte ihnen mehrere Schüsse hinterher, während sein Mund sich mit dem bitteren Geschmack von Galle füllte.

Nachdem er gewartet hatte, bis er sicher sein konnte, dass der

Feind verschwunden war, kämpfte sich Brady auf die Beine. Das Napalm hatte einen großen Teil der feindlichen Armee vernichtet, und der ekelerregende Geruch von verbranntem Fleisch stieg ihm in die Nase. Er klammerte sich an die geschwärzten Baumstümpfe und bahnte sich seinen Weg den Hügel hinunter, vorbei an den rauchenden Überresten der NVA-Soldaten. Überall lagen sie im Wald verstreut – aufgequollene und verkohlte Leichen, deren verbranntes Fleisch aufgeplatzt war, und aus deren Wunden rötlich-transparente Flüssigkeiten quollen.

Als er die Amerikaner erreichte, erkannte er das Abzeichen mit Pferdekopf und Schild auf ihren Uniformen als das der Ersten Kavallerie. Die Blicke toter Männer, die ins Leere starrten, umringten ihn, während er den Hang nach Überlebenden absuchte. Nach einer Minute fand er einen Mann, der in einem schlammigen Loch lag und sich vor Schmerzen krümmte. Er zog den halb bewusstlosen Soldaten an eine trockene Stelle und verband seine Wunde. Dann ging er weiter und kam an mehreren weiteren leblosen Körpern vorbei, bis er einen zweiten Soldaten fand, der noch lebte.

Er musste derjenige sein, der die Granate geworfen hatte. Er saß völlig regungslos mit dem Rücken an einen verbrannten Baumstumpf gelehnt. Seine Atmung war schnappend und flach und seine Augen waren glasig vor Schreck. Der Soldat war mit Schlamm und dem Blut seiner Kameraden bedeckt, und er hatte mehrere kleine Schrapnellwunden, aber keine, die lebensbedrohlich schien. Ein kleiner Schlammklumpen klebte in der Nähe seines Mundwinkels. Brady wischte ihn vorsichtig weg, aber der Soldat nahm seine Anwesenheit nicht wahr. Irgendwo in den nahen Hügeln hallte das Geräusch von Hubschraubern wider, als Brady weiterging und eine weitere Leiche in einer flachen Schlucht entdeckte. Der Leichnam des Soldaten hätte wohl in den Himmel starren können, wenn nicht die gesamte Vorderseite seines Kopfes gefehlt hätte. Brady starrte mehrere Sekunden lang auf den grausamen Anblick, während in seinem Kopf eine Idee Gestalt annahm. Er ging den Hügel hinunter, wo die Leiche lag.

Brady entledigte sich seines Uniformhemdes, zog Locs Mordkarte aus der Tasche und kniete dann neben der Leiche nieder. Das Geräusch der näherkommenden Hubschrauber wurde immer lauter, während er hektisch seine Erkennungsmarken, Armbanduhr, Brieftasche und Uniformhemd mit der Leiche austauschte. Als er fertig war, legte er sein Scharfschützengewehr auf die Leiche und zog sich zurück.

Ein Hubschrauber schoss im Tiefflug über den Hügel und verschwand blitzschnell hinter dem Kamm. Brady blickte in den Himmel und beobachtete, wie er in der Ferne Kreise zog. Er musste ein Signal senden. Er entdeckte einen Rauchkanister, der an einem zurückgelassenen Rucksack hing, und zog schnell den Stift. Sofort quoll violetter Rauch hervor und er kämpfte sich den Hang hinauf, heraus aus der Schlucht, wo er verzweifelt mit den Armen fuchtelte. Als der Hubschrauber erneut über den Hang glitt, blickten der Bordschütze und der Kopilot in seine Richtung.

Der violette Rauch umhüllte ihn und zog mit der Brise über den Kamm davon. Zuerst dachte er, sie hätten ihn übersehen, aber der Hubschrauber wurde langsamer und kreiste erneut. Jetzt war er sicher, dass sie ihn gesehen hatten. Doch während der Hubschrauber über ihm ausschwebte, ergriff plötzlich ein merkwürdiges Gefühl seinen Körper, und er spürte, wie er rückwärts in ein tiefes, schwarzes Loch fiel.

Nachdem Maxon die Nachricht von Major Dang gelesen hatte, schnappte er sich den jungen vietnamesischen Soldaten, der sie überbracht hatte. „Was zum Teufel bedeutet das? Nash wird vermisst? Sagen Sie Major Dang, ich will seine Leiche. Haben Sie mich verstanden? Sagen Sie...”

Maxon spürte eine Hand auf seiner Schulter und drehte sich um. Es war Colonel Tranh.

„Mister Maxon, dieser Soldat spricht nicht Ihre Sprache, und es wäre mir recht, wenn Sie Ihre Hände von ihm nehmen würden."

Maxon schubste den jungen Soldaten weg und stieß Tranh den Finger ins Gesicht. „Colonel, ich erwarte, dass Sie sich mit Major Dang in Verbindung setzen und ihm sagen, er soll meinen Mann finden. Laut dieser Meldung ist Major Loc getötet worden, und Nash ist unauffindbar. Was zum Teufel ist hier los?"

„Mister Maxon, ich habe den ganzen Morgen lang Funkkontakt mit Major Dang gehalten, aber in seinem jetzigen Zustand ist er nicht in der Lage, nach Ihrem Mann zu suchen. Er wurde schwer verwundet, und seine Einheit hat viele Verluste erlitten. Im Moment bewegen sich Teile Ihrer 1. Kavalleriedivision und der 101. Luftlandedivision auf dieses Gebiet zu. Vielleicht werden sie Nash finden."

„Scheiße", fluchte Maxon.

Er dachte zurück an die Notizen, die Loc bei der Leiche des Korrespondenten in Saigon gefunden hatte, einschließlich der aus seinem Büro gestohlenen Fernschreiben. Er drehte sich um und ging. Er musste dort so schnell wie möglich hin und sicherstellen, dass Nash tot war.

Nach einigen Stunden hatte Maxon bereits einen Großteil des Schlachtfeldes abgesucht, aber er hatte keine Spur von Nash gefunden. Noch nie in seinem Leben war ihm so ein Glückspilz begegnet. Vielleicht war Nash wirklich der Xảo Quyệt Hổ, wie die Schlitzaugen ihn nannten – ein gerissener Tiger, mit den sieben Leben einer Katze. Irgendwie war er Loc in Saigon entwischt. Jetzt war Loc tot, und vielleicht war es Nash, der ihn getötet hatte, aber das war unwahrscheinlich. Loc war gerissen und er war gut in dem, was er tat. Als ein kalter Regen einsetzte, gab Maxon seine Suche auf und machte sich auf den Weg zurück zum Kommandoposten.

Als er dort ankam, war Tranh immer noch dabei, bei der Evakuierung der Verwundeten zu helfen. Er erzählte Maxon von einem Hubschrauberpiloten der Ersten Kavallerie, der sagte, er habe mehrere Gefallene geborgen, darunter die Leiche eines Scharfschützen, fast einen Kilometer nördlich der Landezone. Er konnte nichts Genaueres sagen, aber die Leiche war zur Gräberregistrierungseinheit in Phu Bai gebracht worden. Maxon beeilte sich, zur Landezone zu kommen, und nahm an Bord eines der Sanitäterflugzeuge Platz, die die Verwundeten abtransportierten. Er kam kurz vor Sonnenuntergang in Phu Bai an.

Dort verschwendete Maxon keine Zeit und machte sich sofort auf den Weg zur GRU, wo ein junger Leutnant hinter einem Schreibtisch saß. Er ging auf ihn zu, beugte sich über ihn und starrte den Mann unverwandt an, bis der junge Offizier aufblickte. Maxon fixierte ihn mit starrem Blick und blieb stumm. Der kleine Frischling war wahrscheinlich noch keine drei Monate im Land.

„Was kann ich für Sie tun, Partner?", fragte der Leutnant.

Maxon bewegte sich nicht. Der Leutnant unterschrieb ein Formular und legte es beiseite, bevor er wieder aufblickte. Er ließ den Blick über Maxons Kragen schweifen, auf der Suche nach seinem Rang oder Abzeichen, die dort nicht zu finden waren.

„Mein Name ist Colonel Maxon. Ich bin Berater bei den ARVN-Spezialoperationen, und ich bin hier, um nach einem meiner Männer zu suchen, wenn es Ihrem müden Arsch nichts ausmacht."

Der Leutnant stieß mit dem Knie an seinen Schreibtisch und fiel fast rückwärts um, als er aufsprang und salutierte.

„Tut mir leid, Colonel! Ich wusste nicht ... äh ... ich wusste nicht, dass Sie ein Colonel sind. Ich meine, Sie tragen ja auch keine..."

„Sparen Sie sich den Salut, Leutnant. Was ich brauche, sind Informationen. Können Sie mir helfen, oder muss ich mich an Ihren Vorgesetzten wenden?"

„Ja, Sir! Ich meine, nein, Sir! Ich meine, was immer Sie brauchen, Sir."

„Okay. Was ich wissen muss, ist, ob Sie die Leiche eines Soldaten namens Brady Nash hier haben."

Der Leutnant fuhr schnell mit dem Finger über eine Liste von Namen. „Ja, Sir, den haben wir. Seine sterblichen Überreste befinden sich dort hinten in der Kühleinheit. Er ist erst vor ein paar Stunden angekommen, also haben wir ihn noch nicht abgefertigt."

Maxon atmete erleichtert auf. „Wo sind seine persönlichen Sachen?", fragte er.

„Nur einen Moment, Colonel."

Der Leutnant verließ den Raum und kam wenige Augenblicke später mit einer kleinen Tüte zurück. Darin befanden sich ein Paar blutiger Erkennungsmarken, eine Seiko-Armbanduhr und eine Lederbörse. Maxon öffnete die Brieftasche und kippte den Inhalt auf den Schreibtisch. Sie enthielt Nashs Militärausweis, einen Führerschein aus Tennessee und mehrere Fotos.

Auf einem Foto standen zwei junge Männer in Football-Uniformen zusammen vor einer hölzernen Tribüne. Einer war Nash, und als er genauer hinsah, erkannte er, dass der andere Coleridge war. Nachdem er Dollarscheine, Piaster und Militärscheine durchgeblättert hatte, nahm er die Erkennungsmarken in die Hand. Das geronnene Blut auf dem Metall war schmierig unter seinem Daumen. Die Marken stammten von Nash. Er warf sie zurück in die Schachtel und wischte sich die Finger an einigen Papieren ab, die auf dem Schreibtisch lagen.

„Wo ist die Leiche?" fragte Maxon.

„Wie ich schon sagte, Sir, sie ist hinten im Kühlraum, aber ich glaube nicht, dass Sie sie identifizieren können. Mit

Ihrer Einwilligung können wir das anhand seiner persönlichen Gegenstände tun."

„Warum denn das?" fragte Maxon.

„Nun, Sir. Es ist sein Kopf. Er ist ... nun, Sir, ich möchte Sie nicht beunruhigen, aber sein Kopf ist ziemlich kaputt. Ich meine, er ist..." Die Stimme des Leutnants erhob sich, bis er fast schrie: „Nun, er ist verdammt noch mal fast weg, Sir!"

Der Leutnant war sichtlich erschüttert, aber Maxon versuchte, seine Erleichterung zu verbergen.

„Schon gut, Leutnant. Ich will Sie nicht noch mehr aufregen, als Sie es ohnehin schon tun."

Er steckte den Ausweis in seine Tasche und ging hinaus. „*Xin Loi*, Mister Tiger", murmelte er. „Wer sich mit Spartan anlegt, zahlt den Preis."

KAPITEL 20

Ein endloser Albtraum

Als man ihr an diesem Abend mitteilte, dass sie im Büro einen Anruf hatte, war Lacey nicht besonders überrascht. Mit all ihren neuen Freunden und Geschäftsbeziehungen erhielt sie oft Anrufe während der Arbeitszeit, doch als sie sagten, es sei ihre Mutter, wich das Blut aus ihrem Kopf, und ihr wurde schwindelig. Es gab nur einen Grund, warum ihre Mutter sie bei der Arbeit anrufen würde. Lacey verließ die Bühne, ohne sich zu entschuldigen, und rannte fast nach hinten ins Büro. Mit wild klopfendem Herzen lief sie den Flur hinunter und stürmte durch die Bürotür. Belle stand mit aschfahler Miene hinter ihrem Schreibtisch. Sie hielt das Telefon in ihrer Hand.

„Hier ist deine Mama, Baby."

Sie bot Lacey das Telefon an, aber Lacey zögerte und starrte auf den Hörer. Sie konnte sich kaum dazu durchringen, ihn in die Hand zu nehmen, doch dann drückte sie ihn langsam und widerwillig an ihr Ohr. Es vergingen einige Sekunden, bevor sie ein Wort hervorbringen konnte. „Mama?", sagte sie leise.

„Schatz", antwortete ihre Mutter.

Am anderen Ende der Leitung herrschte Stille, und Lacey stemmte sich gegen die Leere, lauschte und betete um einen anderen

Grund für den Anruf ihrer Mutter als das, was es wohl sein musste.

„Mama?"

„Es ist Brady, Baby. Er ist weg."

Lacey spürte, wie der Boden unter ihren Füßen verschwand, als ihre Knie nachgaben und ihre Sicht verschwamm. Belle Langston fing sie auf, bevor sie auf den Boden fiel.

———

Er war gefangen in völliger Dunkelheit und umgeben von einem Chor leiser Stöhngeräusche, wie man sie von Menschen hört, die sich mit endlosem Leid abgefunden haben. Es klang, als ob alle Seelen in der Hölle die Qualen der ewigen Verdammnis erduldeten, nur dass es hier auch noch andere Stimmen gab. Es waren unbekümmerte Stimmen, die scheinbar nichts von denjenigen wussten, die vor Schmerz weinten. Sie sprachen von Cheeseburgern mit echten Pommes, von den Beatles und davon, nach Hause zu gehen. Nichts davon ergab einen Sinn, doch Brady wusste, wer er war.

Eine weitere Empfindung drang allmählich in seine verdunkelte Hölle ein. Es war ein Geruch – der faule Gestank von Wunden. Und es gab noch Andere – chemische Gerüche, Äther und Alkohol. Sein Geist glitt zwischen Bewusstlosigkeit und verschwommenem Bewusstsein hin und her, bis eine Empfindung alle anderen dominierte. Es war der brennende Schmerz in seinem Unterleib. Sein Gesicht juckte und er versuchte, sich zu kratzen, aber nichts geschah. Es war, als ob er in einer Zwangsjacke steckte oder gelähmt war.

Er versuchte, seine Augen zu öffnen, aber sie rührten sich nicht. Er versuchte zu schreien, aber er konnte nur würgen. Wieder versuchte er, die Augen zu öffnen, und einen Moment lang glaubte er, er hätte es geschafft, aber er sah nur ein verschwommenes Grau vor sich. Irgendetwas stimmte ganz und gar nicht. Es war kein

Albtraum. Er wusste, wer er war, aber wo war er? Was machte er? Er konnte nicht sehen. Er konnte sich nicht bewegen.

Langsam kam es zu ihm zurück. Er war in der Army, aber alles, woran er sich erinnerte, war der erste Tag, an dem sie ihm die grüne Uniform gaben, mit den ausgebeulten Hosen und den nach Mottenkugeln riechenden Hemden. Sie hatten Etiketten mit verdrehten Aufschriften wie „Hemd/Uniform". Alles war umgedreht in der Armee. Nash/Brady, Specialist Fourth Class. So stand es auf den Befehlen, den Auszeichnungen, den Krankenakten. Die Krankenakten – er erinnerte sich. Er war verwundet. Aber wann, wie?

Ein Hauch von Vertrautheit kam ihm in den Sinn, in Form eines fremden und schönen Ortes, ein Ort mit grünen Hügeln, strömenden Flüssen und flammenden Sonnenuntergängen. Auch an den Namen konnte er sich erinnern: Vietnam. Obwohl er ihm bekannt war, schien es eher wie ein Name, den man hörte, wenn man an ferne, imaginäre Länder dachte. Er erinnerte sich an Yul Brenner und *Der König und ich*, und seine Gedanken spielten mit dem Wort „Vietnam", während er heilige Männer in goldenen Gewändern vor einer roten Pagode stehen sah. Es war nicht Thailand, aber es war auch ein Land aus Elfenbein und Jade, mit orangefarbenen Tigern und riesigen, grauen Elefanten, die unter einer purpurnen Sonne tanzten. Er roch den Duft von Weihrauch und spürte eine sanfte Brise auf seiner Haut, während er durch grüne Bergdschungel schwebte.

Die Schönheit von all dem war fast überwältigend, bis plötzlich etwas Hässliches auftauchte. Es wuchs zu einer riesigen, schwarzen Wolke heran, die sich in den Himmel wölbte, und aus ihrem Inneren brach ein Inferno aus orangefarbenen Flammen und feurigen Tentakeln aus. Mehr Blitze, tödliche Schlieren in Rot und Grün, zischten an ihm vorbei. Seine Erinnerung kehrte plötzlich und in alptraumhaften Stücken zu ihm zurück, als er das Napalm, die Leuchtspurgeschosse und den Krieg wiedererkannte und die angstvollen Augen der sterbenden Soldaten sah. Er war verwundet worden, aber er konnte sich nicht erinnern, wie oder wann.

Seine Augen entdeckten etwas, vielleicht war es ein Muster. Er studierte es, bis ihn plötzlich die Erkenntnis traf. Es war das geometrische Muster der Deckenplatten. Er befand sich in einem abgedunkelten Raum und starrte an die Decke. Das Geräusch von Absätzen, die auf harten Fliesen klapperten, machte sich irgendwo in seinem Kopf erkenntlich, und er versuchte, sich umzudrehen und zu sehen, wer dort ging.

Seine Augen waren das Einzige, das er kontrollieren konnte. Eine Gestalt in Weiß näherte sich ihm wie eine Erscheinung. Sie kam einen langen, mit Betten gesäumten Korridor entlang auf ihn zu. Ein Krankenhaus – das machte Sinn. Er verlor die Gestalt aus den Augen, bis etwas Warmes seine Stirn berührte. Brady nahm verschwommen das Gesicht einer Frau wahr, die auf ihn herabblickte. Sie lächelte und hielt ihre Hand an seine Stirn.

„Willkommen zurück in der Welt, Soldat." Ihre Stimme war so warm wie ihre Hand. „Nicken Sie, wenn Sie verstehen, was ich sage."

Mit größter Anstrengung gelang Brady ein leichtes Nicken, und trotz seiner verschwommenen Sicht erkannte er, wie das Lächeln der Frau breiter wurde. Sie lehnte sich über das Bett, und er hörte einen Piepton und das statische Kratzen einer Gegensprechanlage.

Eine männliche Stimme ertönte aus dem Lautsprecher. „Yoa?"

„Rate mal, wer wach ist, Wendell", sagte sie. „Hmmmm, lass mich mal sehen", antwortete die Stimme. „Dem Licht nach zu urteilen, ist es... Hey! Ist das PFC Gordon?"

„Ganz genau", antwortete die Schwester.

„Das gibt es ja... Willkommen zurück in der Welt, Ray-Baby."

Die Stimme war die eines schwarzen Mannes, aber warum nannte er ihn Ray und Gordon? Er musste ihnen seinen Namen sagen, aber seine Kehle brannte, und er musste würgen.

„Nein, nein. Versuchen Sie nicht zu sprechen", sagte die Krankenschwester.

Sie schob ihm ein Thermometer unter die Zunge, aber er spuckte es aus. Er musste Lacey und seine Mutter anrufen. Er musste ihnen sagen, dass er am Leben war. Er versuchte erneut zu sprechen, aber nichts geschah.

„Das sind die Schläuche in Ihrem Hals, Ray. Sie müssen geduldig sein. Es wird nicht mehr lange dauern, bis wir sie herausnehmen können. Versuchen Sie jetzt einfach zu schlafen. Okay?"

Brady schüttelte den Kopf, brachte aber nur ein Glucksen im Hals zustande.

„Was ist los, Schätzchen?"

Er warf einen Blick auf seine Handgelenksfesseln. Wenn er sich nur befreien könnte, könnte er etwas aufschreiben und ihr erklären, wer er wirklich war.

„Oh, Ihre Arme. Das tut mir leid. Der Arzt hat die Gurte angeordnet, weil Sie sich so viel hin- und hergeworfen haben. Sie haben ständig Ihre Infusion herausgezogen. Wir hatten Angst, dass Sie sich verletzen würden. Machen Sie sich keine Sorgen. Er wird sie wahrscheinlich morgen früh entfernen lassen. Entspannen Sie sich erst einmal. Ich werde Ihr Morphium erhöhen. Okay?"

Seine Gedanken kehrten zu seinen Wunden zurück und er reckte den Hals, um an seinen Beinen hinunterzusehen. Das war die schlimmste Verletzung. Er hatte es schon zu oft gesehen. Sprengfallen und Landminen hatten so vielen Männern die Beine weggesprengt, dass dies zum Alptraum eines jeden Soldaten in Vietnam wurde. „Lass mich schnell sterben", beteten die Männer. „Bitte, lass mich nicht ohne meine Beine leben müssen."

Es war, als ob die Krankenschwester seine Gedanken gelesen hätte. „Machen Sie sich keine Sorgen, junger Mann. An Ihnen ist alles noch dran, bis auf ein paar Zentimeter Ihrer Eingeweide. Ihr größtes Problem ist im Moment die Wundinfektion, aber so wie sich Ihre Stirn anfühlt, würde ich sagen, dass Sie auch das hinter sich gebracht haben. Ich denke, Sie werden wieder gesund."

Sie legte einen Finger auf sein Handgelenk und blickte auf ihre Uhr. Nach einer weiteren Minute zog sie das Thermometer aus seinem Mund. „Achtunddreißig Grad, sagte sie. „Das ist die niedrigste Temperatur seit zwei Wochen."

Brady riss die Augen auf. Zwei Wochen? Wo war er nur?

Die Krankenschwester notierte etwas in seiner Akte und schien weiter seine Gedanken zu lesen, denn sie antwortete, als hätte er laut gefragt. „Ich wette, Sie wissen nicht einmal, wo Sie sind, oder? Sie befinden sich auf einer Intensivstation im Camp Zama, Japan. Wissen Sie, ich habe nicht daran gedacht, es Ihnen zu sagen...."

Der Klang ihrer Stimme verhallte, als er langsam einschlief.

Als Brady erwachte, enthüllte das grille Neonlicht eine große, geschäftige Krankenhausstation. Ein kleiner Mann in einem weißen Laborkittel stand am Fuß seines Bettes und machte Notizen auf einem Klemmbrett. Er hatte für sein junges Alter ungewöhnlich lichtes Haar, und seine Augen waren von Stressfalten umringt. Seine drahtumrandete Brille war ihm den Nasenrücken heruntergerutscht. Nach einer Weile hob der Mann die Augenbrauen und blickte auf.

„Oh! Guten Morgen, Gefreiter Gordon. Wie ich sehe, geht es Ihnen schon besser. Ich bin Dr. Bagley."

Brady sagte nichts und starrte den Arzt an.

„Wissen Sie, Sie haben uns alle ganz schön auf Trab gehalten. Aufgrund der Art Ihrer Wunde und der Behandlungsverzögerung war Ihre Prognose ziemlich düster. Außerdem gab es ein Problem mit Ihrer Blutgruppe. Irgendwie wurde die falsche Blutgruppe in Ihre Unterlagen eingetragen, aber ich denke, Sie sind jetzt über den Berg. Wir haben Ihnen einen unserer bevorzugten Antibiotika-Cocktails verabreicht, und so wie es aussieht, wirkt er gut. Wie fühlen Sie sich?"

Brady blieb stumm, denn er erinnerte sich plötzlich an Maxon und zum ersten Mal fiel ihm wieder ein, dass er Loc getötet hatte. Er blickte zu dem Arzt auf. Wusste er es?

„Oh, machen Sie sich keine Sorgen. Ich werde gleich die Schwester bitten, die Fesseln und Schläuche zu entfernen. Wir müssen noch einige Untersuchungen und Röntgenaufnahmen durchführen, aber es wird nicht mehr lange dauern, bis Sie wieder feste Nahrung zu sich nehmen können. Was halten Sie davon?"

Brady wollte gerade antworten, doch dann erinnerte er sich plötzlich an die letzten Minuten seines Bewusstseins im A Shau, als er seine Identität mit der des toten Soldaten getauscht hatte.

„Ich glaube, wir haben Post von Ihren Eltern", sagte der Arzt. „Ich werde eine der Krankenschwestern bitten, sie Ihnen zu bringen. Sie können sie wahrscheinlich anrufen, sobald Sie wieder auf den Beinen stehen können."

Zuerst nickte Brady. Dann schüttelte er den Kopf. Seine Gedanken rasten in Verwirrung.

„Sie können ihnen sagen, dass Sie in ein paar Wochen im Flugzeug nach Hause sitzen werden. Natürlich müssen Sie in den Staaten noch eine Weile im Krankenhaus bleiben."

Brady wurde klar, dass er diese Täuschung nur bis zu einem gewissen Punkt durchziehen konnte. Was würde passieren, wenn sie seine wahre Identität entdeckten? Er musste ehrlich sein und ihnen alles sagen. Früher oder später würden sie es herausfinden, aber was war, wenn Maxon ihn erwischte, während er noch im Krankenhaus lag? Wer würde dann seinen Tod in Frage stellen? Er musste warten.

Mit jedem Tag ging es ihm besser, und am ersten Nachmittag, an dem er aus der Intensivstation verlegt worden war, saß Brady aufrecht im Bett. Später stand er bereits neben dem Bett und am nächsten Tag lief er auf der Station auf und ab. Die Rehabilitation war anstrengend, aber jetzt war Mobilität eine Voraussetzung für sein Überleben.

Es war nach Mitternacht, als er sich zum Schwesternzimmer am Ende des Flurs schlich. Die diensthabende Krankenschwester war auf der Station unterwegs, und niemand war in der Nähe, als er sich über eine Schreibmaschine beugte und einen Brief tippte.

11. November 1968
Mr. und Mrs. Charles Gordon
4895 Prairie Road
Strayhorn, Missouri

Sehr geehrter Mr. und Mrs. Gordon,

Mit tiefem Bedauern müssen wir Ihnen mitteilen, dass uns bei der Meldung zum Status Ihres Sohnes ein Fehler unterlaufen ist. Der Status des Gefreiten Raymond Gordon wurde offiziell von „im Kampf verwundet" zu „im Kampf vermisst" geändert. Aufgrund der Art der Verwundung eines anderen Soldaten wurde dieser fälschlicherweise als Ihr Sohn identifiziert. Wir entschuldigen uns für diesen bedauerlichen Irrtum und werden weitere Informationen in dieser Angelegenheit an Sie weiterleiten, sobald diese verfügbar sind.

Hochachtungsvoll,
John R. Hurdle, Colonel
United States Army, Befehlshaber

„Was schreiben Sie da, Soldat?", fragte die Krankenschwester.

Sie kam herein und spähte über Bradys Schulter. Er schnappte sich den Brief von der Schreibmaschine.

„Nichts. Gar nichts. Nur einen Brief nach Hause.”

„Ist schon gut”, sagte die Schwester. „Sie dürfen die Schreibmaschine gerne benutzen.”

„Oh, äh, na ja, danke”, stotterte Brady. „Ich denke, ich bin sowieso fertig. Gibt es in der Nähe ein PX, wo ich Briefumschläge kaufen kann?”

„Sicher, aber das hat um diese Zeit nicht geöffnet. Außerdem müssen Sie keine kaufen. Wir haben hier genug.”

Die Krankenschwester holte einen aus einer Schublade und reichte ihn ihm. „Hier, bitteschön.”

Er nahm den Umschlag entgegen. Auf der Vorderseite war der Briefkopf des Krankenhauses aufgedruckt.

Eine Woche später, als sie seine Krankenliege die Rampe hinauf in den medizinischen Transporter C-141 rollten, fühlte Brady sich nicht mehr schwach. Er hätte zu Fuß an Bord des Flugzeuges gehen können, aber man bestand darauf, dass er in einem Krankenwagen zum Luftwaffenstützpunkt fuhr und auf einer Liege in den hinteren Teil des Flugzeugs geladen wurde. Gelegentlich wurde es ihm zwar immer noch schwindelig, aber er war wieder bei Kräften. Auf dem Weg nach Seattle und anschließend in ein Veteranenkrankenhaus in Kansas City betete er, dass die Eltern von Raymond Gordon seinen gefälschten Brief nicht in Frage stellten.

Weitere verwundete Veteranen wurden auf die gleiche Weise an Bord gebracht, vielen fehlten Arme oder Beine, aber diejenigen, die stumm ins Leere starrten erschreckten ihn am meisten. Sie erinnerten ihn an seine Situation. Er wollte einen Spiegel finden, um zu sehen, ob auch er hohläugig in sich hineinblickte. Wie sie war auch er verloren, nicht wegen seiner Verletzung, sondern weil er die Identität eines Mannes gestohlen hatte und bei seinem Versprechen an Duff versagt hatte. Er hatte nicht nur versagt, sondern er war denjenigen, die Duff getötet hatten, ähnlich geworden. Er versuchte, sich eine Träne von der Wange zu wischen, als eine Krankenschwester auf ihn zukam.

„Kann ich Ihnen etwas zum Einschlafen bringen?", fragte sie.

„Sie haben nichts, was stark genug wäre."

„Vielleicht nicht", antwortete sie, „aber legen Sie sich hin, und ich bringe Ihnen ein paar Tabletten, die Sie schläfrig machen werden. Okay?"

Es dauerte nur eine Minute, bis sie mit einem Becher Wasser und zwei roten Pillen zurückkam. Brady schluckte sie und schlief ein, noch bevor der Jet den Boden verließ. Es schien, als wären nur Minuten vergangen, zu wenig Zeit, um den Pazifik zu überqueren, doch als das Flugzeug landete, war er bereit, den süßen Boden der Heimat zu küssen.

Als das Flugzeug zum Stehen kam, schnappte er sich seinen Seesack und eilte den Gang entlang zur Tür. Die anderen Soldaten unterhielten sich aufgeregt, während sie sich ebenfalls in Bewegung setzten, aber als Brady durch die Tür trat, erstarrte er. An dem Gebäude auf der anderen Seite des Rollfeldes prangte ein großes Schild:

WILLKOMMEN AUF DEM
LUFTWAFFENSTÜTZPUNKT BIEN HOA,
REPUBLIK SÜDVIETNAM

„NEIN!", schrie er.

Aber die anderen Soldaten drängten ihn die Treppe hinunter, während sie ihm gut zuredeten und ihn einen Angsthasen nannten.

„Nein, das ist ein Irrtum. Ich soll nicht hier sein. Ich gehe zurück in die Vereinigten Staaten."

Am Fuß der Treppe wartete Maxon auf ihn. „Komm runter,

Landbursche", rief er. „Wir haben noch eine Mission, und wir haben keine Zeit für Albernheiten."

Brady versuchte, seine Augen zu öffnen, aber es ging nicht. Er versuchte, sie mit den Fäusten zu reiben, aber er merkte, dass seine Arme wieder einmal gefesselt waren. Aber warum? Er strampelte heftig und versuchte, sich zu befreien. Schließlich, mit allergrößter Anstrengung, zwang er sich, die Augen zu öffnen. Alles war verschwommen. So sehr er sich auch bemühte, er konnte sich auf nichts fokussieren. Dann spürte er, wie etwas seine Stirn berührte. Er zuckte zusammen, aber da war eine Frauenstimme.

„Es ist in Ordnung, Ray. Es ist alles gut. Sie gehen jetzt nach Hause. Bleiben Sie ganz ruhig."

Es war die Krankenschwester, die ihm die Tabletten gegeben hatte. Einen Moment lang war er erleichtert, aber alles blieb verschwommen.

„Bitte. Bitte. Binden Sie mir die Arme los", flehte er. „Bitte machen Sie mich los. Ich halte es nicht mehr aus."

„Versuchen Sie einfach zu schlafen. Wenn das Medikament nachlässt, löse ich die Fesseln. Okay?"

„Brady spuckte dem NVA-Offizier seinen blutigen Zahn ins Gesicht. „Sie können mich mal", brüllte er. „Ich werde Ihnen gar nichts sagen."

Er rannte los, und wurde von Dutzenden feindlicher Soldaten verfolgt, als er sich einer Hügelkuppe näherte. Er feuerte sein Gewehr ab, während sie um ihn herumschwärmten. Ihre Körper fielen, bis sie drei- oder vierfach übereinander lagen, aber es kamen immer mehr. Er sah das Gesicht eines der toten Männer. Es war der junge Vietcong-Rekrut, den er an jenem Tag außerhalb des Dorfes erschossen hatte, während dieser versuchte, sich zu ergeben. Er sah einen anderen an. Sie alle hatten das Gesicht des toten Mannes.

Er blickte über seine Schulter in Richtung des Hügelkamms. Hiwassee Knob lag in der Ferne. Gleich dahinter lag Melody Hill.

Er drehte sich um und rannte, aber die feindlichen Kugeln zerrissen seine Splitterschutzweste. Er musste nach Hause, aber egal wie weit er rannte, der Berggipfel blieb in der Ferne. Seine Knie gaben nach, und er fiel auf den staubigen Dschungelpfad.

Nach einer Weile ertönte irgendwo in seinem Hinterkopf ein quietschendes Geräusch, ein ständiges Nörgeln, das durch seinen ganzen Körper zu vibrieren schien. Er lauschte und versuchte herauszufinden, woher das Geräusch kam - ein weiterer Albtraum? Das Bett vibrierte unter ihm, und er öffnete die Augen. Es war Nacht und überall blinkten rote Lichter. Außerdem sah er lange Streifen blauer und weißer Lichter, die in die Ferne zogen, und es waren Flugzeuggeräusche zu hören. Er befand sich auf einem Flughafen und wurde auf einer Krankenliege transportiert. Die Räder quietschten unaufhörlich, als sie ihn auf einen in der Nähe geparkten Krankenwagen zuschoben.

„Wo bin ich?", murmelte er.

„Sie sind in Seattle, Washington, Ray." Es war die Stimme der Krankenschwester.

Eine Welle der Erleichterung überkam ihn. Er war wieder in den Vereinigten Staaten.

„Wo bringen Sie mich hin?", fragte er.

„Sie hatten eine ziemlich anstrengende Reise, deshalb bringen wir Sie in ein Veteranenkrankenhaus hier in Seattle, damit Sie sich ein wenig ausruhen können", antwortete sie.

„Sich ein wenig ausruhen", die Worte wirkten seltsam. Vielleicht war es der Tonfall ihrer Stimme, der in seinem Kopf die Alarmglocken läuten ließ. Die Armee lässt einen nie ausruhen. Auf neue Befehle warten, vielleicht, aber niemals nur ausruhen. „Fünf Minuten Pause. Raucht, wenn ihr was habt." Das war das Stichwort, aber nur, weil sie Zeit brauchten, um ihre Landkarten zu prüfen oder ihren nächsten Schritt zu planen. Ruhe war etwas, das man nur bekam, wenn sie nichts Anderes für einen zu tun hatten.

„Können Sie mir jetzt die Handfesseln abnehmen?"

„Sie waren ein böser Junge, Ray." Der Pfleger, der die Liege schob, hatte gesprochen, bevor die Schwester antworten konnte. „Der Krankenschwester ins Gesicht zu spucken hat Ihnen keine Pluspunkte eingebracht. Ich glaube nicht, dass wir Sie jetzt schon losbinden werden."

„Ich wurde betäubt! Ich würde niemandem absichtlich ins Gesicht spucken."

„Ach ja, und wir haben einen Anruf von der Armee bekommen. Sie wollen Ihnen ein paar Fragen stellen."

„Halten Sie den Mund, Carter", rief die Schwester. „Ist schon gut, Ray", sagte sie mit beruhigender Stimme. „Wir werden Sie heute Nacht in ein Zimmer bringen. Der Arzt wird Sie untersuchen, und ich bin sicher, dass Sie morgen schon wieder auf dem Weg nach Hause sind."

Als der Krankenwagen den Flughafen verließ, zog der Ausblick aus dem Fenster Bradys Aufmerksamkeit auf sich. Der Anblick war vertraut und fremd zugleich, als der Krankenwagen an überfüllten Bürgersteigen, Reihen geparkter Autos und Menschenmengen vorbeifuhr. Überall sah er Menschen, die wie Pantomimen lautlos lachten, sprachen und sich fortbewegten. Eine Gruppe stand in einer Schlange vor einem Kino, in geblümten Hemden, Lederjacken und Jeans. Alle hatten langes Haar, aber sie waren gepflegte Menschen, die lächelten, glücklich waren und ein sorgloses Leben führten.

Gelegentlich nahm er den Duft von Pommes und Hamburgern wahr, und auch hier und da Fetzen von Musik, die schnell wieder verklangen, als der Krankenwagen durch die belebten Straßen fuhr. Es war eine festliche Atmosphäre, in der die Menschen viel zu glücklich waren, um an Vietnam zu denken. Wahrscheinlich hatten sie Arbeit oder gingen zur Schule. Für sie war der Krieg etwas, mit dem sich nur ein paar wenige Unglückliche befassen mussten – eine Nebenattraktion, die sie sich abends im Fernsehen ansehen konnten.

Der Krankenwagen fuhr rückwärts an die gläserne Eingangstüre der Notaufnahme heran. Noch immer auf die Liege geschnallt, wurde Brady in einen langen Korridor geschoben. An der Decke reihten sich Neonröhren aneinander. Als er seinen Kopf zur Seite drehte, um den Lichtern auszuweichen, sah er eine Gruppe von Männern entlang der Wand sitzen. Die meisten trugen alte Uniformjacken der Armee, doch sie waren Penner und Landstreicher mit langen Haaren und zotteligen Bärten.

Die Sanitäter stellten seine Liege an der Wand gegenüber der Landstreichergruppe ab und verschwanden den Gang hinunter. Warum durften sich diese Männer in einem Veteranenkrankenhaus herumtreiben? Einer der Männer saß zusammengekrümmt auf einem metallenen Klappstuhl und zitterte unkontrolliert. Ein anderer saß daneben und schien ihn kaum zu bemerken, während er eine Zeitung las. Die meisten von ihnen starrten nur mit gequälten Augen ins Leere. Nach ein oder zwei Minuten stand einer auf und schlurfte auf Bradys Liege zu. Der Mann starrte auf ihn herab. Mit seinem jungen, pausbäckigen Gesicht sah er fast aus wie ein übergroßes, fettes Kind, aber seine Augen waren sehr alt.

„Hey, Mann, bist du gerade aus Nam zurückgekommen?", fragte er. „Ja", antwortete Brady.

Noch immer an die Trage geschnallt, fühlte Brady sich hilflos, als der Penner sich über ihn beugte.

„Wo warst du stationiert?"

„I-Corps, Da Nang, Phu Bai-"

„Bist du ein Marine?"

„Nein, Army Ranger."

„Airborne Ranger, hm? Ich wette, du bist nicht annähernd so begeistert, wie du es warst, als du gegangen bist."

Brady antwortete nicht, sondern drehte den Kopf und blickte in die andere Richtung.

„Ach, Mann, das war doch nur Spaß. Sei nicht sauer. Ich war

auch in Vietnam, dreiundzwanzigste Infanteriedivision unten in Chu Lai. Hab' selbst viel Scheiße mit angesehen. Weißt du?"

Brady drehte seinen Kopf zurück zu dem Mann. Ihre Blicke trafen sich und sie starrten sich einige Sekunden lang an.

„Ja", antwortete Brady, „Das hast du bestimmt."

Der ungepflegte Veteran ließ seinen Blick über die Krankenliege wandern, als würde er nach etwas suchen. „Wo hat es dich erwischt, Mann?"

Brady versuchte, seine Arme zu bewegen, aber er war immer noch festgebunden. „Hey, mach mir die Handfesseln ab, dann zeige ich es dir."

Mit zitternden Fingern zerrte der Mann halbherzig an einer der Schnallen, aber er machte sich keine Mühe, ihn wirklich zu befreien.

„Wieso haben sie dich gefesselt, Mann? Du bist doch wohl nicht durchgeknallt, oder?"

„Ganz und gar nicht", antwortete Brady. „Ich bin gerade mit einem Krankentransport aus Japan gekommen. Sie haben alle festgeschnallt, wegen der Turbulenzen. Komm schon, Mann, diese Dinger tun meinen Handgelenken weh. Mach mich los."

„Da hat die Krankenschwester dem Arzt da drüben vor einer Minute aber was Anderes gesagt. Sie haben gesagt, dass du eine psychologische Evaluation brauchst und dass die Armee jemanden schickt, um dir ein paar Fragen zu stellen."

Brady grinste. „Sieh mich an, Mann. Sehe ich aus wie ein Irrer? Komm schon, sei so gut und mach die Gurte ab."

„Nun, ich denke, du siehst ganz okay aus. Ich meine, es wird wohl nicht schaden. Außerdem sind wir doch Brüder, richtig?"

„Ganz genau", sagte Brady. „Es ist genau wie drüben in Vietnam. Wir müssen zusammenhalten."

Der Mann blickte sich im Raum um, während er begann, die Gurte zu lockern. Es dauerte ewig, bis er den letzten Riemen gelöst hatte. Schnell setzte Brady sich auf und rieb sich die Handgelenke.

„Das ist richtig, Partner", sagte er. „Wir sind Brüder. Hey, hast du ein Auto draußen?"

„Ja, aber es ist nichts Besonderes, nur ein alter Chevy Nova. Er hat über hunderttausend Meilen auf dem Tacho. Warum? Willst du irgendwo hinfahren?"

„Mann, ich will nur schnell die Straße runter fahren. Ich brauche was zum Essen – richtiges Essen. Kannst du mich irgendwo hinbringen, wo ich einen Hamburger bekomme?"

„Ja, klar, ich denke schon. Gibst du einen aus?"

„Klar, nimm meine Tasche mit, da am Ende der Liege." Brady stand auf, aber in seinem Kopf drehte sich alles und er musste sich an der Liege abstützen.

„Bist du in Ordnung, Mann?"

„Ja, ja. Nur ein bisschen schwindlig. Bin zu schnell aufgestanden." Als sein Kopf wieder klar wurde, legte er seine Hand auf die Schulter des Mannes. „Bist du bereit?"

Der Veteran blickte den Korridor auf und ab. „Ja, aber wir müssen cool bleiben."

„Kein Problem", erwiderte Brady. „Lass uns gehen."

Mit diesen Worten gingen die beiden Männer lässig den Korridor entlang und hinaus in das nächtliche Seattle.

KAPITEL 21

Die Heilsarmee

Die Berge von Tennessee zeigten sich in ihrer vollen Herbstpracht. Die Sonne schien hell auf die roten, gelben und silbernen Blätter, die in der Nachmittagsbrise flatterten. Die Hügel waren für Lacey trotz all ihrer Schönheit zu einem Ort der Trauer geworden. Von weit unten aus dem Tal des Hiwassee River stieg ein sanfter Nebel auf, als sie Hand in Hand mit ihrer Mutter auf dem Friedhof hinter der Kirche stand. Im vorigen Sommer war endlich Gras über Duffs Grab gewachsen und hatte die hässliche Narbe in der Erde geheilt, doch nun war eine Neue hinzugekommen.

Die Armee hatte Bradys Sarg nach Melody Hill gebracht, aber diesmal klangen weder das Gewehrfeuer von einundzwanzig Salutschüssen, noch die klagenden Töne eines Zapfenstreiches durch die Hügel. Nur das leise Flüstern des Windes in den Bäumen war zu hören. Lacey hatte um eine Beerdigung ohne militärische Zeremonie gebeten. Ihre Mutter hatte zugestimmt, und sie sahen mit tränenverschleierten Augen zu, wie der Sarg neben Duffs Grab in die Erde gesenkt wurde. Wie beim letzten Mal gab es dabei Kirchenlieder und Gebete, und ein paar Tage später fuhr sie zurück nach Nashville.

Ihr Herz war gebrochen, und als sie durch die endlosen Bergstraßen fuhr, dachte sie über ihre Jahre mit Duff und Brady nach. Sie hatte Duffs Tod nie überwunden, und jetzt, wo auch Brady tot war, konnte sie nicht umhin, zu denken, dass er vielleicht noch leben würde, wäre sie nicht nach Nashville gezogen. Sie versuchte, das Autoradio anzustellen, aber die Musik irritierte sie nur. Frustriert drehte sie an dem Knopf. Musik konnte ihr Herz nicht mehr erhellen. Hätte es etwas anderes gegeben, das sie tun könnte, hätte sie die Musik ganz aufgegeben. Es war Narrengold gewesen. Sie war emotional am Ende und begann, nur noch das Nötigste zu tun, um weiter zu leben.

Als sie an diesem Abend zu Hause ankam, wartete Billy auf dem Parkplatz vor ihrer Wohnung auf sie. Nachdem sie einander schweigend begrüßt hatten, schloss sie die Tür auf und ging hinein. Er folgte ihr mit ihrer Reisetasche. Sie hob Sampson hoch und nahm ihn in den Arm.

Billy hatte ihr angeboten, sie zur Beerdigung nach Melody Hill zu fahren, aber sie hatte abgelehnt. Das war etwas, das sie allein tun musste. Und es war nicht so, dass Billy ein schlechter Mensch war, aber sie brauchte diese Zeit alleine, um zu trauern. Trotzdem konnte Lacey es nicht über sich bringen, ihn an diesem Abend wegzuschicken, und wie immer versuchte er, sie mit seinem sanften Humor aufzumuntern – er machte einen Spruch darüber, dass er der treue Hund sei, der vor ihrer Tür wartet. Dann ging er in die Küche und mixte Drinks.

Die Tage wurden zu Wochen und Laceys Trauer hielt unvermindert an. Sie wusste, dass sie die Scherben aufsammeln und ihr Leben weiterführen musste, aber Brady besaß immer noch ihr Herz, ihre Seele, ihr ganzes Wesen. Obwohl sie zur Arbeit zurückkehrte, blieb ihr Leben leer und bedeutungslos. Billy blieb an ihrer Seite und kehrte jeden Tag zurück, um Zeit mit ihr zu verbringen, bis sie ihn, wie jedes Mal, wegschickte. An diesem Abend saß er auf der Couch und stimmte seine Gitarre, während sie mit Sampson spielte. Der Kater schien ihre Traurigkeit zu spüren, denn auch er versuchte, ihre Laune zu heben, indem er mit der Schleife an ihrer Bluse spielte. Sie zog ihn an sich und vergrub ihr Gesicht in seinem weichen Fell. Heute Abend blieben ihre Augen ausnahmsweise trocken.

„Du gehst wohl nie wieder nach Melody Hill zurück, nicht wahr?"

Sie streichelte Sampsons Kopf und wandte sich Billy zu. „Ich denke nicht, sagte sie. „Bis auf Mama gibt es dort nichts mehr für mich." Lacey schluckte schwer, als eine Welle der Gefühle in ihr aufstieg. „Ich meine, ich werde zurückgehen um sie zu besuchen, aber ich werde nie wieder dort leben."

Billy legte seine Gitarre auf den Teppich neben der Couch und rückte näher. Er massierte ihre Schultern und Lacey schloss die Augen und begann, sich zu entspannen. Nach ein paar Minuten stand er auf und ging in die Küche.

„Ich mache uns einen Drink. Vielleicht fühlst du dich dann besser."

Die Drinks halfen. Sie waren zu einer Art abendlichem Ritual geworden. Sampson schloss seine Augen und begann zu schnurren, als sie den kleinen Kater hinter den Ohren kraulte. Seit Brady weg war, schien nichts mehr wichtig zu sein. Das Leben war ein Gefängnis, in dem sie ihre Zeit absaß und sich fragte, was sie hätte anders machen können. Die Vernunft sagte ihr, dass sie die Scherben aufsammeln und weitermachen musste. Die Vernunft sagte, dass sie sich wieder auf ihre Musikkarriere konzentrieren musste. Die Vernunft sagte eine Menge Dinge, aber ihr Herz hörte nicht zu.

Aus der Küche ertönte das Klirren von Eiswürfeln, dann das Rattern und Summen des Mixers. Wenige Augenblicke später kam

Billy mit einem Glas in jeder Hand und einem Lächeln im Gesicht zurück ins Zimmer. Mit einem halbherzigen Grinsen nahm sie ihr Glas entgegen. Die ersten paar Male, als er sie zubereitet hatte, waren ihr die Drinks zu stark erschienen, aber in letzter Zeit hatte sie sich an den scharfen Biss des Alkohols gewöhnt. Das warme, wohlige Gefühl stellte sich immer schnell ein und dämpfte die scharfe Schneide des Schmerzes.

„Du hast vorhin gesagt, dass Bristers Enkelin aus Chattanooga angerufen hat", sagte Billy, „aber du hast nichts weiter erzählt."

„Ja. Sie sagte, dass sie überall gesucht haben und den Brief immer noch nicht finden konnten."

Er küsste sie auf die Wange. Lacey schloss ihre Augen und legte ihren Kopf an seine Schulter. Billy begann, einen traurigen Akkord auf seiner Gitarre zu spielen. Er war so ein Lieber, immer verständnisvoll und geduldig. Er hatte ihr bei den Vorbereitungen für die Beerdigung geholfen und half ihr jetzt in ihrer Trauer.

„Ich nehme an, wir werden nie den wahren Grund erfahren, weshalb Brady nach Vietnam gegangen ist", sagte Lacey.

Sampson richtete sich in ihrem Schoß auf, streckte sich und sprang auf den Boden.

Billy legte die Gitarre beiseite und trank seinen Drink aus.

„Du musst aufhören, darüber nachzudenken", sagte er, „bevor es dich verrückt macht."

Er hob ihre Bluse im Rücken an und begann, sanft ihre Schultern zu massieren. Seine verhornten Fingerspitzen wirkten beruhigend, und sie schmiegte sich enger an ihn, während er sie sanft mit seinem Kinn liebkoste. Ihre Lippen trafen sich, und er hielt sie fest, als seine Hand an ihre Seite entlangwanderte und sanft über ihren Bauch strich. Eine zunehmende Wärme erfüllte ihren Körper und sie ließ sich auf die Couch zurücksinken. Billy fummelte an ihrem Jeansknopf.

Sie dachte an den Tag am Hiwassee zurück, als sie und Brady

sich zum ersten Mal geliebt hatten. Damals war ihr alles so richtig vorgekommen, aber jetzt lief ihr eine Träne über die Wange. Sie musste weitermachen. Billys Hand streichelte ihre Brust, und sie wollte sich zurückziehen, aber er hielt sie fest. Vielleicht gab es wirklich keinen Grund, sich ihm zu entziehen. Alles, was sie wollte, war, jemandem nahe zu sein, aber irgendetwas hielt sie zurück. Ihr entwich ein Schluchzen und sie stieß ihn von sich.

„Verdammt!", keuchte er.

Lacey zog die Knie an ihre Brust und rollte sich auf der Couch zusammen. „Es tut mir leid", sagte sie.

„Ist schon gut. Es ist okay. Ich verstehe es."

Sie wollte sterben. Der Gedanke kam ihr in den Sinn. Sterben war die einzige Möglichkeit, Brady wiederzusehen. Der Gedanke war gar nicht so schrecklich. Wenn sie nur bei ihm sein könnte, würde sie wieder ganz sein. Ihr wurde klar, dass alles, was sie in ihrem Leben getan hatte, auf irgendeine Weise durch ihre Beziehungen zu Duff und Brady bestimmt war.

Nach Duffs Tod hatte sie nur noch Brady gehabt, aber selbst nachdem sie ihn von sich gestoßen hatte, war sie jedem neuen Tag mit der unterbewussten Sicherheit begegnet, dass er immer da sein würde. Er war ihr Anker, unsichtbar, aber sicher, der sie festhielt, während sie auf den Wellen schaukelte. Doch die Kette war gerissen, und ihr Herz trieb nun ziellos in einem Ozean der Einsamkeit. Sie weinte, bis der Schlaf ihr gnädige Erleichterung brachte.

Jede kleinste Anstrengung erschöpfte Brady und er spürte immer noch den Schmerz tief in seinem Bauch, aber er war frei. Der blöde Sanitäter in Seattle hatte ihm den Hinweis gegeben. Die Armee hatte ihn aufgespürt, wahrscheinlich durch den Brief, den er an Gordons Eltern geschickt hatte. Die Behörden wussten, dass etwas nicht stimmte, und versuchten, es aufzuklären. Seine einzige Hoffnung war, dass es nicht die CIA war.

Während er mit dem Daumen in der Luft auf eine Mitfahrgelegenheit wartete, blickte er sich nach Polizeiautos um. Der neblige Regen wirbelte im Rückstrom der Lastwagen, die auf der Interstate-5 an ihm vorbeirasten und der Himmel hing tief und grau. Er musste sich bedeckt halten, wenn er nach Tennessee zurückkehren und Lacey finden wollte. Er musste ihr sagen, dass er am Leben war. Und vor allem musste er sie warnen. Wenn Maxon Wind davon bekam, dass er noch am Leben war, war nicht vorauszusehen, wie weit der mörderische Bastard gehen würde.

Sein erster Impuls war, Mama Emma anzurufen, sie zu bitten, Lacey zu kontaktieren und ihr zu sagen, was los war, aber die Telefonleitungen könnten abgehört werden. Falls sie konfrontiert wurden, war es umso besser, je weniger sie wussten. Sobald er in Nashville angekommen war und Lacey gefunden hatte, würde er zum alten Brister gehen und Duffs Papiere abholen.

Richard Mathis' Warnung kam ihm immer wieder in den Sinn. *Er könnte sich stellen, aber die CIA könnte ihn einfach diskreditieren.* Sie waren Experten der Desinformation. Er könnte im Gefängnis oder, noch schlimmer, in der Psychiatrie landen, wo man ihn so mit Medikamenten vollpumpen würde, dass er seinen eigenen Namen nicht mehr wüsste. Die Leute würden ihn einfach für einen paranoiden Trottel halten.

Brady stand noch immer mit dem Daumen nach oben im Regen und wartete, hoffte und betete, dass die Bullen ihn nicht erwischten, bevor er eine Mitfahrgelegenheit fand. Sein erster Gedanke war, nach Osten zu fahren, aber das würde ihn durch dünn besiedelte Gebiete in Montana und Nebraska führen, Orte, an denen er auffallen würde wie ein Baum in der Prärie. Stattdessen entschied er sich für den Weg nach Süden durch Kalifornien.

Das Glück zeigte sich schließlich in Form eines baufälligen

59er Chevy Kombis, der am Straßenrand anhielt. Zwei Koffer und ein Benzinkanister aus Plastik waren auf das Dach geschnallt. Der hintere Teil des Wagens war mit Bergen loser Kleidung und Haushaltsgegenständen gefüllt. Zwei Männer, zwei Frauen, ein schreiendes Baby und ein wuscheliger brauner Köter waren in den vorderen Teil des Autos gezwängt, aber Brady beschwerte sich nicht. Sie waren auf dem Weg nach San Francisco.

Der alte Kombi zog eine Rauchfahne aus Abgasen über die Schnellstraße, aber die Gruppe schien davon nichts zu bemerken, während sie sich einen Joint teilten. Der Mann hinter dem Steuer schloss einen Moment lang die Augen und saugte wie wild am Joint, wobei der Wagen seitlich über mehrere Fahrspuren glitt. In Vietnam hatte Brady gesehen, wie Männer alles Mögliche rauchten, vom einfachen „Dew" bis zu opiumhaltigen „Thai-Sticks", aber er hatte nie mitgemacht. Sein Versprechen an Duff war immer an erster Stelle gestanden. Dieses Versprechen war nun gebrochen, und als eines der Mädchen ihm den Joint anbot, zögerte er nicht. Er klemmte ihn zwischen Daumen und Zeigefinger, presste ihn an seine Lippen und atmete tief ein.

Der herbe Rauch brachte ihn zum Husten, aber sonst bewirkte er kaum etwas. Es gab keinen glorreichen Rausch, nur das irritierende Lachen der Leute im Auto. Die Frau auf dem Beifahrersitz drehte das Radio lauter. Es dröhnte mit den Klängen einer E-Gitarre – ein Krach, der anfangs fast unerträglich war, aber nach einer Weile gewöhnte er sich daran. Der Himmel klarte auf, während die Kilometer und Minuten vergingen, und irgendwann fand Brady den Beat in der Musik. Er reiste mit Steppenwolf auf einem fliegenden Teppich und klopfte mit den Fingern im Rhythmus ans Fenster.

Als sie ihn schließlich am Stadtrand von Oakland absetzten, lächelte er zum ersten Mal seit Monaten. Die Schmerzen in seinem Unterleib und in seinem Herzen hatten nachgelassen. Nachdem er sich von seinen Wohltätern verabschiedet hatte, streckte Brady erneut den Daumen aus und rauchte den Joint zu Ende. Er lächelte, legte den Kopf in den Nacken und blickte in den wunderschönen, wolkenlosen Himmel. So gut hatte er sich seit Jahren nicht mehr gefühlt.

Auf seinem Weg nach Osten verschlechterte sich das Wetter, und ein paar Tage später kam er im verschneiten und nassen Denver, Colorado an. Es war der 24. Dezember, und der kalifornische Sonnenschein war in den Rocky Mountains einem Schneesturm gewichen, der sich von Stunde zu Stunde verschlimmerte. Seine dünne Uniformjacke, die besser für die kühlen Temperaturen des zentralen Hochlands geeignet war, schützte ihn kaum, und so saß er vor Kälte zitternd in der Dunkelheit am Rande einer schneebedeckten Straße.

Zu viele schlaflose Nächte zeigten ihre Wirkung und er ließ erschöpft den Kopf hängen. Er war kalt, nass und hungrig, doch das Zittern ließ langsam nach. Die Unterkühlung hatte eingesetzt. Als neben ihm ein Polizeiauto anhielt, rührte Brady sich nicht. Der Polizist kurbelte sein Fenster herunter und blickte durch die wirbelnden Schneeflocken hinaus. Es interessierte ihn nicht mehr, was passieren würde. Er wollte nur noch, dass alles endete.

„Wo wollen Sie hin?", fragte der Polizist.

Brady merkte, dass seine Zunge schwer und teilnahmslos war, als er versuchte zu sprechen. „In den Osten, nach Tennessee. Ich fahre über Weihnachten nach Hause."

„Das schaffen Sie heute Abend nicht mehr, mein Freund. Es ist Heiligabend. Wie wäre es, wenn ich Sie zum Haus der Heilsarmee fahre? Dort bekommen Sie warmes Essen und einen warmen Platz zum Schlafen, bis sich der Sturm gelegt hat."

Als er versuchte, aufzustehen, schwankte Brady auf unsicheren Beinen, und als er versuchte, die Tür des Streifenwagens zu öffnen, schienen seine Hände wie aus Stein. Der Polizist stieg aus und ging um das Auto herum auf ihn zu. Brady verkrampfte sich.

„Entspannen Sie sich", sagte der Polizist. Er tastete seine Hosentaschen ab und quetschte sein Bündel .

„Verhaften Sie mich?"

„Nein, ich bin nur vorsichtig. Heutzutage gibt es eine Menge Verrückte."

Er warf das Bündel auf den Beifahrersitz und half Brady auf den Rücksitz. Der tiefe Schnee dämpfte die Geräusche des Highways und die tiefe Stille wurde nur ab und zu durch die Stimme einer Dispatcherin durchbrochen. Brady spürte, wie er schläfrig wurde. Er nickte ein und sank in den Schlaf. „Was machen Sie hier in der Gegend?", fragte der Polizist.

Brady fuhr ruckartig hoch. Er musste die Frage gehört haben, denn die Antwort fiel ihm sofort ein. „Ich bin vor ein paar Monaten aus der Armee entlassen worden und habe nach Arbeit gesucht."

„Ich nehme an, Sie hatten nicht viel Glück."

„Nicht viel", antwortete Brady, „Das Meiste war nur Zeitarbeit."

„Ich habe gehört, dass es unten in Texas eine Menge Bauarbeiten gibt.", sagte der Polizist. „Waren Sie schon mal dort?"

„Nein, aber vielleicht fahre ich nach Weihnachten dorthin."

Er saß still da und hoffte, der Polizist würde aufhören, Fragen zu stellen. Er war kurz davor, wieder einzunicken, als der Wagen vor einem alten Gebäude zum Stehen kam.

„Da wären wir", sagte der Polizist.

Auf einem großen rot-weißen Schild über der Tür stand: DIE HEILSARMEE.

Der Polizist ging um den Wagen herum und öffnete seine Tür. Inzwischen lag der Schnee mehrere Zentimeter tief auf dem Bürgersteig, und die kalte Nachtluft durchschnitt Bradys Müdigkeit, als er aus dem Streifenwagen stieg.

„Frohe Weihnachten", sagte der Polizist, „und viel Glück."

Der CID-Offizier der Army, Major Gil Gilardi, stand neben dem FBI-Agenten Huey Gates, als sie dem Baggerfahrer dabei zusahen, wie er vorsichtig die Erde aus dem Grab hinter der Methodistenkirche von Melody Hill schaufelte. Auf einer kleinen Anhöhe ein paar Meter entfernt standen die beiden Frauen, Emma Coleridge und ihre Tochter Lacey. Sie bestanden darauf, bei der Exhumierung dabei zu sein, und klammerten sich zitternd und mit Tränen in den Augen aneinander. Gilardi dachte an seine eigene Frau und Tochter. Es war schwer, das Leid der beiden Frauen anzusehen, doch dies war eine professionelle Ermittlung.

Aufgrund der Weihnachts- und Neujahrsfeiertage hatte es eine Weile gedauert, bis man mit den Ermittlungen so weit gekommen war. Raymond Gordons Eltern hatten sich an die Armee gewandt, als sie einen offensichtlich gefälschten Brief erhielten, in dem stand, dass sich der Status ihres Sohnes von „verwundet" zu „vermisst" geändert hatte. Das CID leitete eine Untersuchung ein, und Gilardi hatte vorgehabt, Gordon in Seattle zu befragen, aber er war ihnen entwischt. Zumindest hatten sie geglaubt, dass es Gordon war, bis Hinweise Brady Nashs Namen ins Spiel brachten.

Zwei Hilfsarbeiter befestigten Seile am grauen Metallsarg und hoben ihn aus dem Grab. Mit Besen und Lappen wischten sie die letzten Reste Erde weg. Nachdem der Sarg in einen grauen Leichenwagen der Army geschoben worden war, blickte Gilardi hinaus auf die Hügel, die sich bis zum Horizont erstreckten. Wenn seine Vermutung stimmte, war der Leichnam im Sarg der von Raymond Gordon, aber es ergab keinen Sinn. Alles was er über Nash gehört hatte, deutete darauf hin, dass er ein Held war. Er hatte eine kilometerlange Liste von Auszeichnungen, darunter ein Purple Heart, Bronze und Silver Stars und die zweithöchste Auszeichnung der Nation, das Distinguished Service Cross. Alle seine ehemaligen Kommandeure sagten, Nash sei ein sehr geradliniger Mann gewesen.

„Nun, ich denke, das war's für den Moment", sagte Gates.

Gilardi erwachte aus seinen Gedanken und blickte zu seinem FBI-Kollegen hinüber. Gates hatte die Antwort gegeben, die er sich erhofft hatte. Die militärischen Befehle in Nashs Akte waren als „streng geheim" gekennzeichnet, und alle Namen und Orte waren geschwärzt, etwas, das er seinem FBI-Kollegen noch nicht mitgeteilt hatte. Gilardi hatte seinen Teil beigetragen, indem er den Fall in der Befehlskette nach oben brachte, aber er war angewiesen worden, seine Ermittlungsergebnisse intern zu halten. Sein einziger Wunsch war es, Zugang zu einigen der geschwärzten Informationen zu bekommen.

Jemand an höherer Stelle wusste etwas, aber sie hielten sich bedeckt. Das lag wahrscheinlich daran, dass der Kongress Fragen zu bestimmten militärischen und CIA-Aktivitäten in Südvietnam stellte, an denen Nash offenbar beteiligt war. Seine Befehle lauteten „Temporärer Dienst" bei der Nationalen Polizeieinheit der Republik Vietnam als Unterstützung des Sonderberaters. Die NPF war eine von mehreren Gruppen mit Verbindungen zur CIA, aber Nachforschungen bei Langley waren ebenfalls negativ ausgefallen. Die CIA behauptete, nichts von ihm zu wissen. Jemand mauerte gewaltig, aber wer und warum?

„Ja", antwortete Gilardi. Er schüttelte Gates die Hand. „Ich weiß die Hilfe Ihrer Leute wirklich zu schätzen. Ich sage Ihnen Bescheid, was wir bei der Autopsie herausfinden. Rufen Sie mich an, wenn Sie etwas Neues herausfinden."

Jesse Harper hatte gerade seine Post im Laden abgeholt und fuhr mit seinem alten Truck den Hügel hinauf durch die Stadt, als er Sheriff Harvey entdeckte. Der Sheriff hatte sein Auto am Eingang der Kirche von Melody Hill geparkt und blickte den Hang hinauf zum Friedhof. Jesse trat vom Gas und hielt neben Harvey an. Am Rande des Friedhofs hinter der Kirche hatten sich mehrere Menschen versammelt. Jesse kurbelte sein Fenster herunter. Ein gelber Bagger rollte ratternd und klappernd über den felsigen Hügel.

„Wer ist gestorben?" fragte Jesse.

„Niemand", sagte Harvey. „Die Armee hat gerade das Grab von Brady Nash ausgehoben. Sie sagen, sie hätten vielleicht die falsche Leiche drin begraben."

Das Winterwetter war bitter, und der Sheriff stand mit gekrümmten Rücken in der kalten Bergluft. Sein verdampfender Atem entwich in die Brise. Jesse parkte seinen Truck am Straßenrand und ging zurück zum Sheriff.

„Verdammt, das ist ja mal was", sagte Jesse. „Das ist typisch für das Militär, ein Grab zu verschandeln." Er zog seine Schirmmütze nach oben und kratzte sich am Kopf. „Die Bastarde schaffen es nicht mehr, irgendwas richtig zu machen."

„Du musst es ja wissen", sagte Harvey.

Der Sheriff warf ihm einen Seitenblick zu, aber Jesse konzentrierte sich weiter auf die Betriebsamkeit in der Nähe der Kirche. Harvey hatte recht. Er hatte nach seinen beiden Einsätzen in Vietnam in den Jahren '65 und '66 die Nase voll von der Militärbürokratie.

„Das Schlimmste ist, dass das arme Fräulein Emma und die kleine Lacey dort oben bei diesen Armeeleuten sind", sagte der Sheriff. „Stell dir vor, wie sie sich fühlen müssen."

„Sie werden es doch nicht vor ihnen aufmachen, oder?" fragte Jesse.

„Oh nein, das glaube ich nicht. Fräulein Emma hat gesagt, sie wollte einfach nur da oben sein. Weißt du?"

Jesse nickte, und einige Minuten später, als der graue Leichenwagen der Army hinter der Kirche hervorkam, zog er seine Mütze ab. Das Fahrzeug mit dem Sarg rollte langsam den Hügel hinunter. Sheriff Harvey nahm ebenfalls seine Mütze ab. Die Sonne spiegelte sich auf der Windschutzscheibe des Leichenwagens und

Jesse kniff die Augen zusammen, als dieser vorbeifuhr.

„Wissen Sie", sagte Jesse, „irgendetwas stimmt an dieser ganzen Sache nicht."

„Wie meinst du das?", fragte der Sheriff.

Jesse setzte seine Mütze wieder auf und zog den Schirm tief ins Gesicht. „Nun, zuerst wurde Duff getötet, und es gab alle möglichen Gerüchte darüber, dass Brady nach drüben gegangen ist, weil er dachte, Duff sei ermordet worden. Und jetzt das hier. Das ist alles ein bisschen zu seltsam."

Sheriff Harvey blieb stumm, steckte die Hände in die Hosentaschen und sah zu, wie der Leichenwagen die Straße hinunter verschwand. Harper warf dem Sheriff einen Blick zu. Harvey wusste etwas, ließ es sich aber nicht anmerken.

„Ich glaube, ich mache mich wieder auf den Weg", sagte Jesse.

„Pass auf dich auf", sagte der Sheriff.

Jesse ging zurück zu seinem Wagen und stieg ein, aber der Sheriff rief ihm noch etwas hinterher. „Hey, Jesse, warte doch mal."

Die Menschenmenge oben hatte begonnen, den Friedhof an der Kirche entlang zu verlassen. Lacey und ihre Mutter hielten sich an den Händen. Die Gruppe war noch einige hundert Meter entfernt und Jesse hielt inne, während der Sheriff zu seinem Wagen schlenderte.

„Du warst drüben", sagte Harvey. „Was denkst du?"

„Was denke ich worüber?" fragte Jesse.

„Die Gerüchte, du weißt schon, über Brady und Duff. Glaubst du, sie wurden ermordet?"

„Das ist ein verdammt verrückter Krieg, und im Moment sehe ich eine Menge Rauch. Ich meine, bei all dem, was ich über den Tod der beiden Jungs gehört habe, muss es doch irgendwo brennen."

Der Sheriff drehte sich um und blickte hinunter über die Dächer der kleinen Stadt. Jesse folgte seinem Blick und sah hinaus auf den Hiwassee und die Täler des Little Tennessee River. Der ferne

Horizont verschwamm in der Nachmittagssonne. „Wenn dir hier in der Gegend etwas Seltsames auffällt, wäre ich dir dankbar, wenn du mich anrufst", sagte der Sheriff.

„Was Seltsames wie was – das Gespenst von Brady Nash?"

Die beiden Männer blickten sich an, und Harveys Kiefer spannte sich fast unmerklich an. „Ich glaube, du ziehst voreilige Schlüsse, Jesse."

„Tue ich das, Sheriff?"

Harvey antwortete nicht, und Jesse grinste.

„Ich wünsche Ihnen einen schönen Tag, Sheriff. Ich lasse es Sie wissen, wenn ich etwas Ungewöhnliches sehe."

Jesse ließ seinen Truck an. Hier ging viel mehr vor sich, als irgendjemand zugeben wollte, doch seine Touren in Vietnam waren genug Drama für ein ganzes Leben gewesen. Solange niemand zu ihm kam und um Hilfe bat, würde er die Sache aussitzen.

***

Als sie vom Friedhof den Hügel herabging, beobachtete Lacey, wie der Leichenwagen die Straße hinunter verschwand. Die beiden Ermittler gingen neben ihr und ihrer Mutter. Der eine war ein Kriminalbeamter der Army, der andere ein FBI-Agent. Der FBI-Agent war wortkarg, aber der Army-Mann, Major Gilardi, wirkte sympathisch und erklärte, dass er es für sehr wahrscheinlich hielt, dass die Leiche im Sarg nicht die von Brady war.

„Wenn dies der Fall ist, wird der Status Ihres Sohnes auf 'vermisst' geändert, bis etwas Anderes bewiesen wird."

Lacey weigerte sich, diese neue Hoffnung zuzulassen, denn sie könnte ganz einfach in einer weiteren Enttäuschung enden. Solange sonst nichts geschah, etwas, das ihr wirklich den Glauben gab, dass Brady am Leben war, würde sie keine Hoffnung in ihr Herz lassen.

Gilardi hielt die Autotür auf, während er ihrer Mutter hinein half. Ein paar Tage vor Weihnachten, als die beiden Männer von der Regierung zum ersten Mal aufgetaucht waren, hatten sie begonnen, sie und ihre Mutter über Brady zu befragen. Ihre Fragen machten deutlich, dass sie sich über die Identität der Leiche im Grab unsicher waren. Und als sie von einem „möglichen Verwaltungsfehler" sprachen, durchschaute sie ihre Erklärungen. Gilardi war ein zu ehrlicher Mensch, als dass er eine glatte Lüge erzählen würde. Das machte ihn für sie auch zu jemandem, dem man vertrauen konnte.

Sie hatte ihm von Duff und dem mysteriösen Brief erzählt, den Hubert Brister von ihm erhalten hatte. Sie erzählte ihm auch von Bradys kryptischen Briefen. Sie spürte, dass Gilardi bereits wusste, dass etwas nicht stimmte, aber er gab ihr keine Erklärungen ab. Als sie ihn nach einer Erklärung drängte, stellte er nur noch mehr Fragen. Gilardi tat so, als hätte er bereits erwartet, einiges von dem zu hören, was sie ihm sagte, aber er gab ihr keine Antworten im Gegenzug.

Als der Motor des Wagens aufheulte, kurbelte sie das Fenster herunter und blickte zu Gilardi auf. „Wir wären Ihnen dankbar, wenn Sie uns ein paar Antworten geben würden, falls möglich", sagte sie.

Der Mann vom FBI blieb eisern und starrte in die Ferne, aber Gilardi nickte und nahm Blickkontakt mit ihr auf. „Ich verspreche Ihnen, dass ich Ihnen sagen werde, was ich kann, wenn das alles hier geklärt ist."

Lacey löste die Bremse und der Wagen rollte vom Kirchenparkplatz. Sie warf einen Blick auf ihre Mutter, die stoisch dasaß und in Gedanken versunken war. Lacey wurde klar, dass sie ihrer Mutter jetzt mehr denn je etwas geben musste, wofür es sich zu leben lohnte.

KAPITEL 22

Die Grand Ole Opry

Der Ermittler der Army versprach, Lacey zu benachrichtigen, sobald die Autopsie abgeschlossen war, und sie war hin- und hergerissen zwischen den Möglichkeiten und der Realität der Situation.

Sie wollte in Melody Hill bleiben, um sich um ihre Mutter zu kümmern, aber ihre Mutter sagte, sie solle zurück nach Nashville gehen und ihren Verpflichtungen nachkommen. Und jetzt war es weniger eine Verpflichtung als vielmehr eine Belohnung, denn sie war eingeladen worden, in der Grand Ole Opry aufzutreten.

Trotz der emotionalen Achterbahnfahrt erkannte Lacey, dass ihre Mutter Recht hatte. So viele Menschen hatten einen Teil ihres Lebens in ihre Karriere investiert, und sie konnte sie nicht im Stich lassen. Sie musste das Beste aus dieser Chance machen. Ja, es war die Erfüllung eines Traums. Es war die größte Chance ihrer musikalischen Karriere, etwas, das sie sogar über ihre Träume hinaus bringen könnte. Menschen im ganzen Land würden sie sehen und ihr zuhören. Und als der große Abend endlich gekommen war, saßen Billy Wyatt, Belle Langston und alle ihre Freunde vom Restaurant und vom Club im Publikum.

Es war ein bitterkalter Januarabend in Nashville, aber das Ryman

Auditorium war voll besetzt. Zitternd warf Lacy einen Blick über das riesige Publikum. Hierher eingeladen zu sein hätte einer der glücklichsten Momente ihres Lebens sein sollen, aber sie konnte sich kaum konzentrieren. Vor nur zwei Monaten war sie, am Boden zerstört durch Bradys Tod, kurz davor gewesen, zu kündigen, als Belle ihr von der Einladung in die Opry erzählte. Und nur wenige Tage später waren die Ermittler mit dem Gerichtsbeschluss nach Melody Hill gekommen, um Bradys Grab auszugraben. Der Ansturm der Emotionen hatte sie völlig aus dem Konzept gebracht.

Belle stand hinter der Bühne, hielt ihre Hand und sprach ihr leise Worte der Ermutigung zu, aber das Bühnenlicht, die Musiker und der volle Saal wirkten wie hypotisierend auf sie. Sogar Loretta Lynn war anwesend, zusammen mit einigen anderen bekannten Countrymusikern. Sie alle sprachen mit Lacey, als wären sie alte Freunde. Die Nervosität machte Lacey fast wahnsinnig und ihr wurde klar, dass sie sich Zeit nehmen musste, um innezuhalten, und sei es auch nur für einen Moment, um ihren Kopf freizukriegen. Dies war ihre große Chance, doch es schien, als würde ihr Verstand aus den Fugen geraten. Sie musste alles Andere vergessen, auf die Bühne gehen und das tun, wofür sie so hart gearbeitet hatte.

Nachdem sie Belle die Hand getätschelt hatte, entschuldigte sich Lacey und ging einen schmalen Gang entlang zu einem verlassenen Raum hinter der Bühne. Sie fand einen alten Stuhl, auf den sie sich setzte und ihre Augen schloss. Es war der ruhige Ort, den sie brauchte, wenn auch nur für einen kurzen Moment. Sie holte tief Luft, entspannte sich und lauschte den gedämpften Klängen von Stimmen und Applaus. Die langen Monate, die sie damit verbracht hatte, Tische zu wischen und Böden zu kehren, würden sich endlich auszahlen. All die Dinge, die zu diesem Moment geführt hatten, all die Menschen, die ihr geholfen hatten – Duff und Brady und die Jahre, die sie gemeinsam verbracht hatten – all das gipfelte in dieser Gelegenheit. Dies war der Moment. Jemand aus Melody Hill hatte es endlich geschafft. Und als sie über all diese Dinge nachdachte, spürte sie zum ersten Mal eine gewisse Zuversicht. Sie würde es für Duff und Brady tun.

Sie stand auf, holte noch einmal tief Luft, glättete ihr Kleid und wandte sich wieder der Bühne zu. Trotz ihrer Entschlossenheit hatte sie mit ihrer Kleidung gehadert. Der Produzent wollte, dass sie ein tief ausgeschnittenes, schwarzes Kleid trug, das fast bis zur Hüfte geschlitzt war, aber es war ihr zu sexy.

Hugh Langston forderte mal wieder einen Minirock und Cowboystiefel, aber sie würde eher den Rest ihres Lebens kellnern, bevor sie diesem alten Perversling nachgab. Dann kam Billy mit etwas an, das wie ein rot-weiß kariertes Tischtuch aussah. Schließlich war sie mit Belle einkaufen gegangen.

Sie hatten mehrere Läden durchstöbert, bevor sie sich für ein elegantes, aber konservatives Kleid aus Samt entschieden. Belle sagte, es sei das perfekte Bühnenkleid – tiefblau, in Wadenlänge und mit einem winzigen, perlmuttenen Blumenmuster überzogen, das zu Laceys Perlenohrringen passte. Es schmiegte sich wunderbar an ihre Figur, und Lacey hatte sich in das Kleid verliebt, bevor sie auf das Preisschild blickte. Es verschlug ihr fast den Atem. 375 Dollar für ein Kleid zu bezahlen, kam nicht in Frage, egal wie perfekt es aussah. Als sie die Umkleidekabine verließ, reichte sie das Kleid an Belle zurück und zeigte ihr das Preisschild.

Belle lachte und sagte: „Mach dir keine Sorgen, Schätzchen. Das hier geht auf mich."

Schon bevor sie die Bühne betrat, bekam Lacey Komplimente von den Leuten hinter der Bühne, die begeistert von ihrem Kleid schwärmten. Auch Loretta machte ihr Komplimente und sprach ihr Mut zu. Alles schien zu laufen wie geschmiert. Sogar Billy hatte sie unterstützt, als sie sich dafür entschied, ein Remake eines alten Hank-Williams-Songs, „I'm So Lonesome", zu singen.

Sie stand hinter der Bühne bereit, als ein weiterer Akt endete und

Tennessee Ernie Ford Werbung für Goody's Kopfschmerzpulver machte. Wie immer wurde die Show live im WSM-Radio übertragen, aber seit Kurzem wurde sie jetzt auch landesweit im Fernsehen gezeigt. Lacey dachte an ihre Mutter zu Hause in Melody Hill. Da die Straßen in den Bergen zu vereist waren, um sie zu befahren, saß sie in ihrem Lieblingssessel vor dem Fernseher, zusammen mit einigen Nachbarn. Und obwohl sie eigentlich nicht in Nashville war, war die Anwesenheit ihrer Mutter so real, als säße sie in der ersten Reihe. Es schien alles wie ein Traum, als schließlich ihr Name in der tiefen Stimme des Sprechers durch den Saal hallte.

„Meine Damen und Herren, begrüßen Sie Miss Lacey Coleridge."

Sie spürte den sanften Druck von Belles Hand auf ihrem Rücken. Das Blut wich aus ihrem Kopf, und sie spürte, wie ihre Füße sich bewegten und sie in die Mitte der Bühne trugen. Überall im Auditorium blitzten Kameras auf, während sich der Saal verdunkelte. Sie verbeugte sich und trat an das Mikrofon, und nachdem der Applaus verklungen war, war es so still wie in einer Kirche um Mitternacht. Mehrere Sekunden lang stand sie schweigend da. Einer der Musiker hinter ihr räusperte sich leise, und Lacey erwachte aus ihrer Trance. Sie drehte den Kopf, nickte und begann, a capella zu singen, mit einer Stimme, die ihre Seele erblicken ließ.

Hear the lonesome whippoorwill
His song's too blue to fly
The midnight train is a-winding low
I'm so lonesome I could cry

Als bei der zweiten Strophe die Band zu spielen begann, rührte sich kein Mensch mehr im Saal. Und vielleicht, weil der Gesang direkt von ihrem Herzen kam, waren alle wie gebannt, während ihre Stimme jeden Winkel des Saals erfüllte. Die Band war perfekt. Sie, Lacey war perfekt.

The silence of a falling star
Lights up a purple haze
And as I wonder where you are
I'm so lonesome I could cry

Als ihr Lied endete, knickste Lacey und nickte mit dem Kopf.

Eine scheinbar endlose Stille lag über dem Saal. Und es schien, als würde sie ewig andauern, bis die hypnotisierte Menge plötzlich explodierte. Der Applaus dröhnte in ihren Ohren, während sich Laceys Augen mit Tränen füllten.

Hinter ihr rief eines der Bandmitglieder: „Sie war perfekt!"

Tennessee Ernie Ford trat an ihre Seite und nahm winkend und lächelnd den Applaus des Publikums entgegen. Auch von hinter der Bühne ertönten Jubel und Rufe, und ehe sie sich versah, blieb im Ryman Auditorium kein einziger Mensch mehr auf seinem Stuhl sitzen, während der Applaus unaufhörlich anhielt.

Tennessee Ernie Ford hielt seinen Mund an ihr Ohr und musste fast schreien, damit sie ihn hören konnte. „Baby, die Leute wollen noch ein Lied von dir hören, aber ich weiß nicht, wie du das noch toppen kannst. Hast du noch was Anderes einstudiert?"

Als sie nickte, verebbde der Beifall und sie wandte sich den Bühnenmusikern hinter ihr zu. Sie steckten kurz die Köpfe zusammen, und nach ein paar Sekunden wandte sie sich an das Publikum.

„Meine Damen und Herren, ich habe vor Kurzem jemanden verloren, er war der zweite meiner..." Sie hielt inne, als die Emotionen in ihrer Kehle aufstiegen. Sie schluckte schwer und fuhr fort: „Es waren zwei Jungs, die mir sehr am Herzen lagen, und beide sind im Vietnamkrieg gefallen. Ich möchte das nächste

Lied ihrem Andenken widmen. Das hier ist für meinen Bruder, Duff Coleridge und meinen Freund Brady Nash."

„Sie gab den Musikern ein Zeichen, doch die Emotionen überkamen sie und sie schüttelte zögernd den Kopf. Die Musik hörte auf. Lacey schluckte erneut schwer und holte tief Luft. Nach einigen Sekunden drehte sie sich um und gab der Band erneut das Zeichen. Die Musiker spielten perfekt, und mit der gleichen Inspiration, mit der sie das Publikum beim ersten Mal in ihren Bann gezogen hatte, sang sie „Amazing Grace".

Ihre Stimme klang voller Leidenschaft, und als sie die letzte Strophe erreichte, kamen mehrere Entertainer aus dem Backstage-Bereich, und forderten das Publikum auf, mitzusingen. Alle standen auf und sangen mit, bis die letzten Töne in der Stille verklangen. Ein weiterer Beifallssturm donnerte durch den Saal. Mit einem strahlenden Lächeln und noch immer mit Tränen in den Augen, verließ Lacey winkend die Bühne. Sie hatte ihre Chance bekommen, und sie hatte allen die Schau gestohlen.

Die Temperatur sank in dieser Nacht drastisch mit der vorbeiziehenden Kaltfront, und Lacey fröstelte, als sie mit Belle und Billy das Auditorium verließ. Als sie die Stufen vom Seiteneingang hinunterstieg, hielt sie sich schützend die Hand vors Gesicht, während Schneeflocken im Licht der Straßenlaternen umherschwirrten. Trotz des bitteren Nordwestwinds lächelten ihr alle zu und sprachen begeistert von ihrem Erfolg. Die Reaktion des Publikums und der anderen Künstler war einfach phänomenal gewesen, und Lacey fühlte sich so gut wie seit Monaten nicht mehr.

Sie zog ihren Kragen enger um den Hals, eilte über den Parkplatz und öffnete die Autotür. Doch als sie gerade einsteigen wollte, bemerkte sie einen Aufruhr unter einer Straßenlaterne auf der Fifth

Avenue. Ein Polizist rang einen Landstreicher zu Boden, und einen Moment lang glaubte sie, sie hätte gehört, wie er ihren Namen rief. Sie hielt inne, und ein seltsames Gefühl überkam sie. Der Polizist schubste den Mann auf den Rücksitz eines Streifenwagens, aber der Landstreicher schien zu versuchen, sie auf sich aufmerksam zu machen. Sie warf ihre Handtasche in den Wagen und ging über den Parkplatz auf den Streifenwagen zu.

„Wo willst du hin?" rief Billy.

Lacey konnte sich selbst kaum erklären, was sie da tat. Sie ignorierte ihn und eilte ungeschickt auf ihren hohen Absätzen weiter. Sie rannte an der Mauer des Gebäudes entlang, während das strahlende Lächeln, das sie kurz zuvor noch getragen hatte, in den nächtlichen Schatten verblasste.

Sie lief so schnell sie konnte, aber bevor sie die Straße erreichte, verließ das Polizeiauto den Bordstein und raste davon.

„Warten Sie!", rief sie.

Es war zwecklos. Das Auto fuhr weiter den Hügel hinauf und war außer Sichtweite, als Belle und Billy sie einholten.

„Was machst du da?" fragte Billy.

Es war zu verrückt, um es zu erklären. „Nichts", sagte sie. „Ich dachte nur... Ach, egal. Lass uns einfach gehen, okay?"

Lacey schreckte aus dem Schlaf. Das Telefon klingelte. Draußen, vor dem Wohnungsfenster schien das Sonnenlicht auf die schneebedeckten Hügel. Zweifellos war es ihre Mutter, die von zu Hause anrief, oder vielleicht Billy oder Belle, die sie zu einer frühmorgendlichen Frühstücksfeier einladen wollten. Sie nahm den Hörer ab und richtete sich in ihrem Bett auf.

„Hallo?"

„Lacey, was auch immer du tust, leg nicht auf. Hör einfach zu.

Hier ist Brady. Ich bin nicht tot. Ich lebe, und ich bin im Davidson County Gefängnis hier in Nashville."

Sie starrte auf den Hörer.

„Lacey, bist du noch da? Hör mir zu, Baby. Das war ich letzte Nacht vor dem Ryman, und ich brauche deine Hilfe."

„Brady?"

Sie konnte nicht klar denken. Das musste ein schlechter Scherz sein, aber nein...

„Du bist..."

Sie konnte nicht sprechen, doch die Person anderen Ende der Leitung beendete ihren Satz. „Im Davidson County Gefängnis. Ich brauche dich, kannst du kommen und mich abholen?"

„Aber ..."

Seine Stimme sank auf ein kaum hörbares Flüstern. „Wenn du hierher kommst, frag nach Raymond Gordon. Hast du verstanden?"

Raymond Gordon war der Name, den der Armeeoffizier erwähnt hatte. In ihrem Kopf drehte sich alles, als sie der Stimme am Telefon nickend zustimmte und auflegte. Was ging hier vor? Es war Brady. Sie würde seine Stimme auch in hundert Jahren noch erkennen. Lacey sprang aus dem Bett, zog eine Jeans an und rannte zur Haustür.

Eine Flut grellen Sonnenlichts spiegelte sich im frisch gefallenen Schnee und machte sie fast blind, als sie sich an das eisige Geländer klammerte und die Treppe hinunterlief, doch dann hielt sie inne. Sie drehte sich um und rannte zurück ins Haus. Sie hatte ihre Schuhe vergessen. Schnell zog sie sie an und machte sich wieder auf den Weg die Treppe hinunter. Der Sturm der letzten Nacht war verzogen, und der frische Schnee knirschte unter ihren Füßen, als sie über den Parkplatz eilte. Der kalte Wind peitschte ihr die Haare ins Gesicht, aber sie bemerkte es kaum. *War es wirklich Brady? Natürlich war er es. Er musste es sein.* Eine weitere Enttäuschung konnte sie nicht verkraften.

Als sie das Auto erreichte, wühlte sie in ihrer Handtasche nach dem Schlüssel. Ihre Zähne klapperten, und der gefrorene Dunst ihres Atems vernebelte die Windschutzscheibe, als sie die Zündung drehte. Doch der Anlasser grunzte nur.

„Oh bitte. Komm schon", flehte sie.

Wieder grunzte der Motor, dann noch einmal, und als sie schon dachte, er würde nicht anspringen, zündete er plötzlich und erwachte zum Leben. Sie legte den Rückwärtsgang ein und trat das Gaspedal durch. Mit qualmenden Reifen fuhr sie rückwärts aus der eisbedeckten Parklücke.

„Sie irren sich", sagte sie. „Ich weiß, dass er hier ist. Ich habe vor ein paar Minuten mit ihm gesprochen. Haben Sie nicht irgendwo eine Art Verhaftungsregister?"

Lacey weigerte sich, dem Gefängniswärter zu glauben. Es musste Brady sein. Da war sie sich sicher. Aber der Gefängniswärter bestand darauf, dass es dort niemanden mit diesem Namen gab. Er schickte sie zurück zur Rezeption, wo sie den Rezeptionsbeamten zur Rede stellte.

„Wie können Sie behaupten, er sei nicht hier? Er ist da. Er muss da sein. Sehen Sie noch einmal nach. Sein Name ist Brady Nash, und er wurde gestern Abend auf der Fifth Avenue vor dem Ryman Auditorium verhaftet. Ich weiß, dass er es war."

Die Tränen rannen unter ihrer Sonnenbrille hervor.

„Nein, Ma'am, Miss Coleridge", sagte der Polizist. „Aber warten Sie einen Moment, ich überprüfe schnell das Schichtprotokoll. Sie sagten, er wurde kurz vor Mitternacht auf der Fifth Avenue verhaftet, richtig?"

Sie nickte.

„Schauen wir mal. Nun, hier ist einer. Sein Name ist Raymond Gordon, aber Ihre Beschreibung passt auf ihn."

„Raymond Gordon?", sagte sie. Sie war ein Idiot. Sie hatte es vermasselt.„Ja", antwortete der Polizist, „er ist hinten in der Ausnüchterungszelle.

Wie wärs, wenn wir ihn rausbringen, damit Sie ihn sehen können? Vielleicht hat er Ihnen einen falschen Namen gegeben. Sie wissen ja, wie diese Leute sein können. Wollen Sie Anzeige erstatten?"

„Nein! Nein, ganz und gar nicht. Es ist nur so, dass ... nun ja ... ich ihn sehen muss. Ich muss mit ihm reden, und..." Lacey lief rot an, als sie nach den richtigen Worten suchte. „Wie ich schon sagte, ich kenne ihn, und er ist einfach verschwunden, und..."

Der Polizist drückte mit der Zunge gegen die Innenseite seiner Wange und blickte zu einem Büroangestellten hinüber, der in der Nähe saß. Ihre Blicke trafen sich, und der Beamte zwinkerte und grinste. Lacey wusste, was er dachte, aber es war besser, die Peinlichkeit über sich ergehen zu lassen. Nichts war wichtiger, als Brady zu finden.

„Ich glaube, ich verstehe jetzt", sagte der Sergeant. „Sie wollen also die Kaution für diesen Kerl zahlen?"

„Nun, ja", antwortete sie. „Darf ich das tun?"

„Hey, Gordon", rief der Wärter. „Komm raus, Junge. Heute ist dein Glückstag. Da vorne ist eine gut aussehende Frau, die deine Kaution bezahlen will."

Brady saß in der hinteren Ecke der Zelle, als er die Schlüssel an der Tür klimpern hörte. Der Trümmerhaufen, den er aus seinem Leben gemacht hatte, war betrunken sicherlich leichter zu ertragen, aber die Flasche Schnaps zu kaufen, war ein Fehler gewesen. Ohne Zeit zu verschwenden, bahnte er sich einen Weg durch das Gewirr komatöser Betrunkener, auf die Zellentür zu.

Der Gefängniswärter schüttelte den Kopf. „Die Frauen von heute sind so verrückt, Kaution für euch Hippie-Mistkerle zu stellen. Muss am Heroin liegen."

Brady hörte nur mit halben Ohr zu, als sich die Stahltür klirrend hinter ihm schloss und er den Gang hinauf in die Freiheit schritt.

Lacey unterzeichnete die Entlassungspapiere.

„Sie sollten ihn nach seinem Ausweis fragen", sagte der alte Polizeibeamte. „Ich glaube, der Kerl hat Sie hinters Licht geführt, kleine Lady."

Lacey antwortete nicht. Sie wurde zu einem Gang geführt, wo sie ihn treffen sollte. Als die schwere Stahltür sich endlich öffnete, stand dort Brady, bärtig und schmutzig. Aber es waren seine Augen, die ihr zuerst auffielen. Sie waren blauer als der Berghimmel, doch jetzt wirkten sie kalt und fast raubtierartig. Lacey wollte ihn an sich reißen, ihn festhalten, aber plötzlich schien es ihr besser, es nicht zu tun. Wortlos nahm sie seine Hand und führte ihn zum Auto.

Polizeisergeant Roy Barnes hatte das Gefühl, dass etwas nicht stimmte, aber er konnte nicht sagen, was es war. Das Coleridge-Mädchen hatte Gordons Kaution hinterlegt, aber sein Name schien sie zu verwirren. Er hatte sie offensichtlich angelogen. Nachdem er zugesehen hatte, wie die beiden das Gebäude verließen, ging Barnes zurück in die Dienststelle und setzte sich an seinen Schreibtisch.

„Hey, Clyde, hast du die Fingerabdrücke von diesem Gordon an das Army Records Center in Saint Louis geschickt?" fragte Barnes.

„Ich habe sie gleich heute Morgen abgeschickt", sagte Clyde.

Der Sergeant kratzte sich am Kinn. „Weißt du, ich habe das Gefühl, dass an der ganzen Sache etwas faul ist. Hast du seine Fingerabdrücke mit denen auf dem Ausweis verglichen?"

„Ich habe sie vor einer Weile zusammen mit denen auf seinem Ausweis zur Auswertung geschickt."

„Ich weiß nicht", sagte Barnes. „Irgendwas stimmt da einfach nicht. Wir hätten ihn vielleicht doch noch ein wenig länger festhalten sollen; aber dass ausgerechnet Lacey Coleridge die Kaution gestellt hat, ist unglaublich. Hast du sie gestern Abend in der Grand Ole Opry gesehen?"

Er sah wieder auf die Papiere hinunter, die sie unterschrieben hatte.

„Sag mal, wie lange dauert es heutzutage, bis so eine Verifizierung aus Saint Louis zurückkommt?"

„Kommt drauf an", antwortete Clyde. „Manchmal dauert es weniger als vierundzwanzig Stunden, manchmal aber auch zwei oder drei Tage. So wie es schon immer war. Man weiß es nie."

„Und die Fingerabdrücke?"

„Morgen früh. Die haben am Sonntag zu, und niemand hat gesagt, dass es dringend ist."

Der Sergeant legte seine Füße auf den Schreibtisch.

„Naja. Ich denke, wir müssen einfach abwarten und sehen was passiert. Wenigstens wissen wir, wo wir ihn finden können."

Brady saß schweigend auf dem Beifahrersitz, während Lacey in einem waghalsigem Tempo in die Richtung ihrer Wohnung fuhr. Tränen quollen aus ihren Augen, als das Auto auf der vereisten Straße vorwärtsschlitterte. Als sie die Wohnung erreichten, fielen sie sich neben dem Auto in die Arme, ohne von Wind und Schnee Notiz zu nehmen. Nach einer Weile hob er sanft ihr Kinn an und schaute ihr in die Augen. Dort konnte er ihre Angst und Verwirrung sehen, aber gleichzeitig sah er auch Hoffnung.

„Es wird alles gut", sagte er.

„Warum hast du mich nicht angerufen und mir gesagt, dass du noch lebst?"

„Ich konnte es nicht. Ich hatte Angst, dass die Telefone abgehört werden."

„Abgehört?"

Brady wusste kaum, wo er anfangen sollte. „Ja, abgehört."

„Von wem?"

„Lass uns reingehen."

Während sie die Wohnungstreppe hinaufstiegen, begann Brady: „Es fing alles ein paar Tage vor Duffs Tod an. Weil seine Post gelesen wurde, hat er über einen Freund einen Brief nach Hause geschickt. Dieser Freund war ein Soldat, dem Duff vertraute. Der Mann hat mir den Brief an der Bushaltestelle, unten an der 411 übergeben, ein paar Tage nach Duffs Beerdigung..."

Brady konnte plötzlich nicht mehr aufhören zu reden. Er erzählte Lacey von dem Brief und dem Grund für seine Odyssee nach Vietnam. Er erzählte ihr auch von Maxon und der Gefahr, die weiterhin bestand. Sie unterhielten sich fast eine Stunde lang, wobei Lacey auch von Hubert Bristers Tod, dem noch immer fehlenden Brief und der Exhumierung durch das Militär und das FBI berichtete.

„Ich bin hungrig", sagte Brady.

„Was sollen wir tun?" fragte Lacey.

„Lass mich kurz nachdenken. Ich muss erstmal ein Bad nehmen."

Lacey erhob sich vom Tisch und öffnete den Kühlschrank. Brady ging ins Bad. Es war sein erstes Bad seit Wochen, und er ließ das Wasser so heiß laufen, wie er es nur ertragen konnte. Als er fertig war, wischte er den Wasserdampf vom Spiegel und begann sich zu rasieren. Wie konnten zwei so simple Dinge wie Seife und heißes Wasser so luxuriös erscheinen? Er rieb sich das Gesicht. Es fühlte sich gut an, wieder sauber zu sein, aber es würde nur ein kurzer Genuss sein. Er musste sich wieder auf den Weg machen.

Im Badezimmerspiegel erblickte er Lacey, die hinter ihm stand. „Ich habe Frühstück gemacht", sagte sie.

„Sie haben im Gefängnis Fingerabdrücke gemacht", sagte Brady. „Sie werden eine Abgleichung bei der Armee anfordern, und ich nehme an, dass die Polizei hierher kommen wird, um nach mir zu suchen."

„Warum kannst du dich nicht einfach stellen und ihnen alles erzählen, was passiert ist?"

„Es ist so, wie es der Korrespondent in Saigon gesagt hat – sie könnten mich einfach diskreditieren, mich als einen Verrückten hinstellen, und mich ins Gefängnis oder noch schlimmer, in ein Irrenhaus stecken. Ich muss Duffs Brief finden und die anderen Papiere, die darin sind."

„Aber er ist verschwunden", sagte Lacey.

„Vielleicht nicht", antwortete Brady. „Wenn seine Verwandten ihn nicht haben, muss er in dem alten Haus sein. Du hast doch gesagt, dass dort niemand mehr wohnt, oder?"

Lacey nickte. „Das ist richtig."

„Dann werde ich nach Melody Hill fahren und versuchen, ihn zu finden. Er muss irgendwo in diesem Haus versteckt sein."

„Und wenn du ihn nicht findest?"

„Wir werden sehen."

KAPITEL 23

Rückkehr nach Melody Hill

Lacey war frustriert. Es hatte nicht lange gedauert, bis sie die erste Meinungsverschiedenheit hatten. Brady war wieder genauso stur wie sonst. Sie saß neben ihm auf der Couch im Wohnzimmer und versuchte, einen Plan zu machen. Es war nur eine Frage der Zeit, bis die Polizei vorbeikommen würde, um nach ihm zu suchen, aber Brady bestand darauf, dass sie zurückblieb. „Kommt gar nicht in Frage, mein Freund", sagte sie.

Sie hatte geweint, an dem Tag, als er nach Vietnam abgereist war, ohne sich zu verabschieden. Sie war sich so sicher gewesen, dass er sie vor seiner Abreise anrufen würde, und erst jetzt hatte Brady ihr von dem Anruf erzählt, den Hugh Langston ihr verschwiegen hatte.

„Du gehst hier nicht ohne mich weg. Durch irgendein Wunder bist du zu mir zurückgekommen, und ich werde dich nie wieder aus den Augen lassen."

Er versuchte, sie näher an sich zu ziehen, aber Lacey schob ihn weg und stand auf. Sie musste es ihm begreiflich machen. „Du wirst mich nicht wieder verlassen. Ich meine es ernst."

„Aber du hast keine Ahnung, was du da sagst", flüsterte er. „Diese Leute sind skrupellos. Wir könnten beide getötet werden."

„Das ist mir egal. Lieber sterbe ich mit dir, als ohne dich zu leben.Verlass mich nur nicht, bitte, nicht noch einmal."

Brady zog sie neben sich auf die Couch, um mit ihr zu reden. Er hatte sich selbst als Attentäter und Armee-Deserteur bezeichnet, und sie versteckte ihn in ihrer Wohnung, aber sie kannte sein Herz. Er war ein guter Mensch, und sie wollte sich einfach nur an ihn klammern und ihn nie wieder loslassen. Er fasste sie sanft an den Schultern und hielt sie auf Armeslänge. Seine Augen blieben trocken, aber zum ersten Mal entdeckte sie irgendwo tief in ihnen einen Hauch von Gefühl. Sie blickten sich unverwandt in die Augen.

„Ich lasse dich nicht zurück, aber wir müssen es auf meine Weise tun", sagte Brady. „Du musst hier bleiben, nur für eine Weile, während ich nach Melody Hill fahre. Die Polizei wird zuerst hierher kommen um nach mir zu suchen, und ich brauche dich hier, um sie in die falsche Richtung zu schicken. Du musst mir etwas Zeit verschaffen."

Sie nahm seine Hand von ihrer Schulter und drückte sie fest an ihre Brust, während eine frische Träne ihre Wange hinunterrann. Sie wollte nicht zurückbleiben, aber sie hatte schon einmal den Fehler gemacht, nicht auf ihn zu hören. Brady schien zu wissen, was zu tun war. Er zog sie an sich und küsste ihr die Tränen vom Gesicht. Danach legte sie ihren Kopf an seine Brust und umarmte ihn fest.

„Was soll ich ihnen sagen?", fragte sie. „Sie wissen, dass ich deine Kaution bezahlt habe."

„Das ist in Ordnung. Sag ihnen alles, was du weißt, nur nicht, wo ich wirklich hin will. Erzähl ihnen von Duff und Maxon. Sag ihnen alles, aber lass sie glauben, dass ich auf dem Weg nach New York bin, um mich mit einem Zeitungsredakteur zu treffen."

„Und was dann?"

„Sobald ich Duffs Brief gefunden habe, schreibe ich eine

Stellungnahme mit so vielen Namen und Daten, dass niemand jemals behaupten kann, ich sei verrückt. Ich werde sie an die Zeitung schicken, und dann stelle ich mich."

„Wie finde ich dich?"

„Das musst du nicht. Ich werde dich finden. Jetzt mach dir keine Sorgen und hilf mir, die ganze Sache zu planen. Ich muss einen Weg finden, nach Melody Hill zu kommen."

„Ich kenne jemanden, der dich hinfahren wird, oder du kannst dir seinen Wagen leihen", sagte Lacey.

Sie erzählte ihm von Billy, und sie finalisierten ihre Pläne. Als sie fertig waren, küsste Brady sie auf die Stirn und stand auf.

„Die Zeit läuft", sagte er. „Ich muss los."

„Nein", sagte Lacey, „Jetzt noch nicht." Sie zog ihn zurück auf die Couch.„Nicht, bis wir uns geliebt haben, so wie damals unten am Fluss."

Brady war die ganze Nacht durchgefahren und kam kurz vor Sonnenaufgang in Melody Hill an. Er parkte Billy Wyatts Truck auf der Straße oberhalb des Coleridge-Hauses. Im ersten grauen Licht der Morgendämmerung stieg er langsam einen bewaldeten Hang hinauf, von dem aus er die Umgebung überblicken konnte. Er war müde, nachdem er vor ihrem Abschied mehrere Stunden mit Lacey verbracht hatte. Es war ein besonderer Moment gewesen, aber jetzt war er zurück in der harten Realität seiner Situation. Er befand sich immer noch in einem Kampf, der mit dem Tod enden konnte.

Im Haus unter ihm war es still, wie auch im Rest des Dorfes. Die ersten Küchenlampen leuchteten bereits orangefarben, während die Leute begannen, ihren Morgenkaffee aufzubrühen. Die Straßen waren menschenleer, und die Rauchschwaden der

Schornsteine auf den Hausdächern waren das einzige Zeichen von Leben. Zufrieden damit, dass er den Behörden immer noch einen Schritt voraus war, kehrte Brady zum Wagen zurück und fuhr die Straße hinunter zum Haus.

Auf dem Weg zur Haustür blickte er um sich auf die Nachbarhäuser, die Nebengebäude und Gärten, auf der Suche nach Zeichen von Gefahr. Allein der Gedanke an das, was er hier tat, war abstoßend. Der Krieg war ihm nach Hause gefolgt, und er schlich herum, als ob er ein feindliches Dorf betreten hätte. Er trat auf die Veranda und probierte den Türknauf. Wie immer war die Tür unverschlossen. Er schaute sich um und versicherte sich ein letztes Mal – immer noch keine Anzeichen von Gefahr. Nachdem er hineingeschlüpft war, schloss er leise die Tür und klopfte mit den Fingerknöcheln an den Türrahmen.

Er rief: „Mama Emma, bist du wach?"

Nachdem er sich kurz im Zimmer umgesehen hatte, ging er zum Fenster und blickte auf die Straße hinaus. Es war immer noch still. Er hörte Schritte aus dem hinteren Schlafzimmer, und innerhalb weniger Augenblicke erschien Mama Emma. Sie sah so viel älter aus als bei seiner Abreise vor einem Jahr. Ihre Augen waren mit Tränen gefüllt, aber sie lächelte.

„Lacey hat mich gestern Abend angerufen. Oh, Schatz, ich kann es einfach nicht glauben. Was wirst du jetzt tun?"

Brady drückte sie an sich und streichelte ihr graues Haar, während sie in seinen Armen bebte. „Hör zu, ich habe einen Plan, aber ich brauche etwas Hilfe."

„Warum stellst du dich nicht einfach dem Sheriff Harvey, Schatz? Er wird sich um dich kümmern. Bitte? Das ist das Beste."

„Weil die Regierungsleute mich nicht in seinem Gewahrsam lassen werden. Sie werden mich mitnehmen, und das Nächste, was du hören wirst, ist, dass ich irgendwo in einem Irrenhaus sediert oder bei einem Fluchtversuch erschossen wurde."

Ihr Gesicht wurde blass, aber Brady hielt ihre Hand und führte sie in die Küche. „Ich muss Hubert Bristers Wohnung durchsuchen, Duffs Brief finden und ihn an die Zeitungen schicken. Ich brauche etwas zu essen und zu trinken und meine Jagdausrüstung. Wenn ich den Brief kopiert und abgeschickt habe, werde ich ein paar Tage lang die Füße stillhalten, bevor ich mich stelle."

„Oh, Brady, das klingt alles so kompliziert."

„Ich weiß, aber ich muss Zeit gewinnen. Hör zu. Wahrscheinlich werden sie in den nächsten Tagen hierher kommen und nach mir suchen. Ich möchte, dass du ihnen sagst, dass ich hierher gekommen bin, um etwas zu essen und dass ich dir nur sagen wollte, dass ich noch lebe. Ich will auch, dass du ihnen erzählst, dass ich zur 411 gehen wollte, um einen Bus nach New York zu nehmen."

Brady öffnete einen Küchenschrank. „Kann ich etwas von diesem Essen mitnehmen?"

„Natürlich."

Mama Emma brühte schnell etwas Kaffee auf und heizte eine Pfanne an. Innerhalb einer Stunde hatte Brady seine Jagdausrüstung und einige Konserven gepackt und neben der Hintertür aufgestapelt. Er legte sein Jagdgewehr auf den Stapel. Mama Emma starrte mit großen Augen auf das Gewehr.

„Warum nimmst du dein Gewehr mit?"

„Vertrau mir. Ich muss es mitnehmen."

„Du kannst doch nicht das ganze Zeug im Bus mitnehmen", sagte sie.

„Ich weiß. Ich werde den Truck, mit dem ich gekommen bin, an der Bushaltestelle an der 411 stehen lassen. Ich habe gestern Abend Jesse Harper angerufen, und er wird mich dort abholen und zu Bristers Haus fahren, um nach dem Brief zu suchen."

„Oh, Brady, was ist, wenn ich etwas Falsches sage?"

„Das wirst du nicht. Sei einfach vorsichtig und sag nichts am Telefon oder im Haus, von dem du nicht willst, dass die Regierung es erfährt, denn sie werden wahrscheinlich bald alle Telefone und das ganze Haus verwanzt haben."

Ihre Augen weiteten sich, doch Brady küsste sie bereits auf die Stirn.

„Ich muss los."

Eine fleckige Kaffeemaschine zischte und gurgelte an diesem Montagmorgen in einer Ecke des Disponentenbüros und erfüllte das Davidson County Gefängnis mit dem Duft von frisch gebrühtem Kaffee. Sergeant Roy Barnes saß an seinem Schreibtisch und sah gerade das Nachtprotokoll durch, als Officer Clyde Blevins in den Raum platzte. Mit einem Ausdruck grimmiger Erregung im Gesicht stürmte Blevins auf Barnes zu und knallte ein Blatt Papier auf seinen Schreibtisch.

„Da! Lies das, Sergeant", sagte Blevins.

Barnes blickte über seine Brille hinweg auf den Streifenbeamten. Clyde war ein guter Polizist, aber das Wort „Zurückhaltung" gab es in seinem Wortschatz nicht. Er stand vor ihm, die Lippen fest aufeinander gepresst, und nickte zufrieden mit dem Kopf. Der alte Sergeant zwang sich dazu, nicht mit den Augen zu rollen, als er die Telexnachricht in die Hand nahm.

„Du wärst ein großartiger Schauspieler, Clyde."

Mit diesen Worten legte er den Kopf in den Nacken, um die Nachricht durch seine Bifokalbrille zu lesen.

Department of the Army
US Army Record Processing Center
Saint Louis, Missouri

NAMENSANFRAGE: Akte markiert: Benachrichtigen Sie

bei allen Anfragen das FBI und das Army CID.

Gordon, Raymond C 410 88 4357 PFC USAR
Im Einsatz verwundet, Republik Vietnam, 23. September
1968 STATUS: AWOL, Seattle, Washington, VA
Krankenhaus, 20. Dezember 1968

FINGERABDRUCK-ANALYSE:
Nash, Brady 411 02 3334 SP4 USAR
Im Kampf Gefallen, Republik Vietnam, 23. September 1968

„Na, das glaube ich ja nicht", sagte Barnes. „Das scheint tatsächlich ein Grund zur Aufregung zu sein. Ich wusste doch, dass an dem Kerl etwas komisch war. Hier steht, dass er im Kampf gefallen ist."

Blevins nickte. „Soll ich herausfinden, wo dieses Coleridge-Mädchen wohnt und ein paar Streifenwagen hinschicken?"

Der junge Polizist bewegte sich bereits in die Richtung des Disponentenbüros. Barnes starrte einige Sekunden lang auf das Papier, bevor er den Kopf schüttelte. „Nein. Warte einen Moment. Ich glaube nicht, dass wir das tun sollten", sagte er. „Wir müssen den Jungs vom FBI Bescheid sagen. Hol Huey Gates an den Apparat. Wir übergeben den Fall ans FBI. Wenn er unsere Hilfe braucht, wird er es uns wissen lassen."

Lacey stand vor dem Badezimmerspiegel und zog ihren Lippenstift nach, als sie das Klopfen an der Tür hörte. Sie warf einen Blick auf ihre Uhr. Es war 9:50 Uhr. Brady war noch vor Mitternacht abgereist, und seitdem hatte sie auf das Eintreffen der Polizei gewartet. Es hatte fast zwölf Stunden gedauert. Sie trat zurück, betrachtete sich noch einmal im Spiegel und zupfte einen losen Faden von ihrem Pullover. Als sie sich umdrehte, um ins Wohnzimmer zu gehen, klopfte es erneut, diesmal lauter.

„Wer ist da?", rief sie durch die Tür. „FBI", rief eine Männerstimme.

Sie öffnete die Tür. Ein großer Mann in einem Anzug hielt ihr eine Marke und einen Ausweis vors Gesicht. „FBI, Ma'am. Können wir reinkommen?"

Lacey nickte. „Bitte."

Sie erkannte den Mann nicht, aber der Andere war Huey Gates, der steinerne Mann vom FBI, den sie auf dem Friedhof in Melody Hill getroffen hatte. Sie traten ein und warfen nervöse Blicke durch die Wohnung. Der Jüngere bewegte sich vorsichtig in Richtung des Flurs.

„Er ist nicht hier", sagte sie. „Er ist weg."

Beide Männer blieben stehen und blickten sie an. „Wer ist nicht hier, Miss Coleridge?"

„Brady Nash."

„Wo ist er?" fragte Gates.

Lacey zögerte. Brady müsste inzwischen in der Mitte seines Plans angelangt sein, und war vermutlich bereits auf dem Weg zum alten Brister-Haus.

„Er hat gesagt, dass er nach New York fahren will, um sich mit einer Zeitung zu treffen und ihnen seine Geschichte zu erzählen."

„Sie meinen, er will ihnen erzählen, warum er aus der Armee desertiert ist und die Identität eines anderen Soldaten benutzt?"

„Ja, aber das ist nur ein kleiner Teil von dem, was passiert ist", sagte Lacey.

„Wie lange ist es her, dass er abgereist ist?" fragte Gates.

„Er ist gestern gegangen."

„Wie ist er gegangen?"

„Wie meinen Sie das?"

„Ich meine, ist er zu Fuß gegangen oder hat ihn jemand mitgenommen?"

„Er hat sich den Wagen eines Freundes geliehen."

„Was für ein Wagen ist es?"

Lacey drehte sich um und ging auf die Couch zu. Sie musste Zeit schinden. Je länger sie sie aufhielt, desto mehr Zeit würde Brady haben, das Brister-Haus zu durchsuchen.

„Wollen Sie denn nicht wissen, warum er das alles tut?"

„Es ist nicht meine Aufgabe, herauszufinden, warum er gegen das Gesetz verstoßen hat. Meine Aufgabe ist es, ihn zu verhaften."

„Nun, ich werde Ihnen nichts weiter sagen, bis Sie mir erlauben, Ihnen zu erzählen, warum er es tut."

„Miss Coleridge, wenn Sie nicht kooperieren, muss ich Sie wegen Behinderung der Justiz verhaften lassen. Und jetzt sagen Sie mir, welchen Wagen er fährt."

„Ich habe vor, es ihnen zu sagen, aber zuerst werde ich Ihnen ein paar wichtigere Informationen geben – Informationen, die einigen Menschen das Leben retten könnten."

Lacey nahm mehrere Blätter Papier vom Couchtisch. Obwohl er sauber und poliert war, war der alte Tisch dennoch zerkratzt und abgenutzt. Ihre gesamte Wohnung erschien ihr plötzlich nicht gut genug – die alte, braune Couch, auf deren einem Ende Sampson zusammengerollt lag, und der Fernseher, der auf einem alten Whiskeyfass aus Lynchburg stand. Diese Männer hielten sie wahrscheinlich für eine Art zwielichte Kriminelle. Trotz ihrer momentanen Verlegenheit hielt sie ihr Kinn hoch.

„Das sind Notizen, die ich mir gemacht habe, als Brady und ich uns gestern früh unterhalten haben. Das Einzige, was fehlt, sind die Namen der Zeugen. Er will nicht, dass die Regierung an sie herankommt, bevor die Zeitung die Gelegenheit hat, sie zu interviewen."

Gates nahm stumm die Papiere entgegen und begann, sie

durchzusehen. Der jüngere Agent blickte ihm über die Schulter.

„Okay, was hat das alles zu bedeuten?" fragte Gates. „Wer ist Duff?"

Lacey holte tief Luft, bevor sie sprach. „Ich dachte, Sie wüssten das alles. Haben Sie nicht deshalb das Grab ausgehoben?"

„Beantworten Sie meine Frage, Miss Coleridge. Wer ist Duff?"

„Duff war mein Bruder. Er wurde von denselben Leuten ermordet, für die er in Vietnam gearbeitet hat. Deshalb ist Brady nach Vietnam gegangen – er wollte sie finden."

Gates wandte sich an den jüngeren Agenten. „Rufen Sie Major Gilardi an und sagen Sie ihm, dass er so schnell wie möglich hierher zurückkommen soll. Sagen Sie ihm, dass wir einige Antworten über Nash bekommen haben."

Gates blickte wieder auf die Notizen hinunter.

„Warten Sie einen Moment", rief er dem anderen Agenten zu, „schicken Sie auch eine Anfrage an die CIA. Hier steht, dass Nash für sie in Vietnam im temporären Einsatz war." Er blickte zu Lacey auf. „Ist das richtig?"

„Ja."

„Miss Coleridge, da Ihr Freund Mister Nash immer noch ein Mitglied des Militärs ist, muss ich die Abteilung kriminalpolizeilicher Ermittlungen der Army informieren. Ich bin mir sicher, dass sie Sie befragen wollen. Ich werde auch die CIA kontaktieren, um zu sehen, ob sie uns mehr Informationen geben können. In der Zwischenzeit möchte ich, dass Sie an Ort und Stelle bleiben. Verstanden?"

„Ja, aber Sie müssen verstehen, dass Brady ein guter Mann ist. Er hat nichts Falsches getan."

„Miss Coleridge..." Gates hielt inne, blickte zu Boden und schüttelte den Kopf. „Ich hoffe, Sie haben recht, aber im Moment weiß ich nicht, was ich denken soll."

KAPITEL 24

Die Auferstehung des Phönix

Maxon war nicht gerade überrascht, als er das Telegramm vom Büro des Sonderbeauftragten erhielt. Er wurde abberufen – keine Erklärung, nur der Befehl, sich in Langley, Virginia, zu melden. Seine Vorgesetzten in der Botschaft hielten sich bedeckt, aber er hoffte, dass dies bedeutete, dass sein Vertrag zu einer Vollzeitstelle gemacht wurde. So funktionierte die Firma nun einmal. Es war an der Zeit. Er hatte drei Jahre lang in Vietnam hart gearbeitet, hatte bereits drei Vertragsverlängerungen hinter sich, und bei den Zahlen, die er erreicht hatte, war nun wohl eine Beförderung am Horizont.

Nachdem er seine Ausrüstung eingepackt hatte, warnte er seine Männer. Die Dinge liefen schlecht in Vietnam. Das neue Vietnamisierungsprogramm war ein Witz. Ohne Amerika hatte die südvietnamesische Armee keine Chance gegen die Nordvietnamesen. Und da die Army jetzt das Phoenix-Programm leitete, war auch das ein Witz – es hatte keinen Biss mehr. Diese dämlichen Army-Scheißer dachten, sie könnten nett spielen, aber sie hatten gemerkt, dass das Töten von Vietcong ähnlich war wie das Töten einzelner Kakerlaken. Natürlich hatten die feigen Politiker auch nicht den Mumm für echte Lösungen. Sie gaben den Liberalen und Langhaarigen immer wieder klein bei. Das Land war kurz davor, mit der Sache abzuschließen – sie gaben auf, weil irgendjemand Angst hatte, dass sie die falschen Schlitzaugen töteten.

Er wusste nicht, warum es ihn überhaupt interessierte. Nichts davon spielte wirklich eine Rolle mehr. Vietnam war ein verlorener Fall, aber er hatte bereits gewonnen. Zumindest hoffte er das, denn da war immer noch diese unterbewusste Vorahnung, die an ihm nagte, flüchtige Schatten von Gedanken, die kamen und gingen, und in ihm eine undefinierbare Furcht hinterließen. Er hatte seine Spuren gut verwischt, und doch gab es noch eine Person, die ihm Schwierigkeiten bereiten könnte – Lynn Dai Bouchet. Sie war untergetaucht, aber wenn sie wieder auftauchte.... Er hielt inne und schüttelte den Kopf. Er war zu paranoid. Er war tatsächlich kurz vor dem Ziel.

Von Da Nang reiste er weiter nach Japan und dann nach Anchorage, wo er am Nachmittag des nächsten Tages am Dulles International ankam. Eigentlich sollte er sich direkt nach seiner Ankunft melden, aber da seine innere Uhr durcheinander geraten war, entschied sich Maxon, erst einmal zu schlafen. Nachdem er ein Taxi zum Hilton in Crystal City genommen hatte, checkte er in ein Zimmer im fünften Stock ein. Er öffnete die Vorhänge weit, ließ sich rückwärts auf das Bett fallen und warf einen Blick auf die Nachttischuhr. Es war fast 4:00 Uhr nachmittags Ortszeit. Er grinste.

Noch vor vierundzwanzig Stunden hatte er dem Dröhnen der Raketen zugehört, die in der Nähe der Stadt Da Nang einschlugen. Jetzt war er zurück in der Welt, lag auf einer weichen Matratze und überblickte den Norden von Virginia. Er hatte es geschafft, und er hatte auf dem Schwarzmarkt genug Geld angehäuft, um für den Rest seines Lebens freie Bahn zu haben. Seine Jahre in Vietnam waren ein verdammt riskantes Glücksspiel gewesen, aber als die

Karten aufgedeckt wurden, hatte er den gesamten Pot gewonnen.

Selbstzufrieden griff er zum Telefon und wählte die Nummer für Langley.

„Greener", antwortete der Mann am anderen Ende. „Hier ist Maxon, Sir."

„Sie sind schon da?"

„Ich bin im Hilton in Crystal City. Ich dachte, ich komme dann morgen früh vorbei."

„Kommen Sie lieber gleich", sagte Greener.

Sein neuer Chef schien ein netter Kerl zu sein, aber er verschwendete keine Zeit.

„Ich bin ziemlich erschöpft von dem Flug, Sir. Kann ich mich morgen früh bei Ihnen melden?"

„Wir müssen uns jetzt treffen. Wie lange brauchen Sie, um hierher zu kommen?"

Der Idiot war wahrscheinlich noch nie in einem Land wie Vietnam gewesen. Wahrscheinlich war er so ein Typ wie McNamara – ein weiterer Erbsenzähler der Ivy League.

„Kein Problem, Sir. Ich bin in etwa einer Stunde da."

„Ich warte auf Sie."

Maxon beeilte sich, ein Taxi nach Langley zu nehmen, doch er spürte, wie die Adern in seinen Schläfen pochten. Sein neuer Chef hatte es viel zu eilig, ihn zu sehen. Irgendetwas stimmte nicht. Irgendjemand hatte Scheiße ausgegraben, wahrscheinlich Lynn Dai Bouchet, wo immer sie auch sein mochte. Er hätte sie erledigen sollen, als er die Gelegenheit dazu hatte.

Nachdem er die Sicherheitskontrollen passiert hatte, ließ sich Maxon den Weg zu Greeners Büro zeigen. An der Tür angekommen, hielt er inne und wischte sich die Handflächen an seiner Hose ab. Was auch immer das Problem war, er musste ruhig bleiben. Er atmete tief durch, setzte ein Lächeln auf, klopfte einmal flüchtig und betrat Greeners Büro.

„Guten Tag, Sir", sagte er.

Zu verdammt fröhlich, dachte er. Greener zog die Augenbrauen hoch. Er hatte es auch bemerkt. Benjamin Greener galt als ein knallharter, geradliniger Vorgesetzter, der Klartext sprach und auf den Punkt kam. Er stand auf und reichte ihm über den Schreibtisch hinweg die Hand. Maxon musterte ihn, während er ihm die Hand schüttelte. Greener war ein übergewichtiger, älterer Mann, aber er hatte eine Ausstrahlung, die Respekt verlangte.

„Jack Maxon, nehme ich an?"

„Ja, Sir. Nennen Sie mich einfach Max."

„Gut. Setzen Sie sich, Max, und erzählen Sie mir, was Sie über Brady Nash wissen."

Ein Schock dunkler Vorahnung durchströmte ihn, und er fühlte sich plötzlich unfähig zu antworten. „Äh ... na ja ..."

„Der Name ist Ihnen bekannt, nehme ich an?"

„Nun, ja. Ich kenne ihn. Wieso?"

Greeners Frage hatte ihn unvorbereitet getroffen, und er war sich sicher, dass er ihm noch einige schwierige Fragen stellen würde.

„Schwierigkeiten, Max. Schwierigkeiten. Verstehen Sie?"

Maxon merkte, wie ihm der Schweiß auf die Stirn trat. „Welche Art von Schwierigkeiten?"

Greener wippte mit seinem Stuhl und lächelte. „Wie wärs, wenn wir das Ganze der Reihe nach besprechen? Fangen Sie am Anfang an, Max. Erzählen Sie mir, was Sie über Brady Nash wissen."

Maxon holte tief Luft. Greener versuchte, etwas aus ihm herauszubekommen. Er musste herausfinden, was er wusste. Vielleicht war dies doch nur eine einfache Abschlussbesprechung. „Nun ja", begann er, „da gibt es wirklich nicht viel zu erzählen. Mal sehen ..."

Greener senkte seine buschigen Augenbrauen und blickte ihn aufmerksam an.

„Einige der vietnamesischen Offiziere der NPF-

Sondereinsatzgruppe, die ich im I-Corps beraten habe, sind zuerst auf ihn aufmerksam geworden. Mal sehen ..." Maxon hob die Hand an die Stirn und drückte Daumen und Zeigefinger gegen seine Schläfen. „Es muss ungefähr im Januar letzten Jahres gewesen sein. Ja, das ist richtig. Es war kurz vor der Tet-Offensive. Wie auch immer, es begann damit, dass er zu meiner SOG-Einheit kam und fragte, ob er sich meiner Einheit anschließen könnte. Wir haben ihn überprüft. Er hatte einen ziemlich guten Ruf, also nahmen wir ihn auf."

„Warum wollten Sie ihn?"

Maxon verlagerte sein Gewicht auf dem Stuhl und lachte kurz auf. „Nun, Nash hatte den Ruf, ein verdammt guter Scharfschütze zu sein. Damals war er bei einer Ranger-Einheit, die der 173. Luftlandebrigade unterstellt war.

Es hieß, er habe eine phänomenale Trefferrate. Ich weiß nicht mehr, wie viele es waren, aber Colonel Tranh war einverstanden, und wir beschlossen, dass er für unsere Operationen gut geeignet wäre."

„Fahren Sie fort", sagte Greener.

„Er arbeitete dauraufhin ziemlich eng mit Tranh und seinen Leuten zusammen, bis er und einer von Tranhs besten Männern, ein Mann namens Major Loc, Ende Oktober bei einem Einsatz im A Shau getötet wurden."

„Gab es irgendwelche Probleme mit Nash, irgendetwas Außergewöhnliches, von dem Sie wussten?" fragte Greener.

Greener wusste etwas. Es musste Bouchet sein. Sie war die Einzige, die noch am Leben war, aber nachdem Loc sie in Saigon verpasst hatte, war sie spurlos verschwunden.

„Nein, eigentlich nicht. Außer ..." Maxon rieb sich das Kinn, als ob er tief in Gedanken versunken wäre.

„Außer was?" sagte Greener.

„Nun, es schien eine persönliche Abneigung zwischen Nash und Tranh zu bestehen. Nash wollte sich ständig mit Tranh und den anderen vietnamesischen Offizieren anlegen. Außerdem hatte er ein gewisses Interesse an einer vietnamesischen Einheimischen namens Lynn Dai Bouchet. Ich weiß nicht genau, worum es dabei ging, aber ich habe ihm gesagt, er solle sich von ihr fernhalten, weil wir den Verdacht hegten, dass sie eine Sympathisantin des Vietcong war."

„Ist das alles?"

Die Erwähnung von Bouchet schien keinen Unterschied zu machen. Es musste etwas anderes sein. Er musste es weiter versuchen.

„Ich denke schon. Meiner Meinung nach war Nash ein Außenseiter", sagte Maxon.

„Warum sagen Sie das?"

Maxon rutschte nach vorne an den Rand seines Stuhls und ballte die Hände zusammen. „Weil er anfing rumzumeckern und zu behaupten, wir würden unschuldige Menschen umbringen. Ich habe ihn schnell zurechtgewiesen und habe mit Tranh gesprochen. Wir wollten ihn zu seiner Einheit zurückschicken, aber er ist gefallen, bevor es dazu kam.

Greener saß mit ausdruckslosem Blick da und blieb stumm.

„Worum geht es hier überhaupt?" fragte Maxon.

Greener lehnte sich nach vorne und stützte seine Ellbogen auf den Schreibtisch, während er langsam einen schwarz-goldenen Kugelschreiber zwischen seinen Fingern hin- und herrollte. Er starrte einige Sekunden lang auf den Schreibtisch, bevor er seinen Blick hob und Maxon ansah.

„Was würden Sie sagen, wenn ich Ihnen erzähle, dass Nash noch am Leben ist?"

Maxon spürte, wie seine Fassade unter der Weißglut dieser unfassbaren Realität dahinschmolz.

„Ich würde doch annehmen, dass Sie als Sonderberater der vietnamesischen Sonderpolizei den Tod aller Amerikaner, die in Ihrer Einheit gefallen sind, bestätigen."

„Aber ... aber das habe ich", stotterte Maxon. „Ich bin zur Grabregistrierungseinheit gegangen, wo sie seine Leiche hatten. Ich habe seine persönlichen Sachen selbst abgeholt."

„Haben Sie seine Leiche tatsächlich gesehen?"

„Igitt, ja. Ja, das habe ich, aber sein Kopf war weggepustet. Man konnte nichts erkennen. Ich meine ... verdammt! Sind Sie sicher, dass er noch lebt?"

„Wir sind sicher", sagte Greener. „Das Army CID hat seine Fingerabdrücke mit denen einer Person in Seattle abgeglichen. Und sie sind sich der Übereinstimmung so sicher, dass sie die Leiche aus dem vermeintlichen Grab von Nash exhumiert haben. Wir haben noch keine Rückmeldung erhalten, aber ich kann Ihnen garantieren, dass es nicht Nash ist."

Maxon blickte zu Greener auf. Wie viel wusste sein Chef wirklich?

„Aber wie hat er ... warum ..."

„Ich hatte gehofft, Sie könnten mir das erklären", sagte Greener.

„Ich weiß es nicht."

„Nun, wir glauben, dass Folgendes passiert ist", sagte Greener. „Anscheinend wurde er während des letzten Einsatzes verwundet und tauschte daraufhin seine Ausweise und Erkennungsmarken mit denen eines toten Soldaten der Ersten Kavallerie. Keiner hatte eine Ahnung davon, bis er einen gefälschten Brief an die Eltern des anderen Soldaten schickte. Das Army CID wollte ihn in Seattle abfangen, aber er ist untergetaucht. Das FBI und die Army haben eine Untersuchung eingeleitet. Es gab eine Anfrage bei uns, aber wir haben vorerst jegliche Kenntnis von ihm abgestritten."

„Und wie geht es jetzt weiter?" fragte Maxon.

„Das FBI hat sich vor ein paar Stunden erneut bei uns gemeldet und weitere Fragen gestellt. Anscheinend hat Nashs Freundin ihnen von einem Brief erzählt, den ihr Bruder aus Vietnam an Nash gesendet hat. Er enthielt angeblich einige schwerwiegende Anschuldigungen sowie Schriftproben, Namen und Telexnachrichten. Nash ist dann tatsächlich dorthin gereist, und unsere Leute glauben, dass er wahrscheinlich noch mehr Informationen dieser Art hat und sich mit seiner Geschichte an die New York Times wenden wird. Da wären wir also."

Maxon war wie vom Donner gerührt. Greener hob die Augenbrauen und schürzte die Lippen.

„So wie ich das sehe, plant Nash wohl, ernsthafte Anschuldigungen zu erheben, wenn er damit zur Zeitung geht. Was ich von Ihnen brauche, sind ein paar Antworten, bevor die Sache richtig hässlich wird."

Maxon rieb sich mit den Fingerspitzen die Schläfen. Sein Schädel fühlte sich an, als würde er jeden Moment explodieren. Sollte er Greener einfach alles erzählen?

„Warum, glauben Sie, hat er sich die Mühe gemacht, das alles zu tun?" fragte Greener.

„Ich weiß es nicht", antwortete Maxon. „Der Kerl war von Anfang an ein wenig seltsam. Er hatte Wahnvorstellungen und Paranoia, von denen wir nichts wussten – ein richtiger Spinner. Deshalb wollten wir ihn zu seiner Einheit zurückschicken."

„Was meinen Sie? Weshalb war er paranoid?"

„Oh, er hatte diese verrückte Idee, dass jemand aus der Spezialeinheit den Bruder seiner Freundin getötet hatte, und dass wir es auch auf ihn abgesehen hätten. Er glaubte auch, dass wir wahllos unschuldige Zivilisten töteten. Ich habe versucht, es ihm klarzumachen, indem ich ihm unser System erklärte und die Art und Weise, auf die wir all unsere Verdächtigen klassifizieren, aber er war einfach zu begriffsstutzig, um viel davon zu verstehen."

„Das FBI arbeitet mit dem Army CID zusammen", sagte Greener. „Sie glauben, er ist auf dem Weg zurück in seine Heimatstadt, einen Ort namens Melody Hill, Tennessee. Was glauben Sie, hat er vor?"

„Verdammt, Mister Greener, ich weiß es nicht. Ich vermute, er hält sich bedeckt und wartet darauf, dass der Sturm sich legt, aber ich weiß es wirklich nicht sicher."

„Warum glauben Sie, ist er zuerst dorthin gegangen und nicht direkt zu einer Zeitung?" fragte Greener.

„Ich weiß es nicht. Vielleicht ist er zurückgegangen, um den Brief zu holen."

Greener bombardierte ihn weiter mit Fragen.

„Was genau, glauben Sie, steht in diesem Brief?"

„Keine Ahnung, wahrscheinlich ein Haufen verschwörungstheoretischer Mist über das ‚böse' Phoenix-Programm. Das wäre meine Vermutung. Ist es das, worauf Sie hinauswollen?"

„Ich brauche vollständige Berichte aller Operationen, an denen Nash und der Mann, der den Brief abgeschickt hat, beteiligt waren. Und jetzt möchte ich, dass Sie mir sagen, was Nash wirklich weiß. War er aktiv am Phoenix-Programm beteiligt?"

„Ja, Sir. Ich meine, Tranh und seine Leute haben es mit Sicherheit einige Male auf die Spitze getrieben, aber es gibt nichts, was direkt auf uns zurückfallen könnte."

„Verdammt noch mal, Maxon! Alles, was dieser Mann sagt, wird auf uns zurückfallen. Sie wissen genauso gut wie ich, dass er Informationen hat, die mit ziemlicher Sicherheit unseren Interessen, den Interessen der Nation und denen der Regierung schaden werden. Ich habe keine Zeit, hier zu sitzen und Spielchen zu spielen. Was weiß dieser Kerl? Beantworten Sie verdammt noch mal meine Frage!"

„Er hatte Zugang zu Informationen der höchsten Geheimhaltungsstufe."

„Meinen Sie nicht, dass ich das inzwischen weiß? Hatte er Zugang zu Ihren Dokumenten?"

„Nicht direkt...ich meine, wir haben ihn letzten Sommer in meinem IOCC-Büro erwischt, aber wir dachten, er wäre einfach ein Dummkopf und wüsste es nicht besser."

„Mein Gott! Haben Sie das irgendjemandem gemeldet?"

„Äh ..."

„Ist ja auch egal. War er Zeuge von oder beteiligt an irgendwelchen Geheimoperationen, bei denen es um Auslöschungen ging?"

„Äh, ja, ja, Sir."

Greeners Gesicht lief dunkelrot an. Er drehte sich in seinem Stuhl zur Seite und starrte an die Wand.

„Okay. Wir haben mehrere Möglichkeiten, das zu regeln, aber wir müssen schnell handeln und diskret sein. Ich will, dass dieser Kerl isoliert wird. Ich will selbst mit ihm reden. Er muss abgefangen werden, bevor er an die Öffentlichkeit geht. Bei all dem, was im Moment abläuft, sind unsere Leute verdammt nervös wegen dieser Situation. Die Sache könnte sich zu einer wirklich hässlichen Angelegenheit entwickeln, und das können wir jetzt nicht gebrauchen."

Greener rieb sich das Kinn. „Sie kennen diesen Mann besser als jeder andere. Ich will, dass Sie heute Abend in Melody Hill sind. Vier unserer besten Männer sind bereits auf dem Weg dorthin. Ich werde veranlassen, dass sie sich mit Ihnen treffen, damit Sie die Mission koordinieren können."

Er hielt inne. „Sie sind ab sofort für diese Mission verantwortlich, aber lassen Sie mich eines klarstellen. Es wird nicht auf eigene Faust gehandelt. Diese Situation wirft bereits ein schlechtes Licht auf Sie und unsere Organisation. Ich will, dass dieser Kerl zu mir gebracht wird, damit ich mit ihm reden kann."

„Weiß jemand, wo er ist?" fragte Maxon.

„Das FBI hat uns ein paar ziemlich gute Hinweise gegeben, bevor sie beschlossen haben, lieber den Mund zu halten. Ich glaube nicht, dass er nach New York geht, zumindest nicht sofort. Das FBI glaubt, dass sie in ein paar Tagen zu ihm aufschließen können, aber wir müssen ihn zuerst finden."

Greener stand auf und ging um den Schreibtisch herum. „Die

Männer, die ich nach Melody Hill geschickt habe, sind allesamt erstklassige Waffenspezialisten. Alles, was Sie tun müssen, ist mit ihnen zusammenzuarbeiten. Dieser Nash mag ein Scharfschütze sein, aber die Jungs gehören zu den besten, die wir haben. Sie werden ihnen helfen müssen, ihn zu isolieren und ihn in die Ecke zu drängen. Wenn er sieht, dass es keinen Ausweg gibt, wird er sich ergeben. Glauben Sie, dass Sie das schaffen können?"

Maxon nickte.

„Das FBI hat wahrscheinlich auch Leute in der Gegend, aber sie dürfen nicht wissen, dass wir da sind. Als Tarnung können Sie behaupten, dass Sie alle auf einem gemeinsamen Jagdausflug sind, und eine Jagderlaubnis für das Grundstück dieser Leute einholen wollen. Wir müssen Nashs Freundin kontaktieren und versuchen, den Brief zu finden. Wenn wir das schaffen, und Nash hierher zurückbringen, können wir diesen Schlamassel vielleicht aufklären. Vergessen Sie nur Eines nicht. Wir müssen uns unauffällig verhalten. Bleiben Sie unter dem Radar. Verstanden?"

„Verstanden", sagte Maxon.

Er stand auf und schüttelte Greener die Hand.

„Machen Sie mir eine Liste mit allem, was Sie brauchen, einschließlich persönlicher Gegenstände. Ich werde alles innerhalb der nächsten vier Stunden für Sie bereit haben, und ihre Reise organisieren. Sie werden wahrscheinlich von Andrews aus losfliegen. Ich werde nach unten telefonieren, und Ihnen einen Wagen bereitstellen lassen. Er wird Sie zu Ihrem Hotel in Crystal City bringen, damit Sie Ihre Sachen abholen können. Rufen Sie mich an, wenn Sie in Tennessee sind. Ich möchte zweimal täglich über Ihren Fortschritt informiert werden, bis die Sache aufgeklärt ist. Sie müssen diesen Kerl einfangen."

Das Blut pochte in Maxons Kopf, als er aufstand, um zu gehen. Greener wollte, dass Nash zu ihm gebracht wurde, aber dies musste scheitern. Es könnte ihn seine feste Anstellung bei der Firma kosten. Nein, dieses Mal würde er Nash auf die eine oder andere Weise ausschalten. Wenn Greener von den fehlenden Waffen erfuhr, oder von der Auslöschung eines Amerikaners, würde er ihn zum Opferlamm machen. Das durfte nicht passieren.

Maxons Gedanken rasten, während er im Firmenwagen zurück zum Hilton in Crystal City fuhr. Es war erstaunlich, wie dieser dumme Dorftrampel aus allen wieder Fallen herausstolperte, die er ihm gestellt hatte. Erst war Locs Hinterhalt bei Lynn Dai Bouchets Haus fehlgeschlagen. Dann sollte Loc ihn in Saigon und später oben im A-Shau-Tal töten, aber stattdessen wurde Loc getötet. Und an jenem Tag, als er bei der GRU in Phu Bai ankam, hatte er keinen Zweifel daran, dass Nash endlich tot war, aber der Bastard hatte wieder einmal bewiesen, dass er eine Katze mit neun Leben war. Diesmal würde er dafür sorgen, dass ihm die Leben ausgingen, selbst wenn er persönlich den Abzug betätigen müsste.

Als Brady mit Jesse in dessen Pickup wieder den Berg hinauf nach Melody Hill fuhr, fühlten sich seine Augenlider wie Blei an. Sie hatten Billy Wyatts Truck an der Bushaltestelle am Highway 411 stehen lassen, in der Hoffnung, mehr Zeit zu gewinnen. Brady war seit fast achtundvierzig Stunden wach. Jesse stellte ihm Fragen, und das zu Recht, aber sie nervten ihn trotzdem.

„Warum hast du mich angerufen?", fragte er.

Das Heizgebläse in Harpers verrostetem Pickup heulte auf, in seinem Kampf gegen die eisige Luft, die durch die undichten Türen eindrang.

„Weil du ein Veteran bist und ich dir vertrauen kann. Außerdem meinte Lacey, Hubert Brister hätte seinen Verwandten erzählt, dass du weißt, wo Duffs Brief versteckt ist."

Harper kratzte sich an seinem Bart. „Ich will dich ja nicht

enttäuschen, Kumpel, aber der alte Brister hat mir nie was von irgendeinem Brief erzählt. Das Einzige, was er zu mir gesagt hat, war kurz bevor er gestorben ist. Ich hab ihn im Krankenhaus in Knoxville besucht. Er sagte, falls du irgendwann vorbeikommst und nachfragst, soll ich dir sagen, dass dein Zeug sicher ist, solange niemand seine Werkzeuge stiehlt und die Kühe ihm nicht das Dach überm Kopf wegfressen."

„Was zum Teufel hat er damit gemeint?" fragte Brady.

„Ich hab keinen blassen Schimmer. Vielleicht hat er ihn in einem Werkzeugkasten versteckt, aber ich glaube, dass er mit Schmerzmitteln vollgepumpt war, und nur wirres Zeug geredet hat."

Brady dachte einen Moment lang über den Werkzeugkasten nach. Er schloss die Augen und lehnte sich zurück. Als er die Augen wieder öffnete, hatte er kurz die Orientierung verloren. Jesse stand neben ihm an der offenen Autotür. Nur das Knirschen seiner Stiefel im Schnee durchbrach die unheimliche Stille der verschneiten Hügel.

„Wo sind wir?"

„Du bist zu Hause, Kumpel, in Polk County. Komm, lass uns reingehen, damit du schlafen kannst."

Harpers verdampfender Atem trieb in der Brise davon. Seine Hütte lag an einem Hang über dem Ufer des Hiwassee. Unten stürzte das eisige Wasser des Flusses über die Felsen.

„Ich kann nicht. Ich muss erst zu Bristers Haus gehen."

„Du bist ein wandelnder Zombie, mein Freund. Wenn du nicht bald ein bisschen schläfst, wirst du umkippen."

„Das ist mir egal. Wir müssen jetzt los."

„Okay, Kumpel, ich wollte es dir eigentlich nicht sagen, aber ich habe auf dem Weg hierher mehrere seltsame Fahrzeuge gesehen – welche, die ich hier noch nie vorher gesehen habe. Und sie hatten alle getönte Scheiben. Die ganze Gegend wird überwacht. Deshalb bin ich einen Umweg gefahren und bin hierher zu mir nach Hause gekommen."

„Glaubst du, einer von ihnen ist uns gefolgt?"

„Nein, die waren nicht auf der Suche nach ein paar Dorftrampeln."

Harpers Hütte war der Hauptsitz seines Kanu- und Schlauchbootverleihs, und vorne auf der Veranda reihten sich Paddel und Angelausrüstung aneinander. Brady stieg aus dem Wagen aus. Auf einem Feld auf der anderen Straßenseite stand ein kleines Flugzeug, dessen Tragflächen mit Schnee bedeckt waren.

„Du hast es also noch nicht zu Schrott geflogen?"

Jesse gab ein Grunzen von sich und lachte auf. „Scheiße, ich hab's schon ein paar Mal versucht."

Trotz der Kälte hielt Brady inne und warf einen Blick auf die Start- und Landebahn.

Sie konnte nicht viel länger als hundert Meter sein. „Wie zum Teufel startest du?"

„Ich bin in Vietnam auf ähnlichen Pisten wie dieser gestartet und gelandet."

„Ja", sagte Brady, „aber da, musstest du es tun."

Jesse wischte sich die Nase mit dem Ärmel ab und lachte. „Ihr Bodenkämpfer seid alle gleich, ihr habt Angst vor allem, was mehr als einen Meter vom Boden entfernt ist."

„Ich war in der Luft", sagte Brady.

„Ach ja", sagte Jesse, „das hab' ich ganz vergessen. Du bist ein verdammter Fallschirmspringer. Ich konnte noch nie verstehen, warum Männer aus einem perfekt funktionierenden Flugzeug springen wollen."

Die zwei Männer stiegen die Stufen zur Hütte hinauf. Die Wärme des Holzofens vertrieb schnell die Kälte, und Brady zog seinen Mantel aus.

„Fühlt sich gut an hier drin", sagte er.

„Komm mit nach hinten. Ich bringe dich im Wohnzimmer unter. Da ist eine Couch, die sich wie ein Bett ausziehen lässt.

Wir kümmern wir uns um den Rest dieser Sache, wenn du fertig geschlafen hast.

Ein Schwarzbarsch hing an der Wand neben dem Kopf eines Achtenders, doch es war ein gerahmtes Schwarz-Weiß-Foto, das Bradys Aufmerksamkeit erregte. Es zeigte Jesse neben einem OV-1 Aufklärungsflugzeug. Im Hintergrund waren mehrere Hueys mit hängenden Rotoren geparkt. Ein anderes Foto zeigte ihn neben dem Wrack eines zweiten Flugzeugs, in dessen Einschusslöcher er seine Finger gesteckt hatte.

Brady hatte die Geschichten über Jesses Einsätze gehört. Zweimal war er abgeschossen worden, und beim letzten Mal hatte man ihn für tot gehalten, bis er drei Wochen später zu Fuß aus dem Dschungel kam. Jesse hatte seinen Anteil an Hölle gesehen. Das war der Grund, warum Brady ihn um Hilfe gebeten hatte.

Jesse holte eine Decke aus einem Wandschrank und warf sie ihm zu. „Mach es dir gemütlich, Kumpel. Ich wecke dich bald, und dann fahren wir zurück auf die andere Seite des Berges zum Bristerhaus."

Brady machte sich nicht mal die Mühe, seine Stiefel auszuziehen, bevor er sich rücklings auf die Couch legte und einschlief.

KAPITEL 25

Heimspiel

Es war kurz vor Einbruch der Dämmerung, als Brady aus dem Schlaf schreckte. Der Regen prasselte auf das Metalldach der Hütte, und im Zimmer nebenan klingelte das Telefon. Er hörte Schritte auf dem hölzernen Boden der Hütte und Jesse Harpers Stimme, als er abhob.

„Ja, Ma'am, Miss Lacey. Einen Moment, ich sehe nach, ob er wach ist. Nein, ist schon gut. Wir müssen sowieso los."

Das große Panoramafenster am Ende des Raumes umrahmte den Fluss hinter der Hütte, aus dessen gräulich-krausen Wasser Nebel aufstieg. Der Schnee schmolz schnell im warmen Regen dahin. Es war schon fast dunkel, und Brady wurde klar, dass er zu lange geschlafen hatte.

„Es ist Lacey. Du kannst das Telefon dort abnehmen." Jesse deutete auf das Telefon neben der Couch. Er bemerkte, dass Brady aus dem Fenster schaute. „Warmfront", sagte er.

Brady nahm den Hörer ab.

„Mama hat angerufen", sagte Lacey. „Heute Nachmittag war ein Telefontechniker bei ihr zu Hause, um das Telefon zu reparieren. Er hätte irgendetwas von einem Rauschen in der Leitung gesagt, aber sie sagte ihm, es gäbe keines." Laceys Stimme war angespannt, und sie sprach schnell. „Er sagte ihr, er würde vorsichtshalber einen Filter in die Leitung einbauen. Sie hat auch erzählt, dass er Fragen über mich gestellt hat und wissen wollte, ob sie meine Mutter ist. Dann tat er wohl so, als würde er mich kennen, und sie erzählte ihm von meinem Auftritt in der Opry, aber er hat weiter Fragen gestellt. Mama dachte sich, dass da etwas nicht stimmt. Sie hat mich sofort angerufen, sobald er weg war. Ich komme nach Hause. Ich bin in ein paar Stunden da."

„Er hat das Telefon verwanzt", sagte Brady. „Sag ihr, sie soll aufpassen, was sie sagt, und bitte lass dir Zeit beim Fahren in diesem Regen. Es gibt keinen Grund zur Eile."

Nachdem er aufgelegt hatte, setzte sich Brady auf den Rand der Couch und versuchte, seine Gedanken zu ordnen. Das Telefon begann erneut zu klingeln.

„Ich gehe ran", rief Jesse aus der Küche. „Komm du hier rein und hol' dir was zu essen."

Kaum hatte Brady sich hingesetzt, steckte Jesse seinen Kopf durch die Küchentür.

„Es ist deine Stiefmutter."

„Leg auf", zischte Brady. Harper runzelte die Stirn.

„Leg einfach auf. Sag nichts. Leg einfach auf."

Nachdem Jesse den Hörer vorsichtig in die Halterung zurückgelegt hatte, ging Brady zum Telefon und nahm den Hörer ab. Er lauschte nach einem Freizeichen. Als er es hörte, legte er den Hörer zur Seite.

„Lass den Hörer liegen. Der erste Anruf war von Lacey. Irgendein Widerling, der sich als Telefontechniker ausgibt, hat Mama Emmas Telefon verwanzt."

„Ohne Scheiß?" sagte Jesse.

„Ja, er war heute Morgen bei ihr zu Hause. Mama Emma hat Lacey angerufen und es ihr erzählt. Lacey ist auf dem Weg von Nashville hierher."

„Nun, sie hat nur mit deinem Namen nach dir gefragt und ich habe ihr gesagt, sie soll dranbleiben." Brady nickte. „Das ist in Ordnung. Das habe ich mir schon gedacht. Wir sind aufgeflogen, und wer auch immer die Wanze platziert hat, wird wahrscheinlich bald hier auftauchen. Ich muss los."

„Wohin?" fragte Jesse. „Wir können jetzt nicht raus auf die Straße gehen. Sie werden uns mit Sicherheit erwischen." Brady spießte das gebratene Steak vom Teller auf seine Gabel und kaute, während er sprach. „Ich gehe zu Fuß, hoch in die Berge und arbeite mich zum Haus der Bristers vor."

„Mann, bist du verrückt? Ich kann dich auf dem Rücksitz meines Trucks verstecken und dich hinfahren. Wir können in dreißig Minuten da sein."

Brady schüttelte den Kopf. „Nein, das ist zu riskant. Wo ist meine Ausrüstung?"

„Da drüben, hinter der Couch. Was kann ich tun?"

„Ich will, dass du hier bleibst. Wenn sie den Anruf von Mama Emma zurückverfolgt haben, werden sie hierher kommen. Ich will, dass du ihnen sagst, dass ich da oben in den Bergen bin."

„Jetzt spinnst du wirklich, Kumpel. Warum willst du, dass sie wissen, wo du bist?"

Brady holte den Rucksack und das Gewehr hinter der Couch hervor. Er nahm eine Schachtel Patronen aus einer Seitentasche, öffnete den Verschluss und begann das Gewehr zu laden.

„Sie werden damit beschäftigt sein, nach mir zu suchen, während ich rübergehe und Bristers Haus nach dem Brief durchsuche. Ich werde heute Nacht die Hiwassee Kuppe überqueren und direkt zu seinem Haus gehen."

„Das ist völliger Wahnsinn", sagte Jesse. „Du wirst die ganze Nacht und fast den ganzen morgigen Tag brauchen, um das Gelände zu Fuß zu durchqueren. Außerdem brauchst du den Brief nicht."

„Doch, den brauche ich. Die Papiere in diesem Umschlag

beweisen eine direkte Verbindung zwischen Maxon und der ganzen Sache. Ohne die Kill Cards, die Telexnachrichten und die Namensliste in Maxons Handschrift haben wir nichts als Indizienbeweisen."

„Und was machst du, wenn du sie findest? Diese Bastarde werden dich nicht einfach damit hier wegspazieren lassen."

Brady richtete das Gewehr auf das hintere Fenster und blickte durch das Zielfernrohr. In der Dunkelheit konnte er draußen kaum etwas sehen.

„Wenn ich den Brief finde, wirst du ihn für mich zur Zeitung bringen. Pass nur für mich auf Lacey und Mama Emma auf, bis das hier vorbei ist, ja?"

Jesse hatte Recht, was den Landweg zum alten Brister-Haus anging. Es würde tückisch sein, aber der Overhill war Brady so bekannt wie seine eigene Westentasche. Auf gerader Strecke waren es mehrere Meilen, aber er kannte jeden Grat, jede Senke und jeden Pfad da draußen. Es würde einige Zeit dauern, das Wirrwarr aus Schluchten zu überwinden, aber der Umweg über dreiundzwanzig Meilen Highway und Landstraßen war zu riskant. Wer auch immer Mama Emmas Telefon verwanzt hatte, würde die Straßen jetzt noch genauer beobachten.

Maxon saß in einem Lieferwagen, der an einer Straße außerhalb von Melody Hill geparkt war. Die Nacht war hereingebrochen und er war dabei, seinen nächsten Schritt zu planen. Er nahm die Kopfhörer ab, mit denen er das Telefon von Frau Coleridge überwachte, und schaltete es auf den Lautsprecher um. Die Wanze hatte sich gelohnt.

„Diese Frau weiß, wo Nash sich versteckt. Sobald wir die Telefonnummer zurückverfolgt bekommen, wissen wir es auch, aber ich bin mir nicht sicher, ob wir es uns leisten können zu warten."

Der Mann, der neben ihm saß, war einer der von Greener auserwählten Waffenspezialisten, Nick Werkman. Jetzt, da Maxon das Kommando übernommen hatte, war er zum zweiten Befehlshaber geworden, was wahrscheinlich gut war, da er noch etwas unerfahren war. Seiner Akte zufolge war er nie in Vietnam gewesen. Abgesehen von einem Aufenthalt im Nahen Osten hatte er seine einzige echte Einsatzerfahrung bei einem Dienstaufenthalt im Kongo gesammelt.

„Sie könnten Recht haben. Es schien, als ob der Typ in der Leitung Nash ans Telefon holen wollte, aber dann hat er aufgelegt", sagte Werkman. „Ich denke, sie ahnen, dass wir ihnen auf der Spur sind."

„Ich würde sagen, wir schnappen uns die alte Frau und quetschen es aus ihr heraus", sagte Maxon.

„Das ist keine gute Idee", antwortete Werkman.

„Warum?"

„Greener will, dass diese Operation unter dem Radar bleibt. Wenn wir uns die Frau schnappen, wissen das FBI und die örtliche Polizei, dass etwas im Gange ist. Ich sage, wir warten. In ein paar Stunden haben wir die Adresse für das Telefon. Dann werden wir ihn festnageln."

„Wenn er sich nicht heute Nacht aus dem Staub macht", sagte Maxon.

Werkman zündete sich eine Zigarette an und atmete langsam aus, während er sprach. „Ich glaube nicht, dass er ohne den Brief irgendwo hingeht. Rufen Sie Sager an und sagen Sie ihm, er soll das Haus der alten Frau beobachten. Wenn Nash irgendwo in der Nähe ist, führt sie uns vielleicht zu ihm."

Maxon drehte sich um und blickte Werkman ins Gesicht. Das selbstgefällige Arschloch besaß die Frechheit, ihn herumzukommandieren. Werkman nahm die Zigarette von seinen Lippen und rollte mit den Augen. „Okay, was ich meinte, war, ich denke, dass wir das tun sollten, wenn Sie einverstanden sind."

Werkman war auch noch ein Klugscheißer, und einen Moment lang überlegte Maxon, ob er ihn in den strömenden Regen hinausschicken sollte, um die Überwachung zu übernehmen, aber er brauchte ihn. Er war der Elektronikexperte und derjenige, der sich mit der Abhörausrüstung auskannte.

„Okay", sagte Maxon, „ich denke, Sie haben recht. Los, rufen Sie Sager an. Sagen Sie ihm, er soll uns über jeden Schritt der Frau informieren."

Der Regen strömte in dieser Nacht vom Dach über der Veranda, als Gil Gilardi und sein FBI-Kollege an die Tür eines kleinen Holzhauses in Macon, Georgia, klopften. Ein barfüßiger Mann in T-Shirt und Jeans öffnete die Tür. Er kratzte sich schläfrig am Kopf und starrte durch das Fliegengitter der Tür zu ihnen hinaus.

„William Cantrell?"

„Ja, Sir, der wäre ich", antwortete der Mann.

„Ich bin Major Gilardi von der Abteilung für kriminalpolizeiliche Ermittlungen der US-Armee, und das ist Agent Treller vom FBI. Dürfen wir reinkommen und Ihnen ein paar Fragen stellen?"

Nach einer kurzen Stille, lachte Cantrell auf und stieß die Fliegengittertür auf. „Wissen Sie, ich dachte mir schon, dass ich eines Tages von Ihnen hören würde. Kommen Sie rein."

Die beiden Männer traten ein, schüttelten den Regen von ihren Kleidern und nahmen ihre Hüte ab. „Warum sagen Sie das, Mister Cantrell?"

„Hat das hier etwas mit Brady Nash zu tun?" fragte Will.

Gilardi drehte sich zu seinem FBI-Kollegen um und hob die Augenbrauen. Anscheinend fügte sich hier ein weiteres Puzzleteil an seinen Platz. Nachdem sie fast eine Stunde mit Cantrell verbracht hatten, wurde das Bild des Puzzles immer deutlicher erkennbar. Cantrells Aussagen deckten sich mit den Notizen, die Lacey Coleridge von Nash erhalten hatte.

Immer mehr Zeugenaussagen stimmten überein, und es wurde klar, dass Nash wahrscheinlich doch nicht der paranoide Spinner war, für den ihn alle hielten. In Gilardis Hinterkopf entwickelte sich auch eine wachsende Dringlichkeit. Wenn Nashs Befürchtungen der Wahrheit entsprachen – und danach sah es jetzt aus –, dann waren ihm die Leute, die ihn jagten, wahrscheinlich bereits dicht auf den Fersen.

Alles deutete auf diesen Typ namens Maxon hin, aber auf wessen Befugnis handelte er? Er hatte gegen jede Form von Gesetz verstoßen, die es gab, einschließlich des militärischen, zivilen und vietnamesischen Gesetzes sowie des Genfer Abkommens. Wie viel wussten seine Vorgesetzten bei der CIA? Möglicherweise agierten sie bereits, auf Basis der Informationen, die sie durch die Anfrage des FBIs erhalten hatten, aber waren sie hinter Maxon oder Nash her, oder hinter beiden?

„Wir werden uns innerhalb der nächsten zwei Wochen bei Ihnen melden", sagte Gilardi zu Cantrell.

„Also sind Sie an den Leuten dran, die Brady und seinen Stiefbruder getötet haben?" fragte Cantrell.

Die beiden Agenten standen auf und begannen, sich ihre Mäntel anzuziehen.

„Das habe ich wohl vergessen, zu erwähnen", sagte Gilardi. „Brady Nash ist noch am Leben."

Cantrells Augen weiteten sich und sein Gesicht erblasste leicht, bevor er langsam nickte. Ein wissendes Grinsen erhellte sein Gesicht. Er schien sich wieder zu fangen und blickte zu Gilardi auf. „Sie wissen tatsächlich, dass Brady der Gute in dieser ganzen Sache ist. Das glauben Sie doch wirklich, habe ich Recht?"

Es war nicht ratsam, zu viele Informationen preiszugeben, aber

Gilardi erkannte die Verbundenheit zwischen den beiden Veteranen. „Wir sind zu der Überzeugung gelangt, dass dies der Fall ist, Mister Cantrell. Deshalb versuchen wir, diese Informationen zu bestätigen und ihn zu fassen, bevor noch etwas passiert."

„Fahren wir zurück nach Melody Hill?" fragte Treller.

Gilardi nickte. „Ich glaube, dort werden wir ihn finden."

Jesse Harper lugte durch die zugezogenen Vorhänge eines der vorderen Fenster und blickte auf die Straße hinaus. Kurz vor Tagesanbruch hatte der Regen aufgehört, und Brady war davongeschlichen. Nun wartete Jesse auf das Eintreffen seines Besuches, doch ein dunstiger Nebel verdeckte den Blick auf die nahen Hügel. Es würde nicht lange dauern, bis diejenigen, die das Telefon der Coleridges verwanzt hatten, auftauchen würden. Dessen war er sich sicher.

Als er im ersten grauen Licht der Morgendämmerung über die Straße hinwegblickte, fiel ihm etwas ins Auge. Einen flüchtigen Moment lang erblickte er eine Gestalt im Nebel nahe am Fuß des Berges. Ein Mann lief tief geduckt am Waldrand entlang. Er war in Tarnkleidung gekleidet und trug etwas bei sich. Vielleicht war es ein Gewehr. Sie waren hier. Jesse blieb am Fenster und hielt weiter Wache.

Weiter die Straße hinauf lichtete sich der Nebel für einen Moment, und ein dunkelgrauer Lieferwagen wurde sichtbar. Er stand ohne Licht da, aber der Motor lief im Leerlauf, was die rauchigen, weißen Auspuffgase verrieten, die in der stillen Morgenluft hingen. Es war an der Zeit, Sheriff Harvey anzurufen und ihn hierher zu holen. Der Sheriff würde eine gute Versicherung dagegen sein, dass er einfach verschwand und man nie wieder etwas von ihm hörte.

Jesse nahm den Hörer ab. Es war gespenstisch still – kein

Freizeichen. Damit hätte er eigentlich rechnen müssen. Das hier waren die großen Jungs, und sie meinten es ernst. Er ging ins Hinterzimmer und blickte durch das Panoramafenster auf den Fluss. Ein Dunst, dichter als der umgebende Nebel, stieg aus dem kräuselnden, grauen Wasser auf und verschleierte die Flussufer. Nachdem er einige Minuten lang nach draußen geblickt hatte, entdeckte Jesse das, was er bereits vermutet hatte: einen weiteren Mann mit einem Gewehr. Er war kaum mehr als ein Schatten, der sich am Flussufer entlang bewegte.

Jesse ging in sein Schlafzimmer und holte seine .45 aus einer Kommodenschublade. Falls er gezwungen würde, sie zu benutzen, war er wahrscheinlich tot, aber er wollte nicht wehrlos sein, wenn sie hier hereinspazierten. Er zog den Schlitten zurück, setzte eine Patrone ein und steckte die Waffe in seinen Gürtel. Dann nahm er seine Kappe von einem Haken und zog sich eine Windjacke aus Nylon über. Das war's. Er holte tief Luft, öffnete die Tür und trat auf die Veranda hinaus.

Diese Bastarde hatten bereits bewiesen, dass sie zu allem fähig waren, als sie Duff Coleridge getötet hatten, einen Jungen, der sein Land mehr liebte als jeder einzelne von ihnen. Jesse war dieser Art von Mensch schon öfter begegnet, aufgeblasene Mistkerle, die glaubten, sie könnten im Namen des Patriotismus tun, was sie wollten. Er hatte sich mit ihnen in den Bars rund um Saigon unterhalten, großspurige Arschlöcher, die davon überzeugt waren, dass das Leben eines einzelnen Menschen nicht so wichtig war wie ihre Mission. Jetzt standen sie draußen vor seiner Hütte, und wenn sie beschlossen, ihn zu töten, würde er mit Sicherheit sterben, aber nicht ohne einen oder zwei von ihnen mit sich in den Tod zu reißen.

Am Rand der gräsernen Landebahn, auf der sein Flugzeug geparkt war, fingen ein paar Krähen an zu kreischen. Diese Superspione könnten sich nicht mal an einen toten Maulesel heranschleichen. Jesse beobachtete, wie die Krähen um irgendetwas herumflogen, das sie störte, wahrscheinlich derselbe Scharfschütze, den er vorhin am Wald entlang hatte laufen sehen.

Er schob seine Hände in die Jackentaschen, trat an den Rand der Veranda und wartete. Die Scheinwerfer des Lieferwagens leuchteten plötzlich auf, und er raste in seine Richtung. Er war entdeckt worden. Ein paar Sekunden später kam der Wagen knirschend auf dem Kies vor der Hütte zum Stehen. Jesse ging die Treppe hinunter. Zwei Männer stiegen aus, doch einer von ihnen blieb auf der anderen Seite des Wagens stehen, während der zweite auf ihn zuging.

„Sie suchen bestimmt Brady Nash", sagte Jesse.

Der Mann kam weiter auf ihn zu und blieb erst stehen, als er nur noch Zentimeter von seinem Gesicht entfernt war. Jesse lächelte. Einschüchterung funktionierte bei ihm nicht. Wenn man einmal ein brennendes Flugzeug in den Dschungel geflogen, und drei Wochen lang mit der NVA Versteck gespielt hat, findet man nur sehr wenige Dinge einschüchternd.

„Richtig. Wo ist er?", sagte der Mann.

Der Mann hatte eine tiefe Narbe, die über eine Seite seines Gesichts lief. Er tat sein Bestes, Jesse mit einem harten Blick zu fixieren, aber Jesse grinste weiter, während er ihm in die Augen sah. Der Kerl war gefährlich, aber er war es auch, und Jesse würde sich nicht einschüchtern lassen.

„Er sagte, er bräuchte meine Hilfe, also habe ich ihn gestern untergebracht, aber er ist irgendwann letzte Nacht abgehauen. Er meinte, er wolle zurück in die Berge gehen, bis die Hitze nachlässt."

„Hatte er einen Brief bei sich oder hat er einen erwähnt?"

„Ja, er hat tatsächlich von einem Brief geredet. Er sagte, er sei von seinem alten Kumpel Duff Coleridge, und er enthielt die Namen einiger Leute, die ihn umbringen wollten."

Die Augen des Mannes weiteten sich leicht, als er Duffs Namen erwähnte.

„Wo ist er?", fragte der Mann. „Wo ist wer?" fragte Jesse.

„Hör' auf mit dem Scheiß. Der Brief, wo ist er?"

„Mister, ich mach' keinen ‚Scheiß'. Ich weiß nicht, wo der Brief ist, aber ich weiß, dass Sie dabei sind, sich selbst in eine Art von Schwierigkeiten zu bringen, die Sie ganz bestimmt nicht wollen."

„Oh, und welche Schwierigkeiten sind das?"

„Sie sind im Tennessee Overhill, Partner. Das ist Bradys Zuhause. Wenn Sie ihn weiter provozieren, wird es Verletzte geben."

Der Mann lächelte. „Hat er eine Waffe?"

„Nur ein altes Jagdgewehr, aber das ist alles, was er braucht, bei dem Haufen von Knallköpfen, mit denen Sie hier arbeiten."

Der Mann warf einen Blick zurück auf seinen Partner, der auf der anderen Seite des Wagens stand.

„Er nicht", sagte Jesse. Er deutete mit dem Kinn in Richtungder Landebahn, wo noch immer die Krähen kreischten. „Ich rede von Ihrem Jungen da drüben, der die Tierwelt verärgert."

Die Augen des Mannes verhärteten sich. „Woher weiß ich, dass er sich nicht in Ihrer Hütte versteckt?", fragte er.

„Weil er, wenn er drinnen wäre schon den Clown da drüben erschossen hätte, oder den anderen, der am Fluss entlang schleicht" – Jesse richtete seinen Blick auf den Mann vor ihm –„oder vielleicht Sie."

Der Mann wusste, dass er übertrumpft worden war.

„Falls Nash zurückkommt, sag ihm, dass wir nur mit ihm reden wollen. Sag ihm, wir garantieren ihm eine Begnadigun, wenn er von sich aus kommt."

Jesse nickte. „Und wer, soll ich sagen, macht ihm dieses Angebot?"

„Das wird er wissen. Sag es ihm einfach."

Nach ein paar Augenblicken drehte sich der Mann um und ging zurück zum Wagen. Sie wendeten und fuhren zurück die Straße hinauf, hielten aber dann in der Nähe der Stelle an, wo Jesse sie zuerst gesehen hatte. Mehrere Minuten lang stand der Lieferwagen still, bis ein Mann aus dem Wald auftauchte und einstieg.

Jesse beobachtete weiter, wie der Wagen davonraste. Offenbar war einer von ihnen zurückgeblieben, um die Hütte zu bewachen.

Lacey war um kurz nach Mitternacht zu Hause angekommen und schlief noch, als jemand an die Haustür ihrer Mutter klopfte. Sie zog ihren Hausmantel an und spähte aus dem Fenster. Auf der Veranda standen zwei Männer. Es waren der FBI-Agent und der Army Major, der sie vor der Exhumierung befragt hatte. Sie schob ihr Haar aus der Stirn und öffnete die Tür.

„Wie geht es Ihnen, Miss Coleridge?"

„Wer ist es, Schatz?", rief ihre Mutter aus dem hinteren Teil des Hauses.

„Es sind die Leute von der Army, Mama. Zieh deinen Hausmantel an."

Sie wandte sich den Männern zu, die an der Tür standen. „Mir geht es gut, Major."

„Dürfen wir reinkommen?", fragte der Mann.

Lacey drückte die Fliegengittertür auf und führte die beiden Männer zur Couch im Eingangszimmer.

„Sie erinnern sich sicher an Agent Gates vom FBI", sagte Gilardi.

Lacey nickte. „Wie kann ich Ihnen helfen, meine Herren?"

Der FBI-Agent blieb stumm, während Gilardi sprach. „Wir sind hier, um Ihrem Freund Brady Nash zu helfen. Ihnen ist doch klar, dass unser Ziel lediglich darin besteht, ihn zu finden, nicht wahr?"

„Ich bin mir nicht sicher, was Sie meinen, Major."

„Was ich meine, ist, dass wir ihm nichts antun werden. Bis

jetzt deutet alles darauf hin, dass er sich keiner schweren Straftat schuldig gemacht hat, aber wir glauben, dass sein Leben in Gefahr ist. Wenn Sie wissen, wo er ist, müssen Sie es uns jetzt sagen."

Laceys Mutter betrat den Raum, blieb aber in der Tür stehen, während die Männer ihr respektvoll zunickten.

„Wir haben Ihrer Tochter gerade gesagt, dass Brady Nash-"

„Ich habe gehört, was Sie gesagt haben, Major. Wie kommen Sie darauf, dass wir wissen, wo er ist?"

„Wir wissen es nicht, aber es macht Sinn, dass er Sie kontaktiert haben könnte. Sie müssen auf das hören, was ich sage. Ich sage Ihnen die Wahrheit. Wir haben mit mehreren Zeugen gesprochen, unter anderem mit Männern, die mit Ihrem Pflegesohn in Vietnam waren. Ich kann Ihnen keine Garantien geben, aber ich kann Ihnen sagen, dass er in unserer Obhut viel sicherer sein wird als alleine da draußen."

„Haben Sie deshalb das Telefon meiner Mutter verwanzt?" fragte Lacey. Die beiden Männer tauschten fragende Blicke aus.

„Ihr Telefon verwanzt?" sagte Gilardi. „Wie kommen Sie darauf, dass wir das getan hätten?"

„Wegen diesem angeblichen Mann von der Telefongesellschaft, der vor Kurzem hier war."

„Ich bin mir nicht sicher, wovon Sie sprechen. Dürfen wir uns das mal ansehen?" fragte Gilardi.

„Es ist im Flur", sagte ihre Mutter.

„Haben Sie einen Schraubenzieher, den ich mir ausleihen könnte?" fragte Gilardi.

Wenige Augenblicke später sahen Lacey und ihre Mutter zu, wie Gilardi das Plastikgehäuse des Telefons entfernte und es zur Seite legte. Er tippte auf ein kleines zylindrisches Gerät im Inneren und blickte zu dem FBI-Agenten auf.

„Deins?"

„Das weißt du doch besser, Gil", antwortete Gates.

Gilardi nahm die Wanze vorsichtig aus dem Telefon und wickelte sie in sein Taschentuch.

„Sie sagten, der Mann, der das getan hat, behauptete, er sei von der Telefongesellschaft?" fragte Gates.

Laceys Mutter nickte.

„Naja, zu einer Firma gehört er auf jeden Fall", sagte Gilardi, „einer aus Langley, Virginia."

Gates nickte.

„Was soll das bedeuten?" fragte Lacey.

„Laut der Notizen, die Sie uns in Nashville übergeben haben", sagte Gilardi, „glaubt Mister Nash, dass die Leute, mit denen er zu tun hatte, von der CIA sind. ‚Die Firma' ist ein Name, den sie oft für sich selbst verwenden."

Lacey spürte, wie ihr Herz unter dem Flanell ihres Hausmantels pochte, und sah ihre Mutter an.

„Hören Sie, meine Damen", sagte Gilardi, „die Leute, die dieses Telefon verwanzt haben, haben nicht Bradys Wohlergehen im Sinn. Ich bin mir nicht sicher, was sie vorhaben, aber es kann nichts Gutes sein. Wenn Sie etwas wissen, müssen Sie es mir jetzt sagen. Die Zeit läuft ab."

Lacey spürte, wie ein kalter Klumpen Panik in ihr aufstieg. Brady könnte getötet werden, während sie tatenlos dastand und nichts tat. Gilardi schien ehrlich zu sein, und irgendwann musste sie jemandem vertrauen.

„Wissen Sie etwas, das Sie uns verschweigen, Miss Coleridge?" fragte Gilardi.

Diese Männer schienen ehrlich zu sein, aber wie konnte sie wissen, ob sie wirklich die Wahrheit sagten? Brady hatte einmal in einem seiner Briefe über seinen besten Kumpel in Vietnam, Will Cantrell, geschrieben. Will hatte ihm gesagt, die Wahrheit habe einen Resonanz, welche die Risse füllt, in denen sich die Unwahrheit versteckt. Sie blickte in Gilardis Augen. Er war ein

Mann, dem man vertrauen konnte.

„Ich glaube, ich weiß, wo er ist", sagte sie, „aber ich muss Sie dorthin führen, und ich möchte, dass der Sheriff mit uns geht, Sheriff Harvey."

„Wo versteckt sich Nash?" fragte Gates.

Lacey schüttelte den Kopf. „Nein, nicht bevor wir den Sheriff haben. Dann bringe ich Sie persönlich hin. Wir können alle zusammen hinfahren."

KAPITEL 26

Vom Skeptiker zum Gläubigen

Brady beobachtete an diesem Morgen von der Anhöhe über Jesse Harpers Hütte, wie ein grauer Lieferwagen die Straße entlangfuhr.

Sie waren schneller angekommen, als er erwartet hatte, und anstatt seinen Weg zum Haus der Bristers fortzusetzen, beschloss er, zu warten und zu sehen, was passierte. Als der Nebel sich langsam lichtete, entdeckte er einen Mann mit einem Gewehr am Fuß des Berges. Ein weiterer Mann stolperte am Flussufer hinter der Hütte entlang. Sie trugen Gewehre, welche nur einen einzigen Zweck haben konnten, aber angesichts der Entfernung konnte er wenig tun, um Jesse zu schützen.

Der Wagen hielt in der Einfahrt der Hütte und zwei weitere Männer stiegen aus. Jesse kam die Treppe hinunter und traf dort auf sie. Die Konfrontation dauerte mehrere Minuten. Trotz Bradys Befürchtungen schien alles gut gegangen zu sein. Sie stiegen wieder in den Van und fuhren weg, hielten aber auf der Straße an, um einen ihrer Scharfschützen abzuholen. Der andere blieb zurück, im Wald am Fuße des Berges.

Das Motorengeräusch des Fahrzeugs hallte in der Ferne wider, als es sich den steilen Hang jenseits des Bergrückens hinaufkämpfte.

Es schien zuerst so, als ob sie endgültig wegfuhren, doch dann verstummte der Motor. Der Wagen hatte angehalten. Brady hörte, wie sie versuchten, geräuschlos die Tür zu schließen, aber die stille Bergluft verriet sie. Der andere Scharfschütze war wieder ausgestiegen und betrat über ihm den Wald. Er hatte es vermasselt. Er hatte diesen Mann zwischen sich und das Haus der Bristers kommen lassen, aber ihm war klar geworden, dass eine Sache noch schlimmer war.

Es war Maxon. Er war hier. Brady war sich sicher, und sei es nur instinktiv, wie durch den sechsten Sinn eines Raubtiers. Aber dieses Mal hatte der Bastard einen unverzeihlichen Fehler gemacht. Er war nach Melody Hill gekommen, Bradys Zuhause, und hatte sich damit zu einer direkten Bedrohung für Lacey und Mama Emma gemacht. Diesmal würde es kein Zögern geben, keine Verteidigungshaltung, keine Zweifel. Diesmal war Brady fest entschlossen. Er würde Maxon und seine Kumpane mit aller Macht jagen. Er würde alles tun, was nötig war, um seine Familie zu schützen. Maxon hatte keine Ahnung von dem Albtraum, der ihm bevorstand. Die Hölle war im Anmarsch.

Brady dachte über seinen nächsten Schritt nach. Zuerst musste er sie davon abhalten, Lacey oder Mama Emma etwas anzutun, aber mit einem Scharfschützen oben auf dem Berg und einem weiteren unten, hatte er ihnen erlaubt, ihn in eine schlechte Position zu bringen. Er untersuchte sein altes Jagdgewehr. Das Remington 700 hatte zwar nicht das beste Zielfernrohr und auch keinen schweren Lauf wie die, die Maxons Männer bei sich trugen, aber es würde funktionieren. Diese Leute waren schluderig. Wären sie in Vietnam Scharfschützen gewesen, hätte der Vietcong sie innerhalb weniger Tage an einen Baum genagelt. Trotzdem hatte er keine andere Wahl, als abzuwarten und sie ihre Karten zuerst aufdecken zu lassen.

Ein Vogel rief schrill und deutlich von irgendwo oben auf dem Berg. Auf der Weide weit unter ihm entdeckte Brady ein Reh, das in der Nähe von Jesses Flugzeug graste. Manchmal war es in Vietnam ganz genauso – trügerisch ruhig und friedlich. Doch unter der ruhigen und friedlichen Oberfläche verbarg sich ein allgegenwärtiger Sog, der einen plötzlich und ohne Vorwarnung in seine Tiefen ziehen konnte. Brady ruhte, wartete und hielt Ausschau. Alles blieb ruhig, bis am Vormittag zwei Fahrzeuge die Straße zur Hütte hinunterkamen. Sie bewegten sich langsam, fast vorsichtig, wie es schien.

An seinem Standort auf dem Felsvorsprung war er mehr als zwölfhundert Meter von der Hütte entfernt, aber er erkannte das erste Fahrzeug als einen Streifenwagen des Polk County Sheriffs. Auch das zweite Fahrzeug, ein grauer Ford LTD, schien eine Art Polizei- oder Regierungswagen zu sein. Er setzte sich aufrecht hin und beobachtete den kleinen Konvoi. Die Autos hielten einige hundert Meter von der Hütte entfernt an.

Brady stellte sein Zielfernrohr auf maximale Vergrößerung ein. Die Insassen der Fahrzeuge schienen sehr vorsichtig zu sein, als sie ausstiegen und die Straße zur Hütte hinaufblickten. Die beiden uniformierten Sheriffsbeamten hatten die Hände in den Taschen, aber die Männer, die aus dem Ford stiegen, hatten ihre Waffen gezogen. Brady beobachtete sie mit kaum mehr als leichter Neugier, bis er Lacey aus dem Rücksitz des Streifenwagens steigen sah.

Als der Streifenwagen in Sichtweite von Jesses Hütte anhielt, wollte Lacey sofort aussteigen, aber Sheriff Harvey forderte sie auf, sitzen zu bleiben. Er und sein Untergeordneter stiegen aus und sahen zur Hütte hinauf. Gilardi und Gates kamen hinter ihnen mit gezogenen Waffen heran. Lacey stieß die Tür auf und sprang aus dem Wagen. Das war nicht das, was sie vereinbart hatten. Die Männer standen neben dem Sheriff und seinem Stellvertreter, als Lacey auf sie zueilte.

„Warum haben Sie Ihre Waffen gezogen?", fragte sie.

Weder Gilardi noch Gates antworteten, während sie auf die Hütte starrten. Lacey drängte sich zwischen die Männer. Harvey tätschelte ihr sanft den Rücken und drehte sich zu den anderen um. Weder er noch sein Untergeordneter hatten ihre Waffen gezogen.

„Sie hat ihren Teil der Abmachung eingehalten", sagte der Sheriff. „Warum geben Sie mir nicht ein paar Minuten, um mit ihm zu reden? Wenn das nicht klappt, können wir es auf Ihre Art machen."

Nach einigen Augenblicken steckten die beiden Männer ihre Waffen weg, und die Eingangstür der Hütte öffnete sich. Jesse Harper trat auf die Veranda hinaus.

„Jesse", rief Harvey, „ist Brady bei dir?" Harper stieg die Stufen hinunter und schüttelte den Kopf. „Nö, er ist da oben." Er zeigte auf den Berg, der jenseits der gräsernen Landebahn steil aufragte. „Ich schätze, er ist irgendwo zwischen hier und Melody Hill."

„Warum ist er da hinauf?"

„Ein paar Männer mit Scharfschützengewehren und Maschinenpistolen sind vor ein paar Stunden hier aufgetaucht. Sie sahen nach einem ziemlich rauen Haufen aus, und sie schienen es auf ihn und den Brief abgesehen zu haben."

„Was ist passiert?" fragte Gates.

„Nichts. Ich meine, wir wussten, dass sie kommen würden, also war Brady schon weg. Ich habe ihnen gesagt, dass er sich in den Bergen verstecken wollte, und sie sind abgehauen. Ich glaube, sie sind auf der Suche nach ihm."

„Warum hast du ihnen gesagt, wohin er gegangen ist?" platzte Lacey heraus.

Der alte Sheriff legte ihr die Hand auf die Schulter. Jesse sah sie an und zupfte an seinem buschigen Bart.

„Ich würde sagen, weil er das von mir wollte, Miss Lacey. Er hat es getan, um dich und deine Mama zu schützen."

„Aber warum?"

Jesse zuckte mit den Schultern. „Vielleicht hat er es satt, gejagt zu werden. Vielleicht hätten sie nicht herkommen und euch zu Hause besuchen sollen. Aber vor allem glaube ich, dass er es getan hat, weil er dich und Miss Emma vor diesen erbärmlichen Mistkerlen beschützen will."

Gilardi wandte sich an Sheriff Harvey. „Wir müssen ein paar Leute hinaufschicken, um nach ihnen zu suchen. Wie viele Beamte haben Sie denn?"

„Nicht genug, um diese Hügel abzusuchen", sagte Harvey. „Außerdem, wenn da oben ein Haufen Idioten mit Scharfschützengewehren rumläuft, bin ich mir nicht sicher, ob ich meine Jungs da raufschicken will, um sie zu suchen."

„Wo ist die nächste Einheit der Nationalgarde oder der Armeereserve stationiert?" fragte Gilardi.

„Ich schätze, die müssten drüben in Cleveland sein. Das ist die größte Stadt zwischen hier und Chattanooga."

„Sheriff, ich möchte hier einen Kommandoposten einrichten. Ich werde ein paar Anrufe machen und noch vor Einbruch der Dunkelheit ein Aufgebot an Gardisten hier haben."

„Sie werden Brady da oben nicht erwischen, Major. Zwischen hier und Melody Hill gibt es nichts als kilometerweise senkrechte Hügel und tiefe Schluchten."

„Wir müssen ihn nicht erwischen, aber wir müssen die aufhalten, die hinter ihm her sind."

Zum ersten Mal an diesem Morgen hatte Lacey ein gutes Gefühl bei dem, was gesagt wurde. Während der Sheriff mit den anderen drei Männern sprach, winkte Jesse Harper sie zur Seite. Sie überquerten die Straße und betrachteten die kleine Cessna 182, die im Gras stand. Jesse hatte sie *Miss Whippoorwill* getauft und den Namen mit gelber Farbe auf die rote Motorhaube des Flugzeugs geschrieben.

„Brady ist auf dem Weg zum alten Brister-Haus, um nach Duffs Brief zu suchen." Jesse sprach mit leiser Stimme, während er über seine Schulter blickte. „Wenn er ihn findet, will er, dass einer von uns ihn zur Zeitung bringt."

„Aber die Familie hat schon vor Monaten alles aus dem Haus geräumt", sagte Lacey. „Wie kommt er darauf, dass er noch da ist?"

„Hubert Brister hat kurz vor seinem Tod noch etwas zu mir gesagt. Ich bin mir nicht sicher, ob er nur wirr dahergeredet hat, oder ob er mir einen Hinweis geben wollte. Er sagte, ich solle Brady sagen, dass der Brief sicher ist, solange niemand sein Werkzeug stiehlt und die Kühe nicht seinen letzten Heuballen auffressen."

„Na das macht Sinn", sagte Lacey.

Jesse warf wieder einen Blick über seine Schulter, und blickte dann zurück zu Lacey. „Hm?"

„Hat jemand auf dem Heuboden seiner Scheune nach einem Werkzeugkasten gesucht?"

———

Am frühen Morgen erhielt Maxon einen Anruf von Sager, der ihm mitteilte, dass zwei Männer im Coleridge-Haus seien. Er sagte, sie sähen aus wie FBI-Agenten. Nur wenige Minuten nach ihrer Ankunft schaltete sich das Abhörgerät des Telefons ab. Später meldete sich der Mann hinter Harpers Hütte über Funk und sagte, dass dieselben beiden Männer dort seien, zusammen mit ein paar Ortspolizisten und dem Coleridge-Mädchen. Die Sache wurde brenzlig. Er musste Nash finden, ihn ausschalten und schnellstmöglich aus der Gegend verschwinden.

Nachdem sie die Überwachungsausrüstung ausgeräumt hatten, säuberten sie den Lieferwagen und Werkman ließ ihn ein paar Kilometer weiter in einer Schlucht stehen. Sie wechselten das Fahrzeug und nahmen diesmal einen alten Pickup-Truck. Er würde besser in die örtliche Umgebung passen. Werkman saß neben Maxon und studierte eine Landkarte.

„Er muss auf dem Weg zurück nach Melody Hill sein", sagte Werkman und deutete auf die Stadt auf der Karte.

„Keine Ahnung, was der Idiot vorhat", sagte Maxon.

„Ich glaube nicht, dass er so dumm ist, wie Sie denken", sagte Werkman.

„Vertrauen Sie mir", erwiderte Maxon. „Ich habe mit diesem Kerl mehrere Monate in Vietnam zusammengearbeitet. Er ist das dümmste Landei das es gibt."

Werkman blickte ihn von der Seite an. „Wenn er so dumm ist, wie Sie sagen, dann muss er sehr viel Glück haben."

Maxon ignorierte ihn. Werkman war noch so ein klugscheißender Ivy Leaguer, und halbwegs eifersüchtig, weil Greener ihn zu einem Untergebenen in seiner eigenen Mission gemacht hatte.

„Rufen Sie Brewton und Carney an und fragen Sie sie, ob sie etwas von Nash gesehen haben. Und rufen Sie auch Sager an. Sagen Sie ihm, dass wir ihn abholen kommen. Wir werden ihn zusammen mit den anderen dort oben absetzen.

Dann fahren wir zurück, um die Stadt zu überwachen."

Im Laufe des Nachmittags hatte sich Jesse Harpers Vorgarten in eine militärische Bereitstellungszone verwandelt. Lacey stand neben Jesse auf der Veranda und beobachtete, wie ein Armyhauptmann und Major Gilardi die Soldaten instruierten. Die Soldaten waren erst wenige Minuten zuvor eingetroffen und sprangen aus zwei mit Segeltuch bespannten Zweieinhalbtonnern. Sie trugen neue, grüne Uniformen und Feldjacken. Jeder der Männer trug außerdem eine Trageausrüstung und ein M-16. Sie versammelten sich in einer lockeren Formation, während Gilardi ihre Mission erklärte.

Sie hatten den Auftrag, jeden festzunehmen, der eine Waffe bei sich trug oder anderweitig verdächtig erschien, aber keiner von ihnen sollte seine Waffe abfeuern, es sei denn, es wurde auf ihn geschossen. Als Gilardi das Briefing beendet hatte, befahl ein junger Leutnant den Truppführern, ihre Männer aufzureihen. Es war geplant, dass sie bis zum Einbruch der Dunkelheit den Hang absuchten, biwakierten und die Suche bei Tagesanbruch fortsetzten.

Lacey und Jesse beobachteten, wie die Männer auf der gräsernen Landebahn eine Linie bildeten und in den Wald hineingingen. Am Vormittag hatte sie aufbrechen wollen, um nach Melody Hill zu fahren und Bristers Scheune zu durchsuchen, aber Gilardi bestand darauf, dass sie und Jesse an der Hütte blieben. Trotz ihres Einwandes, dass ihre Mutter alleine sei, blieb Gilardi hartnäckig.

„Warum sagen wir ihm nicht einfach, was wir vorhaben?" schlug Jesse vor.

„Weil er den Umschlag dann vielleicht selbst sucht, und er womöglich so nie an die Zeitung geschickt wird."

Gilardi und Gates traten durch die Eingangstür der Hütte nach draußen.

„Ich denke, jetzt können wir nur noch warten", sagte Gilardi. „Es wird bald dunkel."

„Also muss ich die Nacht hier verbringen?" fragte Lacey.

Gilardi nickte. „Es tut mir leid, Miss Coleridge, aber ich denke, es wäre das Beste, wenn Sie vorerst bleiben. Wenn wir Brady heute Nacht nicht finden, werde ich Mr. Harper bitten, Sie gleich morgen früh zum Haus Ihrer Mutter zu bringen.

Sie drehte sich um und sah, dass Jesse in ihre Richtung blickte. Sie hatten beide den gleichen Gedanken. Das könnte ihre Chance sein, zum alten Brister-Haus zu gehen und den Brief zu finden.

———————

Leutnant Frank Baker von der Army Reserve war erschöpft. Am Morgen hatte man ihn im Büro seiner Buchhaltungsfirma angerufen und ihm gesagt, er solle sich im Waffenlager zum sofortigen Einsatz melden. Jetzt, da die Dämmerung über den Berghang hereinbrach, forderte er seine Truppführer über Funk auf, eine Verteidigungsstellung für die Nacht einzunehmen. Nicht, dass eine Verteidigungsstellung nötig war, aber so hatte er es während seiner Ausbildung gelernt.

„Bleiben Sie nah aneinander", sagte er dem Platoon Sergeant. „Es gibt keinen Grund, sich zu verschanzen, aber ich will, dass jeder dritte Mann heute Nacht Wache hält. Sagen Sie ihnen, sie sollen ihre C-Rationen auspacken und sie können rauchen, wenn sie wollen. Sagen Sie ihnen nur, sie sollen wachsam bleiben."

Baker war an diesem Nachmittag vom CID-Beamten Gilardi instruiert worden, aber das Briefing war viel zu vage gewesen. Er war sich immer noch nicht sicher, hinter wem genau er her war. Die Gerüchteküche brodelte, und er hatte gehört, dass ein Kriegsheld angeblich von den Toten zurückgekehrt war, aber das erschien ihm doch zu weit hergeholt. Er brauchte mehr Informationen, aber seine Befehle waren einfach: jeden, den er fand, festnehmen und für weitere Anweisungen den Kommandoposten anrufen.

Etwa eine Stunde nach Einbruch der Dunkelheit war es ruhig geworden, während die Männer ihre C-Rationen vertilgten und ihre Schlafausrüstung ausrollten – Ponchos mit Steppdecken. Der Platoon Sergeant hatte ein Feuer gemacht, das Baker und einige seiner Unteroffiziere nun umringten, während sie darüber spekulierten, was hier wohl vor sich ging. Sie hatten ihre Steppdecken um die Schultern gewickelt und kauerten dicht an den Flammen, deren orangefarbener Schein sich auf ihren Gesichtern spiegelte.

„Dieser Nash ist anscheinend von hier, und ein paar Leute sind hier oben hinter ihm her", sagte Baker. „Es hat etwas mit seinem Einsatz in Vietnam zu tun."

„Ich versteh's nicht", sagte einer der Truppführer. „Der CID-Major, wie heißt er nochmal, will, dass wir ihn einfangen, aber er will nicht, dass er verletzt wird."

„Ja, das ist irgendwie seltsam."

„Nun, wenn Sie das schon für seltsam halten, werden Sie das hier wohl auf keinen Fall glauben", sagte der Platoon Sergeant. „Ich habe vor einer Woche oder so jemanden über diesen Nash reden hören. Das war beim Kriegsveteranen-Treffpunkt in Cleveland. Der Kerl, der die Geschichte erzählte, war ein Vietnam-Veteran, aber seine Geschichte klang so verrückt, dass ich sie für totalen Schwachsinn hielt – zumindest bis jetzt. Er erzählte uns, dass Nash alle möglichen Auszeichnungen hatte und dass er in Vietnam Scharfschütze war, sich aber mit einer Todesschwadron der Regierung eingelassen hat und verschwunden ist."

„Ohne Scheiß?" sagte Baker.

„Ohne Scheiß. Und so wie er die Geschichte erzählt, ist dieser Nash ein wirklich geradliniger Typ und hat nichts falsch gemacht. Er hat sich nur mit den falschen Leuten angelegt."

Ein Mann schlurfte an den Kreis der Unteroffiziere heran, die sich um das Feuer versammelt hatten. Er war in eine Steppdecke eingewickelt und aß aus einer C-Rationsdose. Sie ignorierten ihn und unterhielten sich weiter.

„Ich habe vor einiger Zeit etwas Ähnliches in der Zeitung gelesen. Es ging darum, dass Nash im Kampf gefallen ist und dass er ein verdammt guter Scharfschütze und ein ziemlich großer Held war."

„Ja, den Artikel habe ich auch gelesen", sagte einer der anderen. „Ist das derselbe Kerl, nach dem wir jetzt suchen?"

„Ja, er ist angeblich wieder am Leben", sagte Baker, „aber das macht für mich keinen Sinn, weil er so ein großer Held war und so."

Der Mann, der hinter den Unteroffizieren stand, grunzte und gab ein leises Lachen von sich. „Man darf nicht alles glauben, was in der Zeitung steht", sagte er.

Baker und die anderen drehten sich nach ihm um, als der Mann an das Feuer herantrat und die leere C-Ration-Dose in die Flammen warf. Baker erkannte ihn nicht.

„Zu welcher Einheit gehören Sie?", fragte er.

Der Mann zog sich den Poncho vom Kopf. Er gehörte nicht zu ihnen.

„Ich bin Brady Nash, Lieutenant."

Baker blickte in Richtung der Verteidigungslinie.

„Wie haben Sie es geschafft, an ... Die Typen schlafen doch sicherlich noch nicht."

„Nein, Sir", sagte Brady, „aber ich bin schon an Männern vorbeigekommen, die weitaus mehr Erfahrung hatten als Sie."

Die Männer am Feuer starrten ihn an, als wäre er ein Gespenst.

„Ist es wahr?", fragte einer der Truppführer.

„Ist was wahr?" sagte Brady.

„All das, was in dem Zeitungsartikel steht, all die bestätigten Tötungstreffer und die Auszeichnungen."

Brady nickte, während er ihnen in die Augen sah. „Ja, das stimmt wohl, aber all das ist nicht viel wert, wenn sie einen tot sehen wollen."

„Wer will Sie tot sehen?" fragte Baker.

„Jemand von der Regierung", sagte Brady.

Er schnorrte sich eine Zigarette und rückte näher an das Feuer heran, während er begann, den Männern seine Geschichte zu erzählen. Nach fast einer Stunde, als das Feuer bereits erloschen war, gingen ihnen schließlich die Fragen aus, und sie starrten schweigend in die Glut.

„Was wollen Sie jetzt tun?" fragte Baker.

„Ich werde Maxon finden und ihn töten. Dann werde ich den Brief zu den Zeitungen bringen."

Baker wusste, dass er Nash auf keinen Fall festhalten würde, wenn er nicht freiwillig mitging, aber er musste ihm wenigstens sagen, wie seine Befehle lauteten.

„Sie wissen, dass ich den Befehl habe, Sie festzunehmen."

Brady sah mit hochgezogenen Augenbrauen zu ihm hinüber. „Ja, und?" Von den anderen war nervöses Lachen zu hören.

„Ich wollte es Ihnen nur sagen", sagte Baker.

„Machen Sie sich keine Sorgen, Lieutenant. Ich werde ihnen nicht sagen, dass ich Sie gesehen habe."

„Das ist in Ordnung", antwortete Baker. „Ich werde es ihnen selbst sagen, und und ich werde verdammt stolz darauf sein."

„Danke, Lieutenant", sagte Brady. „Ich möchte, dass Sie ihnen eine Nachricht von mir übermitteln. Macht es Ihnen etwas aus?"

Irgendwo auf einem entfernten Hügel stieß ein Kojote eine Reihe von Jaullauten und ein langes Heulen aus.

„Ganz und gar nicht, Mister Nash."

„Sagen Sie ihnen, dass ich ihre Männer hier oben mit den Scharfschützengewehren den ganzen Tag lang beobachtet habe und dies ihre letzte Chance ist. Sie müssen verschwinden. Ich werde mich in achtundvierzig Stunden dem FBI stellen."

„Dieser Major vom CID, wie heißt er noch, Gilardi, scheint Sie für ziemlich unschuldig zu halten. Warum gehen Sie nicht einfach mit uns den Berg hinunter und stellen sich ihm?"

„Dafür gibt es mehrere Gründe. Erstens werden die hier oben mit den Scharfschützengewehren das nicht zulassen. Ihr einziges Ziel ist es, dafür zu sorgen, dass ich nicht lebendig von diesem Berg herunterkomme. Und wenn ihnen jemand von euch in die Quere kommt, werden sie euch wahrscheinlich auch töten. Aber viel wichtiger ist, dass ich immer noch Duffs Brief finden muss. Neben dem Brief sind in diesem Umschlag genug Beweise, um alle ihre Vertuschungsversuche zum Scheitern zu bringen, genauso wie ihreVersuche, mich als den Bösewicht in dieser Sache hinzustellen."

Nach einer Weile erlosch die Glut zu einem dumpfen, orangefarbenen Schein. Baker beobachtete, wie Brady sich umdrehte und still wegging, um in der Dunkelheit zu verschwinden.

Er hörte, wie einer der Männer an der Abgrenzung ihn aufhielt.

„Hey, wo wollen Sie hin?"

„Pinkeln", antwortete eine Stimme, die kaum über ein Flüstern hinausging.

Danach herrschte nur noch Stille, und Baker nickte. Nash war alles, was die Zeitung über ihn geschrieben hatte, und noch mehr.

Kurz nachdem Lacey an diesem Morgen aufgewacht war, ging sie zum Eingang der Hütte, wo sie Major Gilardi beim Kaffeetrinken antraf. Bei ihm saßen Jesse und auch der FBI-Agent Gates. Die Männer erzählten ihr, dass die Soldaten auf dem Berg bei Tagesanbruch über Funk gemeldet hatten, dass es noch keinen Kontakt gab. Das war ihre Chance. Sie machte ihren Vorschlag. Widerstrebend willigte Gilardi ein, sie nach Melody Hill zurückkehren zu lassen, aber er wollte Jesse nicht mit ihr gehen lassen. Lacey blickte ihn an. Sie sahen sich in die Augen und er nickte. Es lag jetzt alles an ihr.

„Du kannst meinen alten Truck benutzen", sagte Jesse. „Ich hole ihn später ab."

Sie nickte, als er ihr die Schlüssel reichte. Ohne ein weiteres Wort drehte sie sich um und ging hinaus, aber Jesse folgte ihr nach draußen zum Wagen. Sie kletterte hinein und ließ den Motor an, während Jesse neben der offenen Autotür stand. Nachdem er einen Blick über die Schulter auf die Hütte geworfen hatte, griff er hinter seinen Rücken und zog eine große Pistole aus seinem Gürtel.

„Nimm die mit", sagte er.

Lacey sah sich nach den Fenstern der Hütte und den Fahrzeugen um, die vor der Hütte geparkt waren. Keiner schien sie zu bemerken.

„Steck sie in deine Manteltasche", sagte Jesse.

Als sie noch Teenager waren, war sie ein paar Mal mit Brady

und Duff zum Schießen gegangen, aber diese Pistole schien schwer zu sein, sehr schwer.

„Das ist eine Fünfundvierzig Automatik", sagte Jesse. „Sei vorsichtig. Sie ist nicht gesichert. Du musst nur den Hahn zurückziehen, bevor du den Abzug drückst."

Sie steckte die Waffe in ihre Manteltasche. Wenige Augenblicke später lenkte sie den Truck auf die Straße und raste davon.

Das Einzige, was noch schwieriger zu bewältigen war als die Flüsse und Stromschnellen in den Unicoi Mountains, waren die Haarnadelkurven und Serpentinen der Schotterstraßen, aber Lacey ließ sich kaum Zeit, und brachte dabei den alten Pickup fast an seine Grenzen. Der Kies knirschte und klapperte unter dem Bodenblech, und sie umklammerte das Lenkrad mit beiden Händen, während sie den Umweg nach Melody Hill fuhr.

Jetzt war es an ihr, das Haus der Bristers nach dem Brief zu durchsuchen, aber am liebsten wäre sie aus dem Wagen gesprungen und in die Berge gelaufen, um Brady zu finden. Sie wollte bei ihm sein, um ihn zu beschützen. Instinktiv berührte sie die harte Ausbeulung der Pistole in ihrer Manteltasche. Ihre Wut wuchs. Brady hatte es nicht verdient, wie ein Krimineller behandelt zu werden.

Dichter Nebel lag über dem Berghang, als Baker seine Männer bei Tagesanbruch aufscheuchte. Nachdem er die Trupps in Stellung gebracht hatte, befahl er ihnen erneut, den Berghang zu durchkämmen, diesmal in Richtung Westen und dann zurück nach Süden zur Hütte. Selbst wenn er die Scharfschützen nur eine Weile aufhalten und Nash damit Zeit verschaffen konnte, würde er das tun.

Als die Sonne höher kletterte, rief er über Funk eine Lagebesprechung ein. Nash hatte ihm gesagt, dass diese Leute wahrscheinlich seine Frequenz abhörten, und Baker war auf der Hut.

Wie schon bei Tagesanbruch wies er den RTO an, keinen Kontakt zu melden. Am Vormittag war es an der Zeit, nach Süden abzubiegen und den Berg hinunterzugehen. Er wollte gerade die Truppführer anfunken, als das Funkgerät die Rauschsperre durchbrach. Es war der Truppführer des vierten Trupps an der rechten Außenflanke.

„Wir haben etwas, LT."

Baker rief alle zum Anhalten auf und befahl dem ersten Trupp umzukehren, und auf seinen Seiten den Berg hinaufzusteigen. Er bedeutete seinem RTO, ihm zu folgen, und bahnte sich einen Weg den Kamm hinauf zum vierten Trupp. Als er näher kam, sah er, dass einige seiner Männer auf einem Felsvorsprung standen und nach oben blickten. Über ihnen stand ein einzelner Mann, der mit dem Rücken an einer Felswand lehnte.

„Er sagt, er sei ein Jäger, LT, aber sehen Sie sich nur das verdammte Gewehr an, das er trägt."

Der Mann blickte mit gelangweiltem Gesichtsausdruck auf die Reservisten hinunter. Trotz der Winterluft kam Baker ins Schwitzen. Er nahm seinen Helm ab und sah zu dem Mann hinauf, der zwanzig Fuß über ihm auf dem Felsvorsprung stand.

„Was jagen Sie, mein Freund?"

Der Mann drehte sich zur Seite und spuckte auf den Boden, bevor er sprach. „Wildschweine", sagte er.

„Die findet man normalereweise nicht so weit oben", sagte Baker. „Außerdem ist das ein ziemlich schickes Gewehr, das Sie für die Schweinejagd benutzen."

Der Mann sah auf sein Gewehr hinunter und blickte dann auf den bewaldeten Hang hinaus. „Lieutenant, an Ihrer Stelle, würde ich die Sache in Ruhe lassen. Ich bin im offiziellen Auftrag der Regierung unterwegs."

Baker wandte sich an seinen RTO und flüsterte: „Gehen Sie da rüber, außer Hörweite, und rufen Sie den Kommandoposten an. Sagen Sie dem Captain, dass wir hier oben einen Mann mit einem Scharfschützengewehr haben, der behauptet, er sei in einer offiziellen Regierungsangelegenheit tätig.”

„Ich weiß nicht, für welche Regierung Sie arbeiten, aber ich habe den Befehl eines Army-Majors und eines FBI-Agenten, jeden festzunehmen, den ich hier oben antreffe.”

Der Mann drehte sich um und ging auf eine Stelle zu, an der die Felsen treppenförmig abfielen, doch als Baker ihm entgegenkam, hob der Mann sein Gewehr auf Hüfthöhe an. Der junge Leutnant erstarrte, aber mehrere seiner Männer hoben ihre Gewehre.

„Zurückhalten, Männer”, sagte er und hob die Hand in die Luft.

Der Mann schien völlig entspannt zu sein. Baker spürte, wie ihm der Schweiß in Rinnsalen über das Gesicht lief.

„Sir, mehrere meiner Männer haben geladene M-16 Gewehre auf Sie gerichtet.

Ich denke, Sie übergeben mir jetzt lieber Ihr Gewehr.”

„Lieutenant, es kann sein, dass Ihre Männer mich töten werden, aber zuerst werde ich Sie und vielleicht auch ein paar von ihnen erschießen. Wie ich schon sagte, Sie sollten das hier lieber in Ruhe lassen.”

Ein Vogel pfiff klar und deutlich irgendwo in den Bäumen weiter oben auf dem Berg. Niemand rührte sich, während ihr verdampfter Atem wie ein Leichentuch über ihnen schwebte. Die frostigen, grauen Baumstämme glänzten silbern in der Morgensonne.

„Was wird es sein, Lieutenant?”, fragte der Mann.

Baker war nicht bereit, einen seiner Männer verletzt zu sehen. „Senkt eure Waffen, Männer.”

Der Mann hielt sein Gewehr weiterhin auf Baker gerichtet, während er langsam zurückwich.

„Warten Sie”, sagte Baker, „bevor Sie gehen, muss ich Ihnen noch etwas sagen.”

Der Mann hielt inne.

„Ich weiß nicht, wer Sie sind”, sagte Baker, „aber wenn Sie

mit Brady Nash zu tun haben, sollten Sie vielleicht noch einmal überdenken, was Sie tun. Sie sind hier oben nicht in Ihrem Element, und er meint es ernst."

Der Mann grinste. „Ich denke, ich kann auf mich selbst aufpassen, Lieutenant. Ihr Jungs seid diejenigen, die ein leichtes Ziel abgeben."

„Ja, Sir, nur, dass er nicht hinter uns her ist. Ich soll Ihnen von ihm ausrichten, dass er Sie und Ihren Partner gestern den ganzen Tag hier oben beobachtet hat."

Baker konnte in den Augen des Mannes sehen, wie sein Selbstvertrauen in den Boden sank.

„ Sie haben also mit Nash gesprochen."

„Ja, Sir, das habe ich. Er ist gestern Abend bei uns am Feuer aufgetaucht. Verdammt, er stand neben mir und aß schon aus einer Dose Cs, bevor ich überhaupt wusste, dass er in der Nähe war."

„Was hatte er zu sagen?"

„Er sagte, er wolle keinen von euch töten. Er sagte, wenn ihr ihn in Ruhe lasst, wird er niemandem etwas tun und sich in ein paar Tagen selbst stellen. Ich würde ihn an Ihrer Stelle nicht herausfordern."

„Er ist ein aufgeblasener Hurensohn", sagte der Mann.

„Nein, Sir, er war überhaupt nicht aufgeblasen. Er wollte nur klarmachen, dass er Ihnen nichts antun will."

„Ihr Jungs könnt gerne diesen ganzen Scheiß über den großartigen Scharfschützen glauben, wenn ihr wollt, aber das sind alles nur militärische Märchengeschichten." Der Mann ging rückwärts und umrundete den Felsvorsprung. „Ich werde Ihnen Nashs Eier noch vor Einbruch der Dunkelheit bringen, und machen Sie, Leutnant, oder einer Ihrer Männer, bloß keine Dummheiten, während ich gehe, verstanden?"

Baker sah zu, wie der Mann im Zickzack den Hang hinaufstieg, bis er außer Sichtweite war. Die Reservisten um ihn herum stießen einen kollektiven Seufzer der Erleichterung aus, während Baker den Hörer des PRC-25 abnahm.

„Was haben sie unten im Kommandopsten gesagt?", fragte er den RTO.

„Ich habe ihnen gesagt, was passiert ist, und sie haben geantwortet, wir sollen ihn einfach gehen lassen."

„Sieht aus, als hätten sie ihren Wunsch bekommen..."

Sie hörten ein Geräusch wie kaltes Wasser, das auf heißes Fett trifft, *sssscccchhhhraccccckkksss*. Es folgte ein gedämpfter Knall aus der Entfernung. Ein einzelnes Geschoss krachte und zischte, von einer Stelle mehrere hundert Meter von ihnen entfernt, über den Berghang hinweg. Der Widerhall des Gewehrs kam von irgendwo weiter drüben im Osten. Baker und seine Männer hatten ihre Köpfe bereits im Laub vergraben, und warteten auf einen weiteren Schuss. Es kam keiner, doch von irgendwo über ihnen hörten sie ein ununterbrochenes Blätterrascheln. Sie hoben ihre Köpfe gerade hoch genug an, um zu sehen, was es war. Das Geräusch kam näher, und Baker nahm eine Bewegung wahr.

„Was zum Teufel ist das?", fragte einer der Männer.

Sie sahen zu, wie ein Gewehr den Berghang hinunterglitt und wie ein verlorener Ski durch die Blätter rutschte. Es prallte gegen einen Baum, schlitterte zur Seite und blieb schließlich auf dem flachen Boden neben dem Felsvorsprung liegen. Es war das Gewehr des Scharfschützen.

„Ich wette, jetzt ist er ein Gläubiger", murmelte der RTO.

KAPITEL 27

Das Duell der Scharfschützen

Als er an diesem Morgen Maxons Attentäter ins Fadenkreuz nahm, sah Brady sich einer neuen und unerwarteten Erkenntnis gegenüber. Es war schwierig, den Abzug zu betätigen. Er handelte nicht mehr mit der fast roboterartigen Reaktion, die er in Vietnam gelernt hatte. Als er beobachtete, wie der Schütze auf das Hemd zuschlich, das er an einen Baum gehängt hatte, spürte er in seinem Inneren Zögern und Zweifel. Das Töten war nicht mehr einfach, doch als der Scharfschütze sein Gewehr hob, um auf den Köder zu schießen, wurde Brady klar, dass er keine andere Wahl hatte. Diese Leute waren wild entschlossen, ihn und alle anderen, die etwas über Duff und das Phoenix-Programm wussten, zu töten. Das bedeutete wahrscheinlich, dass Lacey ihr nächstes Ziel sein würde. Die Schussentfernung war etwas mehr als vierhundert Meter, und er tat, was er tun musste.

Das Adrenalin pulsierte in seinen Adern, als er über den Bergkamm in Richtung Melody Hill schlich. Er hatte den ersten Scharfschützen ausgeschaltet, und er würde dasselbe tun, wenn sich ihm ein weiterer in den Weg stellte. In den Hügeln zwischen ihm und dem alten Brister-Haus hielten sich mindestens zwei weitere von ihnen auf, und ihm lief die Zeit davon. Er musste sich beeilen, was bedeutete, dass er sich auch noch mehr enttarnen würde. Wenn er in ihr Fadenkreuz geriet, wäre Duff umsonst gestorben, und Lacey würde wahrscheinlich auch sterben. Er musste am Leben bleiben, aber er musste auch die Reliance Creek Schlucht durchqueren.

Ein feuchter Nebel stieg aus den wilden Stromschnellen auf, die mehrere hundert Meter unter ihm tobten, aber es war nicht der Bach oder die steilen Felswände, die ihn zögern ließen. Es war das Wissen, dass selbst einem mittelmäßigen Scharfschütze klar sein würde, dass er die Schlucht durchqueren musste, um nach Melody Hill zu gelangen. Wahrscheinlich hockten sie bereits irgendwo dort und beobachteten ihn. Beim Abstieg und auch beim Hinausklettern wäre er ein leichtes Ziel, aber er hatte einen Vorteil. Er kannte die einzige Stelle, an der man auf dieser Seite in die Schlucht hinabsteigen konnte, und die einzigen beiden Stellen, an denen man auf der anderen Seite wieder herauskam. Er musste schnell sein. Sobald er entdeckt war, würden sie sich in Schussposition begeben.

Er zog sich die Gewehrschlaufe über den Kopf und begann den Abstieg. Momentan war er nicht besonders besorgt. Da er das umliegende Gelände schon aufs Genaueste abgesucht hatte, wusste er, dass keine von Maxons angeheuerten Waffen in der Nähe waren. Vorsichtig rutschte er eine Felsspalte hinunter und bahnte sich seinen Weg auf den Boden der Schlucht zu. Das glatte graue Gestein forderte ihn bei jedem Schritt heraus. Jeder Griff schien unsicher, während er sich schneller fortbewegte, als er beabsichtigte. Er rutschte, verfing sich, und war sich stets bewusst, dass er bei der kleinsten Fehleinschätzung in die hundert Meter tiefer liegende Schlucht stürzen würde.

Zwanzig Minuten später erreichte er den Boden. Er hielt inne, um zu Atem zu kommen, und lehnte sich mit dem Rücken an die Felswand. Er blickte in die brodelnden und tosenden Stromschnellen des Reliance Creek. Der Lärm war betäubend, und so blieben Brady nur seine Augen, um Gefahren zu entdecken. Ein feuchter Nebel wehte ihm ins Gesicht, als er die steile Felswand auf der gegenüberliegenden Seite des Baches hinaufblickte. Der Abstieg war der einfachere Teil gewesen. Auf der anderen Seite wieder hinaufzuklettern würde viel gefährlicher sein. Wenn er entdeckt wurde, wäre es ein Leichtes, ihn von der Schluchtwand zu schießen, und das ohrenbetäubende Tosen der Stromschnellen würde dafür sorgen, dass er einen Schuss nicht einmal hören konnte, falls er das Glück hatte den ersten zu überleben.

Es gab nur eine Stelle, an der er den Bach überqueren konnte, und die war mitten in den stärksten Stromschnellen, eine Stelle, an der er schon gesehen hatte, wie riesige Baumstämme von den wirbelnden Wassermassen verschluckt wurden. Der Übergang bestand aus einer Reihe von Felsbrocken und Trittsteinen, an einer etwa fünfundreißig Meter breiten Stelle. Als er noch jünger war, konnte er hinüberlaufen und -springen, und wenn er nicht auf einem der nassen Steine ausrutschte, trug ihn der Schwung seiner Sprünge von Stein zu Stein über den ganzen Bach. Wenn er jedoch ausrutschte, fiel er auf den Hintern und erlebte eine wilde Fahrt durch die Stromschnellen, die auch tödlich enden konnte.

Er erinnerte sich noch gut an den Tag, an dem Duff ausgerutscht war. Brady hatte voller Angst zugesehen, wie sein Pflegebruder in die Tiefen des eiskalten Stroms gerissen wurde. Er war stockstarr vor Schock und war sich sicher, dass Duff ertrunken war, bis sein Kopf plötzlich zweihundert Meter flussabwärts an die Oberfläche kam. Er lachte und winkte ihm zu. Es war reines Glück gewesen, dass er nur mit Prellungen und Schürfwunden davongekommen war.

Brady betrachtete die riesigen Felsen, grau und nass vom Nebel der Stromschnellen. Er zögerte nur einen kurzen Augenblick, bevor er unter der Felswand hervorsprintete und Anlauf auf den ersten Felsbrocken nahm. Ein guter Instinkt machte dabei neunzig Prozent aus – ähnlich wie beim Schießen mit einem Gewehr. Entweder man hatte ihn oder nicht. Seine Fußspitze setzte auf dem ersten Felsen auf, doch nun zählte nur noch der Schwung. Trotz seines schnellen Laufs sah Brady jeden Schritt, jede Trittstelle und jeden Sprung wie in Zeitlupe. Er überquerte den Bach sowohl bewusst und instinktiv als auch blitzschnell, von einem Stein zum nächsten, bis er schließlich sicher im knirschenden Kies auf der anderen Seite landete.

Er war versucht, seinen Schritt zu verlangsamen um nach Luft zu schnappen. Er war versucht, noch einmal zum Rand der Schlucht hinaufzuschauen, um zu sehen, ob ihn jemand beobachtete, aber sein Instinkt sagte ihm, dass Maxons Männer irgendwo dort oben waren und ihn wahrscheinlich gesehen hatten. Er musste weiterlaufen. Er durfte ihnen kein bewegungsloses Ziel bieten. Die nächstgelegene Stelle, an der man aus der Schlucht klettern konnte, lag hundert Meter flussabwärts. Ohne Zeit zu verlieren, sprintete er in diese Richtung.

Sobald er die Felsspalte erreichte, duckte er sich hinein. Für den Moment war er in Sicherheit. Um ihn jetzt sehen zu können, müssten sie direkt gegenüber auf der anderen Seite des Baches sein. Er hielt inne und blickte hinauf zum oberen Ende der Felswand auf der gegenüberliegenden Seite der Schlucht. Bisher gab es dort kein Zeichen von Bewegung. Aber das war jetzt auch egal. Er musste davon ausgehen, dass sie ihn von irgendwo nahe der Schlucht aus beobachtet hatten, als er den Bach überquerte. Sie eilten wahrscheinlich in diesem Moment entlang der gegenüberliegenden Seite der Schlucht in seine Richtung.

Er drehte sich um und begann den Aufstieg. Zuerst musste er sich beim Klettern nur mit Armen und Beinen zwischen den Felswänden festklemmen, doch als er sich dem oberen Ende der Felswand näherte, weitete sich die Spalte und wich einer Reihe von Felsvorsprüngen. Jeder seiner Muskel schmerzte, und sein Brustkorb rang nach Luft, während jeder Tritt und jeder Griff in einer Katastrophe enden konnte. Es waren noch fast dreißig Meter bis zum oberen Ende der Schlucht, als er merkte, dass seine Zeit ablief.

Der Schweiß lief ihm in Strömen übers Gesicht, während er sich nach Atem ringend von Fels zu Fels hangelte. Doch er behielt sein Tempo bei und weigerte sich, langsamer zu werden, bis es passierte. Neben seinem Kopf zerplatzte plötzlich ein flacher Felsen in einer Sprühwolke aus Felssplittern. Es war ein Anfängerfehler. Der Schütze hatte sich für einen Kopfschuss entschieden. Scharfschützenregel Nummer eins: immer auf das Zentrum der Masse zielen. Brady reagierte blitzschnell.

Ein leichter Felsvorsprung zu seiner Rechten bot ihm etwas Deckung, aber er rollte instinktiv erst nach links und stürzte sich dann in die andere Richtung auf den Überhang zu. Das Maneuver funktionierte, denn die Felsen zu seiner Linken explodierten sogleich mit dem Einschlag eines weiteren Schusses. Er hatte den Scharfschützen verwirrt, aber seine einzige Hoffnung auf Deckung war nun dieser schmale Felsvorsprung. Er nahm sein Gewehr von der Schulter, drehte sich auf den Rücken und versuchte, sich unter den Felsvorsprung zu zwengen. Im selben Moment suchte er mit den Augen die gegenüberliegende Seite der Schlucht ab.

Er entdeckte sie, die blauschwarze Reflektion eines Zielfernrohrs auf der anderen Seite der Schlucht. Es starrte ihm mitten ins Gesicht. Er riss sein Gewehr an die Schulter und gab einen Schuss ab. Im selben Moment krachte und zersplitterte der Felsvorsprung wenige Zentimeter von seinem Bauch entfernt mit einem weiteren Schuss. Die umherwirbelnden Felssplitter zwangen Brady dazu, seine Augen zu schließen, während er schnell eine weitere Patrone einsetzte, aber als er sie wieder öffnete, konnte er etwas fallen sehen. Es war ein Gewehr, das die gegenüberliegende Felswand hinunterpurzelte und schließlich in die Tiefen der Schlucht stürzte.

Als Maxon den Anruf von Sager erhielt, der ihm mitteilte, dass sowohl Brewton als auch Carney gefallen waren, blickte er zu Werkman hinüber, der neben ihm im Truck saß. Werkman hatte das Erscheinungsbild eines Nazis – kantiges Kinn, mit blondem Haar. Außerdem war er auch ein eingebildeter Mistkerl, aber er war nicht so dumm wie Nash.

„Ich dachte, Sie sagten, Ihre Männer seien die Besten der Besten", sagte Maxon.

„Ich dachte, Sie sagten, Nash sei ein dummes Landei", antwortete Werkman.

Werkman war ein Klugscheißer, aber er hatte Recht. Nash schien mehr als nur Glück auf seiner Seite zu haben. Der Mistkerl hatte es geschafft, Loc auszuschalten, der selbst ein ziemlich gerissener Bastard war, und jetzt auch noch zwei vermeintliche Spitzenschützen.

„Sagen Sie Sager, er soll an ihm dranbleiben", sagte Maxon. „Er soll ihm nicht zu nahe kommen, aber versuchen herauszufinden, in welche Richtung er geht."

„Ich kann Ihnen sagen, wohin er geht", sagte Werkman. „Er geht in unsere Richtung. Wir müssen jetzt nur noch auf ihn warten."

„Was macht Sie so sicher?" fragte Maxon.

„Ich glaube, er hat den Brief noch nicht. Ich glaube, er ist irgendwo in diesem Dorf, und er kommt, um ihn zu holen."

Maxon ertappte sich dabei, wie er unbewusst mit dem Finger über die Narbe auf seinem Gesicht fuhr, aber er hielt inne, als Werkman es bemerkte. Werkman war genauso aalglatt wie Loc und einige der anderen skrupellosen Bastarde, denen er schon begegnet war, aber der Umgang mit diesen mörderischen Hurensöhnen war sein Beruf, und er war gut darin. Er lächelte. Es gab immer einen Mistkerl, der noch gemeiner war als der skrupelloseste Bastard. Das war sein Vorgesetzter. Er beschloss, Werkman bei Laune zu halten.

„Sie glauben also, Sie haben ihn durchschaut, was?"

Werkman nickte. „Ich bin mir ziemlich sicher, dass Nash wusste, dass wir heute Morgen zu dieser Hütte kommen würden, und wenn er uns gewollt hätte, hätte er uns ausgeschaltet – uns alle.”

„Wie kommen Sie darauf?”

„Nur so ein Bauchgefühl. Ich weiß es nicht sicher, aber wenn ich wetten müsste, würde ich sagen, dass er bisher jeden unserer Schritte beobachtet hat. Und bis jetzt haben wir ihm in die Karten gespielt. Wir müssen aufhören zu reagieren und anfangen zu antizipieren.”

Maxon lachte. „Sie trauen Nash zu viel zu. Wenn es quakt wie eine Ente, dann ist es eine verdammte Ente, und er ist genauso wie all die anderen Bauerntrampel hier.”

„Nur weil er ein Bauerntrampel ist, ist er noch lange nicht dumm.”

Werkman war einer dieser Neulinge, die nicht viel gesunden Menschenverstand besaßen. Aber zum Streiten war jetzt keine Zeit.

„Okay”, sagte er, „vielleicht ist er kein totaler Trottel, aber ich denke, wir beide können ihn überlisten, oder nicht?”

Werkman nickte und schien gerade etwas sagen zu wollen, als auf der Straße unter ihnen ein Pickup vorbeifuhr. Es war derjenige, der am Morgen vor der Hütte geparkt gewesen war. Am Steuer saß eine junge Frau. Er warf Werkman einen Blick zu. Seine Augen hatten sich verengt.

„Erkennen Sie sie?” fragte Maxon.

„Ja, es ist das Coleridge-Mädchen”, sagte er.

„Das Coleridge-Mädchen?”

„Ja, ich glaube, sie hat eine Art romantische Beziehung mit...”

„Mit Nash?” sagte Maxon.

Werkman ließ den Motor an. „Sie ist unsere Chance. Ich wette, sie weiß, wo der Brief versteckt ist.” Maxon lächelte. Werkman erinnerte ihn an einen Dobermann, der an seiner Leine zerrte, als sie hinter dem Pickup die Straße hinauf nach Melody Hill rasten.

„Fahren Sie nicht zu nah ran”, sagte Maxon. „Schauen wir mal, wo sie hinfährt.”

Sie sahen zu, wie sie an einem Laden mit verrosteten Tanksäulen vorbeifuhr. Dem Schild im Fenster nach zu urteilen, war es auch das örtliche Postamt. Die amerikanische Fahne wehten leicht in der Brise an der Spitze eines verrosteten Fahnenmastes. Gleich hinter dem Laden bog sie in eine schmale Straße ein, die einen steilen Hügel hinunter aus der Stadt herausführte. Dies war nicht die Hauptstraße, die zurück zum Highway führte, sondern eine schotterige Abzweigung, die sich einen Bergrücken hinunterschlängelte. Sie schien weiter in die Berge hineinzuführen.

„Wo will sie hin?" fragte Maxon.

„Ich weiß es nicht", sagte Werkman, „aber ich habe das Gefühl, dass wir Nash dort finden werden."

Maxon nickte. „Rufen Sie Sager an. Sagen Sie ihm, dass wir Nashs Mädchen folgen. Sagen Sie ihm, er soll weiter in diese Richtung kommen, aber die Augen offen halten."

Werkman nickte, während er seinen Partner anfunkte. Das Signal war schwach und voller Störgeräusche, aber Sager bestätigte den Empfang der Nachricht. Maxon wusste jetzt, dass er die Kontrolle über die Situation hatte. Der Truck holperte über die Schotterstraße, während sie dicht am Wagen vor ihnen dran blieben. Das Mädchen war sein Köder. Sie brauchten ihr nur zu folgen, und sobald sie sie hatten, würde Nash sich ihnen ergeben.

Brady beobachtete, wie ein dritter Scharfschütze sich seinen Weg in die Reliance-Creek-Schlucht bahnte. Er hob sein Gewehr und richtete das Fadenkreuz auf den Oberkörper des Mannes. Wie die anderen trug auch dieser Mann ein neues Scharfschützengewehr auf dem Rücken. Es war ein einfacher Schuss, aus weniger als 140 Metern Entfernung, doch Brady hatte plötzlich wieder den Mann vor Augen, der sich an jenem Tag in Vietnam ergeben hatte. Es war einfach, den Abzug zu betätigen. So wie es die kaltblütige Redewendung nahelegte: „Töte sie alle und überlasse Gott das Sortieren." Doch irgendwann musste er aufhören. Er musste an sein Leben danach denken, wenn all dies vorbei war.

Der arme Kerl, der da drüben die Felswand hinunterkletterte, hatte wahrscheinlich genau wie er einige schlechte Entscheidungen getroffen. Offensichtlich war er auch nicht allzu helle. Zwei seiner Partner waren schon tot, und er entblößte sich unnötigerweise. Brady beschloss, ihm eine letzte Chance zu geben, die richtige Entscheidung zu treffen. Nachdem der Scharfschütze unten in der Schlucht verschwunden war, begab er sich an den Rand der Felsspalte. Dort versteckte er sich im Schatten einer Eiche und wartete darauf, dass der Mann herauskletterte.

Nach einer Weile konnte er trotz der tosenden Stromschnellen unter ihm das Geräusch fallender Steine und das Grunzen des Mannes hören. Brady verdeckte seinen verdampfenden Atem, indem er sich ein Halstuch um den Mund band. Er saß regungslos da und bewegte nichts als seine Augen. Er wartete, wie er es schon so oft in Vietnam getan hatte, unbewegt und still. Er wartete auf den richtigen Moment – den Moment, in dem seine Beute unbeholfen in sein Fadenkreuz stolperte.

Die Sekunden verstrichen langsam, aber er blieb geduldig, bis der Mann schließlich in Sicht kam. Keuchend erreichte er den Rand der Schlucht, wo er innehielt und sich auf ein Knie fallen ließ. Er starrte den Berg hinauf, mit Augen voller Angst und Unsicherheit. Er mochte sich für einen erstklassigen Scharfschützen halten, aber jetzt musste ihm wohl klar sein, dass er überfordert war. Brady beschloss, ihm jede Gelegenheit zu geben, die richtige Entscheidung zu treffen.

Nach ein paar Minuten stand der Mann trotz seiner Erschöpfung auf, und schlich sich langsam an den Baum heran, hinter dem Brady stand. Er blieb völlig ahnungslos, während Brady ihn sich genauer ansah. Der Scharfschütze, der mit einer AR-15 mit Zielfernrohr bewaffnet war, suchte ständig den Berghang über ihm ab. Er schien jedes Detail in der Entfernung zu studieren, aber wie so viele Männer seiner Art, die glaubten, ihr Handwerk zu beherrschen, erkannte er das Offensichtliche nicht. Brady war weniger als fünf Fuß von ihm entfernt. Lautlos trat er hinter dem Baum hervor und drückte die Mündung seines Gewehrs an den Kopf des Scharfschützen. Als das kalte Metall des Gewehrlaufs die Schläfe des Mannes berührte, erblasste sein Gesicht.

„Wenn Sie auch nur mit der Wimper zucken, puste ich Ihr Gehirn über den ganzen Berg", sagte Brady. „Wenn Sie leben wollen, dann lassen Sie ganz langsam Ihr Gewehr auf Armeslänge fallen. Sagen Sie kein Wort. Wagen Sie es nicht einmal, zu blinzeln. Sonst mache ich Sie mausetot."

Der Mann ließ das Gewehr fallen. „Wo ist Maxon?" fragte Brady.

Der Mann wollte den Kopf drehen, aber Brady verhinderte es mit der Mündung seines Gewehrs.

„Hören Sie, Nash, er hat inzwischen wahrscheinlich Ihre Freundin in Gewahrsam. Er war ihr auf den Fersen, als ich vor einer Weile mit ihm gesprochen habe. Wenn Sie das Beste für sie wollen, dann stellen Sie sich lieber."

Eine kalte Welle der Angst stieg in ihm auf, aber nach außen hin blieb Brady ruhig.

„Wie haben Sie mit ihm gesprochen?", fragte er.

Der Mann senkte seine rechte Hand, als wolle er in seine Tasche greifen, aber Brady stieß ihn mit dem Gewehr an.

„Ganz langsam", sagte er.

Der Mann zog vorsichtig ein graues Walkie-Talkie aus seiner Tasche. Brady riss es ihm aus der Hand.

„Setzen Sie sich mit dem Rücken gegen den Baum und nehmen Sie Ihre Schnürsenkel ab."

Mit einem der Schnürsenkel fesselte er die Hände des Mannes hinter seinem Rücken und um den Baumstamm. Mit dem anderen Schnürsenkel band er die Füße des Mannes zusammen.

„Was ist, wenn Sie nicht zurückkommen?", fragte der Mann. „Ich könnte hier oben sterben."

Mit einem harten Lächeln im Gesicht schleuderte Brady das Gewehr des Mannes in die Schlucht. „Dann beten Sie wohl lieber mal, dass ich es tue."

Lacey sah, dass das Tor zu Bristers Haus mit einer rostigen Kette verschlossen war. Sie kletterte durch den Zaun und lief die Einfahrt hinauf zur Scheune. Eine der Türen zum Heuboden schwang träge im Wind, als sie sich näherte, aber die Eingangstür zur Scheune war nur leicht angelehnt. Sie hielt inne und blickte hinein, um mit ihren Augen die tintenschwarze Dunkelheit abzusuchen. Lediglich ein paar staubige Lichtstrahlen drangen vom Heuboden nach unten. Der modrige Geruch von geschimmeltem Heu stieg ihr in die Nase, und sie lauschte, aber es war so still wie auf einem Friedhof.

Sie nahm ihren ganzen Mut zusammen und wagte die ersten zaghaften Schritte hinein, als über ihr plötzlich ein Tumult ausbrach. Sie wirbelte herum und wollte weglaufen, doch dann fing sie sich wieder und blieb stehen. Es war nur ein Taubenschwarm, der von seinem Schlafplatz in den Dachsparren über ihr aufflog. Sie presste ihre Hand auf die Brust und versuchte, ihr Herz davon abzuhalten, aus ihrem Oberkörper zu springen. Eine Träne rann aus ihrem Augenwinkel, während sie um Atem rang. Es gab keinen Grund, so verängstigt zu sein, aber sie schluckte schwer, als sie erneut auf die Leiter zum Heuboden zutrat.

Als sie die Leiter erreichte, zwang sie sich, hinaufzuklettern.

Eine Spinnenwebe blieb an ihrem Gesicht kleben. Sie hielt sich mit einer Hand an der Leiter fest, während sie sich mit der anderen wie wild das Gesicht rieb. Von oben hörte sie weitere Geräusche – das Fußtrappeln von Ratten, die über den Boden huschten.

„Komm schon, geh einfach weiter", murmelte sie. „Das ist nichts im Vergleich zu dem, was Brady durchgemacht hat."

Am oberen Ende der Leiter angekommen, stellte sie fest, dass der Heuboden dank der offenstehenden Tür von herrlichem Sonnenlicht durchflutet war. Sie ging auf die Knie und sog die frischere Luft ein, während sie sich umsah. Der Dachboden war leer, bis auf einen kleinen Haufen von losem Heu, der in einer Ecke lag. Die Aussicht, den Brief zu finden, war von Anfang an eher unwahrscheinlich gewesen, und jetzt schien es, als wäre sie mit ihrer Vermutung falsch gelegen. Bristers Worte kamen ihr wieder in den Sinn, als sie einen Blick auf das letzte Bisschen Heu warf. Die Kühe hatten den letzten Ballen noch nicht ganz vertilgt, aber sie waren nahe dran. Sie ging hinüber und trat unschlüssig gegen den kleinen Haufen in der Ecke.

Der Schmerz in ihrem Zeh traf sie weniger als der Schreck, als ihr Fuß auf etwas Hartes traf. Sie ließ sich auf die Knie fallen und zog einen kleinen, metallenen Werkzeugkasten aus seinem Versteck unter dem Heu. Schnell riss sie ihn auf. Dort lag er, ein brauner Umschlag, der in Wachspapier eingewickelt war. Als sie das Papier wegriss, erkannte sie die Handschrift auf dem Umschlag. Es war Duffs, neben einer Notiz, die mit Bleistift gekritzelt war: „James R. Noble, 410-43". Das war die Handschrift von Brady. Noble war der Soldat, der den Brief an Brady übergeben hatte.

Sie war versucht, innezuhalten und ihn zu öffnen, sich hinzusetzen und alles aus dem Umschlag herauszunehmen. Lacey wollte nichts mehr, als den Brief zu lesen und zu versuchen, ihrem Bruder nahe zu sein, aber sie musste sich beeilen. Sie drehte sich um und wollte zurück zur Leiter gehen, als sie von draußen ein

Geräusch hörte, das wie eine Stimme klang. Sie erstarrte und lauschte, doch sie konnte nichts weiter hören. Sie musste es sich eingebildet haben.

Sie drehte sich um und schlich auf Zehenspitzen zurück zur offenen Heubodentür, von der aus sie den Hof unter sich überblicken konnte. Die flatternden Tauben, Spinnen und umherhuschenden Ratten hatten ihr Herz nicht so sehr zum Rasen gebracht, wie es es jetzt tat. Draußen auf der Veranda vor Bristers Haus stand ein Mann und lugte durch das Fenster. Sie wollte gerade wieder zurück in den Schatten treten, als sie direkt unter sich etwas hörte.

Sie reckte den Hals und sah nach unten. Ein zweiter Mann stand direkt unter ihr vor dem Scheunentor. Er trug Tarnkleidung und hatte ein Gewehr bei sich. Sie wich zurück und eilte zur Leiter. Ihre einzige Hoffnung war es nun, zu Jesses Truck unten am Tor zu gelangen, doch als sie den Fuß der Leiter erreichte, schwang das Scheunentor auf.

Die Silhouette des Mannes mit dem Gewehr erschien in der Tür, als sie sich in den Schatten einer Box duckte. Er blieb einige Augenblicke lang unbewegt stehen, doch dann schien er das Interesse zu verlieren. Der Mann drehte sich um und ging um die Scheune herum zur Rückseite. Lacey stand auf und schlich auf die Tür zu. Das war ihre Chance. Sie umklammerte den Umschlag und sprintete den Hügel hinunter zum Pickup. Als sie den Wagen erreichte, war noch niemand in Sicht. Sie riss die Wagentür auf, schob sich hinein und griff nach dem Zündschloss. Die Schlüssel waren verschwunden.

Sie hörte ein Klimpern und blickte auf. Obwohl sie ihn noch nie gesehen hatte, erkannte sie Maxon sofort. Brady hatte gesagt, sein Gesicht ähnelte dem eines Vogel Greifs, mit vorstehendem Kiefer, einem breiten Mund und schweren Augenbrauen. Er hatte auch eine Narbe. Sie verlief von seiner linken Schläfe über den Kiefer bis hinunter zum Kinn. Sie war an manchen Stellen violett, an anderen weiß, und zerteilte sein von Akne vernarbtes Gesicht in einer feinen Linie.

„Suchst du die hier?", fragte er.

Die Schlüssel baumelten an den Fingern seiner Hand, mit der er eine Pistole auf ihren Kopf richtete.

KAPITEL 28

Duffs Rache

Jesse Harper hatte den Vietnamkrieg hinter sich lassen wollen, aber nun schien es, als sei er ihm nach Hause, in die Berge von Tennessee gefolgt. Wenige Minuten nachdem Lacey an diesem Morgen weggefahren war, kam ein Funkruf von den Nationalgardisten auf dem Berghang oberhalb der Hütte. Sie fanden sich einem Scharfschützen gegenüber, zweifellos einer von denen, die am Vortag um die Hütte herumgeschlichen waren. Einige Minuten später hallte ein Gewehrschuss vom Berg hinunter. Später waren noch mehr Schüsse zu hören. Als der Zugführer und seine Männer endlich zur Hütte zurückkehrten, hatte Jesse in seiner Zigarettenschachtel nur noch eine Zigarette übrig.

Mit blassem Gesicht und außer Atem, hielt der Leutnant ein kaputtes Scharfschützengewehr in die Luft, während er von seinem Treffen mit Nash am Vorabend erzählte, und davon, dass Nash gesagt hätte, er wolle in einem alten Bauernhaus in der Nähe von Melody Hill nach dem Brief suchen. Gilardi wandte sich an Jesse, doch dieser drehte ihm den Rücken zu, während er im Schutz seiner Hände ein Streichholz anrieb, um seine letzte Zigarette anzuzünden.

„Wissen Sie, wo dieses Bauernhaus liegt?" fragte Gilardi.

Jesse gab keine Antwort, sondern sog stumm an seiner Zigarette, die er mit den Händen vor dem Wind schützte. Das Einzige, was ihn wahrscheinlich lebendig aus Vietnam zurückgebracht hatte, war seine Fähigkeit, selbst in den schlimmsten Situationen einen klaren Kopf zu bewahren. Und je mehr er über diese Situation nachdachte, desto mehr wurde ihm klar, dass es an der Zeit war, zu kooperieren. Brady war schon fast eine Legende, aber auch *er* hatte seine Grenzen. Inzwischen waren auch Lacey und andere unschuldige Menschen in der Gegend involviert, und ein einzelner Mann konnte nicht alles alleine schaffen. Brady brauchte Hilfe. Er blies den Zigarettenrauch in die kühle Morgenluft und drehte sich zu Gilardi um.

„Ja, Sir, ich denke schon."

Gates blickte von den Notizen auf, die er gemacht hatte. „Ist das Coleridge-Mädchen dorthin unterwegs?"

Jesse nickte. „Ja, sie glaubt, der Brief ist irgendwo in der Scheune des alten Brister-Hauses versteckt."

„Verdammt!" sagte Gilardi. „Weiß sie denn nicht, dass wahrscheinlich noch mehr von diesen Leuten in der Gegend sind?" Er wandte sich an den Leutnant. „Laden Sie Ihre Männer in die Transporter und bringen Sie sie so schnell wie möglich zu diesem Bauernhof."

Er wandte sich an Jesse. „Harper, Sie müssen uns den Weg zeigen."

„Ich kann Ihnen was Besseres anbieten, Major. Um auf den Straßen dorthin zu gelangen, muss man den ganzen Weg bis zurück zum Highway fahren und weiter durch Melody Hill. Bis auf den Highway besteht fast die ganze Strecke aus Schotterwegen. Mit all den Kurven und Serpentinen wird die Fahrt mindestens fünfundvierzig Minuten bis eine Stunde dauern, vielleicht auch länger. Lassen Sie Sheriff Harvey den Leutnant und seine Männer dorthin führen. Ich kann Sie und Gates in meinem Flugzeug mitnehmen. Wir können in zehn Minuten dort sein."

Gilardi warf einen Seitenblick auf die alte Cessna, die auf der anderen Straßenseite im Feld stand. Das Flugzeug war mit von Regentropfen durchzogenem Staub bedeckt. Sein großäugiger Blick verriet seine Zweifel.

„Nur ich", sagte Gilardi. „Agent Gates kann beim Sheriff mitfahren."

Gates nickte und blickte seinen Army-Kollegen dankbar an. Die Kolonne setzte sich in Bewegung, und Gilardi lief mit Jesse zum Flugzeug auf der anderen Straßenseite. Die beiden Männer kletterten hinein, doch kaum eine Minute später zupfte Jesse frustriert an seinem Bart. Das Flugzeug ließ sich nicht starten. Er würgte den Motor erneut ab.

„Es muss die Feuchtigkeit im Vergaser sein", sagte er.

Doch kaum hatte er gesprochen, sprang der Motor plötzlich stotternd an, keuchte und knallte. Ein rauchiger, blau-weißer Dunst erfüllte die Luft. Jesse verstellte den Schubhebel, und der Propeller wirbelte den Rauch über das Feld, während das kleine Flugzeug vorwärts sprang.

„Normalerweise lasse ich sie ein paar Minuten lang warmlaufen," sagte Jesse, „aber in Anbetracht der Umstände, naja."

Ohne seinen Satz zu beenden, lenkte er das Flugzeug am Ende des Feldes in den Wind und hielt dabei die Bremse angezogen. Er zog den Schubhebel an und erhöhte die Motordrehzahl, bis es sich anhörte, als ob jede einzelne Niete sogleich aus der Hülse des Flugzeugs platzen würde. Die erschütternden Vibrationen hielten weiter an, als er die Bremse löste und das Flugzeug vorwärts schlingerte.

Die gewaltigen Platanenbäume am anderen Ende der Landebahn schienen noch weit entfernt zu sein, doch das kleine Flugzeug hopste fast lethargisch über das nasse Gras. Während Jesse sich bemühte, das Bugrad vom Boden zu heben, spürte er, wie das Flugzeug langsam an Geschwindigkeit gewann. Die weißen Baumstämme der

Platanen erschienen jetzt breiter und höher. Neben ihm klammerte sich Gilardi mit beiden Händen am Armaturenbrett fest. Schließlich taumelte das kleine Flugzeug aufwärts und in die Luft.

„Verdammte Bäume", murmelte Jesse. „Sie werden jedes Jahr höher. Irgendwann muss ich mit meiner Kettensäge rüberkommen und mir ein Loch reinschneiden."

Das Flugzeug raste auf die Bäume zu. Ihr braun-weiß geflecktes Rindenmuster war jetzt deutlich zu erkennen. Da es kaum einen Zentimeter Spielraum gab, musste er das Flugzeug an seine Grenzen bringen. Er zwang die Drehzahl des Motors nach oben und hielt den Atem an.

„Ganz ruhig", murmelte er.

Der Schweiß brannte ihm in den Augen. Es war so weit. „Halten Sie sich fest, mein Freund", rief er.

Die Bäume ragten hoch über ihnen auf, als Jesse das Steuer an seinen Bauch riss. Der Motor heulte auf, und die kleine Cessna kämpfte sich steil nach oben. Aus dem Augenwinkel sah Jesse, wie Gilardi seine Füße vom Boden hob, als das Flugzeug mit nur wenigen Zentimetern Abstand über die Bäume schoss.

Der Drehzahlmesser stand auf Rot, und kurz bevor der Motor ausfiel, drückte er die Nase des Flugzeugs nach links, in einem Sturzflug auf den Fluss zu, wo es über die zahlreichen Felsbrocken im Wasser glitt. Die Bäume am Flussufer verschwammen, als sie an Geschwindigkeit gewannen und Jesse das Flugzeug in einer langsam steigenden Kurve nach oben zog. Die grauen Stromschnellen zwischen den Felsen verschwanden in der Ferne. Gilardi blickte zurück und atmete aus.

„Nun", sagte Jesse, „das war der einfache Teil."

„Was meinen Sie?" fragte Gilardi.

„Wir müssen das Ding noch über den Berg kriegen, bevor wir die Schlucht am Ende des Tals erreichen."

„Ach du Scheiße!"

Jesse kratzte sich am Bart und lachte. „Oh, Major, das ist doch gar nichts. Richtig interessant wird es erst, wenn die Nordvietnamesen dabei noch auf einen schießen."

Gilardi blickte aus dem Seitenfenster, wo die Spitze des Flügels fast die Bäume am Berghang streifte. Als sie das Flusstal hinter sich gelassen hatten, bemerkte Jesse, wie der Major einen weiteren Seufzer der Erleichterung ausstieß. Eine weite Hügellandschaft erstreckte sich bis zum Horizont, und er deutete über das Armaturenbrett hinweg auf die Hügel unter ihnen.

„Sehen Sie den weißen Kirchturm, der dort drüben in die Höhe ragt? Das ist Melody Hill."

Gilardi nickte. „Ja, aber da unten gibt es keine Felder oder Straßen", sagte er. „Wo sollen wir denn landen?"

„Gleich hinter diesem Hügel auf der anderen Seite vom Dorf liegt das alte Bristerhaus", sagte Harper. „Wir können auf seiner Weide landen."

Es dauerte nur ein paar Minuten, bis sie den Westen des Dorfes überflogen. Harper deutete auf eine Scheune und ein Haus, in deren Nähe zwei Pick-ups geparkt waren.

„Das ist das Brister-Haus", sagte er. „Und es sieht so aus, als hätte Lacey Gesellschaft."

„Wo landen wir?" fragte Gilardi.

Jesse deutete auf ein kleines Stück gerodete Weide neben der Scheune. „Dort unten, wenn wir es durch die Bäume schaffen können."

Mehrere uralte Ulmen standen verstreut im gelben Horstgras, das auf einer winzigen Lichtung wuchs.

„Sie machen doch wohl Witze?" fragte Gilardi. „Ich meine, in Vietnam haben wir nicht mal Hubschrauber auf so kleinen Landezonen abgesetzt."

Jesse schenkte seinem Gegenüber ein angespanntes Grinsen, während er die Nase des Flugzeugs senkte und es in den Wind drehte. Gilardi hatte Recht. Es würde eng werden, aber da unten war jemand hinter Lacey her. Es war nur ein weiteres Risiko, wie so viele andere, die er in Vietnam eingegangen war. Er würde es wieder tun, wenn er damit die Männer zurückholen könnte, die er während des Krieges verloren hatte, besonders die Männer vom letzten Tag, an dem er im Dschungel abgestürzt war.

Ein fünfköpfiges LRRP-Team war von einer großen feindlichen Streitmacht bedrängt worden. Sie hatten auf seine Luftunterstützung gezählt, doch dann hatte er sie im Rauch und Nebel des Dschungels verloren. Stattdessen war er in einen Berghang geflogen, und sie waren zu Vermissten geworden. Aber das war die Vergangenheit. Heute hatte er eine neue Chance, eine Chance, Lacey zu retten.

Brady stand hoch oben auf dem Berg, als er das Haus der Bristers erblickte. Es war noch weit über eintausend Meter entfernt, aber er konnte gut genug sehen, um zu erkennen, dass dort etwas passierte. Jemand rannte von der Scheune auf einen Pickup zu, der in der Nähe des Tores geparkt war. Es war Jesse Harpers Pickup, und plötzlich wurde es ihm klar. Es musste Lacey sein. Er stellte sein Zielfernrohr auf maximale Vergrößerung ein, kniete nieder und lehnte sich gegen einen Baum.

Eine weitere Gestalt tauchte auf. Es war ein Mann. Als Brady ihn beobachtete, spürte er ein Kribbeln in seinem Nacken. Selbst aus dieser Entfernung erkannte er Maxons aufgeblasenen, stolzierenden Gang. Einen Moment später sprang Lacey von der anderen Seite des Pickups hervor und rannte auf das Haus zu. Brady war viel zu weit weg, um auch nur an einen präzisen Schuss zu denken. Er beobachtete, wie Maxon etwas, das nach einer Pistole aussah, auf Laceys Rücken richtete. Die Pistole zuckte in seiner Hand nach oben.

Präzise oder nicht, er musste einen Schuss in Maxons Richtung abgeben. Ohne zu zögern, hielt er das Fadenkreuz ein gutes Stück über Maxons Kopf und drückte ab. Er hatte Glück. Es war ein Fehlschuss, aber nahe genug, sodass Maxon hinter dem Pickup in Deckung ging. Brady zögerte, während er beobachtete, wie Lacey im Wald hinter dem Haus verschwand. Sie schien zu hinken, aber aus dieser Entfernung war es schwer, Genaues zu erkennen. Maxon hob langsam seinen Kopf hinter dem Truck hervor.

Brady senkte seinen Zielpunkt um nur ein Hundertstel Grad, bevor er einen weiteren Schuss abfeuerte. Diesmal glaubte er zu sehen, wie neben dem Truck Erdklumpen in die Luft flogen. Er hatte die richtige Höhe, aber durch den Wind und die Spindrift hatte er sein Ziel verfehlt. Maxon duckte sich wieder und Brady begann, den Berghang hinunterzulaufen. Er musste näher rankommen.

Gerade als sie die Ecke des Hauses erreichte, spürte Lacey einen Stich in ihrem Oberschenkel und wäre beinahe gestürzt, aber sie hielt sich auf den Beinen und stolperte weiter. Der Mann hatte ihr ins Bein geschossen, doch sie weigerte sich, aufzugeben. Der Einschlag des Schusses betäubte ihr Bein kurzzeitig, und sie bemühte sich, das Gleichgewicht zu halten, während sie den Hügel hinauf in den Wald lief.

Jetzt, da sie langsam den Hang hinauf und weiter in die Schatten des Kiefernwaldes humpelte, presste sie mit ihrer Hand auf die Wunde, aber es war vergebens. Das rechte Hosenbein ihrer Jeans war durchnässt, und ihr Turnschuh war blutüberströmt. Der Mann, der sie angeschossen hatte, hatte sie nicht weiter verfolgt. Sie warf einen Blick zurück. Unter freiem Himmel, jenseits der Kiefernschatten, schien die Sonne noch hell, aber dort war niemand zu sehen.

Sie blieb stehen, zog ihre Jacke aus und riss die untere Hälfte ihrer Baumwollbluse ab, um ihren Oberschenkel zu verbinden.

Es half, aber sie fröstelte, als sie ihre Jacke wieder anzog und den Umschlag aufhob. Sie musste weiterlaufen, doch als sie sich aufrichtete, machte sich der Blutverlust bemerkbar. Der Wald um sie herum drehte sich in einer schwindelerregenden Spirale, und sie fiel zu Boden. Lacey setzte sich langsam auf und blickte zurück. Sie konnte nicht weitergehen.

Wenn das das Ende war, wollte sie noch eine Sache tun, bevor sie starb. Sie nahm die Papiere heraus und begann, Duffs Brief zu lesen. Sie war sich nicht sicher, warum sie ihn las, vielleicht weil sie verstehen wollte, warum Brady nach Vietnam gegangen war. Als sie ihn zu Ende gelesen hatte, breitete sie die anderen Papiere neben sich auf dem Boden aus.

Eines davon war die handschriftliche Namensliste. Es waren vietnamesische Namen. Mindestens die Hälfte war durchgestrichen. Das waren wahrscheinlich die Toten. Es gab auch einige Telexnachrichten, aber die Worte waren seltsam und schwer zu verstehen. Ein paar von ihnen enthielten den Namen Spartan. Sie warf einen Blick in den Umschlag, um zu sehen, ob noch mehr darin war. Eine kleine, gelbe Karte, die einer Visitenkarte ähnelte, steckte in einer Ecke.

Sie fischte sie mit ihren Fingern heraus. Auf der Vorderseite war die stilistische Form eines grün-roten Vogels abgebildet, der Dynamitstangen in den Krallen hielt. Er war mit einer orientalischen Schrift umrahmt, aber es war das getrocknete Blut, das ihr die Tränen in die Augen trieb. Könnte es von Duff sein? Sie umklammerte die Karte mit ihrer Hand, als sie vom Fuß des Hügels aus das Knacken eines Zweiges hörte. Sie blickte auf und sah ihn, aber es war zu spät. Es war der Mann, der sie angeschossen hatte. Er ging lächelnd den Hügel hinauf, während er in einer Hand eine Pistole schwang.

„Halten Sie Ihre Eier fest, Major", sagte Jesse. „Ich und *Miss Whippoorwill* werden uns jetzt zurück auf den Boden bringen, und ich garantiere keine sanfte Landung."

Er trat auf das linke Pedal und rollte das Steuer zur Seite, während er die Landeklappen um volle vierzig Grad ausfuhr. Das Flugzeug fiel wie ein Stein. Die Weide war weniger als neunzig Meter lang, und die riesigen Ulmen machten die Landung scheinbar fast unmöglich. Jesse hielt den Atem an und wischte sich den Schweiß vom Gesicht, als er das Flugzeug in einem unglaublich steilen Winkel abwärts fallen ließ. Das Flugzeug streifte die Baumkronen am Berghang, und stürzte mit ächzendem Motor auf den schmalen Streifen Weide unter ihnen zu.

Im letzten Moment brachte Jesse das Flugzeug wieder in eine waagrechte Position und zog kräftig am Steuer, während er versuchte, für die Landung auszuschweben. Zwischen den Bäumen wurde eine kleine Schneise sichtbar. Das Flugzeug schlug hart auf, sprang zurück in die Luft und schlug dann erneut auf, während mehrere riesige Bäume an ihnen vorbeirauschten. Im Nu erreichten sie das Ende der Weide, durchbrachen einen Stacheldrahtzaun und schlitterten in den Scheunenhof. Nach einer Umdrehung um die eigene Achse, kam das Flugzeug ruckartig und knirschend zum Stehen.

Sie hatten es geschafft. Jesse merkte, dass er seit fast einer Minute nicht mehr geatmet hatte, und holte tief Luft. Gilardi hielt sich immer noch am Armaturenbrett fest.

„Alles in Ordnung?"

Gilardi nickte schnell.

„Nun, es war nicht gerade schön", sagte Jesse, „aber wir sind hier."

Er stieß die Tür unter dem Flügel auf, griff nach hinten und half Gilardi aus dem Wrack. Die beiden Männer stiegen aus und begutachteten vom Scheunenhof aus ihr Umfeld.

„Ist das nicht Ihr Truck?" fragte Gilardi und deutete auf einen Pickup unten am Tor.

„Ja", sagte Jesse, „aber wem gehört der andere Truck?"

Er zeigte auf einen zweiten Pickup, der weiter oben auf der Straße unter den Bäumen geparkt war.

„Schauen wir uns um", sagte Gilardi. „Bleiben Sie in meiner Nähe."

Jesse hatte keine Einwände, zumal er Lacey seine .45 überlassen hatte und nun unbewaffnet war.

„Ich sehe, du hast die Papiere, nach denen ich gesucht habe", sagte Maxon.

Lacey starrte den Mann, der über ihr stand, herausfordernd an, aber sie blieb stumm. Er holte ein kleines Funkgerät aus seiner Tasche und sprach hinein.

„Ich habe das Mädchen. Wir sind etwa zweihundert Meter vom Haus entfernt, den Hügel hinauf. Sie hat die Papiere."

Der Mann entsicherte die Pistole und drückte ihr die Mündung an den Nasenrücken. Trotz der Benommenheit, die der Blutverlust verursachte, schmerzte ihre Nase, als er den Lauf fest an ihr Gesicht drückte. Dies war ihr Ende, aber sie weigerte sich, Maxon die Genugtuung zu geben, ihre Angst zu zeigen. Sie zuckte vor Schmerz zusammen, blickte aber trotzdem unverwandt zu ihm auf.

„Tut mir leid, Mäuschen, aber du hättest dich nicht in diesen Schlamassel einmischen sollen."

„Maxon", rief eine Stimme durch das Funkgerät.

Er blickte auf das Funkgerät hinunter, als wäre es eine Klapperschlange.

„Hörst du mich, Maxon?"

Es war Bradys Stimme. Die Augen des Mannes bewegten sich

wie wild hin und her, während er den Berghang absuchte.

„Ja, ich bin's, Maxon."

Mit einem falschen Lächeln hob Maxon langsam das Funkgerät an den Mund, doch er war sichtlich erschüttert.

„Nash, bist du das?"

„Du weißt, dass ich es bin, Maxon. Mach jetzt keine Dummheiten. Ich gebe dir eine letzte Chance."

Lacey betrachtete den Mann, der über ihr stand. Brady hatte gesagt, Maxon sei derjenige, der für Duffs Tod verantwortlich war.

„Du hast mir keinen Scheiß zu geben, Nash. Ich bin derjenige, der das Sagen hat, weil ich deine Freundin und die Papiere habe."

„Maxon, du hast es selbst gesagt: ‚Phung Hoang sieht alles'. Du wirst damit nicht durchkommen. Ich kann dich jetzt sofort töten, aber ich gebe dir eine Chance zu leben. Dreh dich um und geh weg von ihr, dann schieße ich nicht."

Maxon lachte und sah auf sie herab, während er den Knopf für das Mikrofon am Funkgerät drückte. „Nash, es gibt einfach keine Hoffnung für dich. Du bist immer noch ein dummer Bauerntrampel. Phung Hoang war doch nur ein Haufen abergläubischer Mist der Schlitzaugen."

Lacey war sich sicher, dass Brady irgendwo da oben auf dem Berg war, aber Maxon schien sich plötzlich zu entspannen, während er weiterhin die Pistole auf ihren Kopf richtete. Entweder war er völlig verrückt oder er schätzte seine Situation komplett falsch ein. Brady war in der Lage, ihn zu töten, aber Maxon schien das nicht zu kümmern. Im nächsten Moment bemerkte sie eine Bewegung auf einem nahegelegenen Kamm. Es war der andere Scharfschütze, derjenige, den sie bei der Scheune gesehen hatte. Er kniete ein paar hundert Meter entfernt neben einem Baum, aber er sah nicht in ihre Richtung. Er blickte den Berg hinauf und suchte nach Brady.

„Dein Freund ist einer der dümmsten Hurensöhne, die ich je gekannt habe. Er würde sein linkes Ei geben, um mich tot zu sehen, aber er hat seine Karten gezeigt, als er behauptete, dass er mich nicht erschießen will. Verdammt, der dumme Bastard ist nicht nah genug dran. Der blufft doch nur."

Lacey überlegte, ob sie Jesses Pistole aus ihrem Mantel ziehen sollte, aber der Mann hielt ihr immer noch die Waffe an die Nase.

„Sie irren sich, Mister. Brady ist nicht dumm. Er will Sie wirklich nicht umbringen. Er hat mir gesagt, dass er nicht mehr Töten will, aber ich verspreche Ihnen, dass er nicht blufft. Er wird Sie erschießen, wenn Sie ihn dazu zwingen."

Er blinzelte kaum merklich mit den Augen, aber Lacey konnte es deutlich sehen. Maxon wusste, dass er sich am Rande eines Abgrunds befand. Er hob das Funkgerät an den Mund, während er die Bäume am Berghang über ihm absuchte.

„Nash, du hast es aus reinem Glück irgendwie bis hierher geschafft, aber dieses Mal bist du der Sache nicht gewachsen. Du scheinst zu vergessen, wer dir all das beigebracht hat, was du über dieses Spiel weißt."

Aus dem Funkgerät kam ein Rauschen. „Maxon, erinnerst du dich an deine Kriegsregeln? Du hast gesagt, Regel Nummer eins sei, niemals den Feind zu unterschätzen. Nun, du hast genau das getan, und du bist derjenige, der der Situation nicht gewachsen ist. Major Loc war ein Doppelagent für die Nationale Befreiungsfront. Du hast genau das getan, was er wollte, als du diese Leute von der südvietnamesischen Regierung ermordet hast. Mach es nicht noch schlimmer. Ergib dich."

„Dieser Mistkerl hat keine Ahnung, wovon er spricht", murmelte Maxon. „Außerdem blufft er nur."

Er suchte weiter den Berghang ab, warf aber auch einen kurzen Blick auf Lacey. Trotz ihrer Angst lächelte sie.

„Brady weiß genau, wovon er redet. Sie haben meinen Bruder, Duff Coleridge, ermordet. Deshalb ist er nach Vietnam gegangen, um Sie zu finden. Sehen Sie das hier?"

Sie hielt die gelbe Mordkarte hoch, die Duff nach Hause geschickt hatte. Maxons Augen weiteten sich und die Farbe wich aus seinem Gesicht. Er riss ihr die Karte aus der Hand.

„Woher hast du die?"

„Das ist die Karte, die Ihr Auftragsmörder bei seinem ersten Versuch, meinen Bruder zu töten, hinterlassen hat. Sie scheinen nicht zu verstehen, dass Brady genau wie Sie ist. Er blufft nicht."

***

Maxon warf ihr die Karte ins Gesicht, aber das Mädchen zuckte nicht einmal mit der Wimper, während sie mit großen braunen Augen zu ihm aufblickte. In ihnen war nicht ein Hauch von Angst zu erkennen. Trotz ihrer blutverschmierten Jeans und der unmöglichen Situation war sie völlig entspannt, und ihr Blick verstörte ihn.

Er hatte denselben Blick in den Augen von Lynn Dai Bouchet gesehen. Es war etwas, was er bis jetzt nie verstanden hatte. Es war die Zuversicht, die sie zeigte, obwohl alles verloren schien, aber in den Augen dieser Frau lag noch etwas anderes, etwas, das er verzweifelt zu verstehen versuchte. Er wandte sich ab und sah wieder den Berghang hinauf.

Erst jetzt wurde ihm alles klar. Er war ein Narr gewesen. Loc war ein An Ninh Agent gewesen und er hatte es nie bemerkt. Die Waffen, die er ihm verkauft hatte, waren direkt an den Vietcong gegangen. Viele der Leute, die er ermordet hatte, waren von Loc als verdächtig genannt worden. Alle, Coleridge, Bouchet, Nash und wer weiß, wie viele andere, hatten es verstanden, nur er nicht. Er hatte Menschen als Schachfiguren benutzt und sie für die Sache geopfert, aber er war derjenige, der die ganze Zeit dumm gewesen war. Die Firma hatte ihm vertraut, das Richtige zu tun, aber er war selbst zum Spielball geworden.

Maxon umkammerte mit beiden Händen nervös seine Pistole,

während er den Hang hinaufblickte. Vielleicht war Nash doch nicht so dumm, und vielleicht bluffte er nicht. Seine einzige Hoffnung war jetzt, das Mädchen als Druckmittel zu benutzen. Schnell drehte er sich wieder zu ihr um, und erst in diesem Moment wurde ihm klar, wie sehr er seine Feinde unterschätzt hatte.

Das Mädchen hatte eine .45 Automatik auf seinen Kopf gerichtet. Ja, sie war nur ein Mädchen, wie es schien, aber ihre Augen sagten etwas anderes. Und plötzlich wurde ihm klar, was es war, das er in ihren Augen nicht verstanden hatte. Sie hatte die gleichen Augen wie Duff Coleridge. Er war es, viel mehr noch als dieses Mädchen, der ihm jetzt die .45 ans Kinn hielt.

„Laufen Sie einfach weg, Mister", sagte Lacey. „Es ist Ihre einzige Chance."

Und er tat es, mit all seiner Kraft. Lacey ließ die schwere .45 zurück in ihren Schoß sinken und lehnte ihren Kopf an den Baum. Der Mann rannte einige Meter den Berg hinunter, blieb dann aber plötzlich stehen. Er wirbelte herum und suchte noch einmal den Hang über ihr ab, bevor er seine Pistole hob und sie direkt auf sie richtete. Trotz ihrer Angst war Lacey zu schwach, um sich zu bewegen.

Sie hörte einen lauten Knall und einen dumpfen Aufprall, wie ein Hammer, der auf eine Melone schlägt, und Maxons Arme krümmten sich in der Luft. Mit einem Blick völliger Überraschung in seinen hervortretenden Augen kippte er nach vorne und schlug auf dem Boden auf. Bradys Kugel hatte ihr Ziel gefunden. Die Grausamkeit der Szene hätte sie mehr beunruhigen sollen, doch vor ihren Augen tanzten Sterne, als sie sich die Pistole an den Unterleib presste. Sie war einfach zu müde, um sonst etwas zu tun. Die Zeit verlor jegliche Bedeutung, bis Lacey seine Stimme hörte. Sie öffnete ihre Augen. Es war Brady.

Er legte sein Gewehr beiseite und hielt sie an seinen Brustkorb gedrückt. Die Angst in seinen Augen bestätigte, was sie bereits wusste, als er mit der Hand über ihren Oberschenkel strich. „Alles wird wieder gut, Baby. Wir müssen dich nur zu einem Arzt bringen."

„Lass nicht die Papiere liegen", sagte sie.

Brady sammelte schnell die Papiere ein und legte sie auf die Pistole in ihrem Schoß. Er schob seine Arme unter ihre Beine und wollte sie gerade hochheben, als Lacey den Mann entdeckte, der hinter ihnen stand. Sie schnappte nach Luft und ihre Augen trafen Bradys. Er setzte sie sanft auf den Boden zurück und stürzte sich auf sein Gewehr. Doch es war nutzlos. Der Mann versetzte dem Gewehr einen Tritt, so dass es wegschlitterte. Der Scharfschütze richtete sein Gewehr auf Brady.

„Sieht aus, als hätten Sie ihn endlich erwischt", sagte der Mann und deutete auf Maxons Leiche.

„Ich habe versucht, ihm eine Chance zu geben", sagte Brady.

„Ja, ich habe zugehört. Schade, dass Sie nicht verstehen, dass es hier nicht um Chancen geht, oder darum, ein guter oder ein schlechter Mensch zu sein. Es ist rein geschäftlich. Gehen Sie da rüber. Knien Sie sich hin und nehmen Sie die Hände hinter den Kopf."

Er winkte Brady zur Seite.

„Sie hätten mehr Verstand haben sollen, als Ihre Freundin in diesen Schlamassel zu verwickeln, aber wie es aussieht ist sie wohl sowieso am Ende."

Bradys Augen sagten alles. Ihm gingen die Ideen aus.

„Sie", sagte der Mann und deutete auf Lacey, „geben Sie mir die Papiere."

Lacey hob die gelbe Kill Card auf und streckte sie dem Attentäter entgegen.

„Alle Papiere", sagte er.

„Das ist das einzige, was Sie brauchen", sagte sie.

Der Mann riss ihr die Karte aus den Fingern, warf einen Blick darauf und grinste. „Was ist das?"

Lacey warf Brady einen Blick zu. „Er kann es Ihnen sagen." Der Mann sah Brady an.

„Es ist eine Mordkarte, die einem von Maxons Männern in Vietnam gehörte", sagte Brady. „Er hat sie hinterlassen, bei seinem ersten Versuch, ihren Bruder zu töten."

„Interessant", sagte der Mann mit unverhohlenem Sarkasmus. Er drehte sich wieder zu Lacey um. „Soll ich die lieber für Sie hierlassen?"

„Nein, ich überlasse Sie Ihnen", sagte sie. Der Mann lachte und beugte sich nach vorne. „Geben Sie mir die verdammten Papiere."

Als er ihr die Papiere aus der linken Hand riss, hob Lacey die Pistole in die Luft, die sie dahinter versteckt hatte. Sie hielt sie auf den Hals des Mannes gerichtet.

„Wenn Sie sich bewegen, drücke ich ab."

Brady sprang auf die Beine, schnappte sich das Gewehr des Mannes und holte sein eigenes.

„Langsam", sagte Brady, „Gehen Sie von ihr weg."

Ihr Adrenalinschub klang langsam ab, als Lacey die Pistole senkte und ihre Augen schloss.

Brady verstaute den Umschlag in seiner Jacke und schulterte die Gewehre. Er hielt die Pistole auf den Attentäter gerichtet und wies ihn an, Lacey den Berg hinunterzutragen. Als sie den Waldrand oberhalb des Farmhauses erreichten, hörte er einen Ruf. Jesse Harper und ein zweiter Mann trabten den Hügel hinauf auf sie zu. In der Ferne ertönten Sirenen, und auf der Straße von Melody Hill aus näherten sich Fahrzeuge.

Brady reichte Jesse die .45. „Hier", sagte er, „pass auf diesen

Mistkerl auf, während ich Lacey trage. Wir müssen sie in ein Krankenhaus bringen."

Der Mann, der mit Jesse gekommen war, trat nach vorne. Er war offensichtlich irgendeine Art von Gesetzeshüter. „Ein Armeehubschrauber ist bereits auf dem Weg", sagte er. „Er sollte jeden Moment hier sein."

„Das ist Major Gilardi", sagte Jesse. „Er ist von der Kriminalabteilung der Army."

Brady hielt inne, während er die halb bewusstlose Lacey in seinen Armen hielt: „Bitte", sagte er, „lassen Sie mich sie nur in ein Krankenhaus bringen. Das ist alles, worum ich bitte."

Gilardi antwortete nicht, sondern sprach in ein Funkgerät. „Verstanden. Sobald Sie hier sind, brauchen wir eine Bahre hier hinter dem Haus. Sie müssen sich beeilen. Sagen Sie außerdem dem Sheriff und Agent Gates, dass wir sie ebenfalls hier drüben brauchen."

Als die Gruppe ihren Weg den Hügel hinunter fortsetzte, kündigte ein entferntes, dumpfes Tuckern die Ankunft des Helikopters an.

„Ich komme mit Ihnen im Hubschrauber", sagte Gilardi. „Sobald wir sie in ein Krankenhaus gebracht haben, werde ich Sie in Schutzhaft nehmen, bis wir diesen Schlamassel geklärt haben."

Brady nickte. „Einverstanden, solange sie in Sicherheit ist."

Gilardi zog seine Waffe und richtete sie auf den Schützen.

„Helfen Sie Nash", sagte Gilardi zu Jesse. „Ich kümmere mich um den Kerl."

„Ich habe noch einen von diesen Clowns an einen Baum gefesselt, drüben an einer Übergangsstelle an der Reliance Schlucht", sagte Brady. „Jesse kann später einen Ihrer Leute dorthin bringen, um ihn zu finden."

Im Vorgarten des Brister-Hauses herrschte ein heilloses Durcheinander, als die Fahrzeuge schnell aus dem Weg geräumt wurden, um eine behelfsmäßige Landezone zu schaffen. Innerhalb weniger Minuten landete der Hubschrauber, und die Besatzung half Brady und Jesse, Laceys Bahre an Bord zu bringen. Bevor er einstieg, warf Brady einen Blick über seine Schulter. Gilardi und Gates standen in einiger Entfernung des Hubschraubers und unterhielten sich.

Brady klopfte Jesse auf die Schulter und rief über den Lärm des Hubschraubers hinweg. „Ich rufe dich vom Krankenhaus aus an, wenn wir ankommen, aber du musst noch etwas für mich erledigen." Mit diesen Worten zog er den Umschlag unter seiner Jacke hervor und steckte ihn schnell in Jesses Mantel.

„Du weißt, was du damit zu tun hast", sagte er.

Jesse nickte und entfernte sich vom Hubschrauber, als Gilardi sich umdrehte und in ihre Richtung trabte. Der Anführer der Hubschrauberbesatzung zog ihn an Bord, und innerhalb von Sekunden waren sie in der Luft. Brady hielt Laceys Kopf in seinen Armen, während ein Armeesanitäter eine Infusion mit einer Plasmaflasche anlegte. Danach verband er die Wunde mit einem frischen Verband und maß ihren Blutdruck. Als er fertig war, blickte er auf und nickte.

„Ihre Werte sind stabil", sagte er. „Sie wird wieder gesund."

EPILOG

Die Sommersonne versank in den Hügeln westlich von Melody Hill, als Brady und Lacey an einem Hang entlangspazierten, von wo aus sie den Hiwassee River überblicken konnten. Hier war der Fluss relativ ruhig, breit und gerade, und das plätschernde Wasser unter ihnen spiegelte die orangefarbenen und violetten Töne des Himmels darüber wider. Abgesehen von einer gelegentlichen Brise, die die Blätter aufwirbelte, war es ruhig in den Hügeln.

Sie gingen Hand in Hand, als Brady ihr einen Blick zuwarf. In Laceys braunen Augen spiegelte sich das sanfte Licht der Abendsonne, und sie lächelte. Die Schusswunde an ihrem Bein war ohne bleibende Schäden verheilt, doch seit Januar hatten sie sechs hektische Monate hinter sich gebracht. Da war ihre Hochzeit, und außerdem hatten sie viel Zeit in Washington DC verbracht, wo der Kongress hinter verschlossenen Türen gegen das Phoenix-Programm ermittelte. Die Vernehmungen waren noch im Gange, aber ihr Anteil war vorerst erledigt.

Brady fand einen flachen Felsen am Rande der Schlucht und hielt Laceys Hand, als sie sich setzte. Nicht, dass sie unbedingt seine Hilfe brauchte, doch ihre Schwangerschaft seit jener Nacht vor fast sechs Monaten in Nashville, machte sich immer mehr bemerkbar.

Der Wind ließ nach, als die letzten Sonnenstrahlen im Westen verschwanden, und der schwache Klang von Kirchenglocken drang von den Hügeln herüber. Brady musste an Duff denken, der dort auf dem Friedhof hinter der Kirche begraben lag. Jedes Mal, wenn er die Glocken hörte, brachten sie die Erinnerungen zurück. Er hatte seit dem Krieg Schwierigkeiten, sich mit dem Leben abzufinden, aber mit Laceys Hilfe wurde es von Tag zu Tag leichter. Er blickte auf die M-14 Messinghülse hinunter, die er an Duffs Grab gefunden hatte. Sie hing noch immer an einer Kette um seinen Hals – wie schon vor zwei Jahren. Er nahm sie zwischen die Finger und ließ seinen Blick über die Hügel schweifen.

„Meinst du nicht, dass es an der Zeit ist, ihn ruhen zu lassen?" fragte Lacey.

Brady lächelte. Lacey hatte schon immer seine Gedanken lesen können. Sie blickte auf die Messinghülse an seinem Hals und dann zurück auf ihren eigenen, sanft gerundeten Bauch.

„Wir müssen nach vorne blicken und anfangen, für die Zukunft unseres Kleinen zu planen."

Sie lächelte, und Brady lächelte zurück. Er trat bis an den Rand des Abgrunds. Ob richtig oder falsch, er hatte sein Versprechen an Duff gehalten. Und vielleicht gab es nun ein kleines bisschen weniger Böses auf der Welt. Das Einzige, was er jetzt tun konnte, war, die Scherben aufzusammeln und weiterzumachen. Er nahm die Hülse in die Hand und riss mit einem festen Ruck die Kette von seinem Hals.

„Eines Tages werde ich dich wiedersehen, mein Freund."

Damit warf er die Hülse samt der Kette hoch in die Luft und sah zu, wie sie weit hinaus über die Schlucht segelte und in den Schatten unter ihnen verschwand. Nach ein oder zwei Minuten drehte er sich zu Lacey um. Sie hatte Tränen in den Augen, aber sie lächelte. Irgendwo in den Hügeln klang weiterhin das Glockenspiel von Melody Hill, doch diesmal war es eine vertraute Melodie. Brady ging auf sie zu und setzte sich neben Lacey auf den Felsen. Sie hielten sich in den Armen und lauschten den sanften Klängen von ‚Amazing Grace', die leise durch den Dunst über den Hügeln drangen.

---

falls Ihnen diese Geschichte gefallen hat

Bitte hinterlassen Sie eine schriftliche Rezension für *Das Gomorrha Prinzip*. Der Autor und andere Leser werden für Ihre Kommentare dankbar sein. Geben Sie jetzt Ihre Bewertung ab und lassen Sie Andere wissen, was Ihnen an diesem Buch gefallen hat.

GLOSSAR

3X-9X: Im Wesentlichen ein Zielfernrohr mit Zoomobjektiv, das von drei bis neunfacher Vergrößerung einstellbar ist

30.06: „Thirty aught six", ursprüngliches Hochleistungsgewehrkaliber des US-Militärs

.45: Halbautomatische Pistole im Kaliber 45 (Standard-Seitenwaffe des Militärs während des Vietnamkonflikts)

Airborne: Bezeichnung der United States Army für ihre Fallschirmjäger

An Ninh: Gegenspionage- und Propagandagruppe des Vietcong

AK-47: In Russland hergestelltes Sturmgewehr

ARVN: Armee der Republik Vietnam (die südvietnamesische Armee)

AWOL: Abwesend ohne Erlaubnis

C-130: Viermotoriges Turboprop-, Fracht- und Truppentransportflugzeug des US-Militärs

Chieu Hoi: Amnestieprogramm für VC-Überläufer

CIA: Zentraler Nachrichtendienst

CID: Abteilung für kriminalpolizeiliche Ermittlungen (US-Armee)

CP: Kommandoposten (in der Regel für Feldoperationen)

C-Rationen: Gefechtsfeldrationen für den individuellen Gebrauch (US-Militär)

Cô ấy là đẹp : Vietnamesisch für „Sie ist schön"

IOCC: Zentrum für die Koordinierung von Nachrichtendiensten und Operationen

Di du mau : Vietnamesisch für „sich schnell bewegen" (wörtlich: „schnell reisen")

Dừng Lại: Vietnamesisch für „anhalten"

GRU: Graves Registration Unit (Grabregistrierungseinheit), die Gruppe, die sich um die Leichen der gefallenen Soldaten kümmert

GVN: Regierung von Vietnam

HQ: Hauptquartier

I-Korps: „Eye"-Korps, der nördlichste Operationssektor während des Vietnamkriegs

Klick: Militärischer Slang für einen Kilometer oder eintausend Meter

Khong lau: Vietnamesisch für „nie geschehen"

Lại đây : Vietnamesisch für „Komm her"

LOCH: Leichter Beobachtungshubschrauber

LRRP: Langstrecken-Aufklärungspatrouille

LZ: Landezone

MACV: Militärisches Unterstützungskommando, Vietnam

MOS: Military Occupational Specialty (Militärberufliche Spezialisierung) (B112P ist ein Luftlandeinfanterist)

MSS: Militärischer Sicherheitsdienst, Spionageab-wehrgruppe der vietnamesischen Streitkräfte

M-14: US-Militär-Sturmgewehr (Kaliber 308/7,62 mm), Vorgänger des M-16

M-40: Militärische Bezeichnung für ein Remington 700 Scharfschützengewehr

NCO: Unteroffizier

NLF: Nationale Befreiungsfront (der Vietcong)

NPFF: Nationale Polizeifeldtruppe (Südvietnamesisch)

NVA: Nordvietnamesische Armee

OSA: Büro des Spezialassistenten (Hauptquartier der CIA in der Republik Vietnam)

Phung Hoang: Vietnamesischer mythologischer Liebesvogel, Bezeichnung für die vietnamesische Version des Phoenix-Programms

PRC-25: Das standardmäßige tragbare Feldfunkgerät des US-Militärs, das von den Bodentruppen in Vietnam mitgeführt wurde

PRU: Provincial Reconnaissance Unit, lokale Söldnertruppen, die von der CIA kontrolliert wurden

PX: Post Exchange, umfasst Militärkaufhäuser, Lebensmittelläden, Restaurants usw.

REMF: Rear-echelon motherf--r (Bezeichnung, die von Kampftruppen für ihre nicht kämpfenden Kameraden verwendet wurde)

R&R: Urlaub zum Ausruhen und Erholen

RTO: Radio Telephone Operator (der Mann, der das Funkgerät trug)

Section 8: Eine militärische Bestimmung für die Entlassung aus Gründen der psychischen Instabilität

SOG: Strategic Operations Group (verdeckte Militäreinheiten)

TAC: Tactical Air Cover (Taktischer Luftschutz)

TDY: Temporärer Dienst

VA: Veteranenverwaltung

VC: Vietcong

Xau Lem: Vietnamesisch für „sehr schlecht"

Xin Loi: Vietnamesische Version von „Scheißpech"

XO: Ausführender Offizier (stellvertretender Befehlshaber)

ÜBER DEN AUTOR

Rick DeStefanis lebt im nördlichen Teil Mississippis mit seiner Frau Janet, vier Katzen und einem gelben Labrador namens Blondie. Während viele seiner Romane die Grenzen verschiedener Genres überschreiten, einschließlich Militärromane, Südstaatenromane und historische Western, nutzt er sein militärisches Fachwissen zum Schreiben der Vietnamkriegsreihe. *Melody Hill (Buch Nr. 1)* ist die Vorgeschichte zu seinem preisgekrönten Roman *Das Gomorrha Prinzip*. Beide basieren auf seinen Erfahrungen als Fallschirmjäger bei der 82. Luftlandedivision von 1970 bis 1972.

Mehr über DeStefanis und seine Bücher erfahren Sie online unter www.rickdestefanis.com/, oder besuchen Sie sein Facebook Profil unter www.facebook.com/RickDeStefanisAuthor/.